ハヤカワ・ミステリ文庫

〈HM439-3〉

制　裁

アンデシュ・ルースルンド&ベリエ・ヘルストレム

ヘレンハルメ美穂訳

早川書房

7931

ODJURET
by
Anders Roslund and Börge Hellström

Translated by
Miho Hellen-Halme
Published 2017 in Japan by
HAYAKAWA PUBLISHING, INC.
This book is published in Japan by
arrangement with
SALOMONSSON AGENCY
through JAPAN UNI AGENCY, INC., TOKYO

制裁

N
W
E
S
ノルランド地方
スウェーデン
フィンランド
ダーラナ地方
ノルウェー
ストックホルム
ストレングネース
ゴットランド島
ヨーテボリ
スモーランド地方
ブレーキンゲ地方
デンマーク
スコーネ地方
クリファンスタ
スウェーデン地図

N
W
E
S
メーラレン湖
トステレー橋
エンシェーピン
E18号
アルネー島
55号
メーラレン湖
ソルナ
ストレングネース
ストックホルム
E4号
E20号
セーデルテリエ
ストレングネース周辺図

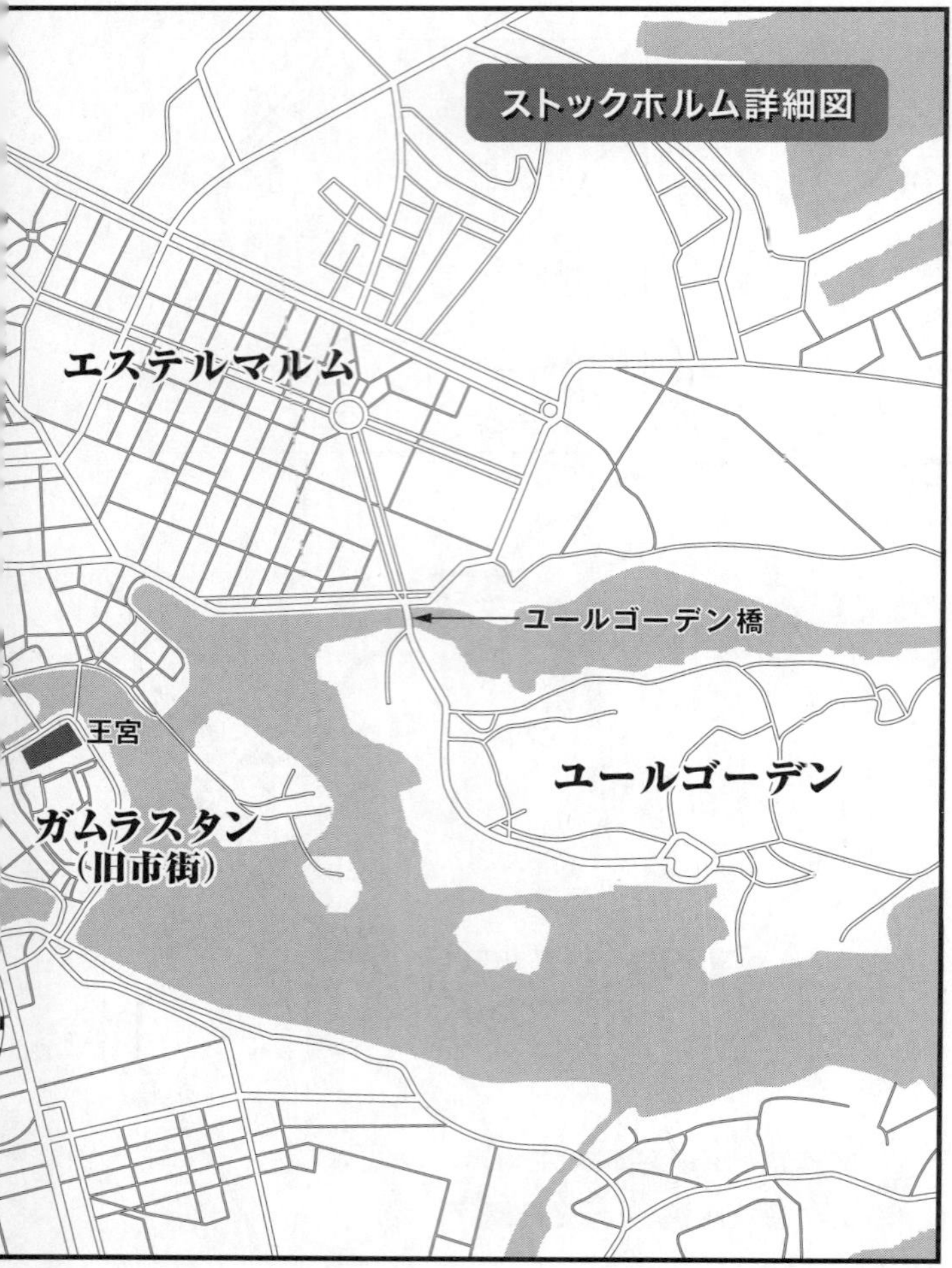
ストックホルム詳細図
エステルマルム
ユールゴーデン橋
王宮
ユールゴーデン
ガムラスタン
(旧市街)

N
W
E
S
ヴァーサスタン
スヴェア通り
フレミング通り
クングスホルメン
裁判所
シェーレ通り
クング通り
ベリィ通り
ストックホルム中央駅
・警察本部
・クロノベリ拘置所
検察庁
セーデルマルム
リリエホルム橋

登場人物

フレドリック・ステファンソン……作家
マリー……………………………フレドリックの娘
アグネス…………………………フレドリックの元妻。マリーの母親
ミカエラ・スヴァルツ……………フレドリックの恋人。保育園職員
ダヴィッド・ルンドグレーン………マリーの友人
レベッカ…………………………フレドリックの知人。牧師
ベルント・ルンド…………………アスプソース刑務所に服役中の連続殺人犯
レナート・オスカーション…………同刑務所の性犯罪者専用区画長
スティーグ・リンドグレーン（リルマーセン）
ヒルディング・オルデウス
ヨッフム・ラング
ドラガン
スコーネ
……同刑務所の一般区画の囚人
ホーカン・アクセルソン……………性犯罪者
ラーシュ・オーゲスタム……………検察官
クリスティーナ・ビヨルンソン……弁護士
シャーロット・ヴァン・バルヴァス………………判事
ルードヴィッグ・エルフォシュ……法医学者
ベングト・セーデルルンド…………タルバッカ村の建設業者
ヨーラン…………………………ベングトの隣人

エーヴェルト・グレーンス…………ストックホルム市警警部
スヴェン・スンドクヴィスト………同警部補

約四年前

やらなけりゃよかった。

あっちからくる。ほら、姿が見えてきた。

丘の向こうから、やってくる。ジャングルジムの脇《わき》を通って。

ここからは二十メートル、いや三十メートルほど離れているだろうか。赤い花の咲いているあたり。あの花、セーテル精神病院入口の外にあったのと同じだ。長いあいだ、バラだとばかり思っていた、あの花。

やらなけりゃよかった。

あれをやってしまうと、感じがちがうのだ。なんというか、薄められたような、感覚が少し麻痺《まひ》したような感じ。

二人いる。しゃべりながら、並んで歩いている。どうやら友だちどうしのようだ。友だちどうしのしゃべりかたや身ぶり手ぶりには、どこか独特のものがある。

会話をリードしているのは黒髪のほうらしい。勢い込んで、なにもかも一気に話そうとしている。金髪のほうはもっぱら聞き役だ。疲れているのか、それとも、もともと口数が少ないのか。いつもでしゃばっていないと気が済まないタイプではないのかもしれない。あるいはただ単に、一方が支配する側、もう一方が支配される側になっているだけだろうか。それが世の常ではないか？

　マスかいたりするんじゃなかった。

　だがあれは今朝の話だ。もう十二時間も経《た》っている。だめだと決まったわけじゃない。いつもと変わらないかもしれないじゃないか。

　今朝目覚めたときから、彼には分かっていた。今夜こそ、うってつけの夜だ。今日は木曜日。この前も木曜日だった。からりと晴れ、太陽が照っている。この前もからりと晴れ、太陽が照っていた。

　二人は同じ上着を身につけている。ナイロンかなにかでできた、薄手の白いフードつきジャケットだ。この月曜日以来、同じジャケットを着ているのを何人も見かけた。二人はそれぞれ、小さなリュックサックを背負っている。入れるところがひとつしかなく、中身をただ乱雑に詰め込むだけのリュックサックだ。どうしてこんなものを買うのか、さっぱり分からないし、今後も分かることはないだろう。二人はすぐ近くまでやってくる。話し声が聞こえてくる。また笑い声。二人が同時に笑い声をあげる。黒髪のほうが大声で、金髪はもう少しひかえめだ。おびえているわけではない。でしゃばらないだけだ。

彼は、身なりにじゅうぶん気をつけている。ジーンズにTシャツ、野球帽。野球帽は、後ろ向きにかぶっている。みんなそうしているからだ。月曜日からずっとこの公園にいて、行き交う人々を眺めているうちに、みんな野球帽を後ろ向きにかぶっていることに気づいた。

「やあ」

二人はびくっとして立ち止まる。沈黙。それまで気にも留めていなかった音が不意に止《や》んで、はっと聞き耳を立ててしまう、そんな静けさ。スコーネ地方の方言で話しかけるべきだったかもしれない。あの訛《なま》り、なかなか上手に真似られるのだ。方言で話すと、無視される確率がぐんと低くなる。どういうわけか、傾聴に値《あたい》するように聞こえるわけだ。これまで三日間、人々の声に耳を傾けてきた。スコーネ方言は聞こえない。ノルランド地方の方言も聞こえない。ここはいわゆる標準語の町なのだ。スコーネ方言のように母音が二重母音になることもなければ、スラングもほとんど耳にすることがない。つまらない町だ。彼は指先で野球帽をつまむと、頭にかぶったまま くるりと一回転させ、帽子のつばをうなじにぐいっと押しつける。

「やあ。君たち、こんな遅くに外に出てていいのかい」

二人は彼を見やり、そして顔を見合わせる。そのまま立ち去ろうとしている。彼は緊張を悟られないよう、ベンチの背もたれに軽くよりかかる。どの動物でいこう？ リス？ ウサギ？ いや、車のほうがいいだろうか？ あるいは、キャンディー？ オナニーなんてするんじゃなかった。もう少しちゃんと準備しておけばよかった。

「わたしたち、これから家に帰るところなの。だから、こんな遅くに外に出てたっていいんだよ」

この人と話をしてはいけない。少女には分かっている。知らない大人とは、話をしちゃいけないんだ。

分かってる。

でも、この人は大人じゃない。どこかちがう。というか、大人には見えない。それっぽくないんだ。野球帽かぶってるし。座りかたもちがう。大人は、あんなふうには座らない。

少女の名前は、マリア・スタンチク。ポーランド系の苗字だ。ポーランドの出身だから。マリアではなく、パパとママが。マリアはマリエフレード出身だ。

姉が二人いる。名前はディアナとイサベラ。二人ともずっと年上で、彼氏もいて、もう家を出て行ってしまった。ちょっとさびしい。お姉ちゃんたちといっしょに暮らしていたころは楽しかった。いま家にいるのは、パパとママとわたしだけ。パパもママも、前よりずっと心配性になった。どこに行くのとか、誰の家に行くのとか、何時に帰ってくるのとか、いつも聞かれる。

ほっといてほしい。もう九歳なんだから。

口を開いたのは黒髪のほうだ。長い髪をピンクのヘアバンドでまとめている。反抗的な口調。威張《いば》った態度。外国人にちがいない。金髪のぽっちゃりしたほうに対しても、高慢ちきな視線を投げかけている。この場を取りしきるのは自分だとでも言いたげだ。彼にはそれが一目で分かる。それが感じられる。

「君たちみたいな小さい子が？　ほんとうかなあ。こんな遅い時間に外にいるなんて、そんな大事な用事だったのかい」

金髪ぽっちゃりが気に入った。ひかえめな目をしている。以前にも、こういう目を見たことがある。しかしついに金髪のほうも、話をする勇気が出てきたようだ。横目でちらりと黒髪を見やると、彼のほうを向いて言う。

「練習に行ってきたの」

話をするのはいつもマリアの役目だ。マリアがいつも、二人の気持ちを代弁する。でも、いまはわたしの番、と少女は思う。わたしだって、話をしたい。

この人、怖い人には見えない。怒ってるようにも見えない。それにあの帽子、カッコいい。お兄ちゃんのマルヴィンが持ってるのと同じだ。少女の名前はイーダ。自分の名前の由来も知っている。マルヴィンが、エーミール・シリーズ（スウェーデンの国民的児童文学作家、アストリッド・リンドグレーンの作品）のファンなのだ。だからパパもママも、エーミールの妹の名前をわたしにつけることにした。へんな名前。サンドラとかのほうがよかったな。イシドラとか。よりによって、イーダなんて。しかもお話の中のイーダは、エーミールのいたずらで、旗ざおからつり下げられてしまう役回りだ。

おなかがすいた。昼ごはんを食べてから、もうかなり時間が経っている。今日の給食はお肉かなにかの煮込みで、すごくまずかった。練習のあとはいつもおなかがすく。だからいつも、早くごはんを食べたくて、急いで家に帰るのだ。でも今日はちがう。マリアが話をし、野球帽の人がいろいろ聞いてくる。

動物も、車も、キャンディーも要らなさそうだ。二人とも話にのってきた。もう決まりだ。彼には分かる。こんなふうに話にのってきたら、もうこっちのものだ。金髪ぽっちゃりに目をやる。こいつも話しはじめた。こうもうまくいくとは。裸の姿が思い浮かぶ。

彼はにっこりと微笑《ほほえ》む。いつもかならず微笑むようにしている。そうすると気に入られやすいからだ。にっこりすれば、信用される。こちらからにっこりすれば、にっこり微笑みが返ってくる。今回は、金髪ぽっちゃりのほうがいけそうだ。こいつだけが、微笑みを返してくるだろう。

「練習って？　もしよければ、なんの練習なのか教えてくれないかな」

金髪ぽっちゃりがにっこり笑う。やっぱり。こっちを見ている。というか、頭の上を見ている。そうか。彼は野球帽をつかむと、くるりと回してつばを前に向ける。腰をかがめ、帽子を脱ぎ、少女の頭の上へと持っていく。

「これ、気に入ったかい」

少女は眉を上げる。頭を動かすことなく、視線だけを上に向けている。まるで、見えない天井に頭をぶつけるのではないかと恐れているかのように、身体をすくめ、小さくなっている。

「うん。カッコいいよね。マルヴィンも同じの持ってるよ」

やっぱり、こいつを狙《ねら》おう。

「マルヴィンって?」

「お兄ちゃん。十二歳なの」

彼は、野球帽を下ろしていく。見えない天井を突き抜ける。少女の金髪を、さっと撫《な》でてやる。すべすべとした、やわらかい髪だ。帽子を少女の頭に、すべすべとしたやわらかい髪にのせる。赤と緑が、少女によく似合っている。

「なかなかいいじゃないか。似合ってる」

少女は黙ったままだ。黒髪がなにか言おうとしているので、彼はあわてて付け加える。

「あげるよ」

「ほんと?」

「ああ。欲しいんなら、どうぞ。それをかぶっているとなかなかキレイだよ」

少女は視線をそらす。黒髪の手を握る。黒髪といっしょにその場を離れたがっている。公園のベンチから、ついさっきまで赤と緑の野球帽をかぶっていた男から、離れたがっている。

「欲しくないの?」

しかし少女はその場にとどまり、黒髪の手を放す。

「ううん。欲しい」

「じゃあ、どうぞ」

「ありがとう」

少女はちょこんと膝を曲げる。最近ではほとんど見かけないしぐさだ。昔とはちがって、いまどきの女の子はまずやらない。みんなが平等であるべきとされるいまの時代、誰も膝を曲げたりおじぎをしたりすることはない。

黒髪は柄《がら》にもなく長いあいだ黙っていたが、ついに金髪ぽっちゃりの手をがしりとつかむ。

「ねえ、もう行こう。ヘンな人とあんまりしゃべんないほうがいいよ」

無理やりぐいっと引っ張ったものだから、二人ともよろめく。

金髪ぽっちゃりは黒髪を見ると、彼をちらりと見やり、ふたたび、今度はにらみつけるような視線を黒髪に向ける。

「ちょっと待ってよ」

黒髪の声が大きくなる。

「だめだよ。もう行くよ」

そう言うと黒髪は彼のほうを向く。長い髪を手でかきあげる。

「だいたい、この帽子ダサいよ。いままで見たなかでいちばんダサいよ」

赤と緑の野球帽を指差す。指先を強く、帽子に押しつけている。

そろそろ動物の話をしたほうがいいだろうか。猫とか。死んだ猫の話はどうだろう？　九歳、せいぜい十歳くらいだろうから、猫がいいかもしれない。

「なんの練習をしてきたのか、まだ教えてくれてないじゃないか」

黒髪は、腰に両手をあてている。まるで年寄りのばあさんみたいだ。なじるような目でこっちを見てくる。セーテル精神病院に最初に入院したとき、こういうのがいた。教育をほどこし、なんとしても更生させようとするタイプ。だが、自分を更生させることは不可能だ。更生する気などないのだから。自分は、自分だ。

「器械体操だよ。その練習に行ってきたの。ほとんど毎日やってるんだ。じゃあね」

そうして、二人は歩き去っていく。黒髪が先に立ち、金髪ぽっちゃりがあとに続くが、黒髪よりも歩調は遅く、心なしかためらっているようだ。彼は二人の背中を目で追う。裸の背中、裸の尻、素足を思い浮かべる。そして、走り出す。二人を追いかけ、追い越し、両手を広げて二人の前に立ちはだかる。

「なにすんのよ、おっさん」

「どこだい？」

「どこって、なにが」

「練習だよ。どこで練習してるんだい？」

年配の女性が二人、丘の向こうから歩いてくる。バラではないあの花のところまで、もうすぐやってくる。その姿が彼の目にも入る。彼は下を向くと、すかさず心の中で十までかぞえ、ふたたび顔を上げる。女性たちは、まだそこにいる。が、道をそれて、噴水へ通じるべつの小道に入っていくらしい。

「なにしてんの、おっさん。お祈り？」

「どこで練習してるんだい」

「関係ないでしょ」

金髪ぽっちゃりが腹立たしげに黒髪をにらみつける。マリアったら、またわたしの分までしゃべってる。関係ないでしょなんて、わたしは思ってないのに。そんなに意地悪しなくたっていいじゃない。

「スカルプホルムの体育館だよ。知ってる？　あっちのほうにあるの」

そう言って、丘のほうを、いましがた歩いてきた方向を指差す。

猫。猫の死体。動物の話なんか、しなくてもよさそうだ。

「その体育館、きれいかい」

「ううん。全然」

「すごく汚いんだよ。おっさんよりひどいね」

二人とも食いついてきた。黒髪も、黙っていられなかったらしい。

彼はまだ、二人の前に立ちはだかっている。広げていた両手を下ろすと、黒い口ひげに片手を持っていき、撫でるようにいじる。

「実はね、新しい体育館を知ってるんだ。できたばかりなんだよ。しかもここから近いんだ。

ほら、あそこに高い建物があるだろう。そのすぐ隣に、低めの白い建物があるね。見えるかい？　あれだよ。あの建物の持ち主と知り合いで、おじさんもよく行くんだ。そこで練習したらどうかな。もちろん、クラブの仲間みんなで来たらいい」

彼はしきりに指差してみせる。二人の視線が彼の腕をたどり、彼が指差す先へと注がれる。金髪ぽっちゃりは、興味をひかれたらしい。だが黒髪ときたら、あいかわらず高慢ちきな態度だ。

「おっさん、あんなところに体育館ないよ」

「行ったことあるのかい」

「ないけど」

「それじゃあ分からないじゃないか。あるんだよ、あそこに。できたばっかりの体育館だ。全然汚くないんだよ」

「嘘《うそ》ばっかり」

「おじさんが嘘をついているっていうのかい？」

「そうよ」

マリアってば、なんておしゃべりなんだろう。いつもしゃべってばっかりなんだから。わたしの分までしゃべらないでほしい。そんなに意地悪しなくてもいいのに。きっと、帽子もらえなかったからだ。そうに決まってる。

イーダは、彼を信用している。赤と緑の帽子をくれたし、それに体育館の持ち主と知り合いなのだ。スカルプホルム体育館はいやだ。古くさいにおいがする。マットなんか、誰かがゲロ吐いたみたいなにおいがするんだ。

「わたしは、ほんとだと思うよ。あそこに新しい体育館があるって、マルヴィンも言ってたもん。そこで練習できるんなら、そのほうがいいな」

イーダったら、ほんとに新しい体育館があると思ってる。まったく、すぐに人の言うこと信じちゃうんだから。きっと、あのダサい帽子もらったからだ。そうに決まってる。

新しい体育館がどんなふうに見えるものなのか、マリアは知っている。パパとママといっしょにワルシャワに行ったとき、できたばかりの体育館を見かけたのだ。

「おっさん、わたし知ってるんだから。あんなところに新しい体育館なんかないもん。絶対、嘘に決まってる。あそこまで行ってみて、新しい体育館なんかないって分かったら、おっさんのことパパとママに言いつけるからね」

最高の天気だ。六月の木曜日。暖かい日差し。公園内の道路を歩いていく。目の前には、小さな淫売《いんばい》が二人。黒髪はあらゆる男のものになるタイプだが、金髪ぽっちゃりは自分専用だ。淫売。淫売。淫売。長い髪。薄手のジャケット。ぴちぴちのズボン。つくづく、オナニーなんかするんじゃなかった。

金髪ぽっちゃりの淫売が振り返る。

「もうすぐおうちに帰らなきゃ。夜ごはんの時間だもん。ママもマルヴィンも待ってるかも。おなかすいちゃった。練習のあとは、いつもおなかすくんだよね」

彼はにっこり微笑む。こうすると気に入られるのだ。淫売がかぶっている野球帽に手を伸ばすと、つばのところをそっと引っ張る。

「大丈夫だよ、すぐ済むんだから。約束するよ。ほら、もうすぐそこだ。気に入るかどうか、練習したいかどうか、ちょっと見てみるだけでいいんだからね。できたばっかりだから、新しい建物のにおいがするんだよ。新しい建物のにおいって、どんな感じか分かるかい？」

建物の中に入っていく。彼がここで寝泊りするようになって、もう三日になる。鍵をこじ開けるくらい、なんでもなかった。地下階には物置部屋が並んでいる。ガラクタばかりだ。家庭用品や本の入った段ボール箱。ベビーカーが数台。イケアの本棚。ラグマット。フロアランプがいくつか。ガラクタばかりだ。しかしつきあたりのひとつ手前、三十三号室はべつだ。ここには、子ども用の自転車があった。五段式ギアの黒い自転車。二百五十クローナで売り払ってやった。この広い地下階で売れそうなものといったら、そのみすぼらしい子ども用自転車だけだったのだ。

二人が地下階の廊下に足を踏み入れると、彼は両腕で二人をつかまえる。片手にひとりずつ、むんずとひっつかむ。叫び声をあげる二人。淫売どもはいつも、似たような叫び声をあげる。さらにきつく、がしりとつかむ。主導権は、自分にある。俺《おれ》は命令する側、淫売どもは叫ぶ側だ。ここには夕方から夜中まで、誰も入ってきやしないと分かっている。もう三日間もここで寝泊りしたのだから。そのうちの二日間は、朝方に、廊下のほうから話し声が聞こえてきた。どこかの物置部屋に入っていったらしい。だがそれも、すぐに静かになった。泣きわめいたって、まったくかまわない。むしろ、泣きわめいてくれたほうがいい。

お兄ちゃんはどうしてるだろう。お兄ちゃん。マルヴィン。お兄ちゃんの部屋。いまごろは部屋にいるだろうか？　そうだといいんだけど。家。ママのそば。ベッドに横になって、本を読んでるにちがいない。お兄ちゃんはいつも、夜になると本を読むから。ドナルドダックのマンガとか。お兄ちゃんたら、まだそんなのを読んでる。この前までは『指輪物語』を少し読んでたみたいだけど、でもやっぱりドナルドダックのマンガがいちばんのお気に入り。お兄ちゃんはきっと、ベッドに横になってる。きっとそうだ、とイーダは思う。

なんなの、このおっさん。最低。最低！

こういうヘンな人とは、話をしちゃいけないんだ。パパにも、ママにも、いつもいつも同じことを聞かれて、いつもいつも同じことを答えてる。ヘンな人と話なんかしてないよ、絶対してないよ、って。ほんとうなんだから。このおっさんとだって、話をしたわけじゃなくて、なんていうか、てきとうに追い払おうとしただけだもん。イーダにはそんな勇気ないけど、わたしにはできるんだ。でも、パパもママも、わたしがこのヘンなおっさんと話をしたって分かったら、怒るだろうな。怒られるのはいやだな、とマリアは思う。

三十三号室は最高だ。自転車を見つけたのもここだし、寝泊りしているのもここだ。

二人はもう叫んでいない。金髪ぽっちゃりは泣いている。鼻水をたらし、目を赤く腫《は》らしている。黒髪はというと、挑《いど》みかかるような、憎しみに満ちた目で、じっとにらみつけてくる。コンクリート打ちっぱなしの灰色の壁、そこに沿ってのびる白いパイプに、二人の手を縛り付ける。パイプは熱い。おそらく熱湯が流れているのだろう。二人の前腕には、火傷《やけど》の跡ができそうだ。二人が蹴《け》りつけてくる。そのたびに、彼も二人を蹴り返す。立場をわきまえさせるのだ。そうすれば、もう蹴りつけてこない。

二人は身じろぎもせず座っている。そうだ、淫売どもは静かに座って、俺の言うとおりにしていればいいんだ。彼は服を脱ぎはじめる。Tシャツ。ジーンズ。下着。靴。靴下。かならず、この順番で脱ぐ。二人の目の前で。二人が目をそらすと、蹴りつけて、こちらに目を向けさせる。しっかり見てろ、淫売ども。裸になって、二人の前に立つ。美しい。そう自覚している。鍛え抜かれた肉体。筋肉質の力強い脚。引き締まった尻。平らな腹。なんと美しいことか。

「どうだ？」

黒髪も泣き出す。

「この変態オヤジ！」

泣いている。時間はかかったが、いまとなっては黒髪も、ふつうの淫売と変わらない。

「どうだ。きれいだろう」

「この変態オヤジ。家に帰してよ」

ぴんと勃起《ぼっき》したペニス。主導権は、自分にある。二人に近づいていくと、二人の顔に向けてペニスをしならせる。

「きれいだろう？　え？」

今朝、二回もやってしまった。あと二回しかできない。二人の目の前で、マスターベーションをする。息遣いが荒くなる。金髪ぽっちゃりが一瞬顔をそむけたので、蹴りつけてやる。そして、二人の顔に向かって、髪に向かって、射精する。二人は頭を振るが、べとついて落ちない。

二人とも泣いている。淫売どもはいつもそうだ。馬鹿《ばか》みたいに泣きやがる。

服を脱がせる。熱いパイプに両手を縛り付けているから、Tシャツはびりびりと破るしかない。思ったより幼いようだ。胸がまだ全然ない。

靴だけを残して、すべて脱がせる。靴だけは、まだ脱がせない。金髪ぽっちゃりが履いているのは、ピンクのエナメルまがいの靴。黒髪が履いているのは、テニス選手が履くような、白いスニーカーだ。

彼は金髪ぽっちゃりの前で身をかがめ、ピンクの靴の上からつま先にくちづけをする。そして、つま先から、舐《な》める。靴に沿って、かかとのほうへ、ヒールのところまで、舐める。

それから、靴を脱がせる。この淫売の足は最高だ。その足を持ち上げる。金髪はさらに後ろにひっくり返る。足首を、つま先を舐め、足の指をそれぞれじっくりとしゃぶる。目を上げて、ちらりと淫売の顔を見る。身動きもせず、声も出さずに泣いている。激しい衝動が襲ってくる。

彼女は新聞配達の音で目を覚ます。まったく、毎朝こうなんだから。ドアに開いた新聞受けの穴を通って、木の床に新聞がどさりと落ちる。隣のアパートでも、どさり。その隣でも、どさり。急いで起き上がり、新聞配達人をつかまえようとしても、いつも時すでに遅しなのだ。後ろ姿がちらりと見えたことは何度かある。長髪をポニーテールにした若い男だった。もし今後、あの子をつかまえることができたら、人はふつう日曜日の朝五時にどんな気分でいるものなのか、とくと説明してやろう。

ふたたび眠ろうとするが、目がさえてしかたがない。寝返りをうち、身体をよじらせる。汗が出てくる。眠らなきゃ。眠らなきゃ。眠らなきゃ……ああ、もうだめだ。昔は寝つきが良かったのに、最近はだめ。たちまちいろんな考えごとに襲われる。朝の六時だというのに、もう心が張りつめている。ああ、あの新聞配達のポニーテール、まったくどうしてくれよう。《ダーゲンス・ニューヘーテル》紙の日曜版は聖書並みの厚さだ。横になったまま新聞を開き、延々と続く言葉を目で追ってはみるものの、記事が長すぎて思考がまとまらない。興味深い人たちに関する、興味深いルポルタージュ、読むべきものはたくさんある、でも読む気がしない。いつもあとで読もうと置いておき、そのまま新聞が山積みになっていく。じっとしていられない。新聞、コーヒー、歯磨き、朝食、ベッドメイキング、皿洗い、また歯磨き。六月、日曜の朝、時刻はまだ七時半にもなっていない。刺すように強い日差しが、ブラインド越しに差し込んできている。彼女は顔をそむける。まだ早朝なのに、こんな強い日差し。耐えられない。夏はもううんざりだ。夏になるとぐんと増える、手をつないで歩く人たち、寄り添って眠る人たち、笑っている人たち、遊んでいる人たち、愛し合っている人たち、すべてに心底うんざり。とにかくいまは耐えられない。

彼女は地下へ降りていく。物置部屋なら暗いし、人もいない。長らく掃除もしていないことだし。

片付けはじめたら、少なくとも二時間はかかるだろう。つまり、九時半までは時間をつぶせるということだ。

真っ先に気づいたのは、南京錠が壊されているということだった。両隣の物置部屋も同じことになっている。三十二号室と三十四号室。どの部屋の住人が借りているのか調べなければ。七年もこのアパートに住んでいるのに、一度も顔を合わせたことがない。しかし、やっと共通の話題ができた。みんな、物置部屋の錠を壊されている。ついに話ができそうだ。

次に気づいた異変は、たぶん、自転車だ。いや、自転車がないこと、というべきか。ヨナタンの、五段式ギアの黒い高級自転車。ちょうど売るつもりで、少なくとも五百クローナにはなるだろうと思っていたところだった。ヨナタンに電話しなくては。あの子はいま、あの子の父親のところにいる。いまのうちに話しておけば、うちに戻ってくるころには落ち着いているだろう。

あとになって振り返ってみると、なぜすぐに気づかなかったのか、自分でもよく分からない。三十二号室や三十四号室を借りているのは誰だろうとか、ヨナタンの黒いマウンテンバイクをどうしようとか、そんなことばかり考えることができたのはなぜだろう。目にしたくなかった、だから見えなかったのか。警察の事情聴取で、物置部屋の扉を開けて真っ先に目についたものはなんですか、第一印象を聞かせてください、と言われて、彼女はヒステリックに笑い出した。そうして長いあいだ、咳《せ》き込むまで笑いつづけ、涙をこぼしながら、彼女は語った。最初にぱっと頭に浮かんだのは、黒いマウンテンバイクがなくなって息子はがっかりするだろうな、自転車を売ったら少なくとも五百クローナは手に入るから、テレビゲームを買ってあげると約束したけど、これじゃあ買ってあげられないな、ということ。それだけだったのだと。

死体を見たのはそれが初めてだった。身動きひとつせず、息もせずに、こちらを見つめている、そんな人間に対面したのは初めてだった。

そう、二人はコンクリートの床に横たわって、こちらをじっと見つめていた。頭の下にはそれぞれ、まるで硬い枕《まくら》のように、植木鉢が置かれている。幼い女の子だ。ヨナタンよりも幼い、十歳にもなっていないだろう。ひとりは金髪、もうひとりは黒髪。顔も、胸も、股間《こかん》も、腿《もも》も、血まみれだ。乾いた血が、いたるところにこびりついている。だが、足だけはベつだった。足だけは、まるで洗ったみたいにきれいだった。

見覚えのない顔だった。いや、もしかしたら見かけたことはあるかもしれない。だって、あの二人はすぐ近くに住んでいたというではないか。お店で、あるいは公園で、見かけたことがあるはずだ。とくに公園にはいつも、子どもがたくさんいるのだから。

二人がそこで亡くなってから三日目だったという。法医学者がそう言っていた。六十時間。二人の膣《ちつ》や肛門《こうもん》、上半身、髪から、精液が検出された。膣と肛門は、先のとがった物体で傷つけられていた。金属製とおぼしきとがった物体で、これを繰り返し突き刺したことによって、膣内で多量の出血が引き起こされたのだという。

あの子たち、ヨナタンと同じ学校に通っていたのかもしれない。校庭を見るといつも、女の子がたくさんいる。似たような感じの女の子たち。女の子ってみんなそうだ。

二人は全裸だった。衣類は、二人の手前、物置部屋の扉を入ってすぐのところに置かれていた。まるでなにかの展覧会のように、ひとつずつ並べられている。折り畳まれたジャケット。丸められたズボン。Tシャツ。下着。靴下。靴。ヘアバンド。すべてがきちんと一列に、きっかり二センチずつ間隔をあけて、並べられていた。

二人は、こちらを見つめていた。しかし、その呼吸は止まっていた。

現在

第一部（一日）

お面《めん》をつけているといつも、自分がひどくまぬけに感じられる。大人なら当然だ。いい年をした男がくまのプーさんやらドナルドダックやらのキャラクターのお面をかぶっているのを、何度か目にしたことがある。連中は恥ずかしげもなく、いわば堂々とお面をつけていた。まったくついていけないな、と彼は思う。慣れる日が来るとも思えない。昔、こんな父親が欲しいと思い、自分こそはこういう父親になるのだと心に決めた、そんな父親には結局、一生かけてもなれないのだろう。

フレドリック・ステファンソンは顔の前のプラスチックに指先で触れた。薄っぺらい、色鮮やかなプラスチックが、ぴったりと顔を覆っている。髪の上から後頭部を強く締めつける、ゴムひもの感触。かぶっていると息苦しい。つばと汗の臭いがする。

「ねぇ、パパ、走ってよぉ！　なんで走んないの！　パパ、突っ立ってるだけじゃだめだよ！　悪いオオカミはねぇ、ずっと走ってなきゃいけないの！」

少女が前に立ちはだかり、頭をのけぞらせるようにして彼をじっと見つめている。長い金髪のそこかしこに、芝生《しばふ》や土がついている。怒ったふりをしてはいるが、ほんとうに怒っている子どもがこんなふうにニヤニヤ笑うわけがない。悪いオオカミに追いかけられて、小さな町の一軒家の周りをぐるぐると走り回ったあげく、ついにオオカミは力尽き、お面を取って、プラスチック製の舌や牙《きば》のついていないべつの生きものになりたいと願っている。そんなとき子どもは皆、こんな笑顔を浮かべるのだろう。

「マリー、パパはもうへとへとだよ。オオカミだってちょっとひと休みしなきゃ。悪いオオカミじゃなくて、ちっちゃなおとなしいオオカミになりたいよ」

少女は首を横に振る。

「パパ、ねぇ、もう一回！ もう一回だけ」

「さっきもそう言ったじゃないか」

「これで最後。ね！」

「だから、さっきもそう言ってたよ」

「今度はほんと。あと一回だけ」

「ほんとうに？」

「約束！」

いとおしい、と彼は思う。自分の、娘。実感するまでずいぶん時間がかかったが、いま、はっきり分かる。娘を、愛している。

不意に、目の前に影が現われた。すぐ後ろに誰かいる。そろりそろりと、忍び足でやってくる。前方のどこか、木立のあたりにいるものとばかり思っていたが、いつのまにか後ろに回っていたらしい。ゆっくりとした動きがやがて速さを増した。と同時に、芝生と土まみれの髪の少女が前方から襲いかかってくる。別々の方向から同時に突き飛ばされ、彼はよろめいて転倒した。その上に二人が飛び乗る。少女は片手を高くあげ、同じ年ごろの黒髪の少年も片手をあげる。そして、互いの手のひらをパーンと打ち合った。ハイタッチだ。

「悪いオオカミ、降参だって、ダヴィッド！」

「わーい、勝ったあ！」

「子ブタさんは強いもんね！」

「無敵だよね！」

五歳児が二人で、悪いオオカミをはさみうち。彼にはもう勝ち目はない。いつものことだ。そこで、ごろりと転がって仰向けになる。子どもたちは馬乗りになったままだ。彼はプラスチックのお面を両手で顔からはずすと、強い日差しに目を細めた。そして、大声で笑い出した。

「おかしいよなぁ。どういうわけか、パパは絶対勝てないんだ。だいたい、いままでにパパが勝ったこと、一回もないんじゃないかな？　なぜだか教えてくれないか？　なあ、二人とも」

そう言ってはみたものの、二人の耳には届いていない。プラスチックのお面という戦利品を手にした子どもたち。まずは自分でお面をかぶって、敵の首を獲った戦士のごとく走り回る。それから家に入り、二階のマリーの部屋へと向かう。たんすの上に置かれた、過去の戦利品の数々。そこにお面を並べたら、しばらく静かに立ちつくす。五歳の二人がともに築き上げたおとぎの世界で、この品々は永遠に、栄光の輝きを放《はな》つのだ。

彼は遠ざかっていく二人の背中を見送った。近所に住むダヴィッド、そして自分の娘マリー。あふれんばかりの生命。これからの長い歳月が、二人の手の中にある。その指のあいだから、月日が流れ出していく。うらやましい。無限の時を手にしている二人。ほんの一時間でさえも長く感じられ、季節は永遠に続くのではないかと思う、その感覚が、うらやましくてしかたがない。子どもたちが扉の向こうへ消えていく。彼は空のほうを向くと、仰向けのままじっと空を見つめ、さまざまな青色を見つけようとした。幼いころよくやったものだ。いまもこうして、青色探しをしている。空の青色は、決してひとつではないのだ。あのころは良かった。職業軍人だった父。階級は大尉で、そこが肝心だった。それはつまり将校であるということ、さらに出世する可能性があるということを意味していたからだ。母は専業主婦で、彼や兄が出かけるときも帰ってくるときも、いつでもかならず家にいた。みんなが留守にしているあいだ、母はいったいなにをしていたのだろう。マンション三階の四部屋ある住まいで、ただひたすら繰り返される毎日を母がどうやりすごしていたのか、いまだによく分からない。

彼が十二歳の誕生日を迎えたとき、すべてが一変した。正確に言うとそれは、誕生日の次の日のことだった。まるで兄が、誕生日が終わるのを待っていてくれたかのようだ。弟の誕生日を台無しにしたくないとでもいうように。誕生日が弟にとって、単に生まれた日というだけではなく、あらゆる夢や憧《あこが》れがたくさん詰まった日であるということを、分かってくれていたかのように。

フレドリック・ステファンソンは立ち上がり、シャツと短パンについた芝生を払い落とした。最近は以前にも増して、兄のことをよく思い出す。突然いなくなってしまった兄。きちんと整えられた、持ち主のいないベッド。永遠に途絶えた、兄弟の会話。あの朝、出かけていく兄と交わした抱擁《ほうよう》は、いつもよりもずっと長かったような気がする。そうやって弟を抱きしめて別れを告げた兄は、ストレングネース駅まで歩いていき、そこからストックホルム行きの電車に乗った。一時間後、電車を降りて地下鉄の駅へと向かい、切符を買うと、南へ向かうグローナ線ファーシュタ行きに乗り込んだ。メドボリヤルプラッツェン駅に到着し、プラットフォームに降り立つ。そして兄はスカンストゥル駅方面へ、ゆっくりと、地下鉄のレールの上を歩き出した。六分後、地下鉄運転士がヘッドライトの光の中に人影を認めた。運転手があわててブレーキを踏み、パニックと苦しみと恐怖の入り混じった叫び声をあげる中、先頭車両は十五歳の身体に衝突したのだった。

それ以来、兄のベッドはあの日のままだ。ベッドカバーがかけられ、足元のところに赤い毛布が折り畳んで置いてある。なぜそうしてあるのか、フレドリックには昔もいまも分からない。兄がいつ戻ってきてもいいようにということだろうか。長いあいだ、目の前に兄がひょっこり現われないものかと、ひたすら願ってきた。すべてがなにかのまちがいであったならどんなにいいか。そういうまちがいが起こることも、ときにはあるではないか。

まるで、残された家族までもが、メドボリヤルプラッツェン駅とスカンストゥル駅を結ぶ地下鉄の線路上で、同じ日に命を落としたかのようだった。母はあれ以来、昼間に家で待っていることがなくなった。どこに行くのかも告げないまま出かけていき、春夏秋冬いつでも暗くなってから帰宅した。父はがっくりとうなだれ、大尉らしくぴんと伸びていた背筋はすっかり曲がり、もともと少なかった口数がさらに減ってほとんど口をきかなくなった。そして、息子への折檻《せっかん》はもう二度と起こらなかった。少なくとも、あのあとに折檻を受けた記憶はない。

子どもたちが家の中から出てきて、ふたたび戸口に現われた。マリーとダヴィッド。二人の背丈は同じくらい、五歳児のほぼ平均的な身長と言っていいだろう。マリーの身長が何センチだったか、正確な数字は忘れてしまった。身長と体重を記したメモを保育園から渡されたが、背丈がどのくらいあるかなんて見れば分かることだし、数字にはどうも興味がわかないのだ。

マリーの長い金髪はまだ、芝生や土にまみれている。ダヴィッドの黒髪は、額からこめかみにかけて、ぴったりと肌に貼《は》りついている。家の中でお面をかぶっていたのだと一目で分かる。フレドリックは笑い声をあげた。

「二人とも、ずいぶんきれいな格好だなぁ。いや、パパも同じだろうね、きっと。よし、みんなで風呂《ふろ》に入ろう。ところで、子ブタさんって風呂に入るのかな。知ってるかい？」

　子どもたちの答えを待たず、二人のほっそりした肩に手を置くと、ゆっくりと家の中へ連れていった。玄関を通り、マリーの部屋の脇を通り、フレドリックの寝室の脇を通り、大きなバスルームに到着する。そして、古ぼけたバスタブに湯を張りはじめた。脚付きで高さがあり、座ることのできる段差が二カ所ついている、スヴィネガーンの国道55号のすぐそば、どこかの故人の形見をオークションにかけていたところで、たまたま見つけたものだ。ゆうに三十分は湯船につかって、湯で肌をすっきりさせ思いを巡らす、それがフレドリックの毎晩の習慣だった。そうやって、次の日の執筆のために、次の章のために、次の語のために、考えをまとめるのだ。フレドリックは湯かげんをみた。熱すぎもせず、ぬるすぎもせず、ちょうどよさそうだ。緑色のアルフォンス・オーベリ（グニッラ＝ベリィストロム作、人気絵本の主人公）からは真っ白な泡があふれ、なんともやわらかく心地よさそうに見える。子どもたちは自分から進んでよじ登るようにしてバスタブに入り、片方の段差に腰を下ろした。フレドリックも急いで服を脱ぐと、もう片方の段差に腰掛けた。

　五歳児とはこんなにも小さいものなのか。子どもたちが裸になってみて初めて、そのことを実感する。やわらかい肌、華奢《きゃしゃ》な身体、そして常に期待に満ちた顔。マリーを見ると、額についた真っ白な泡が、鼻筋に沿ってゆっくりと下に流れ落ちている。ダヴィッドに目をやると、アルフォンスの形をした容器を逆さに持ち、中身を惜しげもなく注ぎ出して、さらに泡を立てている。自分が五歳のころは、どんな子どもだったのだろう。写真がないので、自分の顔をマリーの身体と組み合わせたところを想像してみる。マリーは父親似だと、たいがいの人はマリーとフレドリックを間近で見ると断言する。そう言われるとフレドリックは驚き、マリーはたいてい恥ずかしがった。五歳の自分の顔がマリーの身体に載っているところを思い浮かべる。そうすれば、思い出せるはずだ。あのころ感じていたことを、ふたたび感じられるはずだ。だが、思い出せることといえば折檻されたことだけだった。居間にいる、父と自分。自分の尻に置かれた、あの大きないまいましい手。それは、覚えている。それから、居間のガラス戸の向こうに見える、兄の顔も。

「泡、もう出ないよ」

ダヴィッドはフレドリックに容器を差し出し、実際にその注ぎ口を湯船に向けて何度か振ってみせた。

「そうだね。全部使っちゃうからだろ」

「全部入れちゃいけなかったの?」

フレドリックはため息をついた。

「まあいいさ」

「新しいの買えばいいよ」

自分も、兄が折檻を受けるのをいつも見ていた。ガラス戸越しに見られていることに、父はまったく気づいていなかった。兄が叩《たた》かれる回数は自分よりも多く、かかる時間も長かった。少なくとも、数メートル離れたところから見ていると、そう感じられた。記憶がよみがえってきたのは、大人になってからだ。折檻の記憶は十五年以上失われていたのに、三十歳を間近に控えたある日突然、あの大きな手と居間のガラス戸の記憶が襲いかかってきたのだった。それ以来、記憶の中のあの居間へと繰り返し戻っていき、当時の思いを呼び起こさずにはいられなかった。怒りは感じない。不思議なことに、復讐《ふくしゅう》を望む気持ちも起こらない。感じるのは、悲しみ。それだけだ。〝悲しみ〟こそが、思いつく限りでもっとも的確な言葉だ。

「もっとあるよ、パパ」

フレドリックはうつろな視線をマリーに向けた。その空虚を、マリーが追い払う。

「ねえ、パパってば！」

「もっと？　なにが？」

「アルフォンスの泡が出るやつ。もっとあるよ」

「ほんとうかい？」

「あのいちばん下。あと二つあるよ。三つ買ったでしょ」

兄の悲しみのほうが大きかった。年長で、折檻にかかる時間も長く、叩かれた回数も多い。ガラス戸の外で、兄はいつも泣いていた。自分が折檻されるときは泣かないのに、弟が折檻されるのを見ているときだけ、泣いていた。兄は悲しみとともに生き、表には出さず、悲しみが自分のものとなるまで、そしてそれが自分自身を打ち据え、ついにある朝、三十トンの地下鉄車両という巨大な一撃となるまで、ひたすら負いつづけたのだ。

「ほら、ここ」

マリーはバスタブから這《は》い出てバスルームを横切り、洗面所の戸棚の扉を開けている。そして、誇らしげに指差した。

「ほらね、二つあるよ。三ついっしょに買ったんだもん」

床がびしょ濡《ぬ》れだ。泡も水も、マリーの身体からしたたり落ちている。もちろん、本人はまったく気づいていない。アルフォンスの容器を片手に、ふたたびバスタブによじ登って中に入ると、なんなく容器を開けてしまった。ダヴィッドがそれをひったくると、無頓着《むとんちゃく》に、容器がまた空《から》になるまで中身を注ぎ出す。ダヴィッドがヒャッホーという歓声ともなんともつかない叫び声をあげる。そして二人は、ふたたびハイタッチをした。この一時間でもう二回目だ。

ワイセツ野郎が憎い。その感情は、一般の人たちと変わらない。しかし自分はプロだ。仕事だと割り切るのだ。そう、自分に言い聞かせる。仕事。仕事。仕事。

オーケ・アンデションは三十二年間にわたり、刑務所を出入りする囚人を護送する職務に従事してきた。五十九歳。白髪混《しらが》じりながらもふさふさとして、手入れの行き届いた髪。少々太りぎみの体型。上背があり、同僚のみならずこれまでに護送した連中の誰と比べても背が高い。自称百九十九センチ。実際は二百二センチあるのだが、身長が二メートルを超えるとまるでなにかの変異種かできそこないのように見られるのには、心底うんざりしている。

アンデションは、ワイセツ野郎を毛嫌いしている。力ずくで女をものにしなけりゃ気が済まない、ろくでもない連中。とくに我慢ならないのが、子どもを手込めにするやつらだ。嫌悪感は強く、自分でもよくないとは思いつつ、連中と顔を合わせるたびに憎しみが増す。平々凡々とした日常の中、なにかの感情を抱くこと自体、そのときぐらいしかない。しかしそのときに感じる凶暴性ときたら、自分でも恐ろしくなるほどだ。出し抜けにエンジンを止め、後部座席に乗り込んでいって、ろくでなし野郎を後ろの窓にぐいっと押しつけてやりたい。そんな衝動をなんとかこらえる。

表情には出さずに。

いままで護送したなかには、もっとろくでもない、人間のクズのような連中もいた。というより、もっと重い刑を宣告された連中、と言うべきか。とにかく、クズというクズは残らずこの目で見てきた。新聞に大きく載るようなことをやらかした連中はみんな、自分が手錠をかけ、横にぴったりと付き添って護送車まで連れて行き、バックミラーに映るその姿を無表情な目でじっと見つめてきたのだ。連中のほとんどは、頭の弱い馬鹿どもだ。しかし、なかにはちゃんと分かっているのもいる——なにごとにも代価があり、なにかを買うのであれば、それ相応の代償を支払わなければならない、ということを。この単純な論理が、アンデションの持論だ。ケアだの配慮だの更生だの、部外者はくだらないことばかり言いつのるが、買うなら支払え、それだけのことだ。

アンデションは、ワイセツ野郎をすぐに見分けることができる。百発百中だ。連中の外見には、どこか独特のものがある。判決文も書類も見る必要はない。一目で分かるのだ。まったく我慢ならない連中だ。これまでに何度か、飲み屋でビールをひっかけつつ、ワイセツ野郎は簡単に見分けがつく、自分には分かるのだ、という話をしてみたことがある。しかしどうやって見分けるのかと問われると説明できず、差別的だとか偏見だとか人道的でないとか思われるのがオチだったので、もういやになってその話をするのはやめた。とにかく、アンデションには見分けがつく。そして連中もアンデションに見抜かれていることに気づき、目が合うところこそ隠れようとするのだ。

いま護送しているワイセツ野郎は、これまでに少なくとも六回護送したことがある。一九九一年、控訴裁判所と拘置所のあいだを数往復。九七年、こいつが脱走したとき。九九年、セーテル精神病院から、どこだったかべつの場所へ。そして現在、暗闇《くらやみ》の中、ストックホルム南病院へ向かっている。アンデションが男を見やると、男もアンデションに目を向け、二人はバックミラー越しにどちらが長く目をそらさずにいられるかを無意味に競い合った。男は、ごく平凡な人間に見える。ワイセツ連中はたいがいそうだ。ほかの人々の目には、ごくふつうに見えるのだ。上背はそれほどない。百七十五センチ。痩《や》せ型で短髪。穏やかな物腰。一見、ふつうの男だ。子どもを手込めにするようなクズだというのに。

リング通りから病院へ坂道を上がるところで赤信号になった。夜中の道路は閑散《かんさん》としている。後ろのほうからサイレンが聞こえ、青い光が近づいてきた。救急車が通り過ぎ、坂道へ曲がっていくあいだ、アンデションは車を停めて待機した。

「ルンド、着いたぞ。あと三十秒で降りる。準備しろ。電話で連絡してあるから、すぐに医者が診察に来る」

アンデションは決してワイセツ連中と言葉を交わさない。いつものことだ。同僚のウルリク・ベルントフォシュは、それを心得ている。アンデションの気持ちは分かる。ほかの同僚たちも同じ意見だ。しかしベルントフォシュは、憎しみまでは抱いていない。

「そうすれば、俺たちもすぐ帰って朝飯にありつけるし、おまえもそいつを着けたまま待合室で待たなくて済むからな」

そう言ってウルリク・ベルントフォシュは、ルンドという名の男の腹周りについている鎖と腰かせを指差した。いままで腰かせを使ったことなど一度もない。しかし今回は命令だ。オスカーションがそのためにわざわざ電話をかけてきたのだ。命令を受けたあのとき、服を脱ぐようルンドに告げると、返事の代わりにうすら笑いとゆっくりと腰を振る動作が返ってきた。薄い金属板でできたベルトを腹に回し、そこから脚に沿って四本の鎖を下ろして足かせに固定し、上半身にも鎖を二本回して手錠に固定した。こんな光景は、ニュース映像や、研修でインドに行った際などには見たことがあったが、それを除けば目にするのは初めてだった。スウェーデンの刑務所では通常、囚人に番号をつけ、連中を上回る数の刑務官を配置することで、囚人を管理している。せいぜい手錠をかけるくらいで、シャツやズボンの下にまで鎖をつけることはない。

「これはお気遣いをどうも。ありがたいね。気の利いたことで」

ルンドの語り口は静かで、かろうじて聞こえるくらいの声だ。皮肉のつもりなのか、ウルリク・ベルントフォシュには判断がつかない。ルンドの動きで、鎖がぶつかりあって金属音を立てる。ルンドは身を乗り出すと、運転席と後部とのあいだにある小窓の縁に頭をもたせかけた。

「看守さんよ、マジな話、これじゃ無理だぜ。鎖だらけで動けやしない。このガチガチの服、外してくれないか。逃げたりしないから」

オーケ・アンデションはバックミラー越しにルンドをじっと見据える。そして救急外来入口への坂道で急にスピードを上げるると、すぐにブレーキをかけた。ルンドは小窓の縁のとがったところに顎《あご》をしたたか打ちつけた。

「おい！　なにしやがる、この番犬野郎！　頭おかしいんじゃねえのか？」

普段のルンドは穏やかな男で、話しかたもきちんとしている。しかし、いったん馬鹿にされたと思うと、豹変《ひょうへん》する。わめき散らし、悪態をつくようになる。やっぱりな、とアンデションは思う。やつらは、見かけが似ているだけじゃない。実際、似たような連中なのだ。ウルリク・ベルントフォシュは胸のうちで笑い声をあげた。アンデションのやつ、ちょっとやりすぎなんじゃないか。こいつはたまにこういうことをやる。決して話しかけはしないくせに。

「ルンド、残念だがそれは無理だ。オスカーション区画長からの命令でな。おまえは危険人物扱いだ。だからどうしようもない」

言葉をうまく操ることができない。まるで言葉が勝手に口から出てくるようだ。心の中の高笑いが外に漏れて聞こえてしまうのではないか、自分はこの男を護送することで給料をもらっているというのに、こいつをさらに挑発することになってしまうのではないかと、顔をひきつらせているにもかかわらず。ベルントフォシュはルンドに話しかけつつ、やがてアンデションと同じように、前方に視線を移した。

「区画長の命令に背いてそいつを外せば、われわれの監督不行き届きということになる。分かるな」

ついさっき通り過ぎていった救急車が、救急外来入口の構内に停まっている。救急隊員が二人、担架を持って、入口へと続く階段を駆け足で、一段飛ばしで昇っている。ウルリク・ベルントフォシュの目に、女性の姿が映った。血まみれになった長い髪が、片方の救急隊員の脚に貼りついている。赤とオレンジ色は合わないな、とベルントフォシュは考える。なぜ救急隊員の制服はよりによってオレンジ色なのだろう。当然、血がつくことも多いだろうに。激しい怒りなどの感情に襲われると、いつも無意味なことを考えてしまう。

「ちくしょう、オスカーションめ！　あの野郎、なぜ俺の言うことを信じない。逃げたりしねえって言ってんのによ。アスプソースでそう言ってやったのによ、あの馬鹿！」

ルンドは小窓越しに運転席に向かって叫ぶ。それから頭を小窓から離すと、左側の窓のない壁に向かって、後ろ向きに体当たりした。護送車の金属板に腰かせの鎖が激突し、鈍い音が響き渡る。オーケ・アンデションは一瞬ほかの車にぶつかったのかと思い、あたりをきょろきょろと見回したが、なにも見当たらなかった。

「おい番犬ども、聞いてんのか？　オスカーションにそう言ったんだぜ、俺は。おまえらだって、俺の言うことなんか信じちゃいない。そうだろう？　ちがうか？　よし、いいか、よく聞け。このくそいまいましい鎖を外さなけりゃ、出ていくからな。分かったか、番犬ども！　出ていくぞ。逃げてやるってことだぞ。分かったか、この低能番犬ども！」

オーケ・アンデションはルンドと目を合わせようと、バックミラーを調節し、小窓の向こうにいるルンドの視線をとらえた。憎しみが湧き上がる。憎しみが襲ってくるのを感じる。張り倒してやる。ふざけるにもほどがある。番犬呼ばわりはもうたくさんだ。

三十二年。仕事。仕事。ひたすら、仕事。でも、もう限界だ。今日でおしまいだ。遅かれ早かれ、こうなる運命だったのだ。

シートベルトを外し、ドアを開ける。ウルリク・ベルントフォシュにはすぐにピンと来たが、引き止める間もなかった。アンデションは、このワイセツ野郎に罰を与えるのだ。どんなワイセツ野郎も受けたことがないような罰を。ベルントフォシュは座ったままニヤリと笑った。べつに止める筋合いもない。

いちばん静かなのは、朝の四時を回ったころだ。曲がり角のバーに閉店まで居座っていた客たちが、がやがやと店を出て、港から海岸沿いの道を歩いて古ぼけたトステレー橋のほうへ消えていったあと。《ストレングネース新聞》の新聞配達人たちが大通りから町中へ散らばっていき、アパートの入口や郵便受けを次々とあわただしく開けていく前。《ストレングネース新聞》は、隣町で発行している《エスキルストゥーナ・クリーレン》紙の姉妹版で、第一面と第四面だけがローカルニュースに差し替えられているものだ。

この時間がいちばん静かなのだと、フレドリック・ステファンソンは知っている。ここのところずいぶん長いあいだ、夜中ぐっすり眠れたためしがない。寝室の窓を開けたまま横たわり、小さな町のたてる音に耳を傾ける。町が眠り、目を覚ます、その音に聞き耳を立てる。この町に住む人は皆知り合いか、少なくとも見覚えのある人ばかりだ。小さな町の世間は狭い。生まれてこのかたほぼずっと、この町で暮らしてきた。ウルフ・ルンデル（一九四九～　スウェーデンの作家・ロック歌手・アーティスト）の『ジャック』（一九七六年、ルンデルのデビュー小説。芸術家を夢見てボヘミアン的な生活を送る若者を描いてベストセラーになった）を読み、ストックホルムの下町セーデルマルム地区に移り住み、宗教史を勉強して北イスラエル、レバノン国境近くのキブツへ旅立ち、だが結局はここへ、知り合いのいる町、見覚えのある人々のいる町へ戻ってきた。ある意味、ここから出ていったことなど一度もないのかもしれない。あの子ども時代から、あの記憶から、兄を失った喪失感から、逃れることはできなかったのだから。そして、アグネスに出会った。黒い服に身を包んだ粋なアグネス。若くしてすでにいろいろな経験をしていて、なおさまざまな新しい道を模索していた彼女と、フレドリックは激しい恋に落ちた。二人の道は交わり、ともに暮らすようになった。そのあと、一度は別れを考えたが、ちょうどそのころにマリーが生まれた。二人の道はふたたび交わり、ともに家庭を築いたものの、結局それから一年も経たないうちに、それぞれべつの道を歩んでいくことになったのだった。アグネスはいま、ストックホルムに住んでいる。品の良い立派な友人たちに囲まれて。彼女にとっては、そのほうが居心地がいいにちがいない。いまのフレドリックとアグネスは、いがみあっているわけでは決してないが、ストックホルムとストレングネースを行き来するマリーを、迎えに行ったり送り届けたりするときにも、ほとんど会話を交わさない。

誰か、外を歩いている人がいるようだ。フレドリックは時計に目をやった。四時四十五分。最近、夜がいやでしかたがない。なにかまともなことでも考えることができたら、どんなにいいか――原稿の続き、二ページ分とか。しかし、だめなのだ。考えはさっぱり浮かばず、ただ時間だけが過ぎていく。朝がやってきて、出かける人々が戸締まりをし、車のエンジンをかける音が聞こえてくるあいだ、時間はただひたすら、半開きの窓から外へ流れ出していってしまう。執筆する気力もほとんど失せた。いつのまにか日が高くなり、マリーを保育園に送り届け、パソコンに向かってはみるものの、すぐに疲れが襲ってくる。それでも眠ることはできず、時間はそのまま過ぎていく。この二ヵ月で、書いたのはたった三章。これではあまりにひどい。出版社でもすでに、いったいフレドリック・ステファンソンはどうしたんだといぶかしみはじめている。

トラック。トラックみたいな音がする。ふつう、五時半より前には来ないはずなのだが。寝室とマリーの部屋とを隔《へだ》てる薄い壁の向こうから、マリーのいびきが聞こえてくる。高い声をしたかわいらしい五歳児のどこから、こんなたくましい成人男性のようないびきが出てくるのだろうか。そんないびきをかくのはマリーだけかと思っていたが、ときどきダヴィッドが泊まりに来ることがあり、そうするといびきは二重奏となって、寝息のあいまの沈黙を満たすのだった。

いや、あれはトラックじゃない。バスだ。そうにちがいない。

フレドリックは寝返りをうち、窓に背を向けた。目の前に、裸のミカエラが横たわっている。ブランケットもそのカバーも足元に重ね、なにも掛けずに眠っている。ミカエラは若い。まだ二十四歳だ。彼女といるとむらむらと興奮し、自分は愛されていると思えるが、ときおりふと自分の年齢を感じさせられる。いつもではないが、たとえば音楽や本や映画の話をするときに。なにかの曲や文章や場面が話題にのぼると、ミカエラは少女から女になったばかり、自分は中年男なのだ、そう実感せずにはいられない。十六年という歳月を経ると、映画のセリフも、ギタリストがソロで奏でるメロディーも、すっかり世代交代してしまうのだ。

ミカエラはうつぶせになり、顔をフレドリックに向けている。その頬を撫で、尻のあたりに軽くキスをする。ミカエラのことが好きだ。だが、愛しているのだろうか？　そこまで考える気力はない。

ミカエラがそばに横たわり、ともに時を過ごしたいと思ってくれていることは、もちろん嬉《うれ》しかった。孤独はいやだ。無意味で、息苦しい。息ができなくなれば、やってくるのはおそらく、死だ。フレドリックはミカエラの頬から手を離し、背中を撫でた。ミカエラがもぞもぞと身体を動かす。彼女はなぜ、ここにいるのだろう？　子持ちの中年男、見た目だってどうということもなく、可もなく不可もない男、金持ちでもなければ、とくに人好きするというわけでもない男。なぜミカエラは、そんな男のそばで夜を過ごそうとするのだろう？　美しく、若く、人生まだこれからなのに？　フレドリックはふたたび、ミカエラの腰のあたりにキスをした。

「まだ起きてるの？」

「ごめん。起こしたかな」

「ううん、べつに。あなた、眠ってないの？」

「お察しのとおりだよ」

ミカエラはフレドリックを抱き寄せ、裸の身体をぴったりと添わせた。寝起きの身体がまだほんのりと熱っぽい。目は覚めていても、身体はまだ眠っている。

「眠らなきゃだめよ、おじさん」

「おじさんだって？」

「じゃないと身体もたないわよ。分かってるでしょ。眠りなさい」

ミカエラはフレドリックを見つめると、キスをして抱きしめた。

「兄貴のことが頭から離れない」

「いまはやめて」

「考えずにはいられないんだよ。考えたいんだ。壁の向こうのマリーのいびきを聞いているとね、思うんだ。兄貴だって、まだ子どもだった。殴られてたときも、僕が殴られるのを見てたときも、ストックホルム行きの電車に乗ったときも、まだ子どもだった」

「ほら、目をつぶって」

「どうして子どもを殴るんだろう？　どうして？」

「目をつぶってしばらくしたら眠れるわよ。そういうものよ」

「ねえ、なぜ殴るんだろう？　子どもはやがて大きくなって、いろんなことが分かるようになる。そうすると、誰かを責めるようになるんだ。殴ったやつを責めるだけじゃない。自分自身も責めるようになるんだ」

ミカエラはフレドリックの身体を軽く押しのけると、寝返りをうたせてその背中を自分に向け、ぴったりと身体を寄せた。並んで横たわる二本の枝のように。

「殴られた子どもは大人になると、父親に折檻されたのは当然の仕打ちだったと思い込む。

自分にも非があるからだと思い込むんだよ」

ミカエラはもう眠っていた。ゆっくりとした規則正しい呼吸が、すぐ近くからフレドリックのうなじにかかる。うなじのあたりが湿ってくる。窓の外から、バスが停まり、バックし、また停まり、ふたたびバックしている音が聞こえてくる。もしかしたら、昨日来たのと同じ、あの大きな観光バスかもしれない。

護送車の運転席のドアを開け、外へ飛び出したオーケ・アンデションは、それまでに経験したことのない感情に襲われていた。抑えきれない憤激《ふんげき》、怒りに満ちた憎しみ。囚人たちのあらゆる罵詈《ばり》雑言《ぞうごん》を、三十年以上もずっと甘受《かんじゅ》してきた。憎しみを抱いても、じっと動かず黙ったまま、拘置所から地方裁判所へ、救急病院から刑務所へ、ひたすら護送を続けてきた。囚人たちと言葉を交わすのは同僚たちに任せ、ただひたすらまっすぐ前を見つめて、クズどもを護送するという仕事だけをこなしてきた。しかしこのロリコン野郎にはもう耐えられない。こいつには以前にもキレかかったことがある。アンデションは知っている。この男がどんな事件を起こしたか。犠牲となった少女たちの変わり果てた姿がどんなだったか。前回こいつを護送したときには、そのあと何日も続けて夢に見たものだった。人を小馬鹿にしたような笑顔。他人の気持ちを理解する能力の欠如。同じ罪を何度も繰り返す、この男。そしてある朝目覚めると、トイレにたどり着くことさえできず、廊下に嘔吐《おうと》してしまった。抑えていた感情が腹にたまり、ついに入りきらなくなって出てきてしまったかのように。

なにをするつもりなのか、自分でも分からない。もはや自分ではないなにかが、自分を動かしている。三度目の「番犬ども」の言葉が小窓越しに飛んできたときにはもう、自分の義務とか、先のこととか、どうでもよくなってしまった。代わりに頭の中を占めていたのは、とがった金属の物体で性器を切り裂かれた、裸の少女たちの姿。アンデションの大きな身体が、護送車の後部ドアへ突進していく。

ウルリク・ベルントフォシュは以前にも一度だけ、ルンドを護送したことがある。地下の物置部屋で少女たちが殺されたあの事件の、裁判二日目のことだ。当時はまだ新米で、大事件の被告人を護送するのは初めてだった。九歳の女児二人が殺されたこの事件は大きな話題となり、記者やカメラマンがずらりと列を成していた。いまになってみると、あのときの自分の態度が恥ずかしい。そもそも被害者の少女たちのことなど頭になく、ことの大きさを分かってもいなかった。まだ新米だったから、自分は重大任務に大抜擢《だいばってき》されたと思い込み、ルンドの脇を歩いている自分の姿をテレビで見て、どこか誇らしいような気持ちになったものだった。しかしあとになって、娘に聞かれた。あのルンドって人、どうして二人を殺したの？　どうして、二人の身体をめちゃめちゃに傷つけたりしたの？　娘は当時十歳で、被害者の少女たちとの年の差わずか一歳、事件に関する記事が出るたびに熟読していた。そして、父親を質問責めにした。だって、お父さんは犯人と知り合いだもの。いっしょに歩いているところ、何回もテレビに映ってたし。ベルントフォシュはもちろん、娘の問いに答えることができなかった。それでやっと、少しずつ分かってきた。娘に問いかけられたことで、娘の感じている恐怖をかいま見たことで、彼は自分の仕事の意味について学んだのだった。あれはどんな研修よりも勉強になった。

アンデションが憎しみを抱いていることは知っている。直接聞いたわけではないが、アンデションの態度や言動を見ていれば分かる。そのうち自分も、同じように憎しみを抱くようになるのだろうか。ルンドみたいな連中に、罵詈雑言を浴びせられつづけていたら。だから、囚人たちと話す役割をすすんで引き受けた。誰も話をしないわけにはいかないじゃないか。それが仕事なのだ。連中を護送することが。

しかしルンドが番犬どもと三度目に叫んだとき、ベルントフォシュにもついに分かった。もう限界だ、と。アンデションが車を降りたときにはもう、はっきりとそのことが見えていた。

このまま護送車の助手席でじっと前を見つめ、救急外来入口の階段から目をそらさずにいれば、見なくて済む。見さえしなければ、調査官に嘘をつかなくて済む。

オーケ・アンデションがあとになって証言したところによると、救急外来の駐車場はがらんとしており、車も人影もなかったという。しかしアンデションはこうも証言した。たとえ駐車場に誰かいたとしても、きっと気づかなかったにちがいない。自分はただひたすら、護送車後部へ走っていった。怒りと憎しみで、ほかのことは目に入らなかった。

アンデションは護送車後部のドアを引いた。取っ手は小さく、体格に見合ったアンデションの大きな右手が、金属のすき間にかろうじて入った。

それが破局のはじまりだった。

ベルント・ルンドが叫ぶ。番犬野郎、この犬めと、幾度となく繰り返す。声が裏返る。そして、アンデションに襲いかかった。ズボンやシャツの下で、手錠や足かせと腰かせとをつないでいたはずの鎖を、まとめて片手につかんでいる。オーケ・アンデションには、それに気づく間も、その意味を理解する間もなかった。重い鉄の鎖で顔面を殴られ、地面に倒れ込む。ルンドは護送車の開いたドアから外に飛び出すと、ふたたびアンデションに殴りかかった。その顔面を何度も、意識を失うまで殴りつづける。腹を、腰を、股間を蹴り上げる。アンデションの大きな身体がぴくりとも動かなくなるまで、蹴りつづける。


ウルリク・ベルントフォシュは長いあいだ、まっすぐ前を見つめていた。アンデションのお仕置きは、どうやらうまくいっているようだ。耳を傾けていると、ルンドがいまだに番犬などとわめいているのが聞こえてくる。ずいぶん粘るものだ。だがしばらくすると不安になってきた。長すぎやしないか。もういいんじゃないか。もう止めろよ、さもないと取り返しのつかないことになるぞ。そこでアンデションを止めに行こうと、ドアを開けて車を降りようとしたところ、すぐ脇にルンドが立っていた。長い鎖で車の窓を割り、顔面に殴りかかってくる。車から引きずり出されて、さらに殴られた。あとになって思い出されるのは、悪魔のような叫び声。ルンドにズボンを引きずり下ろされ、鉄の鎖で局部を激しく殴られたこと。

わめきつづけるルンドの声。おまえらこんなにでかくなかったら、カマ掘ってやるんだがな。でかいやつらには、俺の愛を受ける資格はない。俺を待っているのは、俺に貫かれるに値するのは、小さなやつらだけなんだ——。

百八十歩。自宅の玄関から、この小さな町に影を落とす灰色のコンクリート塀に開いた、鉄格子の門までの距離。レナート・オスカーションはいつも、歩数をかぞえている。最高記録は百六十一歩。数年前のことだ。あの当時は刑務所内のジムで、囚人たちといっしょになって身体を鍛えていたからだ。だがあの暴行事件以来、トレーニングはやめてしまった。ある朝、長期刑の囚人が、誰かほかの囚人にめちゃめちゃに殴られたのだ。医師の話では、凶器はウェイトリフティング用の錘《おもり》やダンベルだろうとのこと。跡がくっきりと残っており、すぐに分かったそうだ。囚人たちはもちろん全員、なにも見ていない、なにも知らないと証言した。オスカーションはそれ以来、ジムに行くことができなくなった。怖いわけではない。区画長に殴りかかってふたたび尋問を受けようという馬鹿はいないだろう。恐怖ではない。むしろ、吐き気のするような嫌悪感。自分が担当していた囚人が、生きる権利を奪われた、その同じ場所にいるということが耐えがたかった。

塀に取りつけられた呼び鈴を鳴らす。頭上の小さなカメラで見られているのを感じ、スピーカー越しに応答する声が聞こえてくるのを待つあいだ、オスカーションは振り返り、ついいましがた出てきたばかりの自宅を見やった。居間の窓の向こう、寝室の窓の向こうに目を凝《こ》らす。灯りはついていない。ブラインドが半分下りている。誰の顔も見えない。電話台のそばに立つ後ろ姿もない。

「はい」

「オスカーショョンだ」

「どうぞ」

鉄格子が開き、オスカーショョンは中に入る。周りを取り囲む塀を見やり、軽くまばたきをする。二つの世界。自分はこの二つの世界を、ほんの数分で自由に行き来できる。オスカーショョンは次の扉へ近づいた。中央警備室の窓をノックすると、警備員のベリィに向かって合図をする。そのベリィは返事代わりに手を挙げると、ふたたびボタンを押した。ブーッと鍵の開く音がする。ドアを開けると、廊下にはクレンザーかなにかのにおいが漂っていた。

レナート・オスカーショョンは、職場であるアスプソース刑務所に到着するたびに、いつも誇らしい気持ちになる。いまの肩書きは刑務監督官だが、さらに出世するつもりだ。刑事施設管理に関する研修などの機会には、かならず顔を出すようにしている。出世したいのなら、その意志を見せなければならない。自分はそうしてきたし、その姿をしっかり見ている人がいることも分かっている。

彼は七年前、アスプソース刑務所にある性犯罪者専用区画のうちのひとつを統括する立場となった。

囚人たちとともに過ごす日常。弱者を犯したせいで収容されている連中、現代社会に残る唯一のタブーを破った連中だ。この囚人たちと、彼らを担当する刑務官たちを統括すること、それがオスカーションの仕事だ。刑務官の仕事は、囚人たちのケアを行ない、罰することである。そう、それこそが刑務官の使命だ。ケアと、罰。そして、その二つを混同しないこと。自分なりに思うところや感じるところがあっても、それは表に出さない。ただ、出世するつもりだということ、それだけを周りにアピールする。

だが今日は、退屈きわまりない一日になりそうだ。全体会議。区画別会議。こうして自分たちを、会議という名の迷路に閉じ込めていく。無意味な定例業務に関する、無意味な決定。元からある体制に、ただひたすらしがみつく。なにか問題を解決しようと思ったら、鋭い頭脳とかなりのエネルギーが必要だ。その代わり、会議の議事規則をどんどん膨らませれば、繰り返しによる安心感が生み出される。こうして、無駄はそのまま維持される。

「おはよう」

会議室。長いテーブル。ホワイトボード。OHP。この部屋だけ見たら、ここが刑務所だとは誰も思うまい。皆が挨拶《あいさつ》を交わす。刑務監督官八人と、アルネ・ベルトルソン所長。オスカーションの、もっとも近しい同僚たちだ。毎日をともに過ごしているが、付き合いはほとんどない。誰の家にも行ったことはないし、誰かを自宅に呼んだこともない。街でビールを一杯ひっかけたり、サッカーの試合を見に行ったりすることはあっても、自宅に招き合うことはないのだ。こんな付き合いで、お互いを知っていると言えるのだろうか？　年のころは皆だいたい同じ。見かけも似ている。青い制服のズボン、ネクタイ、シャツ——まるでタクシー運転手の会議のようだ。

　ベルトルソンがＯＨＰのスイッチを入れた。音がした。音はしたが、なにも映し出されない。ベルトルソンはしゃがみこんで、手当たり次第にボタンを押した、が、結局あきらめた。

「ああ、もううんざりだ。議題一覧なんて、どうでもいいな。誰からいこうか？」

　沈黙。誰も、なにも言わない。グスタフソンはコーヒーを飲んでいる。ニルソンはメモ帳になにやら書きつけている。ルンドストレムは窓の外を見ている。ほかの連中も、ただただ黙りこくっている。いつもの会議進行が乱されて、皆なにをしていいか分からなくなり、困り果てている。

　オスカーションは咳《せき》払いをした。

「じゃあ、私が」

　全員がふうと息をつく。とりあえず、会議を始めることができそうだ。

「もう前にもしつこく言ったことですが、もう一度言わせていただきたい。みんな、サロネンが暴行された事件を忘れたんですか？　あんなことがあったのに、いまだに一般区画の連中が、うちの区画の連中と同時に売店やジムに向かっている。また昨日も小競り合いがありました。ブラントとパーションが止めに入っていなかったら、どうなっていたことか」

　話を続けつつ、同僚たちひとりひとりをじっくり観察する。なかでも紅一点のエヴァ・ベルナルドには長いあいだ視線を注ぐ。天敵だ。この女ときたら、刑務所のルールをまったく分かっていない。ずっと昔から受け継がれてきた、書類には書かれていない、問答無用の掟《おきて》というものを。

「つまり……」

オスカーションの視線にこめられた非難を、ベルトルソンは見てとった。また口論になるのか。勘弁してくれよ。そこで口を挟む。

「……区画間の連携が必要だと？」

「そのとおりです。ここは、ふつうの社会とはちがう。現実の世界とはちがうんですよ。いまこの部屋にいる人なら皆、当然分かっているはずですよね。いや、少なくとも、分かっているべきだ」

オスカーションはエヴァ・ベルナルドから視線をそらさずに言った。とにかくあらゆるいさかいを避けようとするベルトルソンも、今回ばかりはなあなあで済ませるわけにはいかないだろう。またうやむやにしようったって、そうはさせるものか。

「一般区画から招かれざる客がやってきて、うちの区画の連中に襲いかかったら、もう誰にも止められない。そうでしょう？　ワイセツ野郎がくたばれば、みんなから拍手かっさいなんだから」

そして、エヴァ・ベルナルドを指差す。

「昨日騒ぎを起こしたのも、そういう招かれざる客だった。君の区画の囚人だ」

エヴァ・ベルナルドは、じっとにらみ返してきた。

「囚人番号〇二四三号、リンドグレーンのこと？　それならそうと言えばいいじゃない」

「そのとおりだ」

「スティーグ・リンドグレーン、通称リルマーセン（「小さなダーラナ男」の意。スウェーデン中部ダーラナ地方出身の男性を指す）は、たしかにろくでもない人間かもしれない。でも、彼には自分をコントロールする力がある。普段の彼は模範囚そのものよ。穏やかで、なんにもしない。独房で横になって、手巻きタバコをふかしてる。読書もしなければ、テレビも見ない。ただただ、ぼうっと時を過ごしてる。刑務所で過ごした期間は、合計二十七年。四十二件の犯罪で有罪判決を受けてる。ロマ語ができる連中のひとり。同じ区画に新入りが入ってくると、そいつの正体を嗅《か》ぎまわって、自分がいちばんの古参だってことを見せつけてやらないと気が済まない。つまりは、上下関係ね。どっちが先輩なのか、思い知らせてやろうとしてる。それだけなのよ」

「昨日のは新入りじゃないぞ。もしあのまま誰にも見つかってなかったら、あいつ、うちのが死ぬまで殴りつづけてたにちがいない。分かってるだろう」

　グスタフソンはコーヒーカップをテーブルに置き、ニルソンはメモ帳のページをめくり、ルンドストレムはべつの窓の外に目をやった。ベルトルソンはだんまりを決め込んでいる。興味深いやりとりだと思っているのか、それとも、割って入るエネルギーがないだけなのか。

「終わりまでちゃんと話を聞いてくれない？　性犯罪者が来たときだけなのよ、リンドグレーンが……憎しみなんてものじゃない感情をぶつけるのは。でもね、書類をひととおり読んでみて分かったの。彼が性犯罪者を殴り殺そうとするのには理由があるのよ」

リルマーセンことリンドグレーンが何者か、レナート・オスカーションはよく知っている。塀の中の世界にすっかり慣れてしまったチンピラ。娑婆《しゃば》に出るのが怖いあまり、出所するとすぐさま刑務所の塀に立ち小便して、看守に見つかろうとする。それでも見つからなければ、バスに乗り込んで運転手を殴り倒す。前回出所したときにも、その手を使って戻ってきた。出所するたび、数ヵ月も経たないうちに、自分が生きていける唯一の世界、誰もが自分の名前を知っている世界に、戻ってこようとする男だ。

「さっき、ロマ語と言ってましたよね」

モンソンがどうも分からないという表情でエヴァ・ベルナルドのほうを向く。マルメ出身の新米代理職員だ。ファーストネームは思い出せない。

「ええ」

「スティーグ・リンドグレーンはロマ語ができるって」

「そうよ」

「どういう意味ですか？　ほんとに話せるんですか」

エヴァ・ベルナルドはにやりと笑った。人を小馬鹿にしたようなこの笑みが、皆に嫌われる原因だ。オスカーションとこれ以上暴行事件の話をしなくて済むのが嬉しいらしい。いまや場をリードしているのは彼女のほうだ。エヴァ・ベルナルドは、マルメ出身のモンソンのほうを向いて言った。

「そうよね、たしかに知らなくて当然よね」

モンソンは新米だが、もうピンと来たにちがいない。この女の前で腹のうちを見せるべきではないと。

「いや、もういいです。僕の質問はなかったことに」

「ロマ語はね、昔はよく使われていたの。囚人たちどうしの会話でね。刑務所語とでも言ったらいいかしら。あのいわゆるジプシーのロマ民族とは関係ないの。塀の中の言葉。話せる人はもうほとんどいなくなったわ。いまだにこの言葉が話せるのは、リンドグレーンみたいな連中だけ。塀の中で過ごした時間が、外で過ごした時間よりも長い連中よ」

ベルナルドは満足げだ。オスカーションが食ってかかってきて、刑務所の伝統を知らないと遠まわしに嫌味を言ってきたが、知識はちゃんとあるのだということを証明してみせた。

そうこうしているあいだに、ベルトルソンはついにOHPの起動に成功していた。議題一覧が映し出される。ベルトルソンはほっとした様子だ。すっかり脱線してしまうところだった。これでやっと仕切り直せる。八人の刑務監督官たちの皮肉めいた拍手に応えようとしたところで、電話が鳴った。自分のではない。自分の携帯は、電源を切ってあるはずだ。そもそも全員が携帯の電源を切っておくべきではないか。

「俺のだ。俺のです。すいません、消し忘れました」

オスカーションが立ち上がり、ジャケットの内ポケットに手を入れた。

着信音が二回鳴った。発信元番号に見覚えはない。三回目の着信音。出ないほうがいいのではないか。四回目。彼は電話に出る。

「もしもし」

ほかの八人が聞き耳を立てている。

「ああ、なんの用だ」

彼は腰を下ろす。

「なんだって？　いま、なんと言った？」

ささやくような声だ。

「よりによって……」

オスカーションはまだささやき声だが、それでも叫びはじめる。弱々しい声から、さらに力が失われる。

「どうしてよりによってあいつなんだ！　あいつだけは、絶対だめだ！」

八人は身じろぎもせず聞いている。いつもきちんとしているオスカーションが、目の前でいま、がたがた震えている。

「警備室からでした」

オスカーションは携帯電話を切った。真っ赤な顔をして、息を切らしている。

「うちの区画の囚人が逃げました。場所はストックホルム南病院近く。ベルント・ルンドです。護送していた看守二人を殴り倒して、護送車を奪ったそうです」

ベリィ通りのストックホルム市警察署は、シーヴ・マルムクヴィスト（一九五〇〜六〇年代に活躍したポピュラー歌手）漬けだ。少なくとも二階廊下の奥は、シーヴにどっぷり浸っている。毎日、朝が早ければ早いほど、大音量でシーヴの歌声が響く。一九七〇年代から変わっていない、百二十分テープの入った大きなカセットプレーヤー。プラスチックのカセットケースも、カセットテープ自体も、三十年前とまったく変わっていない。

シーヴの歌を集めたカセットが三本。今朝の曲目は、『ママはママのママにそっくり』、『なんてったってスコーネがいちばん』。メトロノーム・レコード、一九六八年。シングルのA面とB面だ。丈の短い上っ張りを着て、ほうきを片手にマイクの前に立つシーヴの白黒写真がジャケットに使われている、あのレコードである。

このカセットプレーヤーは、エーヴェルト・グレーンスが二十五歳の誕生日にもらったものだ。職場に持ち込み、本棚に置いた。警部となるまでに何度かオフィスが変わったが、引っ越しのたびにこのカセットプレーヤーを抱きかかえて移動した。エーヴェルト・グレーンスはいつも、誰よりも先に出勤している。遅くとも五時半には、かならずオフィスにいる。

そうして訪問者や電話などの邪魔が入らない二時間を過ごし、七時半ごろになるとカセットプレーヤーのボリュームを下げる。その時間になるといつも、廊下を行き来する連中のぼやきが聞こえてくるからだ。とはいえ、しばらくはそのまま放っておく。自分から気を遣ってカセットプレーヤーを止めるなんて、まっぴらごめんだ。文句があるなら直接言ってくればいい。

グレーンス自身、白黒写真のような、シーヴの歌声が転調したような、そんな存在だ。ずっしりと大柄で、くたびれた雰囲気の男。脳天を囲むように白髪が生えている。妙にぎくしゃくした歩きかた。脚が少し不自由のようだ。首筋もこわばっている。何年か前、突撃隊の先頭に立ってリトアニア人ギャングのアジトに突入したときに、ロープで首を絞められたのだ。あのときはかなり長く入院するはめになった。

グレーンスはこれまでずっと、有能な刑事でありつづけてきた。しかしいまでもそうなのか、そもそもそうありたいのかどうか、自分でもよく分からない。仕事を続けているのはただ単に、ほかになにをしていいか分からないからではないのか。単なる仕事にそれ以上の意味をもたせ、重要きわまりないことと思い込み、自分のすべてにまで格上げしてしまったのではないか。数年も経てば、自分のことなんかみんな忘れてしまうというのに。続々と入ってくる新入りたちは、過去のこと、たとえばついこの前まで偉かったのは誰か、暗黙の了解のうちに権力を握っていたのは誰か、またそれがなぜなのか、そういったことをなにも知らずに入ってくるのだ。この現実を、ちゃんと頭に叩き込んで忘れないようにするべきだ。妙な思い込みを正すために、職業訓練の一環として、この仕事はちっぽけで短命なもの、しばらく経てば忘れ去られる運命にある、そう教えるべきだ。自分だって、昔の偉い刑事たちのことなんか、なんにも知りやしないのだから。

誰かがドアをノックする。またあの馬鹿どもか。おずおずと、ボリュームを下げてくれませんか、と頼んでくる連中。

スヴェンだった。

この警察署で唯一、見どころのある男だ。

「エーヴェルト」

「ん？」

「えらいことになったよ」

「なんだ？　どうした」

「ベルント・ルンドが」

目がぱちりと覚める。眉がぴんと上がる。それまでやっていたことを脇にどかす。

「ベルント・ルンドだと？　やつがどうした」

「逃げられた」

「逃げられた……？」

「まただ」

スヴェン・スンドクヴィストは、エーヴェルト・グレーンスに好感をもっている。その毒舌も、気難しい性格も、べつに我慢できないほどではない。ある日突然引退の日がやってきて、数十年が無駄に過ぎ去ってしまったと感じるのが怖い、その気持ちもよく分かる。少なくとも、エーヴェルトには仕事への意欲がある。陰気で怒りっぽい男だが、信念を持って仕事をしている。そこが、ほかの同僚たちとはちがうところだ。

「ちくしょう、どういうことだ！」

そこでスヴェンは逃走の顚末《てんまつ》を語った。アスプソース刑務所から、ストックホルム南病院の救急外来まで、ベルント・ルンドを護送していた。ルンドが腰かせの鎖で看守二人を殴り倒し、護送車を奪って逃走した。以来ルンドの行方は分からない。ちょうどそろそろ学校が始まる時間だし、すでにどこかで幼女を物色しているかもしれない。

スヴェンが説明しているあいだ、エーヴェルトは立ち上がり、そわそわと部屋の中を歩き回っていた。机の周りをゆっくりと、脚を引きずってぎこちなく歩く。大きな身体で、植木鉢の置いてある台と椅子とのあいだを抜けていく。そしてごみ箱のそばに陣取ると、引きずっていないほうの足で狙いを定め、蹴りつけた。ごみ箱が宙を舞う。

「ベルント・ルンドを外に出すのに、看守たった二人しかつけないとは、いったいどういうことなんだ！　オスカーションめ、なんでまたそんなことを許した！　電話一本よこせば、こっちから応援を送ってやったのに！」

満杯のごみ箱がひっくり返り、バナナの皮やらスヌース（口の中で使用する粉末状のタバコ。スウェーデンで広く普及している）の箱やら空の封筒やらが床に散らばった。

スヴェンがエーヴェルトのこういう姿を目にするのは、決して初めてではない。しばらくすればおさまるはずだ。

「護送を担当していたのは、オーケ・アンデションとウルリク・ベルントフォシュだ。頼りになる連中のはずなんだがな。アンデションは、あののっぽの男だ。百九十九センチだったかな。エーヴェルト、ちょうどあんたぐらいの年の」

「アンデションのことはよく知ってる」

「ほんとうかい」

「いつかべつの機会に話す。いまはだめだ」

スヴェンは不意にどっと疲れを感じた。疲れに襲いかかられたような気がした。家に帰りたい。アニータが、ヨーナスが待っている。本来なら今日の勤務時間はもう終わりだ。どこでいつ女の子がレイプされてもおかしくない、そんなことを考える気力は残っていない。ベルント・ルンドのことを考える気力もない。だいたい今日は、誕生祝いをするためにわざわざ朝番に代えてもらったのだ。ワインとケーキが車の中に置いてある。もうすぐ家に帰って乾杯するのだ。

エーヴェルトは、スヴェンが一瞬うわの空になり、その目に疲れが浮かび上がったことに気づいて、後悔した。ごみ箱を蹴ったりなんかするんじゃなかった。スヴェンはこういうのを嫌がるんだ。そこで、努めてさっきよりも穏やかな口調で言う。

「バテてるみたいだな」

「ちょうど帰ろうと思ってたところだったから。今日、誕生日なんだ」

「ほんとか。そりゃめでたいな。いくつになった?」

「四十歳」

エーヴェルトはひゅうと口笛を鳴らし、うやうやしく頭を下げた。

「これはこれは。祝いの気持ちをこめて、ぜひ握手をさせてくれ」

手を差し伸べると、スヴェンも握手に応じる。ところがエーヴェルトがその手をなかなか放さない。きつく握りしめたまま、口を開いた。

「残念だが、もう少し残ってもらう。四十の誕生日だろうとなんだろうと」

そう言ってエーヴェルトは訪問者用の椅子を指差した。さっさと座れと人差し指でせきたてる。スヴェンはエーヴェルトの手を放すと、椅子の端にちょこんと腰を下ろした。まだ帰る気なのだ。

「スヴェン、俺も前回の捜査に関わったんだ」

「前回?」

「九歳の女児二人。ルンドは二人を縛り上げて、オナニーして精液をぶっかけた。それからレイプして、ずたずたにして殺した。その前の事件と、まったく同じ手口だった。あの子たち、地下物置の床に横たわって、こっちをじっと見てたよ。法医学者の話だと、膣や肛門に金属を突っ込まれて切り裂かれたそうだ。俺にはとても信じられない。信じたくない。なあスヴェン、人間ってのは、なにを信じるか信じないかも、自分で決められるものなんだな」

しわくちゃのシャツ。丈の短すぎるズボン。そわそわと張りつめた身体。エーヴェルトを怖がる人は多い。すぐに怒鳴る男だ。スヴェンも以前はエーヴェルトを避けていた。やたらと人を怒鳴るのはよくないことだ、そう思っていたから。しかしやがてどういうわけか、エーヴェルトのほうから歩み寄ってきた。選ばれた、と言ってもいいかもしれない。エーヴェルトも、誰かを必要としていたのだろう。そこでたまたま自分に白羽の矢が立った。
「ルンドの取り調べを担当したのは俺だ。あのとき俺は、やつと目を合わせようと必死だった。でも、だめだった。あの男、俺の上を、脇を、後ろのほうをぼんやり見てた。目を合わせようとはしなかった。取り調べを何度も中断して言ったよ。俺の目を見ろ、って」

グレーンス、分かってないんだなあ。
頼むぜ、グレーンス。
あんたは分かってくれるタイプだと思ったんだが。
子どもだからって、誰でもいいわけじゃないんだぜ。
どうしてそんなこと言うんだよ?
ちょっと大きめのがいいんだ。
金髪色白で、ぽっちゃりしたの。
そういうのがいい。
そこが大事なんだぜ、グレーンス。

淫売どもめ。

小さい売女どもは、あそこも小さいんだぜ。

そのくせ、盛りがついてやがる。

許せねえんだよ。

小さいくせして盛ってやがる淫売どもめ。許さねえ。


「分かるだろう。人間なら、話をするときは目を合わせるもんだ。ルンドとはそれができなかった。まったくだめだったんだ」

エーヴェルトはスヴェンを見る。スヴェンはエーヴェルトを見る。二人とも、人間だ。

「それは分かるよ。でも、どうも分からないことがひとつある。ルンドって男が、そんなふうに目も合わせられないようなやつなんだったら、どうして精神病院に送られなかったんだ？　セーテルとか、カールスッデンとか、シードシェーンとか、病院はいくらでもあるだろう」

「最初はそうだったんだ。初犯のときは。三年間、セーテル精神病院に入院した。しかし最近になって、精神障害は軽度と診断された。その場合、いまの法律だと刑務所行きだ。精神病院には送られない」

エーヴェルトはカセットプレーヤーに近づくと、テープを交換した。またシーヴ・マルムクヴィストだ。スピーカーの前でしばらく、じっと目を閉じて立ちつくしている。『ジャズウイルスにとりつかれたの』。オリジナルは、ホレース・シルバー『ザ・プリーチャー』、一九五九年。エーヴェルトはさらにボリュームを上げると、しゃがみこんでバナナの皮や丸めた紙くずを拾い上げ、ごみ箱を立て直した。それから後ろに三歩下がり、しっかりと狙いを定めて、さらに激しく遠くまで、壁や窓のほうまで、ごみ箱を蹴り飛ばした。

「軽度の精神障害だと？　九歳の女の子を二人……それで軽度の精神障害なら、重度の精神障害ってのは、いったいどんなだっていうんだ？」

灰色のコンクリート塀。高さは七メートル。森の端に沿って、じっと待ち構えるようにそびえ立っている。長さは一・五キロメートル。レンガ造りの低い建物五棟を、ぐるりと囲んでいる。

外の世界。中の世界。

アスプソース刑務所は、スウェーデンに存在する警備レベル2の刑務所十二カ所のうちのひとつだ。警備レベル1のクムラ刑務所、ハル刑務所、ティーダホルム刑務所には、殺人犯や、麻薬がらみの重大な罪を犯した者たちが収容される。アスプソース刑務所に収容されるのは、長期刑を言い渡されるほどではない、しかし結果的に長期刑よりも長く刑務所にいる、そんなチンピラ連中。二年から四年服役して刑務所を出ては、また舞い戻ってくる連中だ。八区画あり、被収容者の数は百六十人。その多くが麻薬常習者、根っからの犯罪者だ。盗みをやって金が手に入ると、クスリを手に入れる。また盗み、しょっぴかれて二十六ヵ月。出所してまた盗み、金、クスリ。ふたたび盗み、警察がやってくる。今度は三十四ヵ月。出所する。そしてまた盗み。

アスプソース刑務所でも、ほかの刑務所でも、囚人どうしが対立し、囚人と看守が対立する、その構図は変わらない。ルールは二つ。なにがあっても、看守にチクらないこと。そして、嫌がる相手を無理やり犯そうとしないこと。

アスプソース刑務所には、性犯罪者専用区画が二区画ある。収容されているのは、嫌がる相手を無理やり犯した連中だ。

彼らは、憎しみの的である。したがって、常に命の危険にさらされている。

囚人たちは皆、恥辱や自己嫌悪の念を抱いている。そのはけ口が必要だ。塀の外の社会で馬鹿にされるのには、とても耐えられない。だから代わりに、自分とはちがう罪を犯した囚人を馬鹿にしてやる。自分よりも醜《みにく》く、もっと病《や》んだ、もっとのけ者にされているやつがいる、みんなでそう決めてしまえば安心する。それが、世界中の刑務所に昔からある、暗黙の了解だ。人殺しをやった俺は、レイプをやったおまえよりも偉い。他人の生きる権利を奪った俺は、他人の安心感を永遠に奪ったおまえよりも、価値ある人間だ。他人を踏みにじったのは同じだが、俺のほうがだんぜんましだ。

ほかの刑務所と比べても、アスプソース刑務所ではとくに、この憎しみの感情が激しいといえるだろう。一般区画と性犯罪者専用区画が、同じ建物に混在しているからだ。ごくありふれた傷害罪で懲役十八ヵ月を言い渡されただけでも、アスプソース刑務所に収容されたが最後、死につながる可能性もある。というのも、アスプソースにいたというだけで、性犯罪者ではないかと疑われるからだ。初めにアスプソース刑務所に収容され、それからほかの刑務所に移送されると、ひどい暴行を加えられるのが常である。きちんと書類がそろっていない限り、判決文を見せて証明しない限り、アスプソースから来た新入りは皆、性犯罪者とみなされるのだ。

区画Hは一般区画だ。収容されているのは、もっぱらチンピラである。麻薬売人などの下っ端連中、空き巣、傷害罪でぶち込まれた連中が多い。詐欺師も何人かいる。次になにかやらかしたらもっと長期の刑になる、裏社会での出世街道を行く連中。あるいは、どうしようもない罪を何度も繰り返すものだから、飲酒運転で捕まった人たちや、ごく軽い罪で前科もない人たちと、同じ場所に収容するわけにはいかなくなってきた連中。つまり、ごく平均的な服役期間の常習犯であふれかえっている、どこの刑務所にもある、なんの変哲もない区画。それが区画Hだ。収容区画から階段の踊り場へ出るドアは、金属で強化され、鍵がかかっている。廊下の床は、刑務所にありがちな黄色いリノリウムだ。廊下の両側には、独房がそれぞれ十室ずつ。どのドアも半分開いている。こぢんまりとした台所。食卓が数台。テレビコーナー。そのすぐ隣には、緑色のラシャ張りのビリヤード台。囚人たちがのそりのそりと、あてもなく行き来している。時間をつぶすために。どれだけの刑期が過ぎ、どれだけの刑期が残っているのか、考えないようにするために。いまのこの瞬間のことだけ考えていられるように。出所するその日を夢見て、ただ無駄に時間をつぶす。鍵のかかったドアの内側で自分たちが持っているものといったら、時間だけなのに。

スティーグ・リンドグレーンが、テレビコーナーに座っている。テーブルに向かってトランプをしている。テレビはついているが、音は消されている。ちょうどカードを配っているところだ。トランプをしているのは、リンドグレーンを含めて六人。全員、クイーンやキングが来ないものかと待ち構えている。スティーグ・リンドグレーンの通称はリルマーセン。アスプソース刑務所でもほかの刑務所でも、その通称で知られている。スウェーデンにある刑務所のほとんどに入った経験がある。

リルマーセンはトランプを手に取った。ニヤリと笑うと、金色の前歯が光る。

「おいおい、またエースが全部、俺んとこに来ちまったぜ。おまえらほんとカスばっかりだな」

ほかの五人はなにも言わない。受け取ったトランプをぼうっと眺めたり、裏返したりしている。

「この野郎、手のうち見せてんじゃねえよ」

リルマーセンは四十八歳だが、やつれた顔には深くしわが刻まれ、年齢よりもさらに老けて見える。クスリ歴は三十五年。覚醒剤《かくせいざい》アンフェタミンのせいで、ときおり顔がぴくぴくと痙攣《けいれん》する。頬が引きつり、まばたきのリズムも乱れている。髪は黒く、徐々に禿《は》げつつある。首にはゴールドの太いチェーンをつけている。体重は八十キロ。アスプソース刑務所にもう十九ヵ月もいるせいで、すっかり筋肉質になっている。出所して、しばらくクスリ漬けになれば、体重は六十キロまで落ちるはずだ。

不意にリルマーセンが立ち上がった。気まぐれで激しい動き。テーブルの上のトランプや新聞をかきわけ、テレビのリモコンを探している。

「ちくしょう、どこだ」

「トランプやるんじゃねえのかよ」

「うるせえ。どこだよ、リモコンは？　おいヒルディング、おまえも探せ！　トランプなんかやってんじゃねえ！」

ヒルディング・オルデウスはあわててトランプを置くと、リルマーセンがたったいまひっくり返したばかりの新聞をそわそわとひっくり返し、リモコンを探しはじめた。ガリガリに痩せ、背は低く、高く鋭い声のヒルディング。ここ十一年間で、刑務所にぶち込まれること十回。鼻のあたり、ちょうど右の鼻の穴のところに、大きな傷がある。炎症を起こしており、いつまでも治らない。ヘロインをやっているといつも自分でここを引っかいてしまうからだ。

テーブルの上にリモコンはない。ヒルディングは食卓や窓辺を手あたり次第に探しはじめ、リルマーセンは目の前のテーブルを脇に押しやると、腹を立てつつも黙っているトランプ仲間たちには目もくれず、まっすぐにテレビへ向かっていった。ボタンを操作し、手動でボリュームを上げる。

「ガキども、静かにしろ！　ヒトラーが映るぜ」

テレビコーナーでも、台所でも、廊下でも、誰もが手を止めた。そそくさとリルマーセンのところに集まってくると、その後ろに陣取る。昼のニュースの時間だ。画面が切り替わると、誰かが嬉しそうにひゅうっと口笛を吹く。

所。

「静かにしろと言っただろうが！」

マイクを向けられているのは、レナート・オスカーションだ。場所は、アスプソース刑務所。

明らかに緊張している。テレビカメラに慣れていないだけではない。責任者として、自分がいながらなぜこのようなことが起こったのか、説明すること自体に慣れていないのだ。

……逃げられたなんて、なぜそんなことが

……さきほど申し上げたとおり

……ここの警備は万全のはずでは

……ここから脱走したわけじゃない

……どういうことです、ここじゃないっていうのは

……厳重な警備のもと、ストックホルム南病院の救急外来へ

……厳重な警備？　具体的にはどういう

……当刑務所でもっとも経験豊富な刑務官が二人

……たった二人？

……もっとも経験豊富な刑務官が二人、護送にあたっており、また腰かせも

……誰ですか？　それでいいと判断したのは

……しかしルンドはその二人をも倒し

……誰なんですか？　二人でじゅうぶんだと判断したのは

……護送車を奪って逃走中

オスカーションの顔が長々とクロースアップで映し出される。汗びっしょりだ。額の生え際から、汗がだらだらと流れている。その無防備な姿を、テレビカメラは余すところなくとらえている。テレビには上っ面《つら》が一瞬映るだけだ、そうは分かってはいても胃がきりきりと痛む。視線があちこちをさまよう。つばをごくりと飲み込む。管理職研修の一環として、テレビ対策の研修も受けたが、現実となるとまたべつだ。言いよどみ、しどろもどろになり、用意しておいた回答をひたすら繰り返せばいいのにそれもすっかり忘れてしまう。回答をひとつ決め、質問がなんであろうとそれを繰り返す、それがインタビュー対策の基本だと教わったではないか。しかし、カメラに囲まれ、しつこい記者たちに迫られ、顔の真ん前にマイクを突きつけられると、知識は恐怖の奥底へと埋もれてしまう。南はアルヴェスタから北はイエリヴァーレまで、全国各地で視聴者の笑いものだ。

「こりゃひでえな、あのだめ男！」

ヒルディングの高い声が、リルマーセンの命令による沈黙を破った。

「ヒトラーのやつ、えらくおろおろしてやがる！」

リルマーセンはすばやく一歩前に出ると、こぶしを握りしめてヒルディングの頭を後ろからゴツンと殴りつけた。

「黙れって言ってんだろうが！　分からんやつだな。聞こえねえじゃねえか！」

ヒルディングは座ったままびくりと振り返り、鼻の傷跡をがりがりと引っかいたが、なにも言わなかった。口答えは禁物だ。刑務所に初めて入れられたあのとき、すぐに学んだことだ。当時十七歳、ストックホルム・セーデルマルム地区のセブン-イレブンに押し入って、懲役八ヵ月を食らったのだった。クスリ切れでパニックになり、若い女の店員を包丁で脅して、レジから五百クローナ札を二枚ひったくった。そして店のすぐ外にいた売人からクスリを買い、その場を離れることもなくぐずぐずしていたところに警察がやってきた。まだ刑務所という場に慣れておらず、すっかりおびえていたあのころに、彼は学んだのだった。まずはその区画のボス的な存在に取り入ること。彼らの機嫌を取ってさえいれば安全だ。怖い思いをするのはもうごめんだった。リルマーセンのご機嫌取りをしたのは、アスプソース刑務所が初めてではない。一九九八年、マリエフレード刑務所で。一九九九年、ノルシェーピン郊外のフリートゥーナ刑務所で。リルマーセンは、ほかのボス連中と比べても、とくに悪いやつというわけではない。

テレビの画面が切り替わる。オスカーションの苦しげな目は、画面の片隅にまだ映し出されているが、全体のトーンが変わった。アスプソース刑務所の塀が、遠くから映し出される。カメラはそこから空へ、そして空から塀へと、ゆっくりと移動する。あわてて編集したテレビニュースにありがちな映像だ。その上に覆いかぶさる、乾いた、感情のこもっていない声。今日午前、警備付きで外出していたベルント・ルンド懲役囚が逃走。四年前、残虐な連続女児暴行殺害事件の容疑者として逮捕され、有罪判決を受ける。なかでも有名なのが、九歳の女児二人が犠牲となったいわゆる「地下物置殺人事件」だ。当初クムラ刑務所に収容されたが、その後アスプソース刑務所にある性犯罪者専用区画へと移送され、残りの刑期をそこで終えることになっていた。ひじょうに危険な犯罪者である。したがって公共の安全のため、本番組はルンド懲役囚の顔写真を公開することとする。

ベルント・ルンドの白黒写真。笑みを浮かべている。シャツにズボン姿で座り、カメラに向かって微笑んでいる。リルマーセンはさらに数歩前に踏み出すと、テレビ画面のすぐ前に陣取った。

「おい！　冗談じゃねえ！　昨日ジムで一発食らわしてやったワイセツ野郎じゃねえか！　こいつなのかよ、逃げたってのは！」

リルマーセンの叫び声に、近くにいた数人がはっとしてあとずさる。性犯罪者専用区画の連中にリルマーセンがキレるのは、これが初めてではない。

「いったいなにやってんだ、ここの連中は！　なんのためにワイセツ区画があるんだよ！」

わめき散らすリルマーセン。そうやって、頭に浮かんでくる映像を、必死になって振り払う。いつもそうだ。いつも、同じ映像。スヴェドミューラの家。忌《い》まわしい記憶。叔父。父の葬式。リルマーセンは当時五歳だった。ペール叔父さんが、背中を、尻を撫でてくる。

「ちくしょう、ワイセツ野郎ども、キンタマぶった切ってやる！」

次々と頭に映像が浮かんできて、ほかになにも考えることができない。あの記憶を、何度も繰り返し、思い出し、目に浮かべ、生き直すことを強《し》いられている。叔父は言った。ほら、パパの仕事部屋に行くよ。よそゆきのズボンをつかむ手。ズボンを下ろし、パンツを下ろす。そして自分のズボンも下ろす。身体を押しつけてくる叔父。そのペニスが、尻に触れてくる。

「ヒルディング、おまえも手伝うな？　ひとりずつ、全員のキンタマぶった切ってやろうぜ！」

そしてやたらと咳払いをしたかと思うと、テレビに向かって、白黒のベルント・ルンドに向かって、溜《た》めたつばをぺっと吐き出した。画面についたつばをじっと目で追う。つばは凍りついた微笑をなぞるようにゆっくりと下に流れていき、ついにテレビ画面を離れてぽとりと床に落ちた。

集まっていた囚人たちは、徐々に散らばりはじめていた。独房に戻る者。廊下にいる者。テレビコーナーのテーブルに散らばったトランプをかき集める者。リルマーセンはそれまで座っていた椅子にふたたび腰を下ろした。ヒルディングがトランプを渡そうとしても、しっと追い払うしぐさをする。あの映像が、頑として頭を離れない。どれだけ一心に叫び、どれほど両手で自分の腿を叩きつづけても、映像は次々と浮かんできて、追い払うことができない。ふたたび、叔父ペールの姿。スウェーデン南部、ブレーキンゲ地方にある叔父の別荘。前と同じように、叔父の大きな両手で撫でまわされる。肛門からかなり出血している。パンツを隠す。ママに見つからないように。庭の物置小屋の戸棚なら、ママに見られることもないだろう。

「おい、リルマーセン、もう一勝負しようぜ」

「うるせえ。おまえらだけじゃできねえのかよ」

「ヒトラーなんか、どうだっていいだろ」

「うるせえ。ほっといてくれ。また殴られたいのか」

ふたたび浮かんでくる映像。当時、リルマーセンは十三歳。覚醒剤とビールですっかりハイになっている。ラレンを連れて行く。でかくて怖いもの知らずのラレン。ヒッチハイクでブレーキンゲ地方へと向かい、別荘に忍び込む。叔母のライラは台所で皿洗い中、叔父は居間にいた。叔父も叔母もわけが分からずにいるうちに、ラレンが叔父を羽交い絞めにする。そしてリルマーセンは、叔父の睾丸《こうがん》を氷釘で突き刺した。

「フルハウス！」

「は？」

「ほれ。八と六でフルハウス」

「馬鹿たれ、ちがうじゃねえかよ」

「なんだと？　正真正銘のフルハウスだぜ。おい、リルマーセン、このアホに教えてやってくれよ」

「うるせえ。何度言わせんだ？　おまえら、俺がいなきゃ遊べねえのかよ」

がちゃりと鍵の開く音。区画の扉が開き、看守二人が姿を現わした。

リルマーセンは扉のほうを向いた。二人のほかにも誰かいる。新入りだ。ボイヤンの後釜《あとがま》にちがいない。昨日の朝、大急ぎでハル刑務所に送られたから、やつの独房は空になっているから。ボイヤンのやつ、かなりヤバい立場に立たされていた。誰かが看守にタレこんだもんだから、すぐに対策がとられたというわけだ。この区画内ではここ最近、血を見るようなケンカが一度も起こっていない。

新入りはかなり図体がでかい。スキンヘッド。やたらと日焼けしている。日焼けサロン通いのホモ野郎かもしれん。リルマーセンはため息をつき、男が部屋に入ってくるのを目で追った。かなり警戒している様子の看守を二人したがえて、まっすぐ前を見据えている。なにも言わない。視線を動かすこともない。看守たちが、男を独房へと連れて行く。やはり、ボイヤンのいた独房だ。男は独房に入っていく。が、ドアは大きく開いたままだ。

「いったいなんだ、あいつ？」

リルマーセンは新入りが消えていった方向を指差して言う。ヒルディングは大きく息を吸い込んだ。過去にどこかの刑務所で会ったかどうか、記憶をたどっているらしい。

「知らねえな。「見たことねえやつだ。誰か知ってるか？」

ドラガンが首を横に振る。スコーネは肩をすくめる。ベキールはテーブルの上のトランプを二枚手にして言った。

「どうだっていいじゃねえか。おい、一勝負しようぜ！　なかなかいい手が来たぞ」

しかしリルマーセンは、新入りが入っていった独房のドアから視線を外さない。彼は待ち構えている。いつものように、新入りが出てくるのを待っているのだ。出てきたら、ここのルールを説明してやるのだから。

一時間二十分後。新入りが出てきた。

「おい、こっちに来いよ！」

リルマーセンは片手を振って合図する。命令口調だ。新入りにもその声は聞こえたが、あいかわらず目を向けようとしない。廊下の端から聞こえてきたこの命令を、完全に無視している。男は台所に向かって、威嚇《いかく》するようにゆっくりと歩いていく。スキンヘッドの大きな頭を流しに突っ込むと、蛇口に口をつけて直接水を飲みはじめた。

「そこのおまえだよ、こっちに来い！」

リルマーセンはいら立っている。この区画の主は俺だ。俺に従うか、それとも無視するか、勝手に決めることなど許されない。

「来いというのが分からんのか！　そこに立て！」

リルマーセンは目の前の床を指差した。じっと待つ。新入りはぴくりとも動かない。

「さっさと来い！」

新入りめ、まるで分かっちゃいないようだ。ヒルディングは沈黙を肌で感じ、不安そうに横目でリルマーセンを見やった。トランプをかき集めると、トランプ仲間に向かって一本指をぴんと立て、待てという合図を送る。ドラガンもスコーネもベキールも、すでに承知している。これは、まちがいなくケンカになる。でも俺たちには関係ない。特等席に陣取って、固唾《かたず》を呑んで見守る。沈黙を、肌で感じている。

新入りがやっと動きだした。リルマーセンのほうへやってくる。にらみ合う二人。新入りはリルマーセンが指差した場所にたどり着くと、そこを過ぎ、リルマーセンからたった十センチ離れたところで立ち止まった。

リルマーセンも視線をそらさない。そらすつもりなど毛頭ない。新入りのほうが背が高い。百八十五センチぐらいあるだろうか。左耳から口元にかけてざっくりと大きな傷跡があり、まるで馬のくつわにつける端綱《はづな》のようだ。ナイフ、いや、かみそりかもしれない。かみそりの傷跡は、前にも見たことがある。こんな感じだった。鋭くて、深い傷跡だ。

「リルマーセンだ」

「は?」

「自己紹介するのが決まりだぞ」

「うるせえ」

ふたたび、あの映像。叔父。ラレン。睾丸から血が噴き出ている。台所で泣き叫ぶ叔母。氷釘を手に走り回る自分。文句あるか? どこかほかのところもぶっ刺してやろうか! 叔父は泣いている。その目を狙って、氷釘を掲げる。するとラレンが身体を放してしまった。目を狙うなんて、と怖気《おじけ》づいたのだ。

リルマーセンは震えている。表に出すまいと必死だが、誰の目にも明らかだ。震えている。迷っている。リルマーセンはぺっとつばを吐き出した。今度は、床に向かって。

「おまえ、どこから来た」

新入りはあくびをした。二回。

「なんだと？　分かりきったこと言うんじゃねえ。書類はあるのか」

「拘置所」

三回目のあくび。

「おまえ、名前なんだっけ。リルダーセン（「小さいペニス」の意）？　ここに判決文なんか持ちこめないことぐらい、おまえの頭でも分かるだろ」

リルマーセンは、そわそわと身体を左右に揺らしている。右足、左足、交互に体重をかける。叔父が死んでもうずいぶん経つ。睾丸なしで死んでいった叔父。氷釘は押収されて証拠物件として扱われ、リルマーセンは少年院に入れられた。

「いま判決文を持ってるかはどうでもいい！　おまえはなにをやったんだって聞いてんだよ！　ワイセツ野郎もタレこみ野郎も、この区画には要らねえからな！」

こんなにも部屋が狭く感じられることがあるものなのか。セリフがひとつひとつの言葉に分解され、言葉がひとつひとつのアルファベットに分解され、部屋の壁にぶつかって跳ね返り、部屋を埋めつくす。どんな力も奪われていく。残るのはただ、息遣い、沈黙、待つことだけだ。

新入りはすでにリルマーセンのすぐ近くに立っているのに、さらに一歩前に踏み出した。喉《のど》の奥から吐き出すようなささやき声。つばが飛んでいるのが見える。

「てめえ、やる気か？」

どちらかが目をそらすべきだ。床を見るなり、どこか宙を見るなりして。しかし二人は一歩も引かない。

「よく覚えておけ、リルダーセン。俺のことをタレこみ野郎とかワイセツ野郎とか呼ぶ権利は、誰にもない。誰にも、だ。ましてや、ろくでもないマスかき野郎がそんなこと言おうもんなら、ただじゃおかねえ」

新入りは中指をぴんと立てると、リルマーセンの胸をつついた。何度も、強く。あいかわらずのささやき声。今度は、ロマ語だ。

「ロマ語はわかるか、クズ野郎」

そしてふたたびリルマーセンの胸をつつくと、くるりと向きを変え、ドアが大きく開いたままの独房へと戻っていった。

リルマーセンは、その場に立ちつくしていた。うつろな視線が新入りを追う。独房のドアの向こうに新入りが消えていくと、ヒルディングに、そしてほかの連中に視線を向けた。がらんとした廊下に向かって叫ぶ。

「くそっ！　どういうことだ！」

しかし廊下には誰もいない。開いたままのドア。胸にはまだ、中指の感触が残っている。

リルマーセンはふたたびわめき散らす。

「おい！　てめえ、ロマ語しゃべれんのかよ？」

あの野郎、こっちをにらみつけて、脅して、中指で胸を突いてきた。〝俺のことをタレこみ野郎とかワイセツ野郎とか呼ぶ権利は、誰にもない。誰にも、だ。ましてや、ろくでもないマスかき野郎がそんなこと言おうもんなら、ただじゃおかねえ〟。それから独房に戻り、ドアは開けたままだったが出てこようとはしなかった。リルマーセンは廊下に残り、一時間待った。が、ヒルディングがおずおずと近寄ってきて、リルマーセンの背中をノックするように軽く叩き、ささやいた――〝あれ、来たぜ〟。そしていま、ふたりはそれぞれ便器に座り、アルミ箔《はく》の包みを二人で持っている。包みを開けようと走る指が、かえって互いを邪魔しあう。

中から出てきたのは、平たく四角い茶色の物体だ。注文しておいたトルコ産大麻樹脂《ハシシ》。最高にハイになれる、ガツンとくるしろものだ。こうして、アスプソース刑務所から、区画Hから、ただひたすら終わりを待つだけの日々から、飛び立っていこうとする。耐えて生きていくための手段なのだ。

いつものギリシャ人に注文して受け取ったものの、代金の半分しか払うことができなかった。ツケがかさんで、そろそろヤバい額になりつつある。固形のモロッコ産とか、黄色いレバノン産とか、その程度で満足しておくべきだったのだが、ヒルディングがおべっか混じりでしつこくねだってきたので、ついにリルマーセンも折れ、トルコ産を注文することにした。このために、三日も待った。二人の顔には笑みが浮かんでいる。シャワールームの電灯にハシシをかざすと、つやつやと光った。

「見えるか、リルマーセン？」

「馬鹿。当たり前だろ」

「なんて……きれいなんだ」

リルマーセンはライターの火を近づけ、アルミホイルの下にかざす。いつも一分ぐらいでちょうどいい具合になる。茶色の平たく四角い物体が、やわらかい塊となった。リルマーセンはその一部を指先でつまみとると、丸く固めた。タバコは、ヒルディングの囚人服のポケットに入っている。トルコ産ハシシ二十五パーセント、タバコ七十五パーセント、いつもこの割合で混ぜることにしている。

「このにおい、ぐっとくるな」

「こりゃほんとにイケそうだぜ、リルマーセン」

数秒後、ヒルディングはつま先立ちになると、電灯のすぐ脇の天井板を両手でぐっと押し上げた。ヒルディングはその穴に片手を突っ込むと、コーンパイプを取り出した。リルマーセンが、丸めたブツをパイプに詰め込み、火をつける。火が行き渡るよう、一息吸い込む。さらにもう一服。それからヒルディングに手渡す。ヒルディングは矢も盾もたまらず、すぐにパイプを口に突っ込んだ。

かわるがわる、二度ずつ吸っては相手に手渡す。シャワー室は静まりかえっている。いくつかの蛇口から、水が漏れているようだ。電灯のひとつが、ちかちかと点滅している。ポトリ。チカリ。ポトリ。チカリ。ポトリ。チカリ。最高だ、このトルコ産。この前もよかったが、これはもっといける。

「こいつはすげえな、ヒルディング。ほんとイケるぜ」

リルマーセンはさらに二息吸うと、そのままパイプを手放さず、フフンと鼻で笑った。

「なあヒルディング、俺たちずっとこのシャワー室で吸ってきたってのに、なんでいままでいままで思いつかなかったんだろうなあ。このシャワー室、ワイセツ野郎を始末するのにぴったりの場所じゃないか」

「おいおい、なに言い出すんだよ」

「まったく、いままで思いつきもしないとはなあ」

「このシャワールームが？　ワイセツ野郎もタレこみ野郎も、もうさんざんぶん殴ってやったじゃねえかよ。思いつくもなにも、当たり前のことじゃねえか。アメリカのムショじゃ、洗面所でカマ掘りあってるっていうぜ」

リルマーセンは笑いを抑えることができない。トルコ産ハシシのせいだ。リルマーセンはいつも、まずこんなふうに笑いが止まらなくなり、それからむらむらと欲情しだす。そうやってしばらく吸っているうちに、あの映像がふたたびやってきて、怖くなる。叔父。叔父のペニス。氷釘を探す自分。血まみれの睾丸。

ふたたび深く一息吸い込む。パイプを手放さない。じれったそうにしているヒルディングの頭を、ぽんぽんと軽く叩く。

「分かっちゃいねえな、ヒルディングさんよ。ぶん殴るどころの話じゃないぜ」

パイプを取り返そうとヒルディングが手を出すが、リルマーセンはさっとパイプを引っ込める。あいかわらず、手放そうとしない。

「これから言うこと、よく聞けよ。今度この区画にワイセツ野郎が入ってきやがったら、まずは待ち伏せする。そいつがシャワーに入るまで待つんだ。で、シャワー浴びはじめたところで、おまえが運動場で一騒ぎして番犬どもの注意をひく」

ヒルディングは聞いていない。パイプを取り返そうと、また手をあげる。

「ちくしょう、俺の番だぞ」

リルマーセンはクックッと笑いながら、コーンパイプをひょいと天井近くまで放り上げてキャッチした。それから、ヒルディングに手渡す。ヒルディングはここぞとばかりに深く二息吸い込んだ。

「聞けって言ってんだろ。ワイセツ野郎はシャワー中だ。そこに俺かスコーネが入っていって、そいつがくたばるまで、頭をかち割ってやる。くたばったら、解体作業だ。そいつを細かくバラバラにして、骨もぶち割る。それから便器を丸ごとガッと持ち上げて、床に散らばったバラバラ死体を穴に捨てる。便器を元に戻してから、何度か流す。シャワーで血を洗い流す。一丁あがりだ」

ヒルディングはパイプをふかすことも、相手に手渡すことも忘れている。すっかり動揺しているのか、いつも思っていることがはっきり表われるその表情も、焦点を失ったようにぼんやりとして、仮面でもかぶっているかのようにこわばっている。嫌悪感と昂揚感《こうよう》のあいだを、ぐらぐら揺れている顔だ。リルマーセンの憎しみを感じる。いっしょになって憎しみに燃えるのも、ときには悪くない。だがリルマーセンは、正気と狂気のあいだを行ったり来たりしている男だ。いまでも、ジムでの光景が目に浮かぶ。相手が動かなくなるまで、ダンベルやウェイトで殴りつづけた、あのときの光景が。

「リルマーセン、おい、冗談だろ」

ヒルディングが手放すことを忘れたパイプを、リルマーセンがひったくる。満足げに一服する。

「冗談なんかじゃねえ。本気だよ。試してみたい。今度ワイセツ野郎が入ってきたら、試してみたい。うまくいくかどうか。氷釘をぶっ刺して肉をえぐる、あの感触をもう一回味わいたいもんだ」

レナート・オスカーションは急いで警備室の前を通り過ぎた。ベリィは挨拶代わりに片手を挙げ、親指を立てた。皮肉のつもりか？　それとも、俺がテレビカメラの前でしばらくのあいだ素っ裸をさらしたも同然だということを、まったく分かっていないのだろうか？目の前にのびる廊下を急ぎ足で進む。しかし途中で右に曲がり、階段を昇っていった。区画Hを通り抜けて行こう。そのほうが近道だ。数分は稼げる。

一段飛ばしで階段を昇るあいだ、さまざまな思いが頭の中を駆け巡る。環境療法、薬物療法、グループセラピー、個人セラピー、できることはすべてやった。ベルント・ルンドにはすべてを与えてやったのに、やつはそれでも、これ幸いとチャンスをとらえて脱走していった。オーケ・アンデションとウルリク・ベルントフォシュ。長いあいだ、ともに仕事をしてきた二人。いったいどういうわけで、護送車の扉を開け、スウェーデンでもっとも危険な男を逃がしてしまったのか。ベルント・ルンド。野放しになったあの男、いまごろどこかで、九歳前後の女の子を物色し、欲情し、選別しているにちがいない。そして、あの記者会見。こういうときのために、何年も準備してきた。キャリア飛躍のチャンスになるはずだった。

しかし飛躍どころか、完全に陵辱《りょうじょく》されて終わってしまった。

実際に恥部をまさぐられたわけではない。しかしテレビカメラとマイクはまるでほんものの強姦《ごうかん》魔のように、彼を犯し、踏みにじったのだった。

記者会見に出ると決めたのは自分だ。自らすすんで、記者たちの質問に答えることにした。だから記者たちも、自分の言うことをきちんと聞いてくれるにちがいない。どこかでそんなふうに思っていたのだった。しかしふたを開けてみたら、自分は利用されただけだった。そのことに気づくまで、しばらく時間がかかった。

今朝目覚めてから過ぎ去った、この数時間に思いを馳《は》せる。

人生ってやつは、こんなにも長々と続くものなのか。

ときおり、もううんざりだという気持ちになる。中年から老年へと追い立てられていく自分。しかしその流れについていけない自分。立ち止まって考える時間もない。ひたすら、次へ、次へと追い立てられる。目をつぶっていたい、よくそう思う。目をつぶっていたら、すべてが終わっていた、誰かほかの人が全部決めてくれていた、すべてが解決していた、そんなふうにならないものか。幼いころよく、両親が家事をしているあいだ、床に座って、目をつぶって待っていたものだった。目を開けると、すべてが片付いている。じっと座って、かかわり合いになるのを避けているうちに、ことが起こり、誰かが決定を下し、実行している。自分はただ、目を閉じているだけでよかった。それだけで、すべてが無事に終わったのだ。

あのころは。

区画Hへ続く扉の鍵を開ける。必要もないのにうろうろするなと、同僚たちにも囚人たちにも非難の目で見られるのは承知のうえだ。ここが近道で、自分は急いでいるのだから、しかたがない。看守のひとりに挨拶するが、名前が思いだせない。テレビコーナーに座ってトランプをしている囚人たちにも、軽くうなずいて挨拶をする。シャワールームへと続くドアを通りかかったところで、あやうく囚人にぶつかりそうになる。リルマーセンことリンドグレーンと、その腰巾着《こしぎんちゃく》だ。二人とも、ずいぶんハイになっているらしい。妙にすわった目。ぴくぴくと痙攣するような動き。シャワールームからはクスリのにおいさえ漂ってきている。

やあやあヒトラー、腰巾着がぼそりと言う。リルマーセンことリンドグレーンは、クックッと笑いながら握手を求めてくる。テレビデビューおめでとうというわけか。レナート・オスカーションは、差し出された手を無視した。自分の区画の囚人をジムで殴り倒したのは、このリンドグレーンにほかならない。彼も、ほかの職員たちも、誰もが分かっていることだ。分かってはいるのだが、目撃証言もなく、物音を聞いたという証言もなく、証拠も皆無の状態では、刑務所内であってもどうすることもできなかった。

次の施錠された扉を開け、階段を降り、運動場に出て、隣の棟へと向かう。ふたたび一段飛ばしで階段を昇っていく。区画Aと区画B。性犯罪者専用区画。ここが、オスカーションの領域だ。

彼らはすでに会議室で、一列に座って待っていた。

「申し訳ない。えらく遅刻してしまった。対応に追われていたのでね」

彼らは微笑む。なんらかの共感を示したいのだろう。彼らもテレビを見ていたにちがいない。たったいま通り過ぎてきた隣の小部屋でも、テレビがつけっぱなしになっていた。臨時の代理職員として入ってきた五人。短い研修を終え、小児性愛者と強姦犯専用のこの区画で、明日から仕事を始めることになっている。それぞれメモ帳とペンを手に、楕円形《だえんけい》のテーブルに向かって座っている。今日という日は彼らにとって、新たな人生の始まりだ。

「ワイセツ野郎」

いつもこの言葉で始めることにしている。緑色のマジックペンのふたを取ると、つんと刺激臭が漂った。つやつや光るホワイトボードに、大きな文字で書きつける。

「ワ・イ・セ・ツ・野・郎」

五人は黙ったままだ。指先でペンをもてあそび、迷っている。これは、メモすべきだろうか？　メモは取ったほうがいいんだろうが、こんなことまでメモするのは馬鹿げているのでは？　困り果てている新人たちに、オスカーションは手を差し伸べない。そのまま話を続け、ときおりキーワードや数字をホワイトボードに書いていく。

「これが、ここに収容されている連中だ。刑期はだいたい二年から十年。どれくらいひどいことをやったのか、どれくらい頭がおかしいのかによって変わってくる」

まだ誰もなにも言わない。いつもならもう、誰かが声をあげているころなのだが。

「五万五千件。このちっぽけな国で、去年一年間のうちに言い渡された有罪判決の数だ。どうやったらこのちっぽけな国で、そんなにやってのけられるんだろうな？　とにかく、このうち性犯罪の有罪判決は五百四十七件。懲役刑にまで達したのはその半分以下だ」

何人かがメモを取っている。数字は分かりやすい。統計は統計だ。自分で判断したり、考えたりしなくて済む。

「スウェーデンの刑務所には、どの時点をとっても、約五千人が収容されている。そのうち性犯罪者の数はわずか二百十二人。なんの問題もないじゃないかと思うだろう。たったの四パーセント、二十五人にひとりしかいないんだ。しかし、連中の性質自体が問題だ。性犯罪者は、リスクだ。性犯罪者は、憎しみをかきたてる。ここみたいに性犯罪者専用区画があるのは、そういうわけだ。しかしだ、ときには専用区画が満員になっていることもある。そうなると、空きが出るまでしばらく、連中をこっそり一般区画に入れておくことになる。しかしそこで、どういうわけかワイセツ野郎が同じ区画にいるらしいと、ほかの囚人たちが感づくことがある。そうなったら一巻の終わりだ。ここアスプソースも例外ではない。囚人たちは、ワイセツ野郎を殴り殺そうとする。こちらが割って入って止めない限り」

転職組らしき四十歳くらいの男が、まるで小学生のように手を挙げた。

「ワイセツ野郎という言葉ですが。さっきから使っていらっしゃるし、ホワイトボードにも書いていらっしゃる」

「それがなにか？」

「その言葉を使う必要性はあるんでしょうか」

「さあ、どうだろうな。いずれにせよ、ここでは連中をそう呼んでいる。二日も経てば君もこの言葉を使うようになるよ。連中にふさわしい言葉だからな。抜くだけ抜いて、あとはどうとでもなれというクズどもだ」

レナート・オスカーションは待ち構える。どういう反応が返ってくるか、予想はついている。誰が切り出すだろうか。おそらく、いちばん前に座っている若い女だろう。いかにも切り出しそうなタイプだ。若ければ若いほど、これからが長い。更生というものが可能だとまだ信じられる。過ぎていく時間の圧力を、彼らはまだあまり感じていない。生命力を奪い、その代わりに経験と適応力をもたらす、時間というものの影響を、彼らはまだあまり受けていない。

しかし読みは外れた。転職組らしき男がふたたび口を開く。

「どうしてそんな、人を馬鹿にするような表現を使うんですか」

男は興奮している様子だ。

「私にはついていけません。研修で私は、ごく当たり前のことを学びました。人間はモノとはちがう、ということです。これから上司となるあなたの姿勢がそんなものだとは、実に恐ろしい」

オスカーションはため息をついた。こういう説明会は、これまでに何度も担当してきた。過去の出席者と、数年経ってからばったり出くわすこともままある。彼らは、だいたいは出世して説明会のときとはべつの刑務所に異動になっている。仕事内容が変わっていることも多い。そんな彼らはオスカーションに出会うと、決まって当時のことを振り返り、笑うのだった。あのときあなたに食ってかかったあのセリフは、いかにも新米らしい志《こころざし》の表われ、見果てぬ夢にすぎなかった、と。

「そう思いたければ、それは君の自由だ。君には当然、自分の意見を持つ権利がある。俺が人を馬鹿にしていると思うなら、そう思ってくれたっていい。だがな、ひとつ教えてくれ。どういうわけで君は、アスプソース刑務所のワイセツ専用ブタ箱にやってきた？　ワイセツ野郎はモノとはちがう、と主張するためか？　連中を更生させるのが夢だからか？」

明日から区画Aで職務に就くその男は、おずおずと手を下ろし、黙りこくった。

「ん？　聞こえなかったぞ。返事は？」

「ちがいます」

「じゃあ、どういうわけだ？」

「上からの命令で……」

オスカーションは、なるべく満足げな顔を見せないよう気をつけた。説明会は、ほぼ終わったも同然だ。これこそ自分の役目なのだ。沈黙の中、五人の新入りをひとりずつじっくりと眺めた。もじもじしている者。あいかわらずくそまじめに数字をメモ帳に書きつけている者。

「みんな、正直に答えてくれ。自分の意志で、ここアスプソース刑務所のブタ箱に来たという人間は、この中に何人いる？」

アスプソースに勤務して十七年、区画Aや区画Bで小児性愛者と過ごすのが夢だったなどという同僚には、ひとりとして出会ったことがない。みんな、上からの命令でやってくる。そしてみんな、ここから出ていくチャンスを狙っている。オスカーション自身は、管理職になった。給料も上がったし、これを踏み台にして、どこかほかの刑務所でさらに上の管理職としての地位を得るという望みもある。会議室で一列に座っている五人の後ろをゆっくりと歩く。最後に投げかけた質問が、答えのないまま宙に浮かんでいる。それぞれが自分で考え、自分なりの答えを出すしかない。そうすることによって初めて、これから手がけるこの仕事を我慢し、受け入れることができるのだ。オスカーションは生徒たちに背中を向け、窓のところで立ち止まった。天高くから照りつける太陽。もう長いあいだ雨が降っていない。運動場では、囚人たちの歩みとともに砂埃《すなぼこり》が舞っている。サッカーをする者。鉄条網沿いにジョギングをする者。隅のほうで散歩しているのが二人いる。ぎくしゃくとした動きで、のそのそと歩いている。リンドグレーンとその腰巾着だ。まだクスリでハイになっているらしい。

ミカエラは早くに出かけたようだ。ということは自分もまた、結局は眠ることができたということか。毎晩毎晩、同じことの繰り返しだ。窓の外で、町が目を覚ます。その日最初の新聞配達人や、その日最初のトラックの音が聞こえてくる。そのあと、遅くとも五時半ごろ、やっと眠りがやってくる。何時間ものあいだ、頭の中を巡っていたさまざまな思いが、疲れきった身体に押し込められていく。ついには不眠も抵抗をやめる。彼は眠り込み、空虚の中で正午近くまで夢を見る。

フレドリックはその朝のことをおぼろげに思い出した。身体を重ねてきた、裸のミカエラ。ぼんやりとしたままの自分に、つまんない人ねとささやきかけ、頬に軽くキスをすると、シャワーを浴びにバスルームへと出て行った。バスルームの壁、バスタブの置いてある側は、マリーの部屋に接している。だからマリーはいつも、ミカエラがシャワーを浴びる音で、パイプから湯が押し出されるキューッという音で目を覚ます。今朝はダヴィッドが泊まりにきていたから、ミカエラは三人分の朝食を作ったにちがいない。そのあいだも、フレドリックはベッドに横たわったままだ。起きていっしょに朝食のテーブルにつこうにも、脚が動かない。ふたたび空虚へと滑り込んでいくと、また夢を見る。十一時を回ったところで、やっと目が覚める。マリーがそれまで観ていたビデオを替えたらしく、アニメのキャラクターが甲高い声で叫びはじめたときのことだ。

夜のあいだに眠らなければ。

こんな生活を続けていてはいけない。

これではだめだ。

仕事も手につかない。他人とのかかわりもなくなった。以前は朝八時から昼食後まで、午前中にこそ仕事がはかどったものだったが、いまでは午前という時間自体がなくなってしまった。仕事部屋として使っているアルネー島の別荘は、ストレングネースから車でたった十五分の道のりだというのに、そこまで朝晩行き来することさえできなくなっている。マリーはもうすっかり、午前中ひとりで遊ぶことに慣れてしまったようだ。ありがたいことに、ミカエラがマリーの通う保育園で働いている。昼食前まで登園しない子どもがいるということに対して、ほかの職員たちが目くじらを立てないよう、日々気を配ってくれている。

なんと恥ずかしいことだろう。

まるでアルコール依存症患者のようではないか。晩になると、もう二度と酒は飲まないと誓うものの、翌朝目覚めると二日酔い。疲れ、そして頭痛。また新たな一日が始まるという恐怖。明日こそこんな生活はやめよう、そう誓う日々。

「パパおはよう」

マリーが目の前に立っている。フレドリックはマリーを抱き上げた。

「おはよう、マリー。パパにチューしてくれるかい？」

マリーはフレドリックの頬に、濡れた唇をブチュッと押しつけた。

「ダヴィッドもう出かけたよ」

「もう？」

「ダヴィッドのパパが迎えに来たの」

あの人たち、僕のことをよく分かってるんだな、とフレドリックは考える。僕が無責任な人間ではないはずだと、ダヴィッドの両親は分かってくれている。気がとがめてしかたがない。そんな思いを振り払うように、マリーを床に下ろす。

「なにか食べたのかい」

「うん。ミカエラが作ってくれた」

「でも、もうかなり前だろ。おなかすいてないかい？」

「ごはんなら、保育園で食べたい」

時刻は一時十五分。保育園はいつまで開いてるんだっけ？　昼食はまだ残っているんだろうか？　着替えに十分かかるとして、車で行けば五分で着く。すると、一時半。一時半には保育園にたどり着ける。

「よし。まずは着替えよう。ごはんは保育園で」

フレドリックはクローゼットを開け、ジーンズを引っ張り出した。白シャツはすでに椅子のところにかかっている。暑い日だが、短パンをはくのは気が進まない。日焼けしていない生白い脚をさらすのは、いかにも間が抜けている。Tシャツと短パンを手にしたマリーが、廊下を走ってくる。フレドリックはOKのしるしに親指を立てると、裏返しになったTシャツを表に返してやった。

「よし。靴はどれにする?」

「赤いのがいい」

「OK」

マリーの足を片方ずつ持ち上げて、靴のボタンを二つ留めてやる。金属のバックルのような飾りがついているのだ。これで、準備完了だ。

そこに電話が鳴った。

「パパ、電話」

「もう行かなきゃ。時間ないよ」

「平気だよ」

マリーは靴を履いたまま、台所へと走っていく。冷蔵庫脇の壁に取りつけてある電話に、かろうじて手が届いた。もしもしと電話に出ると、顔がぱぁっと明るくなった。誰か、マリーの好きな人からの電話らしい。フレドリックに向かってささやき声で言う。

「ママだよ」

フレドリックはうなずいた。マリーはもう話を始めている。昨日、悪いオオカミに追いかけられたこと。でも子ブタさんたちが勝ったこと。アルフォンスの石けんを使い切ってしまったこと。でも棚のいちばん下の段にまだ二本あるって、ちゃんと知ってたこと。マリーは笑い声をあげる。受話器にキスをすると、フレドリックに手渡した。

「パパと話したいって」

フレドリックはまだ、完全には目覚めていない。立ち上がり、受話器を握るが、そこから聞こえてくる声を聞き分けることができずにいる。受話器の向こうの、アグネスという女。誰よりも恋しかった女。自分に出て行けと告げた女。つい数時間前、裸の身体を重ねてきた、ミカエラという女。十六歳年下の女。今朝、家から出かけていった女。ミカエラの裸体を感じつつ、アグネスの声を受話器から聞く。過去と現在にいる自分。めまい。息が苦しくなる。むくむくと股間が膨らむ。向きを変える。マリーに見られてはまずい。

「もしもし」

「いつ来るの？」

「来るって？」

「今日はマリーがうちに来る日でしょう」

「ちがうよ」

「え？」

「君の家に行くのは、来週の月曜日だろ。変更したじゃないか」

「変更なんかしてないわ」

だめだ、耐えられない。いまはだめだ。今日はだめだ。

「アグネス、悪いが僕は疲れているんだ。身体がだるいし、いまちょうど急いでる。それにマリーがすぐそばにいる。マリーに聞こえるところで言い争いをしたくない」

フレドリックはマリーに受話器を渡すと、両手をくるくると回した。二人で決めた合図。急げという意味だ。

「ママ、いま時間ないの。保育園行かなきゃいけないいんだ」

アグネスは、自分のいら立ちをマリーに伝えてしまうほど愚かな母親ではない。それだけは、絶対にしない。アグネスのそんなところが好きだ。

「じゃあね、ママ」

マリーはつま先立ちになって、受話器を元に戻そうとする。しかし受話器は落ち、調理台の上の電子レンジにぶつかってガタンと音を立てた。フレドリックは一歩踏み出すと、受話器を拾い上げて壁に掛けた。

「よし、マリー。急ごう」

二人はキッチンを横切って歩く。食卓脇の壁にかかった時計をちらりと見る。一時二十五分。一時半到着を目指そう。保育園がマリーを預かってくれるのは、たしか五時十五分までだったはずだ。つまりマリーは、遅い昼食をとったあと、さらに午後の数時間、外で遊んで過ごすこともできる。迎えに行くころには、一日中保育園にいたのと変わらないぐらい満足していることだろう。

一時三十分。スヴェン・スンドクヴィストは、エーヴェルト・グレーンスの机の上にある緑色の目覚まし時計を眺めた。本来なら、二時間前には勤務終了のはずだった。外に停めてある車の中には、ワインとケーキが置いてある。家に帰りたい。アニータとヨーナスのもとに帰りたい。静かにディナーを楽しみたい。四十歳の誕生日なのだから。

この仕事が、ストックホルム市警で過ごす昼夜が、もうどうでもいいような気がしてくる。ついこのあいだまで、結婚初夜に仕事をしたってかまわない、夜勤に支障をきたすようなら離婚も辞さない、そんなふうに考えるタイプだったのに。最近もこのことについて、エーヴェルトと話をしたばかりだ。スヴェンとエーヴェルトとのあいだの距離は、ここ一年ほどでかなり縮まった。スヴェンは、このどうしようもないわだかまりを、なんとかエーヴェルトに分かってもらおうと、言葉を尽くして説明したのだった。正直言って、どこのろくでなしがなにをやったとか、どこに行ったとか行ってないとか、すべてどうでもよくなってきた。四十歳を前にして、もうやるべき仕事はやりつくしたという感じ。あとは年金が下りるのを待って、残りの日々を過ごすのみ、そういう気になってきた。テラスで静かに朝食をとり、水辺でのんびりと散歩を楽しむ。息子のヨーナスが、七歳児の全財産を入れたリュックサックを背に、学校から走って帰ってくるのを、家にいて迎えてやる。そんな生活を送りたいんだ。勤続二十年。まだ二十五年残っている。話をしているうちに、語気が荒くなっていった。このみじめったらしい警察署で、進行中の捜査に関するファイルがどんどん厚さを増していく、そんななかでただ時間ばかりが過ぎていくなんて、受け入れがたいし、受け入れたくない。受け入れる気力もないんだ。自分が引退するころ、ヨーナスはもう三十二歳だ。そうなったらもう、ろくに顔を合わせる時間もないじゃないか。

エーヴェルトは分かると言ってくれた。エーヴェルトには家族がいない。彼にとっては勤務時間こそがすべてだ。警察の仕事を飲み、食い、吸っては吐いて生きている。それでもエーヴェルトは、スヴェンと同じことを感じていた。仕事が自分のすべてになってしまうなんて、ちっぽけで無意味なことだ。なぜって、仕事はある日突然終わるのだから。そうしたら自分も終わっちまうんだろうな、分かってるんだ。エーヴェルトはいつもそう言う。分かっちゃいるんだが、考えたくないんだよ。

「エーヴェルト」

「ん？」

「帰ってもいいかい」

エーヴェルトは床に膝をつき、ふたたび飛び散ったごみ箱の中身をかき集めている。二つ分のバナナの皮がちぎれてつぶれ、ベージュのマットにしみを作っている。

「おまえが帰りたがってるのは百も承知だ。でもルンドが捕まるまでは、帰すわけにはいかない。分かってるだろう」

エーヴェルトは頭を上げ、机の隅の目覚まし時計に目をやった。

「もう六時間半経過してる。なのに俺たちはなんの手がかりもつかんでない。ゼロだよ、ゼロ。ケーキはしばらくお預けだ、覚悟しとけ」

『ハートは傷つけないで』。オリジナルは『ピック・アップ・ザ・ピーセズ』。コーラスおよびオーケストラをバックに、一九六三年スウェーデンにて録音。シーヴ・マルムクヴィストの歌を集めたカセットも三本目になる。プラスチックのカセットケースには、シーヴの写真が入れてある。ピントのずれた写真。ファンが向けたカメラに向かって、にっこりと微笑むシーヴ。

「これ、俺が撮ったんだぜ。言ったっけ？　クリファンスタの市民公園でコンサートやったときの写真だ。一九七二年」

そう言うと、訪問者用の椅子に座ったままのスヴェンに向かって歩いていく。その前で一礼し、片手を差し出した。

「お相手お願いできますかな」

そして答えを待つことなく、くるりと向きを変え、ダンスのステップを踏む。なんとも不思議な光景だった。ぎくしゃくした動きのグレーンスが、机の周りをくるくると踊っている。六〇年代初めの、古き良き時代の音楽に合わせて。

二人はスヴェンの車で出発した。助手席に置いてあった、高価なワインの入ったビニール袋やケーキの箱は、エーヴェルトが後部座席後ろのボードの上に移してしまった。警察署のあるクロノベリ地区を出て、スヴェア通りを飛ばして街を縦断し、高速道路E18号へと向かう。首都ストックホルムは閑散としている。暑さのせいで、夏休みに入った人々は皆、ビーチへ、冷たい水へ押しやられている。黒々としたアスファルトから、すべてが照り返し、跳ね返ってくる。あらゆる生きものの息遣いまでも。

スヴェンはかなり飛ばしている。交差点では、最初の二カ所を黄信号、次の二カ所を赤信号で通り過ぎ、信号待ちで停まっていた数少ないほかの車は皆、腹立たしげにクラクションを鳴らした。全国の警察署に、すでに連絡が行っている。ストックホルムで勤務中の警察官が二十人強ほど、二人のために待機している。手がかりは、まったくない。

「女の子たちの足を舐めたんだよ、あの男は」

エンジンをかけて以来黙っていたエーヴェルトの第一声がこれだった。じっと前を見つめたままだ。

「あんなの、初めて見たよ。レイプされた子ども、殺された子ども、ご丁寧に鋭利な刃物で切り裂かれた子どもだって、見たことがある。しかしあんな光景は初めてだった。あの二人、コンクリートの床に投げ捨てられたみたいに横たわっていた。めちゃめちゃに汚れて、血にまみれていたよ。だが、足だけはきれいだった。司法解剖で、唾液《だえき》が検出された。何層にも重なってついていた。あの男、二人の息があるあいだも、息を引き取ってからも、じっくり何分もかけて二人の足を舐めていたんだ」

スヴェンはスピードを上げた。後部座席後ろのボードでビニール袋が横滑りし、中のワインボトルがひっきりなしに音を立てる。

「二人の衣類は全部、間隔を二センチずつあけて、床に並べて置いてあった。その端に靴も並んでいた。ピンクのエナメル靴と、白の運動靴だ。服は全部、女の子たちの身体と同じで、埃と砂と血にまみれていた。だが靴だけはちがったんだ。ぴかぴかに光っていたよ。そこからも、唾液の層が検出された。どうやら、足よりもさらにじっくり舐めたらしい」

E18号も空いている。スヴェンは追い越し車線に陣取って、数少ない車を猛スピードで追い越していく。話をする気力も湧かず、ルンドについてさらに質問したいとも思わない。これ以上知りたいとも思えないのだ。とにかく、いまはごめんだ。出るべき出口をあやうく過ぎてしまいそうになり、ギリギリのところであわててブレーキを踏むと、一気に車線変更した。高速道路を降りて、一般道へと入って行く。アスプソース刑務所に向かう道だ。

レナート・オスカーションは駐車場で待っていた。

いらいらと気が立って、追い詰められたような表情をしている。スケープゴートにさせられた男。ついさきほど、テレビで裸にさせられた男。彼には分かっていた。ストックホルムの街中で真夜中にベルント・ルンドを護送するというのに、看守をたった二人しかつけなかった自分の判断を、エーヴェルト・グレーンスがどう思っているか。

「どうも」

エーヴェルト・グレーンスは握手する手をなかなか差し出さなかった。まったくどいつもこいつも馬鹿ばっかりだ。この馬鹿たれも、少々じらしてやろう。

「どうも」

オスカーションはやっと差し出されたエーヴェルトの手を握り返すと、すぐに手を離し、運転席のほうを見た。

「レナート・オスカーションです。お会いするのは初めてですね」

「スヴェン。スヴェン・スンドクヴィストです」

三人そろって、アスプソース刑務所の大きな門へ歩いていく。近づくと門が開き、三人は中に入っていく。警備室の看守がエーヴェルトの姿を認め、会釈《えしゃく》を交わす。しかしスヴェンのほうは初めて見る顔だ。

「あんたはどちらへ？」

オスカーションは立ち止まり、いら立たしげに警備室の窓まで歩を戻した。

「この人も私の連れだ。ストックホルム市警の」

「事前に申告してもらわなきゃあ」

「ルンドの件を捜査している」

「そんなこと、私にはどうでもいいんですよ。中に入るのであれば事前に申告してもらわんと困ります」

なにやらのちのち後悔しそうなことをわめき散らしそうになっているオスカーションを、スヴェンが制して言った。

「これが僕のＩＤです。いいですか？」

ベリィはそこに載っている写真をまじまじと見つめ、それからデータベースにスヴェンの個人識別番号を入力しはじめた。

「あ、今日誕生日じゃないですか」

「ええ」

「しかも大台だ。こんなところでなにやってるんです？」

「入れてくれるのかくれないのか、どっちですか？」

看守は片手でよしと合図する。三人は一列になって廊下に入っていった。エーヴェルトが笑い声をあげた。

「警備室にいるのがあいつじゃあ、この刑務所、入るのは大変だが出るのはラクなんていうおかしなことになっちまう」

地下通路を進む。エーヴェルトはあたりを見回してため息をついた。スウェーデンのどの刑務所でも、地下通路の壁はこんな感じだ。長々と続く壁画。なかなか上手いのもあれば、下手くそなのもある。外部から雇い入れたコンサルタントの指導のもとに行なわれている、囚人に対する心理療法プロジェクトのたまものだ。どの刑務所でも、背景はかならず青色。そして、開け放たれた刑務所の門、空に向かって飛び立つ鳥たちなど、誰が見ても自由を表わすと分かる陳腐なシンボルが盛りだくさんだ。

いい大人が描いた落書きのようなものだ。ベンケ、レッレ、ヒンケン、ゾラン、ヤリ、イェーテン、一九八七年、と署名が入っている。

オスカーションは、手にしていた鍵の束で金属強化ドアを次々と開けた。がやがやと騒がしい囚人の一団に、ばったり遭遇する。ジムに向かうところらしい。前と後ろに、看守が二人ずつついている。エーヴェルトはふたたびため息をついた。このうちの何人かとは前にも、取り調べのため、あるいは裁判で証言したときに会ったことがある。なかにはずいぶん古くからの顔見知りもいる。その昔、自分がまだ巡査として街中をパトロールしていたころにとっつかまえた連中だ。

「よう、グレーンス。お散歩かい」

スティーグ・リンドグレーンだ。はみ出し者社会の住人。塀の中でなければ生きられない人間。ドアに鍵をかけて、その鍵をそこいらに放り出しておいたって、逃げようともしないろくでなし。こういう連中には、つくづくうんざりだ。

「うるさいぞ、リンドグレーン。それ以上口を開いたら、おまえの仲間のクズどもに、リルマーセンってあだ名の由来を教えてやるからな」

階段を上がり、区画Aに入る。性犯罪者専用区画だ。

レナート・オスカーションが数歩先を歩き、スヴェンとエーヴェルトはあたりを見回しつつそのあとに続いた。外観は、ほかの区画と変わらない。テレビコーナー。ビリヤード台。

キッチン。独房。まったく同じだ。ただひとつちがうのは、ここで償われる罪が、塀の外でも、このはみ出し者社会においても、同じ種類の憎しみをかきたてるものであるということ。ここに入れられている連中は、同じ建物の中でも少し居場所をまちがえれば、命を落とすことにもなりかねない。

オスカーションはある独房の扉を指差した。十一号室。その金属の強化扉には、なにも貼られていない。ほかの扉にはすべて、その独房の住人が長年にわたって飾りつけをした跡がみられる。ポスター、新聞の切り抜き、写真。しかし、十一号室の扉にはなにもない。

それを見た瞬間、エーヴェルト・グレーンスの頭にある思いが浮かんだ。ちょうど半年ほど前、この扉の向こうの空間を、ルンドの独房を、やはり自分で実際に訪れるべきだったのではないか。当時、児童ポルノ事件の捜査を担当していた。小児性愛者の閉ざされた世界、その新たな形態、データベースやインターネットで築き上げられた世界を、初めてかいま見た。子どもの写真を、たくさん目にした。そんなものがあることさえ、それまでは知らなくてすんでいた写真の数々。服を脱がされた子ども。ペニスを突っ込まれた子ども。辱められる子ども。拷問される子ども。警察は捜査開始当初、この児童ポルノあっせん組織は国際的ネットワークにちがいないと考えていた。小児性愛を金に換える闇の組織だ。しかしやがて、組織の規模がはるかに小さいことが判明した。はるかに小さい、しかしはるかに巧妙で、はるかに反社会的な組織だった。

人数は、七名。

性犯罪の常習犯ばかり、錚々《そうそう》たるメンバーを集めたグループ。服役中の者が一名。ほかは皆、出所したばかりだった。

彼らは、独自のヴァーチャル・ショールームを作り上げていた。その展示会はまるでテレビ番組のように、毎週決まった時刻に、インターネットを通じてコンピューター上で行なわれていた。毎週土曜日八時になると、七人はコンピューターの前に陣取り、その週の上映会の開始を待ち構える。そしてその要求は、絶えずエスカレートしていく。次回はもっとすごいのを出そう。今回はこの程度の裸の子どもでよかったが、次回はそれでは物足りない。今回は座っているだけの子どもたち、その次はお互いをまさぐりあう子どもたち。その次はレイプされる子どもたち。その次はもっと激しくレイプされる子どもたち。どんなことがあってもかならず、前回の写真を超えるものを出さなければならない。七人の小児性愛者の、閉ざされた世界。自分で起こした事件を、自分で撮った写真。丁寧にスキャンして、送信する。

発覚したときにはすでに、これが一年近く続いていた。

まるでなにかの競争のように。児童ポルノの、連続競技会。

ベルント・ルンドはこの七人のうちのひとりだった。彼だけが服役中で、したがって彼だけは独房のコンピューターから、過去に撮ってもう見せたこともある古い写真を送信してもよいということになっていた。服役中とはいえ、起こした事件の重大性と残虐性から、グループ内でのルンドの威信は揺るぎなく、彼の参加権を誰もが認めていた。このグループの存在が発覚してからこれまでに、ルンドを除く六人のうち三人がすでに、長期の懲役刑を言い渡されている。四人目のホーカン・アクセルソンに対する裁判が現在進行中だ。残りの二人はおそらく、証拠不充分で不起訴となるだろう。二人が関与していたことはまちがいないのだが、それだけではどうしようもない。証拠がなければ、関与もなかったということになる。そのあいだ、捜査や裁判が行なわれているその陰で、二人は新たな人脈を徐々に築き上げていくのだろう。そしてその人脈が、また新たな児童ポルノあっせんグループの土台となるのだろう。

小児性愛者は、世の中に掃《は》いて捨てるほどいるのだ。誰かがいなくなっても、また誰か新しいのが入ってくる。

エーヴェルトは自分を呪《のろ》った。やっぱりあのとき、裁判前の予備捜査の一環として、ルンドの独房を訪れておくべきだった。時間に追われ、憤慨しきった世論にマスコミを通じてやいのやいのとどやされて、結局エーヴェルトは自分の主義を曲げてしまった。自らアスプソース刑務所に赴《おもむ》いてルンドと面会し、暴行された子どもの写真を何千枚も保存したCD‐ROMがぎっしりと詰まったその独房を訪れる、それを取りやめて、代わりに部下二人を行かせたのだ。この性犯罪者専用区画十一号室の扉を、あのとき開けさせていたなら、もっとよく分かったかもしれないではないか。もしあのときすでに、ルンドの日常生活をこの目で見ていたなら、いまのこの状況は避けられたのではないか。よりによってルンドに逃げられ、自分はなにも分からないまま立ちつくしている、こんな状況は。

「ここです」

オスカーションは鍵を差し込んで回し、扉を開けた。

「ご覧のとおり、ひじょうに几帳面《きちようめん》な男ですよ」

スヴェンとエーヴェルトは独房に足を踏み入れ、はたと立ち止まった。それは、奇妙きわまりない空間だった。部屋のつくりは、ほかの独房と変わらない。窓がひとつ。ベッド。たんす。棚。洗面台。八平方メートルぐらいの広さだ。問題はべつにあった。ろうそく立て。石ころ。木片。ペン。ひもの切れはし。服。バインダー。電池。本。メモ帳。すべてが、床に、整えられたベッドの上に、窓辺に、棚に、展覧会のように一列に並んでいる。それぞれの間隔は、同じ二センチ。どこまでも一直線に続く列。どれかひとつでも動かしたら一巻の終わりだ、そんな気さえしてくる。まるでドミノ倒しのようだ。

エーヴェルトは上着のポケットに手を入れた。手帳の端に目盛りがついているのを思い出したのだ。ベッドのそばに行くと、一列に並んだ石ころに手帳をかざす。二センチ。きっかり二十ミリだ。窓辺に置かれた二本のペンの間隔も測ってみる。二センチ。二十ミリ。本棚に置いてある本と本の間隔も、二センチ。床の上に置かれたひもの切れはし、そこから二十ミリのところに電池、そこから二十ミリのところにメモ帳、そこから二十ミリのところにタバコの箱。

「いつもこうなのか？」

オスカーションはうなずいた。

「ええ。いつもこうです。夜になってベッドカバーを外すときには、そこの石ころを床に、間隔もきちんと測って並べるんです。朝になってベッドを整えたら、またひとつ残らず石ころを拾って、ベッドカバーの上に一列に並べるんですよ。そのときの間隔も、きっかり二十ミリ」

スヴェンはペンを何本か動かしてみる。ごくふつうのペンだ。石ころもいくつか、ひっくり返しては元に戻してみる。ごくありふれた灰色の、なんの意味もない石ころだ。バインダーやメモ帳も見てみるが、なにもない。バインダーは空っぽで、まるでなにかの抜け殻のようだ。メモ帳には使った形跡がまったくない。全ページが白紙のままだ。スヴェンはオスカーションのほうを向いた。

「いったいなんなんです、これは。さっぱり分からない」

「なにを分かろうっていうんです」

「なにって……なにかしら理解しなければ。どうして子どもの足を舐めるのかとか」

「どうして理解しなければならないと思うんですか？」

「知りたいんです。この男がどこにいるのか。どこに向かっているのか。こいつを捕まえたい。僕はさっさと家に帰って、ケーキを食べて、酒をしこたま飲みたい。それだけですよ」

「残念ですが、分かることは一生ないと思いますよ。理性で説明のつくことじゃない。あの男、どうして死体の足を舐めたりするのか、自分でもさっぱり分かってないはずです。どうしてこんなふうに、間隔をきっかり二十ミリあけてモノを並べずにはいられないのか、それだって自分でも分からないにちがいない」

エーヴェルトは手帳を持ったままだ。二十ミリの目盛りのところに親指を置いている。その手を頭のところまで上げると、オスカーションとスヴェンの視線は自然と、目盛りを指す親指に注がれた。

「支配欲だ。それ以外のなにものでもない。こういう連中はみんなそうなんだ。レイプが快感なのは、自分が支配する立場にあるからだ。力と、支配。この男はたしかに極端な例だが、この一列に並んだ石ころだって、意味するところは同じだ。秩序。統制。支配」

それから手帳を持った手をベッドのところまで下げると、一列に並んだ石ころの向こう側に置き、その手を勢いよく引き寄せる。石ころはがらがらと床に落ちた。

「この男はサディストだ。それはもう一目瞭然《いちもくりょうぜん》だろう。ルンドみたいなやつは、力を手にすることで勃起する。そういうしくみになってるんだ。自分が力を手にしていて、相手が完全に無力なとき。相手を傷つけるかどうか、どのくらい傷つけてやるか、全部自分で決められるとき。そういうときに勃起する。だから、九歳の女の子たちを縛り上げて、あざができるまで殴りつけて、その前で射精するんだ」

窓辺に並んだペンも同じように、手帳を持った手ではたき落とす。全部が暖房の下に落ちるまで。

「そうだ。写真は？　コンピューターに入った写真。あれはどうやって整理してた？」

オスカーションは床に落ちたペンをじっと見つめていた。折り重なって落ちている、秩序にはほど遠いペンの山。それからエーヴェルトを見た。びっくりした様子だ。まるでまったく関係のない質問をされたかのように。

「整理？　どういう意味です？」

「写真だよ、どういうふうに並べてあった？　ちくしょう、思いだせない。子どもたちの顔も目も、そのさびしそうな表情も思いだせるのに。間隔が思いだせない。写真と写真とのあいだがどれだけ開いていたか」

「分かりません。考えたこともなかったですから。でも調べようと思えば調べられます。その情報が重要なんですね」

「ああ。重要だ」


三人は、独房をくまなく調べた。ここ四年間のベルント・ルンドの住みかを、隅から隅まで、実際に触れ、嗅ぎまわった。

なんの手がかりも得られなかった。

計画的な逃走ではないらしい。

当の本人も、外出することさえ、予想していなかったようだ。

フレドリック・ステファンソンは車のドアを開けた。ストレングネースの街中でスピードを出しすぎたことは、自分でも分かっている。トステレー橋の制限速度は三十キロなのに、七十キロで飛ばしてきた。一時半までに保育園に着くとマリーに約束したのだからしかたがない。

パパがお仕事できるように、マリーは保育園に行く。そういうことになっている。こうして昨日も今日も、嘘を塗り重ねる。マリーが保育園に行くのはただ単に、保育園から追い出されないようにするためにほかならない。パパはいっしょうけんめいお仕事をしている、パパは作家だから、大事なことを考えるときにはひとりにならないといけない——そういうイメージを保つためだ。しかしフレドリックはここ数ヵ月、大事なことなど考えていない。ここ数週間、一語たりとも書いていない。書こうと思っても、指や腕の筋肉が震えて痛むのだ。どうしたら治るのか、さっぱり分からない。

すべてはその痛みのせいだった。夜になると、兄の姿がつきまとって離れないのも。折檻のことが思い出されてしかたがないのも。明け方、美しく若い女が裸の身体を重ねてくるというのに、愛を交わすことができないのも。ミカエラとの関係を、もう過去のことでしかないアグネスとの関係と比べてしまい、その思いに溺《おぼ》れてしまうのも。仕事によって、書くことによって、考える時間が脇に押しやられていたかのようだ。いや、実際そうだったのではないか。ひたすら仕事をしてきたのは、自分の感情から逃げるためだ。エンジンをかけ、動き、前を向いてひたすら走ってきた。前に進んでさえいれば、過去から逃げることができるから。

保育園のすぐ外に路上駐車する。ちょうど道が行き止まりになっており、車がUターンできるよう道幅が広がっているとはいえ、駐車禁止区域である。以前にもここに停めて罰金を取られたことがある。しかしほかにあてもないし、さらに車を走らせて駐車場を探す気力もない。マリーのシートベルトを外してやり、後部座席のドアを開けてやる。そして車を離れた。外のほうがさらに暑い。ちょうど太陽が天高くから照りつける時間だ。日陰でも三十度を超えている。この夏は異常だ。五月の初めにはもう夏の陽気で、それからずっとこんな天気が続いている。ここ一ヵ月、曇りの日や雨の日はかぞえるほどしかなかった。

入口へと向かう。マリーが先に立ち、跳びはねながら進んでいく。両足でジャンプ。右足でジャンプ。また両足。左足でジャンプ。嬉しいのだろう。建物の中では、ミカエラとダヴィッドが待っている。ほかにも、二十五人の子どもたちが待っている。父親として、全員の名前を覚えるべきなのだろうが、正直言ってそんな気にはなれない。

閉まった門のすぐ外にあるベンチの前を通りかかる。男がひとり、座って待っている。子どもたちの誰かの父親だろう。見覚えのある顔だ。軽く会釈をする。が、この建物の中にいる子どもたちのどの顔とも結びつかない。

廊下のクローゼットのそばにミカエラがいた。フレドリックにくちづけしてから訊《たず》ねる。

目、ちゃんと覚めてる？　私が恋しかった？　ああ、恋しかったよ、とフレドリックは答える。ほんとうだろうか？　自分でもよく分からない。眠れない夜には、ミカエラのやわらかな身体が恋しくなる。そっと身体を寄せ、ミカエラの体温を自分に取り入れる。そうやって寄り添っていると、不安が少しやわらぐ。でも、昼間は？　恋しくなることなどあまりない。フレドリックはミカエラをじっと見つめた。若い。十六歳も年下だ。若すぎる。美しすぎる。自分にはもったいない。自分は、彼女に値しない。同じ年ごろでなければだめだ。容姿だって、同じレベルでなければだめだ。ほんとうにそんな決まりを信じているのか？　心の奥底に疑念がある。あの折檻の記憶がひそんでいた、心の奥深いところに。ミカエラに近づいていったのは自分だ。ちょうど、離婚が成立したばかりのころだった。ミカエラは保育園に勤めており、フレドリックは毎朝マリーを預けに保育園にやってきた。そんなある日、二人でしばらく散歩をした。フレドリックは自分の苦しみや喪失感をぶちまけ、ミカエラはじっと話を聞いてくれた。それから何度か、二人で散歩するようになった。そのたびにフレドリックは泣き言を漏らし、ミカエラは耳を傾けた。そしてある日、二人はフレドリックの家に行った。昼から夕方まで、飽きることなく愛を交わしつづけた。閉じたドアの向こうの居間で、マリーとダヴィッドが走り回っているあいだ。

靴を履き替えるマリーの手助けをする。金属のボタンのついた赤い靴。そのボタンをはずし、脱いだ靴を棚に置く。マリーが持ちものを置く場所には、縞模様《しま》のゾウのマークがついている。ゾウがマリーのマークなのだ。ほかの子どもたちの場所には、赤い消防車やら、サッカー選手やら、ディズニーのキャラクターやらのマークがついている。マリーは自分で、ゾウさんがいいと言ったのだった。フレドリックはマリーに、白い布製の上ばきを手渡した。

「パパ、帰っちゃいや」

マリーが腕にきつくしがみついてくる。

「おいおい、マリー、保育園に来たいって自分で言ったろ。ほら、ミカエラがいるよ。ダヴィッドだって」

「帰んないで。お願い」

フレドリックはマリーを抱き上げた。

「でもマリー、パパはお仕事があるんだよ。分かってるだろ」

マリーと目が合った。眉間《みけん》にしわを寄せている。訴えるような表情。

フレドリックはふうとため息をついた。

「分かったよ。しばらくここにいる。でも、ちょっとだけだよ」

マリーはそばを離れない。ゾウのマークにチュッとキスをすると、脚から背へ、そこから縞模様の鼻へと、指先でその輪郭《りんかく》をなぞっている。フレドリックはミカエラのほうを向くと、黙ったまま、参ったよというしぐさをしてみせた。アグネスが出て行って、マリーが保育園に通いはじめてから、もう四年近くになるというのに、毎回こうなのだ。そしてフレドリックは、毎回望みをかける。今日こそ、最後かもしれない。次こそは、なんら気のとがめを感じることなく、軽くバイバイと言って、マリーを置いて帰って来られるかもしれない。

「じゃあ、今日はどのくらいいるつもり？」

この件についてだけは、ミカエラと意見が合わない。ミカエラは、マリーを置いてすぐに帰るべきだと考えている。パパはすぐに帰ってしまうけど、夕方にはちゃんと迎えに来る、一度そのことをきちんと分からせてやらなければだめなのだ。たしかにマリーは多少泣くだろうし、それを見て父親としてつらい思いもするだろうけれど、しばらく経てばマリーも慣れて泣かなくなる。そう言うミカエラに、フレドリックはいつも反論するのだった。君には子どもがいない。こういうときに親子がどんな思いをするものなのか、君には分からないんだよ。

「十五分ぐらいかな。それ以上はいない」

その声がマリーに聞こえたようだ。

「パパ行かないで。ここにいて」

さらにしっかりと腕にしがみついてくる。そこに突然、ダヴィッドが走り寄ってきた。顔や身体を水彩絵具で塗りたくっている。インディアンの戦士のつもりらしい。マリーのそばを走り抜け、叫んだ。来いよ！　マリーは父親の腕をぱっと放して走り去る。ミカエラは微笑んだ。

「あらあら。今日は最短記録ね。もうパパのこと忘れてるわよ」

そう言うと、フレドリックのすぐ近くに歩み寄ってきた。

「でも、私は忘れないわ」

フレドリックの頬に軽くキスして、ミカエラも立ち去っていく。フレドリックはその場に立ちつくし、ミカエラを、マリーを目で追った。遊び部屋に入ってみる。マリーとダヴィッドに加えて、同年代の子どもたちがあと三人、折り重なるように寝転がって、互いの顔を塗りたくっている。スー族かなにかのつもりらしい。マリーに向かって手を振ると、マリーも手を振り返してきた。その部屋を去り、外に出る扉を開けたところで、戦士たちの雄叫《おたけ》びが後ろから聞こえてきた。

たちまち日差しが顔に降り注ぐ。日陰でコーヒーでも飲んで一服するか？　広場で新聞でも読もうか？　いや、島に行こう。そうフレドリックは決心する。アルネー島の別荘に、仕事場に行こう。そこで座って、じっと待ってみよう。今日もさっぱり書けないにちがいない。しかし少なくとも準備はしよう。パソコンを起動させよう。メモを読み返そう。

門を開けると、あいかわらずあの父親がベンチに座って待っている。フレドリックは彼にまた会釈をすると、車に向かって歩いていった。

この保育園はなかなかいい。四年前とまったく変わっていない。小さな門。白い木板張りの建物。青い窓枠。彼はこの保育園の外に、もう四時間も座っている。あの中には、子どもが少なくとも二十人はいるはずだ。パパやママに連れられて、ひとり、またひとり、登園してくる子どもたち、帰っていく子どもたち。その姿を、彼はじっと見つめている。ひとりで歩いている子どもはいない。残念だ。ひとりきりなら、楽にやれるのだが。

女の子のうち、運動靴を履いているのが三人いた。裸足で来たのもいる。サンダルのような、長い革のストラップを足首に結ぶタイプの靴を履いたのが、二人。裸足で来たのもいる。たしかにひどい暑さだが、裸足で歩き回るとはいただけない。そしてひとり、ボタンのついた赤いエナメル靴を履いてきたのがいた。あれが最高だった。ずいぶん遅く、一時半近くに父親とやってきた、金髪の小さな淫売。天然のカールがかかった髪。父親と話すとき、頭を振って、顔にかかる髪を振り払おうとしていた。服装はなんの変哲もない。短パンに、ごくありふれたTシャツ。自分で着替えをしたにちがいない。ずいぶん嬉しそうにしていた。淫売はたいてい嬉しそうにしているものだ。入口までずっと、両足そろえて、片足で、もう片方の足でと、ジャンプしながら進んでいた。父親はというと、こっちを見て会釈してきた。こっちも軽く会釈を返してやる。いちおうの礼儀だ。しばらくして、中から父親が出てきた。ほかの親子に比べるとずいぶん長居していたようだ。また会釈してきた。

窓の向こうに、あの淫売の姿を探す。何人かの頭が窓越しに見えるが、カールした金髪は見当たらない。あの淫売、やりたくてしかたがないにちがいない。淫売はいつだって、やりたくてうずうずしているものだ。建物の中に隠れている、あの淫売。Tシャツ。短パン。ボタンのついた赤いエナメル靴。むき出しの脚。そう、淫売は肌をむき出しにするものだ。

リルマーセンは区画Hのテレビコーナーに座っている。身体がだるい。一服したあとはいつもそうだ。質が良ければ良いほど、あとからどっと疲れが出る。トルコ産がいちばんだるくなる。とくに今回のは最高だった。あのギリシャ人、こいつは自分がこれまで売ったなかでも最高だと言っていたが、嘘ではなかった。実際に吸ってみたいま、なんの文句も思い浮かばない。これまでありとあらゆる種類のを吸ってきたが、こんなにいい気持ちになることはめったにない。ヒルディングに目をやると、ついさっきまでかなり興奮していたのが、いまではぐったりとして、うとうとと眠りかけている。こんなに穏やかなヒルディングの顔を見るのは久しぶりだ。鼻のかさぶたを引っかいてもおらず、いつも顔のあたりにある手も、いまは膝の上でじっとしている。リルマーセンは、ヒルディングに覆いかぶさるようにして身体を近づけると、その肩をぐいと押した。びくっと目を覚ましたヒルディングに向かって、親指をピンと立てる。人差し指は、シャワー室を指している。そう、全部吸ってしまったわけではない。あの蛍光灯脇の天井裏に、残りが置いてある。少なくともあと二回はいける。ヒルディングも、リルマーセンの言わんとするところを察したらしい。にっこりと笑い、返事の代わりに親指を立てる。そして、ふたたび椅子に沈み込んだ。

今日はこの区画、やけに人の出入りが多かった。まずやってきたのが、あの新入りスキンヘッドだ。ここのルールってもんをちっとも分かっていない、あの男。くつわをはめた馬みたいな傷跡のついた顔で、まるでプロボクサーかなにかのように、真正面からにらみつけてきやがった。あのあと、やつの名前が分かった。番犬のなかでも若いのに聞いてみたら、親切に教えてくれた。ヨッフム・ラング。虫酸が走る名前だ。プロの脅し屋、借金取り、殺し屋らしい。傷害やら人殺しやらどっさりやっているのに、短期刑しか受けたことがない。みんな怖くて証言できないからだ。しかしこの区画に来た以上、そのうち思い知るだろう――ここにはここのルールがあるってことを。それからやってきたのが、ヒトラーだ。小便漏らしてるところを生中継されたも同然のくせして、あの馬鹿、よりによってワイセツ区画に行くのにこの区画を通って近道しようとした。小便たれのヒトラーとぶつかりそうになったあのとき、ちょうどトルコ産ハシシで最高に気持ちよくなっていたところだったっていうのに、ヒトラーのやつ、なにも言ってこなかった。においでピンと来ただろうに、なにも言わずに、まっすぐワイセツ区画へ、始末すべき害虫どもの住みかへ向かっていったのだ。そして最後に、グレーンスがやってきた。あいつまで登場するとは。あいかわらず、脚を引きずっていた。あんなに長くお巡りやってるんだ、もうそろそろくたばってもおかしくない年じゃないのか。あいつも、あのときのことを思い出すといまだにゾクゾクするにちがいない。あのとき、グレーンスはストックホルム市警の一員としてブレーキンゲ地方にやってきた。泣きわめく十三歳の少年を、叔父の血まみれの睾丸から引き離して、少年院へと護送するために。

ベキールがトランプを混ぜ、切り、配った。ドラガンが賭《か》け金のしるしにマッチ棒二本を置き、配られたトランプを受け取る。スコーネもマッチ棒を二本置き、トランプを受け取る。ヒルディングは自分の手札をひっくり返してトイレに立った。リルマーセンは裏返しに配られた自分の手札を一枚ずつ、まるで盗み見するようにめくって見ている。ひどい手だ。ベキールのやつ、いったいどういう切りかたしてるんだ。手札の交換が始まった。リルマーセンは一枚を除いて全部を取り替える。手元に残したのは、クローバーのキング。取っておく理由もないが、総取っかえはしない主義なのだ。新しいカードを四枚受け取る。またクズばっかりだ。クローバーのキングにあとはクズ、どう考えても勝ち目はない。交換が終わり、手札の強さを競い合うときがやってきた。リルマーセンは、クローバーのキング、ハートの2、スペードの4、スペードの7を順番に出していく。そして最後の一巡。ドラガンがクローバーのクイーンを出す。キングもエースもう出ているから、ドラガンは勝ち誇った表情でバンとテーブルを叩いた。マッチ棒は全部自分のものだ。マッチ棒一本につき、千クローナ。山積みのマッチ棒をごっそりいただこうとしたところで、リルマーセンが片手を挙げた。

「おい待て。なにしてやがる」

「なにって。賞金いただいてるんだよ」

「俺、まだ出してないぜ」

「でも、もう勝負はついたんだぜ。俺がクィーンを出したんだからな」

「そりゃちがうな」

「ちがうって、どういうことだよ」

「俺がまだ出してないって言ってんだろ」

リルマーセンは手に持っていた最後の一枚を出してみせた。クローバーのキングだ。

「ほらな」

ドラガンはじたばたと両手を振り回しつつ反論する。

「なに言ってんだよ。キングはもう出ただろ」

「ああ。だがここにもう一枚ある」

「クローバーのキングが二枚あるなんて、そんなことあってたまるかよ」

「ところがあるんだな。現にこうやって出してるじゃねえか」

リルマーセンはドラガンの両手をつかんでぐいと押しのけた。

「というわけでこいつは俺がいただく。俺の勝ちだからな。おまえらみんな、ちゃんと金払えよな」

そう言って高笑いすると、テーブルを平手でバンと叩いた。その音に、警備室で無駄話に興じていた看守が三人、なにごとかと振り返る。見るとリルマーセンがマッチ棒を天井に向かって放り投げ、口でキャッチしようとしているところだった。三人はまた背を向けた。

ヒルディングが廊下を歩いている。トイレから戻ってきたのだ。のそのそと歩いている。さきほどよりもぱっちりと目が覚めているようだ。なにやら紙切れを片手に持っている。

「おいヒルディング！　誰が勝ったと思う？　当ててみろよ！　がっぽり稼いだのは誰だろうなあ？」

しかしヒルディングは聞いていない。持っていた紙切れをリルマーセンに見せる。

「リルマーセン、これ読めよ。手紙だ。今日、ミランのところに来た。トイレでミランに渡されたんだ。おまえに見せたほうがいいだろうって。ブランコからの手紙だよ」

リルマーセンはマッチ棒をかき集めると、一本、また一本と、空っぽのマッチ箱に入れ直している。

「まあまあ落ち着け。ほかのやつに来た手紙を、どうして俺が読まなきゃなんねえんだよ」

「悪いことは言わねえ。とにかく読め。ブランコだってそう言うはずだ」

そう言うと紙をリルマーセンに手渡した。リルマーセンはしばらくその紙切れをじっと見つめ、右に左にと傾けてみたかと思うと、ヒルディングに突き返そうとする。

「俺は読まねえ」

「終わりのところだけでも読めよ。ほら、ここから」

ヒルディングは下から四行目を指差した。その汚い指を、リルマーセンが目で追う。

「よけいね……」

咳払い。

「よけいな、話……」

また咳払い。

そして目をこすると、手紙をヒルディングに突き返した。

「ちくしょう、よく見えねえ。目がちくちくするぜ。おまえ読め」

ヒルディングが読み上げているあいだも、リルマーセンは絶えず目をこすりつづけていた。

「よけいな誤解は避けたい。ヨッフム・ラングは俺の友人だ。忠告しておく。あの男とはうまくやれ」

リルマーセンはじっとして、耳を傾けている。

「ブランコ・ミオドラグとサインが入ってる。あいつの筆跡にまちがいない」

リルマーセンは手紙を取ると、サインのところを目で追った。ちくしょう、ユーゴ人どもめ、我慢ならねえ。言葉を、文章を折りたたんで、マッチ箱といっしょに床に叩きつける。紙もマッチ棒も踏みつける。それからはっと周りを見回した。廊下。並んでいる独房の扉。ゆっくりとかぶりを振るヒルディング。スコーネも、ドラガンも、ベキールも、みんなヒルディングと同じように長々とかぶりを振っている。リルマーセンは身をかがめ、靴底の跡が黒くついた手紙を拾い上げようとする。ヨッフムは独房から出てくるところだった。ちょうどそのとき、遠くのほうでドアが開いた。ヨッフムは独房から出てくると、まるで待ち構えていたかのように、床に膝をついているリルマーセンに向かって歩いてくる。リルマーセンは立ち上がってヨッフム・ラングのほうを向いた。

「よけいな、誤解は……」

「おいヨッフム。書類なんてべつに見せなくたっていいんだぜ。分かってるよな、さっきはちょっとからかっただけなんだよ」

ヨッフムはリルマーセンに見向きもせず、そのまま通り過ぎていく。しかしすれちがいざまにひとこと発していった。ささやき声に近かったが、そのひとことは全員の耳に届いた。

しんと静まりかえった部屋。吐き出すようなささやき声。

「手紙でももらったのか、クズ野郎」

その保育園は、白鳩《デューヴアン》保育園という。創立当初からこの名前だった。ずいぶん昔の話だ。由来はよく分からない。保育園にもその近くにも、鳩など一羽もいない。白い鳩が愛の象徴だから？　平和の象徴だから？　誰も由来を知らないのだ。白鳩保育園の現在の職員のうち、創立時から勤務していた者は誰もいない。社会福祉局に勤務するある年配の女性が創立当初を知っているということで、由来を問われたのだが、結局この人もよく知らないと言う。たしかに、開園式には出席した。ストレングネースで初めて、一九七〇年代の保育園改革以後に創設された保育園だったから、よく覚えている。だがどうしてこの名前が選ばれたのか、まったく分からない。

だんだんと夕方に近づきつつある。もうすぐ四時だ。白鳩保育園に通う二十六人の子どもたちのほとんどは屋内にいたが、外に出たがる子ども何人かいた。太陽が襲いかかるように照りつけている。うだるような暑さ。普段ならこの時間にはかならず子どもたちを外で遊ばせるのだが、園庭には日陰がなく、数週間も続くこの暑さにはとてもかなわない。こんな気温では、子どもたちの小さな身体はすっかり参ってしまう。日陰でも三十度。日陰のない園庭に出ようものなら、さらに十五度増しだ。

マリーは、外に出たがった。インディアンごっこは飽きたし、顔を塗るのもいやになってしまった。だってみんな、塗るのが下手くそなんだ。茶色の線とか、青の線とか、そんなのばっかり描いている。赤い丸がいいのに、みんな、丸なんて描きたくないと言う。なんで丸じゃだめなんだろう。なんで？　ダヴィッドまで、丸なんてやだよって言うから、キックしてやろうかと思った。でもダヴィッドはいちばんのお友だちだ。こんなことでいちばんのお友だちをキックするのはいけないことだ。外ばきに履き替えると、園庭に出る。足こぎ車に乗ろう。真っ黄色でぴかぴかの足こぎ車。誰も乗っていないし、ちょうどいい。

マリーはかなり長いあいだ、足こぎ車を乗り回していた。建物の周りを二周。おもちゃを入れておく物置小屋の周りを三周。広いほうの散歩道を数回往復。それから、砂場で乗り回すことにする。ところが車が砂にはまって動けなくなってしまった。後ろに回って持ち上げようとしてみても、このまぬけな足こぎ車ときたら、全然びくともしない。そこでさっきダヴィッドにしてやろうと思ったことをやってみた。車を蹴りつけ、悪態をつく。それでもまだ全然動かない。そしたら誰かのパパがやってきた。保育園に来たとき、門の外のベンチに座っていた人。パパが挨拶していた人だ。やさしそうなおじさんで、持ち上げてあげようかと言ってくれた。で、言ったとおり持ち上げてくれた。ありがとうと言うと、おじさんは嬉しそうな顔になった。それから、言った。実はね。ベンチのところに、うさぎの赤ちゃんがいるんだ。かわいそうに、死んでしまいそうなんだよ。

取調担当スヴェン・スンドクヴィスト（取）：やあ。
ダヴィッド・ルンドグレーン（ダ）：こんにちは。
取：おじさん、スヴェンっていうんだ。
ダ：僕、（聞き取れず）。
取：ダヴィッドで合ってるかい。
ダ：うん。
取：いい名前だ。おじさんちにも、男の子がひとりいるんだよ。君より二歳年上で、ヨーナスっていうんだ。
ダ：ヨーナスって名前の人、僕も知ってるよ。
取：そうかい。
ダ：友だちにいるんだ。
取：友だちはたくさんいるのかい？
ダ：うん。まあまあね。
取：そりゃよかった。いいことだ。マリーっていう友だちもいるね。
ダ：うん。
取：分かってるかもしれないけど、今日君に聞きたいのは、その友だちのことなんだ。
ダ：うん。マリーのこと。

取：そのとおりだ。今日、保育園がどんな感じだったか、おじさんに教えてくれないか。
ダ：いいよ。
取：変わったことはなかったかい？
ダ：え？
取：いつもと同じだった？
ダ：うん。同じだったよ。
取：みんな、いつもどおり遊んでたんだね？
ダ：うん。インディアンごっことか。
取：君とマリーがインディアン役だったの？
ダ：ううん。みんな。みんなでインディアンごっこしたんだよ。僕、顔にね、青の線を描いたんだよ。
取：そうかあ。青の線かあ。全員いっしょに遊んだのかな？
ダ：だいたいみんなね。たまに抜ける人もいたけど。
取：マリーは？　マリーもいっしょに遊んだのかい？
ダ：うん。でも終わりのほうで抜けてっちゃった。
取：終わりのほうはいっしょじゃなかった？　どうしてマリーは抜けていっちゃったのかな。分かるかい？
ダ：マリーはね、（聞き取れず）線とかそういうの。でも僕、線が描きたかったの。そしたらマリー、外に出て行っちゃった。丸描いてもらえなかったから。みんな丸描くのやだって言ったんだよ。みんな、線がいいって。（聞き取れず）僕みたいなやつ。だから僕マリーに言ったんだ、マリーも線にしなよって。でもマリーは、やだ、丸がいいって。でも、みんな丸はいやだったんだ。そしたらマリー、出て行っちゃった。ほかのみんなは外に出たくなかったんだよ。すごく暑かったから、外に出なくてもいいことになってたの。だから、そのまま、中でインディアンごっこすることにしたんだよ。

取：マリーが出て行くところ見えたかい？

ダ：ううん。

取：全然？

ダ：なんにも言わないで出て行っちゃうんだもん。きっと怒ってたんだね。

取：君たちはインディアンごっこを続け、マリーは出て行った。そういうことだね。

ダ：うん。

取：それからマリーを見かけた？

ダ：うん。そのあとね。

取：いつ？

ダ：窓から見えたよ。

取：窓から。なにが見えた？

ダ：マリーが車に乗ってた、あの足でこぐやつ。マリー、あれにあんまり乗ったことなかったんだよ。動けなくなってた。

取：動けなくなってた？

ダ：砂場にはまっちゃったの。

取：足こぎ車が砂場にはまって、そのまま動けなくなってた。

ダ：そう。

取：よし。マリーが見えた。動けなくなってた。それからマリーはどうした？

ダ：キックしてたよ。

取：キック？

ダ：車をね。

取：マリーは足こぎ車を蹴ってた。ほかには、なにかしてたかい？

ダ：なんか言ってた。

取：なんて？

ダ：分かんない。聞こえなかったよ。

取：それから？　マリーが車を蹴って、なにか言ったあと、どうした？

ダ：そしたら、おじさんが歩いて来たの。

取：どのおじさん？

ダ：どのって、歩いて来たおじさんだよ。

取：そのとき、君はどこにいたんだい？
ダ：窓のところ。
取：マリーとそのおじさんは、遠くのほうにいたのかな？
ダ：十ぐらい。
取：十って？
ダ：十メートルぐらい。
取：マリーとそのおじさんが、十メートル離れたところにいたんだね。
ダ：（聞き取れず）
取：十メートルって、どれぐらいか分かるのかい。
ダ：うん。けっこう遠いでしょ。
取：でも、どれぐらいかほんとうに分かってる？
ダ：ううん。よく分かんない。
取：ダヴィッド、窓の外を見てごらん。あそこに車が見えるね。
ダ：うん。
取：あの車と同じぐらい遠かった？
ダ：うん。
取：ほんとうに？
ダ：うん。あれぐらい遠かったよ。

取：おじさんが来たとき、どんな感じだった？
ダ：べつに。おじさん、ただ歩いてきたんだよ。
取：それからどうした？
ダ：マリーを助けてあげてた。車が動かなくなってたから。
取：どうやって？
ダ：車を持ち上げたの。あのおじさん、強かったよ。
取：そのおじさんが車を持ち上げたところ、君のほかに誰か見てたかい？
ダ：ううん。僕だけだよ。玄関の窓のところにいたの、僕だけだもん。
取：ひとりだったのかい？　誰もほかにいなかった？
ダ：うん。
取：先生もいなかった？
ダ：うん。僕だけだったよ。
取：おじさんはそれからどうした？
ダ：マリーと話してた。
取：話してるとき、マリーはどうしてた？
ダ：べつに。ただ話してたよ。
取：マリーはどんな服を着てた？
ダ：同じの。

取：同じって？
ダ：来たときと同じ服だよ。
取：どんな服だったか教えてくれないか。覚えてるかい？
ダ：緑のTシャツ。友だちのハンプスとおそろいなの。
取：半袖《はんそで》のTシャツだね。
ダ：うん。
取：ほかには？
ダ：赤い靴履いてたよ。いちばんきれいなやつ。ぽっちがついてるの。
取：ぽっちって？
ダ：ボタンみたいなの。
取：ズボンをはいていたのかな？
ダ：覚えてないよ。
取：長ズボンだったと思う？
ダ：ううん。長ズボンじゃない。短パンだったと思うよ。それか、ワンピースかも。暑いもんね。
取：おじさんは？　どんな人だった？
ダ：大きかった。強かったよ。砂場から、車を持ち上げちゃうんだもんね。
取：どんな服を着てた？

ダ：ズボンだったと思う。あと、Tシャツだったかなぁ。キュウボウかぶってたよ。
取：キュウボウ？　なんだい、それ。
ダ：知らないの？　頭にかぶるやつだよ。
取：野球帽のことか。
ダ：そうそう。キュウボウ。
取：どんな野球帽だったか覚えてるかい？
ダ：ガソリンスタンドで売ってるやつ。
取：それから、二人はどうした？　話し終わってからは？
ダ：それから歩いて行っちゃった。
取：歩いて行っちゃった？　どこに？
ダ：門のほう。おじさん、門のあれをがちゃがちゃって開けてた。
取：なにをがちゃがちゃ開けたって？
ダ：門についてる、あの、鍵みたいなの。
取：掛け金かな？　こう、門の上のほうにあって、上に持ち上げて開けるのじゃないかい？
ダ：そうそう。それ。それを開けたの。
取：それから？
ダ：外に出て行ったよ。

取：どっちのほうに？
ダ：わかんない。出て行くところしか見えなかったもん。
取：どうして出て行ったのかな？
ダ：ほんとはいけないんだよ。勝手に門の外に出ちゃいけないことになってるの。
取：出て行くとき、二人はどんな感じだった？
ダ：怒ってはいなかったよ。
取：怒ってはいなかった。
ダ：なんか、ちょっと嬉しそうだった。
取：出て行くとき、嬉しそうに見えたんだね。
ダ：うん。怒ってはいなかったよ。
取：二人の姿は、どのぐらいまで見えたのかな。
ダ：ちょっとだけだよ。門を出て行ったら、すぐ見えなくなっちゃったもん。
取：そこでいなくなっちゃったんだね。
ダ：うん。
取：ほかになにか覚えてることあるかい？
ダ：（聞き取れず）
取：ダヴィッド？
取：よし。偉かったね。ずいぶんよく覚えていてくれて助かったよ。ここでちょっと待っててくれないか。おじさんね、ほかのおじさんたちと、ちょっと話があるんだ。

ダ：うん。いいよ。

取：そしたら、パパとママが下で待ってるから、おじさんが呼んできてあげるからね。

第二部（一週間）

フレドリック・ステファンソンは二時の連絡船に間に合った。連絡船は一時間に一便、オクネーン＝アルネー島間を運航している。鮮やかな黄色とマリンブルーの船体。運営母体である道路公団のイメージカラーだ。所要時間は四〜五分ほどだが、本土と島、気ぜわしい時間とゆったり流れる時間とを分かつ、象徴的な役割を果たしている。ストレングネースから車で十五分、角を白く塗った赤い家。マリーが生まれる数ヵ月前、自宅での執筆に行き詰まって買った家だ。当時この家はまるで、ジャングルの中の廃墟《はいきょ》だった。フレドリックとアグネスはそれから数年の夏を、廃墟を住居らしく、ジャングルを庭らしくするために費やしたのだった。あれからもうすぐ六年になる。ここで本を三冊書き上げた。三部作で、まずまずの売れ行き。ドイツ語訳も出版される予定だ。出版社が見積もりを出してみたところ、出版にかかるコストを上回る利益を上げられるかもしれないという結論に達したからだ。こうして最近ではスウェーデン人作家の本が、ほかの国々の本棚にもたくさん並ぶようになってきている。

今日もきっと書けないだろう。だが、自分で決めたことだ。パソコンを起動し、未完の構想を書きつけたメモを取り出し、パソコンの画面をじっと見つめる。十五分。三十分。四十五分。テレビをつける。向かいの壁ぎわに置いてある、孤独を紛らわす道具。ボリュームを下げ、映像だけを流す。ラジオをつける。民放チャンネル。次から次へとヒット曲が流れる。もう何度も聞いたことのある曲ばかりだから、耳を傾ける必要もない。ちょっと散歩に出かけてもみた。湖のほとりまで歩いていき、そこかしこに見える船や乗っている人たちを双眼鏡で眺める。まるで芝居を見ているような気がした。もちろん、人々は演技をしているわけではないが。

いまだになにも書けていない。しかし今日という今日は、書けるまでじっと待つつもりだ。たとえ、一語だけでも。

電話が鳴った。

最近電話をかけてくるのはアグネスと決まっている。ほかの連中はもう、誰も電話をかけてこない。数年経ってやっと気づいたのだが、書いている最中に電話が鳴ると、邪魔されたような気がしてやたらと不機嫌になり、電話に出るときどうしてもいらいらした声になってしまっているらしい。そのせいで、ひとり、またひとりと電話をかけてこなくなったのだ。しかし例の指の震えが始まり、パソコン画面は真っ白という状態が続くと、身辺が妙にがらんとしていることに気づいた。忍び寄るようにやってきた空虚。いつのまにやってきたのだろう。なんと美しいことか。なんと醜いことか。

「もしもし」

「そんなにいらいらした声出さなくてもいいのに」

「いま書いてるところなんだよ」

「なに書いてるの」

「最近、どうも進まなくてね」

「つまり、なにも書いてないってことね」

「まあ、そういうことだね」

アグネスに隠しごとはできない。お互い、裸をさらしあった仲なのだから。

「ごめん。なにか用？」

「なにか用って、あなたの娘は私の娘でもあるのよ。どうしているか、元気かどうか、ちゃんと知りたいの。そのためにこうやってときどき電話しあってるわけでしょう。さっきも電話したけど、あなたったらマリーに電話を切らせるんだもの。だからマリーの様子を聞けなかった。それでまた電話したのよ。マリー、どう？」

「元気だよ。元気そのものだ。マリーはどうやら、この暑さに耐えられるめずらしいタイプみたいだよ。君に似たんだな」

アグネスの日に焼けた身体を思い浮かべる。アグネスがどんな様子か、いまこの瞬間どんな格好をしているか、フレドリックには簡単に想像がつく。オフィスの椅子に両足を上げて、背もたれのところに寄りかかって膝を抱えているにちがいない。薄手のワンピースを着ているはずだ。ずっと、アグネスが恋しくて、欲しくてしかたがなかった。毎日。毎朝。毎晩。だがやがて、彼女を求めることなく時を過ごすすべを学んだ。思いを断ち切るすべを。ぶっきらぼうに、いらいらしてみせる、そうやって自由になるすべを。

「保育園では？　送っていったとき、どうだった？」

ミカエラか。ミカエラのことを探りたいんだな。アグネスは、自分よりずっと年下の女と僕が付き合っているということに、心を乱されているのだ。そう考えると気分がいい。もちろん、だからといってどうなるわけでもないことは分かっている。アグネス並みの美人と寝ているからといって、アグネスが戻ってきてくれるわけではないことも、重々承知している。それでも、悪い気はしない。たしかに幼稚な喜びだが、その気持ちを振り払う気力も湧かず、ただそのまま受け入れ、いい気分に浸る。

「今日はましだったよ。十分で済んだ。さっさと走って行って、ダヴィッドとインディアンごっこを始めたよ」

「インディアンごっこ？」

「最近、保育園でよくやってるらしい」

フレドリックは狭い台所で、食卓のところに座っている。そこが仕事場なのだ。立ち上がると、コードレスの電話機を持って、いちおう居間ということになっているさらに狭い部屋へ入っていき、ひじ掛け椅子に腰を下ろした。アグネスはちょうどいいときに電話をかけてきてくれた。これでしばらくのあいだ、真っ白な画面を凝視しなくて済む。ストックホルムでの暮らしがどんな感じか、彼女がどう過ごしているのか聞いてみよう。普段はそこまで聞く気になれない。返事を聞くのが怖いのだ。ストックホルムは最高よ、私も新しい恋人ができてね、なんて答えが返ってきたらと思うと。でも、今日は聞いてみよう。どんなふうに訊ねたら、なにげない調子に聞こえるだろうか。しばらく考え、なかなかいい切り出しかたを思いついたちょうどそのとき、音のないままつけっぱなしになっていた居間のテレビの画面に、目が釘付《くぎづ》けになった。

「ちょっと待って」

白黒写真。黒髪を短く刈った男が、笑みを浮かべている。見覚えのある顔だ。つい最近会ったような気がする。そうだ、今日だ。ベンチに座っていた、あの誰かの父親じゃないか。白鳩保育園のすぐ外で、会釈を交わした。門の前のベンチに座って待っていた、あの男だ。

フレドリックはテレビに近づき、ボリュームを上げた。

男がふたたび映し出される。今度はカラー写真だ。場所は、刑務所。背景に塀が映っている。看守二人に伴われ、カメラに向かって手を振っている。少なくとも、そういうふうに見える。

はやるような早口のアナウンサー。彼らの声は皆同じに聞こえる。ひとつひとつの言葉を強調するのが、カタカタとなにかを叩いているように響く。個性のない、あたりさわりのない声。

その声が告げていた。たったいま画面に映った男、ベンチに座っていたあの父親は、ベルント・ルンド、三十六歳。一九九一年、連続女児暴行事件で有罪判決を受ける。一九九七年、ふたたび連続女児暴行および殺害事件で有罪判決。なおこの際、九歳女児二名が地下物置で暴行・殺害された猟奇的な事件、いわゆるスカルプホルム事件を起こしている。今朝未明、アスプソース刑務所性犯罪者専用区画から、診療のため外出許可を得て護送中に、逃走。

フレドリックは無言のまま座っていた。

言葉も耳に入らない。ボリュームを上げたものの、なにも聞こえていない。

画面の男。自分は、この男に会釈した。

刑務所の責任者がマイクを突きつけられ、しどろもどろになっている。額に汗の粒が浮かんでいる。

無愛想な年配の刑事がインタビューを受けている。すべてノーコメントだ。ただ一点、この男を見かけたらかならず警察に連絡するようにと訴えかけている。

自分は、この男に会釈したのだ。

門の前のベンチに座っていた、この男。彼も会釈を返してきた。保育園に入るときに一度。保育園から出て行くときに一度。

身動きがとれない。

受話器の向こうで、アグネスが大声で呼んでいる。甲高い声が耳をつんざく。しかしフレドリックはなにも答えない。

あの男。挨拶なんかするんじゃなかった。会釈なんか。

フレドリックは電話を耳元に当てた。

「アグネス、悪いがいまは話せない。ほかのところに電話をかけなきゃならないんだ。切るよ」

受話器のボタンを押し、信号音を待つ。

まだアグネスとつながっている。

「アグネス！　頼むよ！　切ってくれ！」

電話を床に叩きつけると、あたふたと立ち上がって台所へと走る。椅子に掛かった上着から、携帯電話を取り出す。そしてミカエラの、保育園の番号を押した。

ラーシュ・オーゲスタムは法廷をざっと見回した。まったく、さえないやつらばっかりだ。政治家としての義務でしかたなく来ている参審員（一般市民の代表として、判事とともに事実認定や量刑判断などにあたる。任期制で、スウェーデンでは政党の推薦をもとに選出される）たちの、疲れた無知な目。ヴァン・バルヴァス判事はすでに裁判開始直後、性犯罪で起訴された被告人に対する先入観を露呈してしまうという、プロとしてあるまじき態度をみせている。被告人、ホーカン・アクセルソン。自分の犯した罪によって子どもたちがどんな思いをしたか、被害者の立場に立って理解している様子はまったくみられない。そのすぐ後ろに控えている、拘置所の看守たち。いかにもわけが分かっているようなふりをしている。新聞記者が七人。マスコミ席の最前列に陣取ってメモを取りまくっているが、いざ記事を書くとなると質疑のひとつも正しく再現できない連中だ。その後ろに座っている女性二人は、裁判となるとかならずやってくる。入場料が無料だからだ。市民の権利を行使するのだと言いつつ、無料で見世物を楽しんでいる。そして最後列には、ニキビ面をした法学部の学生たちが座っている。つい数年前の自分の姿を見るようだ。辱められ、絶望した子どもたちのために行なわれているこの裁判を、課題のテーマにし、いい成績をとろうとしている。

全員に向かって怒鳴りつけてやりたい。いますぐ、この法廷から出ていけ。出ていけないのなら、黙ってろ。

しかしラーシュ・オーゲスタムはそんな行儀の悪いことはしない。野心家の彼は、検察官になってまだ日は浅いが、性犯罪者や麻薬がらみのチンピラの裁判ばかり担当するのにはいいかげんうんざりで、どんどん出世してべつのことをやりたいと思っている。個人的な意見は心のうちに秘め、ただひたすら起訴手続きを進め、裁判に備えてしっかり準備をする。そうして実際に裁判が始まるとかならず、いちばん知識が豊富なのは彼であることが判明する。そうなるともう決着がついたも同然だ。やたらと頭の切れる弁護人でもいるのならべつだが。

クリスティーナ・ビョルンソンは、〝やたらと頭の切れる弁護人〟のひとりである。

彼女はこの法廷で唯一、〝さえないやつら〟に含まれない人物だ。賢明で経験豊か。これまでに出会った弁護人のなかでは例外的な存在で、クズどもの弁護を幾度となく担当し、いまだに弁護士報酬そっちのけでクズどもを守ろうとする。そしてまさにそのため、依頼人の全幅の信頼を得ることのできる、数少ない弁護人のひとりでもある。ストックホルム大学の法学部に入りたてのころ、いち早く耳にしたエピソードのひとつに、クリスティーナ・ビョルンソン弁護士とコインの話があった。ビョルンソンはコイン収集が趣味で、なんでもスウェーデンでも有数のコレクションを所持していたらしいのだが、それが一九九〇年代初め盗難に遭った。国中の刑務所が大騒ぎになった。四人たちのなかからリーダー役が選ばれ、裏社会でみごとな捜索が行なわれた。そして一週間後には、長髪を後ろでひとつに結んだ屈強な男が二人、ビョルンソン弁護士の自宅にやってきて、花束とともにコレクションを返却したのだった。ラッピングされリボンで飾られて戻ってきたそのコレクションには、ひとつも欠けたところがなく、コインはすべてビニールの小袋に入って所定の位置に収めてあった。古美術品専門の窃盗犯三人が大いに苦心して書いたらしい、長い手紙も同封されていた。ほんとうに申し訳ない、誰のコレクションかまったく知らなかった、今後はぜひ、もし百パーセント合法な入手方法でなくてもよければ、このコレクションをさらに充実させるお手伝いをさせていただきたい、云々。この話を聞いてからというもの、ラーシュ・オーゲスタムは何度も思ったものだった。万が一弁護人が必要な立場に立たされたら、絶対クリスティーナ・ビョルンソンに頼もう。

今回もビョルンソンはいい仕事をしている。ホーカン・アクセルソンは人間らしい感情というものが完全に欠如したろくでもない人間であり、したがって長期刑がふさわしい、というのが検察側の考えだ。その求刑を支持する証拠もある。CD-ROM形式で保存されていた、性的暴行現場の写真の数々。毎週土曜日夜八時、異様きわまりない児童ポルノ上映会に参加していた小児性愛者七人のうち、二人から得られた証言。被告人自身による自供。しかしそれでもこのクズは、わずか数年かそこらの懲役刑でうまく切り抜けてしまうにちがいない。ビョルンソンは、検察側の起訴事実ひとつひとつに、辛抱強く反駁《はんばく》を加えていく。被告人には深刻な精神障害の疑いがある、したがって精神病院への措置入院が適当である、それが彼女の主張だ。もちろんその結論に達しないであろうことは、彼女自身も分かっているはずである。それでもこう主張することによって双方の歩み寄りを促《うなが》し、妥協的な結論へと導くのが狙いだ。アクセルソン自身が罪を認めたことで一時は困難かと思われたこの戦略も、いまならじゅうぶん可能性が高まってきている。この方針を貫いたビョルンソンは、参審員をもまんまと味方につけた。そのことは一目瞭然だ。参審員のひとりは、被害者の女児のなかに挑発的な服装をしているのがいた、などと指摘してきた。かなり軽い刑になってしまいそうな予感がする。

はらわたが煮えくり返るような思いだった。あの地方議員め。灰色の背広を着て、真向かいに座っているあの男、子どもの服装がどうだったとか、人間どうしの出会いの責任は双方にあるとか、もっともらしいことをしれっと言いやがって。オーゲスタムはこれまでにないほどの怒りを感じた。あやうく参審員たちに殴りかかって、罵詈雑言を浴びせかけ、自分のキャリアをも台無しにしてしまうところだった。

この児童ポルノ事件ではすでに三名の裁判が終わっており、オーゲスタムはその成り行きも注視してきた。この三人は、長期刑を言い渡されている。アクセルソンが犯した罪の重さも変わりはないはずなのだが、クリスティーナ・ビョルンソンとあの無能参審員どもが、被害者にも責任ありという昔ながらの論理で合意してしまった。今朝ベルント・ルンドの逃走事件が起こっていなかったとしたら、おそらくこの裁判、アクセルソンは無罪となり、主席検察官を目指す若きオーゲスタムは面目丸つぶれという結果に終わっていただろう。しかしルンドの逃走によって、アクセルソン裁判が急に脚光を浴びた。記者たちが最前列に陣取っているのもそのためだ。この裁判の結果を伝える記事は、新聞の十一面から七面に格上げされるだろう。現在スウェーデン中の憎悪を集めている逃亡犯ルンドと、このアクセルソンとを結びつけて分析する、二段にわたる長い記事も掲載されるにちがいない。世論の追及を避けるためにも、少なくとも一年以上の懲役刑という結論で落ち着くだろう。

もうしばらく性犯罪の裁判はやりたくない、とオーゲスタムは思う。

消耗させられるのだ。加害者にも被害者にもほとんど会わず、書類上の名前を見ているだけであっても、同じように消耗させられる。その犯罪にぐいっとつかまれ、引き寄せられてしまう。距離を置いて見ることができなくなってしまう。公人としての冷静さも失ってしまう。動揺している検察官など、役立たずもいいところではないか。

銀行強盗とか、殺人事件とか、詐欺事件とか、そういう事件を担当したい。性犯罪の裁判は、展開の予想がつきやすい。それぞれの立場が明快だし、みんなとっくの昔から自分の論法に磨きをかけてきているからだ。アクセルソン裁判が始まる前、オーゲスタムは自分なりにこの事件の理解を試みた。児童ポルノがどのように普及しているかについて、ありとあらゆる記事を読んでみた。性犯罪をどう扱うかについて基礎を学ぶため、検事総長室主催の研修コースにも通ってみた。コースは夜間に開講され、参加者は検察官四名に弁護士三名。より適切な判決および量刑判断を下す基礎となる方法を見つけようと、七人でともに努力したものだった。

もう性犯罪の裁判はこりごりだ。あのベルント・ルンドがまた捕まっても、絶対に担当したくない。ルンドという男は、あまりにも強い感情をかきたてる。あの男がやったことは、残酷すぎる。書類を読むのもいやだし、しかも起訴事実を自分で書面にするなんて、とても気力がもちそうにない。

そのときが来たら、なるべく遠ざかっていよう、とオーゲスタムは考えた。

フレドリック・ステファンソンは家の扉を開けた。鍵の束を探すが見つからず、戸締まりをせずに車へ走る。

マリー。

泣きながら走る。車のドアの取っ手を引く。

鍵の束はイグニションのところに差しっぱなしでぶら下がっていた。エンジンをかけると、狭い私道を猛スピードでバックし、一般道路に出る。

マリーがいない。

ミカエラは、要領を得ないフレドリックの話を最後まで聞き、それから受話器を置いてマリーを探しに行った。屋内。屋外。どこにもいない。叫びわめくフレドリック。ミカエラに落ち着いてと言われ、一度は声のボリュームを落としたものの、ふたたび大声になり、さらに激しい口調でわめく。あのベンチ。午後のニュース。あの父親が、写真にうつっていた。刑務所の塀を背景にして。

フレドリックは電話を切り、いまこうして車を走らせ、曲がりくねった狭い道を進んでいる。まだ取り乱している。泣き叫んでいる。

　確信があった。ベンチに座っていた男は、あの写真の男にまちがいない。ハンドルから片手を離し、ストックホルム警察の代表番号に電話をかける。怒鳴りつけるように用件を告げると、数分後やっと当直の警官につながった。ありのままを話す。ルンドを見た。ストレングネースの保育園のすぐ外にいた。保育園にいるはずの娘がいない。

　家から連絡船乗り場まで三キロ。スクヴァッレル広場近くの廃校を、その数百メートル先にある十三世紀建造の石造りの教会を、猛スピードで通り過ぎる。教会脇の墓地には、人影が三つ。水をまいている人。墓石を前に、芝生の上でじっと立ちつくしている人。熊手《くまで》を使って、砂利《じゃり》道をならしている人。

　間に合わなかった。船はすでに出発し、本土と島のあいだ、ちょうど半ばのところにいる。本土からは毎時零分、島からは毎時十分に出発するのだ。時計を見る。三時十四分。何度かクラクションを鳴らし、ヘッドライトを点滅させてみる。

　無駄だった。

　電話をかける。いつもなら着信音が操縦士に聞こえないことも多いのだが、今日はいつになく静かで、風もなく、見渡す限りモーターボートの影ひとつない。電話に出た操縦士に向かって、説明を試みる。いま乗っている車を向こう岸に下ろしたらすぐにこちらに戻ってくる、と約束してくれた。

　どうして、保育園に行ったりしたんだろう。

もう一時半だったのに。なぜあのまま家にとどまらなかった？

船が向こう岸に到着するのが見える。ああ、時間よ、なぜ止まってくれない。マリーがいない。保育園の中にも、外にもいない。マリー。自分の娘。マリーは単なるひとりの人間ではない。自分にとってマリーは、もっと大きい存在、もしかしたら大きすぎるとさえいえるかもしれない存在になっている。アグネスが去ってからというもの、愛情のすべてを凝縮させ、マリーへと注いできた。そしてマリーはそれを受け、抱え込み、ときにその愛情を返してくれるのだった。アグネスが放つ愛情をも、マリーは受け、抱え込み、そしてときにアグネスへと返していた。二人の愛情をひとりで抱えるマリー。それではいけないんじゃないか、何度もそう考えた。単なるひとりの人間以上の存在にしてしまうべきではない。抱えられる以上の愛情を押しつけてはいけない。五歳の子どもには、負担が大きすぎる。

ふたたびミカエラに電話。出ない。もう一度。電源が切られているらしい。呼び出し音は鳴らず、留守番電話サービスの電子音声に切り替わってしまった。

ずいぶん長いこと泣いていなかった。アグネスが出て行ったときにさえ、涙ひとつこぼさなかった。もう涙など出ないように思われた。ときおり、あえて泣こうと決意を固め、涙を流そうとしてみたこともある。だが、うまくいったためしはない。涙は出そうとして出るものではない。振り返ってみると、大人になってからは一度も泣いたことがない。

それほど、心を閉ざしていたのだ。

少なくとも、いままでは。

だから、いま自分になにが起こっているのか、さっぱり分からない。自分をとらえて放さない、すさまじい恐怖。涙が止まらない。ときには泣くのもいいもんだろうな、などと思うことも何度かあったが、これはいったいなんなんだ。まるで涙を盗まれているような気持ち。自分の内側から、ただ、なにかが流れ出していく。運転席に座っている自分が、まるで大きな空洞のように感じられる。

黄色とマリンブルーの船が、遠くのほうで向きを変えている。乗っていた四台の車を向こう岸に降ろし、空っぽになった連絡船がやっと、こちらへ向かってこようとしている。さびついた太い針金が二本、本土と島とのあいだに渡されている。水中でゆらゆらと動くレールのようだ。船はそのレールをつたって進む。針金が船体に当たるたびに、大きな音がする。規則正しいその音が、船が近づいてくるにつれボリュームを増す。フレドリックは操縦室に向かって片手を挙げ、いつもどおり挨拶を交わすと、車を発進させて船に乗り込んだ。

やがて水に囲まれた。船はのんびりと進んでいく。午後のニュースの映像が思い浮かぶ。白黒写真。笑顔の男。それから、刑務所の塀を背にしたスナップ写真。両脇に看守がいる。カメラに向かって手を振っている。男の顔を頭から払いのけようとしても、頑として動かない。消えてくれない。笑顔を浮かべ、手を振っていたあの男が、子どもたちをレイプした。次々と。そうだ、やっと思い出した。地下の物置部屋で女の子が二人、レイプされ、殺された事件。ぼろぼろになるまで傷つけられた二人。ルンドに殴りつけられ、切り刻まれ、切り裂かれ、まるで使い古しの人形のようにうち捨てられていた二人。あの当時、この事件についての記事を読んだものだった。だが、自分には関係のないことのように思えた。深く考えることもできなかった。記事を読んで、世の中の人たちと同じように怒りを覚えはしたものの、実際にはこんな事件起こっていないんじゃないだろうか、記事で読んだことは実際にはなかったのではないか、そんな感覚になぜかとらわれていた。それから数週間、裁判についての報道が連日マスコミをにぎわし、それを見てふたたび怒りを感じはしたものの、ニュースを追う気にはもうなれなかった。

操縦室にいるのは年寄りのほうだ。これまでは午前中にしか、この人が操縦しているのを見たことがなかったのだが。もう引退しているにもかかわらず、北スウェーデンのほうで閉鎖になった航路から、もっと若い操縦士が異動してくる予定になっており、それまでのあいだしばらく代わりに操縦しているという。いつもなら操縦室から降りてきて、天気やら家の値段やらとりとめのない世間話をしてくるのだが、勘が良いのだろう、今日はフレドリックのせっぱつまった様子を見てとったらしく、降りてきもしない。電話をかけたときには、いったいどういうわけなのかと説明を求められたが、いまはそっとしておいてくれている。ありがたかった。次回会ったら礼を言わなきゃな、などと考える。

向こう岸では、老操縦士の飼い犬であるジャーマン・シェパードが、水辺近くの木につながれている。飼い主が手を振ると嬉しそうに吠《ほ》えた。フレドリックは少々早すぎるタイミングで車のエンジンをかけると、到着するなり船を降りていった。

怖い。

息がつまるほどの恐怖。

マリーはなにも言わずにどこかへ行ってしまうような子ではない。保育園にミカエラがいることも、園庭を出て柵《さく》の外に行きたいのならミカエラにひとこと言わなければならないことも、ちゃんと分かっていたはずだ。

門の前のベンチに座っていた、あの男。野球帽をかぶっていた。背は低めで、かなり痩せていた。会釈を交わした、あの男。

曲がりくねった未舗装のアルネー通りを九キロ、事故の多発するアスファルトの国道55号を八キロ。道路は空《す》いている。フレドリックはスピードを上げる。こんなスピードを出すのは初めてかもしれない。

あの顔。自分が会った男だ。まちがいない。

のろのろ運転の車が五台、前をふさいでいる。先頭にいるのは小さな赤い車で、巨大なトレーラーハウスを牽引《けんいん》している。少し急なカーブにさしかかると車体がずいぶん傾いているのが見え、後続の車は用心深く距離を置いている。フレドリックは追い越しを試みる。一回。二回。しかしそのたびにカーブが来て視界がさえぎられ、あきらめざるをえなかった。

次の角を曲がる。トステレー橋方面へ。ストレングネース中心街へと続くトステレー橋の直前で、右に曲がる。

遠くから、もう見えてきた。

白鳩保育園の門のそばに、立っている人が何人もいる。

保育士が五人。食事係が二人。警察官が四人、警察犬も連れている。親たちの姿もちらほら見える。見覚えのある顔もあれば、知らない人もいる。

小さな子どもを腕に抱えたある親が、森のほうを指差した。警察官がひとり、そちらに向かっていく。犬も連れて行ってにおいを嗅がせている。さらに二人が加わった。

フレドリックは門のそばに車をつけると、しばらくのあいだ、車の中でじっと座っていた。それからドアを開けて車を降りる。すぐにミカエラに迎えられた。彼女がいることに、すぐには気づかなかった。建物の中から出てきていたというのに。

　コーヒーはブラックに限る。牛乳を入れるなんてもってのほかだ。ましてやカフェラテだのカプチーノだの、そんな流行《はや》りものなど言語道断。スウェーデンの伝統である、出し殻こそ入っていないものの真っ黒なコーヒーでなければ、断じて認めない。エーヴェルト・グレーンスは、廊下の自動販売機を前にして思う。クリームパウダーなぞ入れるために一クローナよけいに払う連中の気が知れない。乳化剤やらなにやら化学物質がたんまり入っていて、反吐《へど》の出そうな味がするというのに。でもスヴェンはどうしてもこれがいいと言う。妙に薄い、不自然な茶色のコーヒー。よけいな金を払って、わざわざコーヒーを薄めているのだ。

　プラスチックのカップを片手にひとつずつ持つ。両手をずいぶんと大きく広げている。まるで薄茶色がブラックに伝染しては大変とでもいうように。中身をこぼさないよう、軽く脚を引きずりつつもできる限りバランスを取って、ワックスをかけたばかりの廊下を歩いていく。

　オフィスに入ると、訪問者用の椅子に向かってカップを差し出した。スヴェンはへなへなと沈み込むようにして座っている。

「ほれ。おまえのだ」

スヴェンは立ち上がってカップを受け取った。

「ありがとう」

エーヴェルトはしばらく、スヴェンの前から動かない。スヴェンの目の表情が、いつもとちがう。初めて見る表情だ。

「どうした？　四十の誕生日に働かされるのが、そんなにいやか」

「そういうわけじゃない」

「じゃあ、なんなんだ」

「たったいま、ヨーナスが電話をかけてきた。コーヒー待ってるあいだに」

「で？」

「問い詰められたよ。帰ってくるって言ったのに、どうして帰ってこないの、って。パパは嘘つきだって」

「嘘つき？」

「大人はみんな嘘つきだって」

「で？　それだけか？」

「ルンドのニュースをテレビで観たらしいんだ。こう言われたよ。どうして大人って、死んだリス見せてあげるとか、かわいいお人形見せてあげるとかって、子どもに嘘つくの。ほんとはおちんちん出したり、殴ったりしたいだけなのに。ヨーナスのやつ、ほんとうにこう言ったんだ。一字一句、このとおりだ」

スヴェンは渡されたコーヒーを飲み、しばらく押し黙っていた。沈み込むようにして椅子に腰掛け、無意識のうちに、回転椅子を右へ左へと回転させている。エーヴェルトは本棚のカセットプレーヤーに向かうと、カセットを選びはじめた。

「いったいなんて答えたらいいんだ？　パパは嘘つきだ、大人はみんな嘘つきだ、大人は嘘ついてちんちん出したり殴ったりする、そんなこと言われたら。エーヴェルト、もううんざりだ。僕はもう降りたい」

『七人のすてきな男の子』。ハリー・アーノルド・ラジオバンドとともに、一九五九年。

二人は耳を傾ける。

はじめてのカレ、サーベルみたいにスレンダー
ふたりめのカレ、ブロンドのカレは私にぞっこん

アイスホッケーの試合のような歌詞だ。陳腐でつまらない、だからこそ現実逃避にはもってこい。エーヴェルトは目を閉じて、ゆっくりと頭を揺らしている。現実とはちがう時間の流れに入っていく。つかのまの平和。

ノックの音。

スヴェンはエーヴェルトを見やる。エーヴェルトは、いら立たしげに首を横に振っている。

もう一度、ノックの音。さっきよりも強い。

「うるせえ！　入れ！」

オーゲスタムだった。きっちりと撫でつけた前髪。おもねるような笑みを一瞬浮かべ、オフィスに入ってくる。エーヴェルト・グレーンスは思う。こういう優等生タイプは、どうも虫が好かない。もっとはっきり言えば、いやでしかたがない。検察官をやっているのは形だけで、ほんとうは単に出世してもっと高い給料が欲しいだけ。まったく、気に食わない。

「なんの用だ」

ラーシュ・オーゲスタムはしり込みしている。虫の居所が悪いエーヴェルト・グレーンスに対して。あるいは、シーヴ・マルムクヴィストの鳴り響く部屋に対して。

「ルンドが」

エーヴェルトは顔を上げ、プラスチックのカップを脇に置いた。

「ルンドがどうした」

「現われました」

オーゲスタムは説明した。たったいま、当直の警官のところに電話がかかってきた。ベルント・ルンドを数時間前に見たという。場所はストレングネース、保育園の外。電話は携帯電話からで、かけてきたのは男性、落ち着いておりしかたもきちんとしていたものの、かなりおびえているようだった。ベンチのこと、野球帽のことを話し、あの顔にまちがいない、と言った。しかも、保育園の職員に聞いてみたところ、預けている五歳の娘の姿が見当たらないのだという。

エーヴェルトはプラスチックのカップをぐしゃりと握りつぶすと、ごみ箱に投げ捨てた。

「ちくしょう。ちくしょう！」

ルンドへの事情聴取。あんなに醜悪な事情聴取は、あとにも先にも経験したことがない。人間でありながら、人間でない。決して目を合わせようとしない、あの男。

うるせえな、グレーンス。
ルンド、俺の目を見ろ。
なあ、グレーンス。みんな、淫乱ばっかりなんだよ。
事情聴取中だぞ。俺の目を見ろ。
淫売め。ちっちゃなちっちゃな、盛りのついた淫乱どもめ。
目を見ろと言ってるんだ。さもなければ、事情聴取はいますぐ中断する。
知りたいんだろ。やつらのちっちゃな割れ目のことをよ。分かってんだぜ。
おまえ、俺の目を見る勇気もないのか。
あの割れ目が、竿を待ってんだよ。
よし。やっと目が合った。
ちっちゃなちっちゃな淫売ども。盛りがついてしかたがねえ。
どうだ、目を合わせた気分は。
だから、教えてやらなきゃ。いつもいつも盛ってちゃいけないんだってな。
ほら、また目をそらす。そんなに意気地がないのか、おまえは。
子どもがいちばんたちが悪いんだぜ。盛りがつきまくってよ。だから、厳しく教えてやるんだよ。

この野郎、殴られたいのか。録音機なんか脇にどかして、キレてやったっていいんだぞ。

なあ、グレーンス。九歳の割れ目、味わったことあるかい。


エーヴェルト・グレーンスはプレーヤーを止め、カセットをそっとケースに戻した。

「また子どもに襲いかかる前に、顔を見られてもかまわないと思っているのか。そんなにやりたくてたまらないのだとしたら、もうすでに抑えがきかなくなってる可能性が高いな」

そして、開いたドアの後ろにはさまれたようになっているコート掛けに向かうと、掛かっていた上着を手に取った。

「やつの事情聴取を担当したのは俺だ。やつが考えそうなことは分かる。法精神科医の診断書も読んだ。俺が思ったとおりのこと、当たり前のことが書いてあったよ。やつはサディストだ、加虐性愛の傾向がはっきりと見られる、とな」

法精神科医の診断書を読んだというだけではない。心血注いで、一字一句、けんめいに理解しようとしたのだった。ルンドを事情聴取しているあいだも、事情聴取が終わったあとも、かつてないほど激しい動揺に襲われた。そんなふうに他人に心をかき乱されたのは、とてつもない憎しみや恐怖を感じさせられたのは、まったく初めてのことだった。刑事になってからというもの、自分はずいぶん冷淡で気難しい人間になった。それは自覚している。日々の仕事をこなしていくなかで、なにかを感じている暇などない。ところがルンドのせいで、ルンドの犯した罪のせいで、ルンドの異質さのせいで、すべてを放り出して逃げてしまいたい、すべての努力をやめてしまいたいという気持ちを、初めて味わわされたのだった。診断書を書いた法精神科医とは、実際に会って話もした。医師としての職務上言うべきではないと思われることまで、突っ込んで話を聞くことができた。ルンドについて。ルンドのサディスティックな性的暴行為について。ルンドにとって、怒りと性衝動は同義語だ。傷つけることによって、欲情する。他者の力を奪い、その無力な姿を見ることによって、快楽を得る。エーヴェルトはこんな質問もしてみた。そもそもルンドは、自分がやったことの意味を分かっているのだろうか？　被害者の子どもやその親、その他の関係者がどんなふうに反応し、どんなふうに感じているか、分かっているのだろうか？　すると医師はゆっくりと首を横に振ったのだった。ルンドの子ども時代や、受けた虐待の話もしてくれた。自分自身の存在に耐えて生きていくために、他人とのつながりをも完全に断ち切ってしまった。ルンドは、そういう男だった。

上着を片手に持ったまま、スヴェンを、次いでオーゲスタムを指差す。

「軽度の精神障害だ。分かるか？　幼い女の子を何人もレイプして、それで軽度の精神障害だとよ」

オーゲスタムがため息をつく。

「覚えてますよ。あの当時、まだ大学生でした。おかしい、そんな馬鹿な、って思いましたよ」

エーヴェルトは上着にぐいっと袖を通すと、スヴェンのほうを向いた。

「また車で行くぞ。今度はストレングネースだ。全速力でぶっ飛ばす。おまえが運転しろ」

ラーシュ・オーゲスタムがまだ、ドアのところに立っている。出て行くべきなのに、出て行かない。

「僕も行きます」

この若造、つくづく気に食わない。かねてからそのことははっきり態度で示している。今回もまた、はっきり示すことにする。

「おまえ、この件の予備捜査担当にでもなったのか」

「いいえ」

「なら、邪魔だ。そこをどけ」


太陽はゆっくりと傾きはじめているが、暑さはあいかわらずだ。うっとうしい日差しの中、車は高速E4号を南へ急ぐ。ストックホルム中心街を出て、郊外の街並みを通り過ぎ、クンゲンスクルヴァ、フィトヤ、トゥンバ、セーデルテリエを通り過ぎる。それから西へと方向を変え、高速E20号をストレングネース方面へ。それまで息を詰めていたスヴェンは、ここでほっと息をついた。エーヴェルトも、もっとスピードを上げろと手で合図してきたり、この役立たずの日除けめなどとぼやいたりしていたのが、進行方向が変わったとたんにぴたりと静かになった。ここならさらにスピードを上げることもできる。さっきよりも道が空いているし、日差しもそれほど差し込んでこない。

二人はあまり口をきかなかった。保育園の近くでベルント・ルンドを見たという人がいる。五歳女児が行方不明。それ以上なにを話す必要があるというのか。これまでに起こったこと、起こったかもしれないことについて、それぞれ考えを巡らせる。どんなシナリオを思い浮かべても、希望を抱かずにはいられない。この通報はいたずらなのではないか。捜索時にうっかり見逃していた遊び部屋から、少女がひょっこり現われるのではないか。ベルント・ルンドを見たという父親は、恐怖のあまり現実と妄想の区別がつかなくなっているだけなのではないか。

四十三分。ストックホルムの中心街から、ストレングネースの白鳩保育園までに要した時間だ。

あと数百メートルで到着というところで、すでにひとつの希望が打ち砕かれた。この通報は、いたずらなどではない。それどころか、おそらく最悪の事態が待っている。保育士らしき人々。保護者らしき人々。その周りで、遊んだり走ったりはねたりしている子どもたち。パトカーが二台。制服を着た警官たち。警察犬も何頭かいる。長らく待たされてしびれを切らしている様子だ。遠くから見る限り、保育園の柵の周りにあるのは、不安と恐怖と混乱を示すものばかりだ。そして、まさにそれゆえに生まれたのであろう、一種の連帯感のようなものも漂っている。

スヴェンは柵から少し離れたところに車を停めた。一分だけ、時間が欲しい。混沌《こんとん》へ放り込まれる前に、静寂を。さまざまな質問が襲ってくる前に、沈黙を。一分だけでも。車の外をうろうろと歩き回る人々を眺める。一時たりとも休むことのない人々。人は不安だとじっとしていられないものだ。エーヴェルトのほうをちらりと横目で見ると、彼も同じように、じっと観察し、読み取ろうとしている。車のドアを開けることなく、車の外の会話を聴き取ろうとしている。

「どう思う？」

「見てのとおりだと思う」

「つまり？」

「最悪だ」

二人は車を降りた。警官が二人、こちらを向く。そのうちのひとりに目をつけ、近づいていく。

「どうも」

握手。

「スヴェン・スンドクヴィストだ」

「レオ・ラウリッツェンです。われわれは、二十分前に到着しました。エスキルストゥーナ署からです。そこがいちばん近いんで」

「こちらはエーヴェルト・グレーンス警部」

レオ・ラウリッツェンは、これは思いがけないとばかりに笑顔になった。筋骨隆々。短く刈った黒髪。三十歳ぐらいだろうか、この年代に特有の率直さがある。脆《もろ》さと力強さが入り混じったような。エーヴェルト・グレーンスと握手を交わす。なかなか手を放さない。

「こりゃすごいや。お噂《うわさ》はかねがね」

「そうかい」

「いやあ、映画の中にいる気分だなあ。あっ、すいません、思わず。もっと大柄な方なのかと思ってました」

少し離れたところに立っていた女性警官がこれを耳にした。近づいてくると、挨拶もなしに説明を始める。

「一時間前、ストックホルム市警の当直警官から電話がありまして、この保育園で子どもがひとり行方不明になっていると知らせを受けました。その数分後、追加の情報が来ました。行方不明になっているのは女児、現場でベルント・ルンドが目撃されている、と。そこで大規模な招集をかけました。警察犬や、地元の使役犬協会も動員して、ここからエンシェーピン方面へ広がる森の中を捜索させています。ヘリも二台飛ばして、道路沿いやメーラレン湖畔などの捜索に当たらせています。そろそろ一斉捜索もかけるつもりですが、もう少し待とうと思っています。ストレングネース市民の半数にものぼる人数が、森の中を歩き回ってしまったら、犬たちがにおいを嗅ぎつけるのが難しくなりますから」

女性警官は汗だくだ。金髪がこめかみに貼りついている。このうだるような暑さの中で、休む間もなく働いているせいだ。失礼、とその場を立ち去ると、そろいのジャケットを着た人々のところへと向かっていった。ジャケットの胸元には、スウェーデン使役犬協会というワッペンがついている。スヴェンとエーヴェルトは顔を見合わせた。できることならば、仕事を始めたくない。暗闇を前にして、不安が広がる。エーヴェルトは咳払いをすると、レオ・ラウリッツェンのほうを向いた。

「女の子の両親には」

「え？」

「知らせてあるのか」

ラウリッツェンは門のほう、白鳩保育園入口のすぐそばにあるベンチを指差した。ベンチの隅に、男がひとり座っている。背中にかかるポニーテールの長髪。茶色のコーデュロイスーツ。ひじを膝について前かがみに座り、門を、あるいはその後ろの茂みを、じっと見つめている。隣には女が座っている。男を抱擁し、頬を撫でている。

「あれが父親です。電話してきたのも、ルンドを目撃したのもあの人ですよ。十五分か二十分ぐらいの間隔で、二度目撃したそうです。ちょうどあのベンチに座っていたということです。顔もしっかり見えたって言ってました」

「名前は」

「フレドリック・ステファンソン。離婚していて、女の子の母親でもある元妻のアグネス・ステファンソンは、ストックホルムのヴァーサスタン地区のアパートに住んでるそうです」

「あの女は」

「保育園の職員ですよ。名前はミカエラ・スヴァルツ。ステファンソンの同棲《どうせい》相手でもあります。行方不明になった女の子は、父親と母親の家を半分ずつ行き来することになっていたらしいですが、どうやらここ何年かは女の子自身の意志で、ほとんどストレングネースにいたようですね。つまり、ステファンソンとスヴァルツの家です。母親とは主に週末に会っていたようです。両親ともそれで合意しているみたいですよ。子どもの気持ちが最優先、子どもがストレングネースに住みたいと言うのだから、そうしよう、ということらしいです。みんなそんなふうにうまくいくといいんですがね。僕も離婚してるんですが……」

エーヴェルトはもう歩きだしている。

「挨拶してくる」

男は、前かがみになってベンチに座っている。

じっと前を見据える目。うつろな視線。

どこかが痛むかのような姿勢で座っている。まるで、腹に穴が開いて、そこに溜まっていた力も、生きたいと思う意志も、すべてが漏れ出して、下の芝生を汚してしまっているかのように。

エーヴェルト・グレーンスには子どもがいない。子どもが欲しいと思ったこともない。だから、目の前にいるあの男がどんなふうに感じているか、ほんとうに理解してやることはできない。そのことは自分でもよく分かっている。

それでも、その様子を見てとることはできた。

ルーネ・ランツはもうすぐ六十六歳になる。年金生活に入って、もうすぐ一年。男友だちのまったくいない生活に入って、もうすぐ一年だ。りんごジュースを攪拌《かくはん》する四立方メートルのタンクを最後に空にしたのは、昨年の七月、金曜日の夜遅くのことだった。スイッチを切り、中身を洗い流して、引き継ぎの準備をする。夜勤担当がやってきて挨拶をし、耳栓をつけ、業務用のネット型キャップをかぶる。加える砂糖の量は、輸出先によって決まっていた。ドイツに納入する分は甘さ控えめに。イギリス向けはもう少し甘く。イタリア向けはひじょうに甘く。ギリシャ向けは飲める限界ギリギリまで甘く。三十四年間、同じ工場で定年まで勤め上げた。引退してみて初めて、それまで毎日顔を合わせていた友人たちが実は、単なる休憩友だち、いっしょに上司の悪口を言うだけの友だち、金曜日の昼休みに競馬予想を披露しあうだけの友だちにすぎなかった、ということに気づいた。そう、みんなそれだけの友だちだったのだ。引退してからというもの、誰ひとりとして電話もかけてこなければ、家を訪ねてもこない。もっとも、自分にも落ち度はある。こちらから工場に遊びに行ってもいないし、誰かの家を訪ねてもいないからだ。そもそも彼らに会いたいのかどうか、自分でもよく分からない。考えてみればおかしなものだ。必要としているわけでもなければ気にかけているわけでもない人々、まるで居間の隅でつけっぱなしにしているテレビのような人々と、一生をともに過ごすとは。空虚と沈黙を覆い隠すための、形ばかりの習慣にすぎない。彼らという鏡に自分を映し出すことで、自分が存在していることを確かめる。それだけの、無意味な存在だ。自分にとっても、他人にとっても。自分はある日、ふっと工場から姿を消した。しかし工場はなんら変わることなく、それまでどおりの営みを続けている。彼らはあいもかわらず、ジュースを攪拌し、競馬予想の用紙に記入し、コーヒーを飲んでは大笑いしている。自分など、最初からいなかったかのように。

ルーネはマルガレータの手をしっかりと握り直した。

妻の姿が、以前よりもくっきりと見えるようになった。

妻のマルガレータは隣の工場で働いている。定年まであと二年。日中はいつも留守にしている。自分がどれだけ妻を必要としているか、以前はまったく分かっていなかった。これからは妻とともに時を過ごし、人生を過ごしていく。妻といっしょなら、老いに立ち向かっていくこともできる。

二人はぴったりと寄り添って歩く。マルガレータの膝の具合がよくないので、ペースはゆっくりだ。毎日夕方になると、同じ道のりを散歩する。自宅から港へ、それからトステレー橋を渡って、連棟住宅の立ち並ぶ界隈《かいわい》を通り、森の中へ入っていく。マルガレータが仕事から帰ってくるころ、ルーネはすでに支度をして待っている。アパートで妻の帰りを待っていると、最後の一時間がいちばんつらい。妻に早く会いたくてしかたがなくなる。歩調を合わせて、呼吸を合わせて、妻とともに散歩に出かけたくなる。森には散歩ルートがいくつもあるが、そのうち二つのルートには、ジョギングをする人たちのために緑または黄色の印がついており、印をひとつ通り過ぎると百メートルというように、距離も分かるようになっている。春から初秋にかけては夕方でもまだずいぶん明るいので、二人はよくこの印のついたルートを離れ、びっしりと生い茂る針葉樹や野生のブルーベリーのあいだを縫って、新しいルートを開拓する。人生がゆっくりとしぼんでいくなか、自分なりの新たなルートを見つけて歩くのも一興ではないか。

今日もまだ空は明るい。二人は手をつないで歩く。ほんの少しだけ印に沿って進むが、やがてルートを離れ、乾いた森の中を並んで歩いていく。もう何週間も雨が降っていない。夏の高気圧が北欧上空にしつこく居座っているせいだ。土は乾いてざくざくと音を立て、山火事の危険も高まっている。今秋のキノコ狩りは、あまり見込みがなさそうだ。

ノロジカが一頭。野ウサギが数匹。鳥もいる。かなり大きな鳥だ、ノスリだろうか。二人はほとんど話をしない。その必要もない。結婚して四十三年、手持ちのセリフはおそらくすべて使い果たしてしまっている。ときおりどちらかが立ち止まって、なにかを指差してみせる。その指の先にいる動物が視界から消え去っていくまで、二人でじっくり眺める。時間はあり余っている。もうすぐ日も陰《かげ》ってくる。年寄りなのだし、急いだってしかたがない。

急に地形が変わって起伏が出てきた。息を切らす二人。血液が身体を駆け巡り、酸素を運んでいる。なかなか気持ちがいい。

小さな岩山を登りきったところで、音が近づいてきた。

やがて二人の耳にも届いた。ヘリコプターの音だ。

真上にいる。すぐ上を、針葉樹のてっぺんに触れるか触れないかのところを、低空飛行でゆらりゆらりと飛んでいる。

もう一台やってきた。

警察のヘリだ。ルーネもマルガレータもすぐに気づいた。なぜか不安にかられる。心配になってきた。激しいエンジンの音。強引なまでにせまってくる、その存在感。警察が、焦ってなにかを探している。そしてそのなにかは、この森にあるらしい。

マルガレータは立ち止まる。ヘリが木々の向こうに消えていくまで、じっと目で追った。

「いやあねえ」

「まったくだ」

「もう帰りましょ」

「あれがいなくなったら、また歩こう」

「いやよ。すぐ帰りましょうよ」

マルガレータは夫の手をぎゅっと握り、その腕を引っ張って、自分の腰の周りに無理やり回す。ルーネは妻の頬に軽くキスをした。この世界に、ヘリコプターや警察やエンジン音に、二人きりで立ち向かっているような気がしてくる。

マルガレータはさらに強く夫を引き寄せた。不安なのだ。ルーネは妻を見やる。いつも落ち着いている妻、自分よりも度胸のある妻が、ただひたすら帰りたがっている。ヘリの轟音《ごうおん》。不吉な予感。

遠くのほう、森の端の人影に、ルーネが先に気づいた。警官が犬を連れ、木々のあいだを縫うようにして歩いている。犬はなにかを探しているらしい。警官を引っ張って、西のほうへ、ヘリの向かった方向へと離れていった。

「またたわ」

「ヘリとは関係ないんじゃないか」

「関係あるに決まってるでしょ」

たしかに。そうに決まっている。ここで、なにかがあったのだ。二人の森で。二人の隠れ家で。

岩山を下り、生い茂る低木をかき分けて急ぐ。のんびりとした、息の合った散歩は、もう終わりだ。なにかの捜索、誰かの不幸から、とにかく逃れたい。

先に気づいたのはマルガレータだった。

鮮やかな、赤。

子どもの靴だ。小さな女の子の靴。

赤いエナメル靴で、金属のボタンがついている。実用的というより、かわいらしさを重視した靴だ。

二人は全速力で歩いていた。マルガレータは膝の痛みもかまわずに歩きつづけた。痛くないのかとルーネに問われても首を振り、黙ってひたすら前を指差した。とにかくいちばん早く帰れる道をと、決められた散歩ルートも無視して、起伏のある地形もおかまいなしに、ひたすら近道を急いだ。ヘリが近くを飛んでいる。警察官が犬を連れている。不吉なことはなるべく考えたくない。だがもうすでに、不吉な兆しが自分たちを囲んでいる。根拠はないが、絶対にそうだという気がする。自分の様子を見てルーネが心配していることは分かっているが、ただ黙って首を横に振る。なぜかと問われても、答えることなどできない。説明のしようがない、そういうこともあるではないか。

目の前に大きな針葉樹が立ちはだかり、やむをえず夫の手を放して、それぞれ右と左に分かれて歩く。あたりは藪《やぶ》に覆われ、並んで歩くのが難しくなってきた。ここまで、かなりの急ぎ足で歩いてきた。一キロ強は歩いている。森の出口まで、アスファルトの道路や家並みまでは、もう大して遠くないはずだ。

それは、針葉樹の生い茂る枝の下にあった。初めはキノコかと思い、足先でそっとつついてみた。それから、拾い上げた。ひっくり返したり、向きを変えたりしてみる。そして、ピンと来た。あたりを見回す。女の子は？　ここにいるの？

叫んだりはしなかった。やっぱり、という気持ちだった。赤い靴をそっと手にして、近づいてくるルーネに差し出した。

レナート・オスカーションは自分のオフィスで腰を下ろし、アスプソース刑務所の目覚めを窓越しにじっと眺めている。天気の良い、美しい日だ。昨日と同じ、先週と同じ、あいかわらずの暑さ。彼はふうと大きくため息をついた。美しい日になるはずだった。が、危険きわまりない性犯罪者が野放しになっている――自分のせいで。

オフィスを出て階段を下り、収容区画へ向かう。途中で新入りの臨時職員、これから半年にわたって勤務する二人に出会い、軽く会釈をする。決して自分から希望して性犯罪者専用区画に配属されたわけではなく、ここ以外ならどこでもいいと思っているにちがいない。自分がケアをする対象であるはずの囚人たちを、心から軽蔑《けいべつ》している。だが、だからといってどうこう言うつもりはない。みんな感じていることは同じだ。ワイセツ野郎どもにはいつだって、つばを吐きかけてやる。給料さえもらえればいいんだから。

収容区画には誰もいない。しんと静まりかえっている。全員が作業場に行っているのだ。廊下はがらんとして、独房の扉はすべて閉まっている。刑務の内容は、教育用おもちゃの部品となる木の輪や三角ブロックを、旋盤を使って作ること。時給は数クローナ。性犯罪者にはたしかにいろいろ問題があるわけだが、日々の刑務に関してだけ言えば、問題を起こすことはほとんどない。おとなしく作業場に行き、つまらないものでも延々と黙って作りつづける。そこが、クスリでハイになったあげく小さな売店を襲ってぶち込まれた一般区画の囚人たちとちがうところだ。連中はストライキのつもりで独房にこもったり、仮病を使って刑務をサボったりするのだから。

壁に金属強化ドアの並ぶ廊下を歩き、十一号室の前で立ち止まる。ベルント・ルンドがいた独房。あの男に逃げられてから、すでに一日半が過ぎようとしている。脱獄囚はふつう、あまり長くはもたないものだ。眠ることもままならず、常に身を隠し、絶えずあたりを警戒していなければならない。そんななかで逃げつづけるには、エネルギーと金が必要だ。数多くの警察官が動員され、一般大衆にも面が割れているとあっては、身を隠せる場所も秒刻みで目減りしていく。

十一号室の扉。鍵がかかっている。鍵の束はいつもどおり、ポケットに入っている。オスカーションは扉を開けた。

中の様子は、昨日この独房をあとにしたときから変わっていない。部屋中に並んだ小物の数々。間隔はぴったり二十ミリ。その一部が、床に山積みになっている。キレたエーヴェルト・グレーンスの姿が思い出される。手帳の端で間隔を測ったかと思うと、ベッドに並んだ小物を勢いよくはたき落としたグレーンス。あのスンドクヴィストとかいう、ちょうど四十歳になったばかりの痩せっぽち刑事も、一瞬ぎょっとしたらしかった。そうしてしばらく心配そうにグレーンスを見ていたが、グレーンスがまた同じことを繰り返すのを目にして、大きなため息をついていた。

レナート・オスカーションはしわくちゃになったベッドカバーの上に腰を下ろした。黒ずんだ色の、ぼんやりと縞柄が見てとれるベッドカバーだ。しばらくしてから横になる。そうやって、毎日、毎晩、ルンドが見ていた光景を、自分の目で見てみようとする。ところどころにしみのある白い天井をじっと凝視し、明るすぎる蛍光灯をじっくりと観察し、扉の枠組みを目でたどってみる。あの男は、ここでなにをしていたのだろう。横になって目を閉じて、幼い女の子を思い浮かべてオナニーでもしていたのだろうか。支配し、コントロールすることを夢見て、子どもをレイプしようと決めた瞬間に、子どもの無邪気さを奪うことができる、そんな力を手にする日を夢見て、構想を練っていたのだろうか。それとも、あいつには分かっていたのだろうか。自分のしたことの帰結、子どもたちの気持ち、恐怖、屈辱に、あえて思いを馳せることもあったのだろうか。自分の犯した罪とともに、八平方メートルの独房に閉じ込められ、朝も昼も晩も、その罪を背負って生きていく。息苦しくなって当然だ。息苦しくなったからこそ、逃げたのではないか。息苦しくなったからこそ、救急外来への護送という機をとらえて、看守を二人殴り倒して、逃げ出したのではないか。

独房の中から、閉じた扉をじっと見つめる。

ノックの音。

誰だ？　扉が開く。刑務所長のベルトルソンだ。

「レナートか」

「はい」

「いったいなにやってるんだ」

オスカーションはあわてて立ち上がり、髪を整える。横になるとかならず、襟足《えりあし》の髪がくしゃくしゃになってしまう。

「いえ。ただここに来て、横になってみただけです。ルンドのことをもう少し理解したいと思って」

「なるほど。で、なにか分かったのか」

「いえ、何も」

ベルトルソンも独房に入ってきた。あたりを見回している。

「狂ってるとしか言いようがないな」

「まったくです。たったいま、改めてそう思いましたね。こいつはなんにも分かっちゃいない。罪の意識なんて、これっぽっちもないはずです。他人の気持ちとか立場とか、そういうものを理解する力がまったくないんですよ」

ベルトルソンは床に山積みになったモノを足先でつつき、それから棚や窓辺にまだ残っているモノを見やった。つながりが分からないらしい。混沌としているのは床だけで、それ以外の場所ではすべてが、きちんと一列に並んでいる。果てしない画一性。ベルトルソンはオスカーションのほうを見たが、オスカーションは視線をはずした。説明する気にはとてもなれないのだ。

「まあいい。用件を言おう。こいつの仲間のことで話がある。ルンド児童ポルノクラブのメンバーだ」

「というと？」

「名前は、アクセルソン。ホーカン・アクセルソンだ。小さな前科もいくつかある。明日判決が言い渡される予定だ。おそらく、懲役刑になる。やつのやったことからすると、決してじゅうぶんな刑期とはいえないが、とりあえず来年の春までは確定らしい」

「それで」

「判決がおりたら、クロノベリ拘置所からここに移送されることになる。当然、ここに収容するべきケースだからな。しかし、おまえの区画は満員だ」

レナート・オスカーションは大あくびをした。しばらく思案してから、ふたたび横になる。

「失礼します。やつらのせいで、疲れてしょうがないんですよ」

ベルトルソンは、自分が所長を務める刑務所の区画長が、逃走中の囚人の独房で、ベッドに横になって休んでいることなど、まったく気にかける様子もなく続けた。

「ここしかないだろう、空いてるのは。だが、ルンドにはさっさと戻ってきてもらわんと困る」

「まったくです。性犯罪はずいぶん流行ってるんですね。キャンセル待ちってわけですか」

ベルトルソンは窓のブラインドを調節した。強い日差しが差し込んでくる。窓の外では着々と、一日が過ぎていく。ここにいると、そのことを忘れがちだ。刑務所の中では、時がだらだらと流れていく。一日ごとの区切りなどない。あるのは、待ち時間だけだ。数ヵ月、数年の塊で、過ぎていく時間。

「だから、一般区画に入れるしかない。数日か、せいぜい一週間ぐらい。どこかほかの刑務所が見つかるまで」

オスカーションはぴくりと反応する。しばらく黙ったまま横になっていたが、ひじをついて起き上がると、ベルトルソンのほうを向いた。

「いま、なんておっしゃいました?」

「いずれにせよ、収容区画には判決文を持って入るわけじゃないんだし」

「そんなもん、連中は気にしちゃいませんよ。どうしてぶち込まれたのか知る方法はほかにいくらでもあるんです。いったんバレたら、どうなるかご存じでしょう」

「ほんの数日だけだ。ほんの数日で、やつには出て行ってもらう」

オスカーションはひじを引き、上半身を起こして言った。

「所長。無理ですよ。お分かりでしょう。そいつを一般区画に入れたら、絶対にただじゃ済みません。まちがいなく救急車で出て行ってもらうことになりますよ」

ほんとうは、においなどない。分かってはいるのだがどうしようもない。ここに来るのは初めてではない。入口へと続く階段のところでもう、鼻に、脳に、つんと死のにおいを感じる。

ストックホルム郊外ソルナの法医学局を訪れるのは、これで何回目だろう。スヴェン・スンドクヴィストにはもう思い出せない。ストックホルムで刑事をやっている限り、しかたのないことだとは分かっている。しかしこの仕事のこの部分だけは、これからどんなことがあっても絶対に好きになれないだろう。ストレッチャーに横たわる死体を目にするこの瞬間に慣れることは、決してないだろう。ついさっきまで呼吸し、話し、笑っていたひとりの人間が、白衣を着た男の手で——そう、大多数は男なのだ——ぱっくりと切り開かれる。男は赤の他人だというのに、その人間の内臓を両手で持ち上げ、こうこうと照る灯りのもとで念入りに調べると、みぞおちのあたりに開いた穴へと無造作に押し戻し、ふたたび穴を縫いあわせる。それが終わると、切り開かれた死体はストレッチャーに載せられ、布でくるまれる。やがて到着し、愛する人の姿を目にすることになる遺族への配慮だ。ついさっきまで楽しげに将来の話をしていた人がいま、目の前に抜け殻となって横たわっている。遺族たちはそのことを、この場所で確認することになる。

しかし、隣にいるエーヴェルト・グレーンスの反応はまったくちがった。インターフォンに応答してきた法医学者が出てくるのを待つあいだ、過去にエーヴェルトとここに来たときのことを思い浮かべる。エーヴェルトはいつも、まるで死ということを理解していないかのように見える。スヴェンとはちがって、死体を人間として見てはいないらしい。エーヴェルトにとっては、死が生に取って代わったとたん、人間は人間でなくなるのだった。ここに来ると、立ち去る前にかならず、死体を覆う布の片隅をひょいと持ち上げる。死体の肌をまさぐり、どこかをつねってみては冗談を飛ばす。まるで、目の前に横たわっているのはただの物体でしかなく、だからなにをしたって失礼にはならないのだということを、証明するかのように。

ガラス戸の向こうに法医学者が現われた。カードキーを探している。白衣の内ポケットに入っていたようだ。カチッという音とともにドアが開く。ルードヴィッグ・エルフォシュ。年のころは五十過ぎ、経験豊富な法医学者だ。スヴェンはとっさに、この人が担当でよかった、と思った。子どもを司法解剖するのは、慣れていないときついにちがいない。子どもの死体を前にしてさえ、いつものことだ、慣れている、などと言えるほど、数多くの死体に接してきた人物。それはエルフォシュをおいてほかにはいない。

三人は挨拶を交わす。エルフォシュはルンドのことを訊ね、二人はまだなにも手がかりはないと答える。エルフォシュはやれやれと頭を振ると、前回の事件を話題にした。もうあれから丸四年になる。スカルプホルム事件の被害者二人を担当したのも、エルフォシュだった。彼は話を続けつつ階段を下り、スヴェンとエーヴェルトがそのあとに続いた。子ども相手にあんな狂気に満ちた暴力をはたらいたケースは、あとにも先にもあれっきりだった、とエルフォシュは語る。

だが彼は突然、階段の途中で立ち止まった。振り向いたその表情は深刻そのものだ。

「だが今回のを見て、あれっきりだとはもう言えなくなった」

「え?」

「あのときとよく似ている。今回も、ルンドのしわざにまちがいない」

三人はふたたび歩き出し、短い廊下へと降り立った。右側の最初の部屋が、エルフォシュの仕事部屋だ。

中央に、あのぞっとするストレッチャーがある。におう。今度はほんとうだ。とはいえ、ごくかすかなにおいしかしない。司法解剖室だと知らなければ、死臭だとは分からないにちがいない。換気装置がよくきいている。ブーンとうなるような鈍い音を絶えず響かせ、空気を、においを換えている。本来なら緑色の滅菌服を着なければならないところだが、エルフォシュが着なくてもいいと合図する。どういう場合なら規則を破ってもかまわないのか、経験豊富な彼には判断がつくのだ。

エルフォシュは部屋の壁沿いにあるランプを二つ消した。中央の明るいランプはつけたままだ。それだけで、ストレッチャーの全体を照らすのにじゅうぶんな明るさがある。背景は暗い。真っ暗な舞台の上で、ストレッチャーがスポットライトを浴びているかのようだ。

「こうしたほうがいいだろう。このほうがよく見える。あまり明るいと、道具がぎらついて邪魔になるからな」

目の前に子どもがひとり、穏やかな表情で横たわっている。眠っているような顔だ。両親に写真を見せてもらったので、顔には見覚えがある。

エルフォシュは女の子の脇に置いてあるプラスチックのフォルダーを手に取った。眼鏡ケースを開けると、大きな黒縁の度の強い眼鏡をかける。

フォルダーには、A４の紙が何枚か入っている。エルフォシュはそのうち二枚を取り出した。

「さてと。布の下は、こんなに穏やかじゃないぞ」

沈黙。外の音がほぼなにも聞こえないこの部屋で、紙のこすれあう音が響く。

「膣と肛門、体表から、精液が検出された。犯人は、この子に精液をかけている。息を引き取ったあとにも」

そう言うと、布を持ち上げて見せようとする。スヴェンは見ていられず顔をそむけたが、エーヴェルトはその報告内容を確かめるように少女の身体を目でたどると、ため息をついた。

「前回と同じだな」

「おおかた、そうだな。前回のほうが残酷だったが、手口は同じだ」

エルフォシュは二枚目の紙を取り出した。

「死因は特定できた。喉のあたりに、強く殴打された跡がある。おそらく手刀打ちで一撃だ」

エーヴェルトは少女の喉元を見る。大きくあざになっている。あいかわらず顔をそむけているスヴェンに声をかける。

「おい」

「だめだ。見たくない」

「べつに見なくてもいい。俺が見てる」

「ありがたい」

「なあ、これは勝ったも同然だぞ」

「なに言ってるんだ。まだなにもわかってないってのに」

「捕まえさえすればこっちのもんだ。精液の跡だらけだ。前回もそうだった。つまり、前回のサンプルが残ってる。DNA鑑定をやれば、あっという間にルンドのしわざだと証明できる」

少女は、あの森に横たわっていた。スヴェンはマルガレータとルーネの姿を思い浮かべる。老いた二人。互いをいたわりあい、手をしっかりと握りあい、片時も離れようとしない。二人の目。事情聴取のあいだ、ずっと涙を流していた。とくにマルガレータのほうはひどかった。質問に答えるごとに、自分の見た光景を思い出して説明させられるごとに、声を上げずに泣いていた。

ここにしよう。この岩に座りましょう。

はあ。

事情聴取はここでやりましょう。実際に現場が見えますからね。いいですか。

ええ。

とにかく全部話してください。初めから。

夫にいっしょにいてもらってもかまいませんか。

かまいませんよ。

ちゃんとお話しできるかどうか。

がんばって。

自信ないわ。

あの女の子のためだと思って。

毎日、夕方に散歩してるんです。

毎日ですか。

どしゃ降りの雨だったら、しませんけど。

ここで?

ええ。

散歩コースはいつも同じ?

同じというわけでは。少しずつ変えるようにしてます。

この道は?

え?

ここはいつも通られるんですか。

いいえ。たぶん、初めてだと思います。そうじゃない? ルーネ。

いまはあなたの事情聴取中ですよ。

少なくとも私は、初めてだと思いました。

じゃあ、どうしてこの道を?

ここに来ようと思ったわけじゃないんです。たまたまなんです。ヘリコプターの音が聞こえて。

ヘリコプター?

なんだかいやな予感がしました。ヘリコプターと、警察犬も見えたんです。だから急いで帰ろうと思って。

そうしたら、たまたまここを通られたんですね。

近道だと思ったんです。

ここにいらしたときのことを話してください。

なにか紙ありますか。

え？
ちり紙かなにか。
ああ。いや、ないですね。
ごめんなさいね。
謝ることないですよ。
私たち、手をつないでいたんです。
手をつないで歩いていらした。
そうです。ここに来るまでね。でも、ここの木のところで、手を離しました。
どうしてですか。
木の幹がとても太かったから。手を離して、それぞれ脇を通ることにしたんです。
先を歩いていらしたのはどちらですか。
並んで歩いていました。木の右側と左側で。
それで？
最初、キノコかと思ったんです。真っ赤だったので。足先でつついてみました。
なにをキノコだと思われたんですか？
靴です。つついてみて初めて、靴だと分かりました。
それから、どうしました？
夫が来るのを待ちました。おかしいと思ったんです。

どうして？

ただ、そんな気がしたんですよ。ヘリコプターに警察犬、それからあの靴でしょう。なにかとてもいやな予感がしました。

それから、どうなさったのですか。

靴を拾って、夫に見せました。夫にも見てほしかったので。

それから？

あの子が倒れてました。

どこに？

草むらのところに。めちゃめちゃになって。

めちゃめちゃ？

傷だらけでした。一目で分かったし、夫も分かったと言ってました。傷だらけだったと。

女の子が、草むらに倒れていたんですね。死体に触りませんでしたか。

亡くなっていたんですよ。触ったりするわけないでしょ。

すみません。念のため、かならずうかがうことになってるんです。

私、もうだめ。

あと少しだけ。

もういや。

誰かの姿が見えましたか。

あの女の子。倒れて、私のほうをじっと見てました。傷だらけで。

いや、ほかに誰かいませんでしたかという意味です。あなたがた以外に。

いいえ。

誰もいなかった？

犬は見ました。警察の方も。

そのほかには、誰もいなかったんですね。

もうだめ。私、もう耐えられません。ルーネ、お願い。もう無理だって言って。


エルフォシュは三枚目の紙を探してフォルダーの中を長いこと探っていたが、結局見つからなかったらしい。ストレッチャーから離れ、後ろの本棚へと向かう。そこにあったようだ。

「もうひとつ、過去と現在をつなぐものがある」

そう言うとエルフォシュはふたたび少女の死体を布で覆った。スヴェンはやっとストレッチャーのほうへ、死体を覆う布のほうへと向き直った。

「この子が運ばれてきたときすぐに気づいたんだが、死体は血まみれで傷だらけなのに、足の裏だけは汚れひとつなかったんだ。そこで足を調べてみたら……」

エーヴェルトが割って入った。

「唾液が検出された。ちがうか？」

エルフォシュはうなずいた。

「そのとおり。唾液が検出された。前回とまったく同じだ」

エーヴェルトは少女の顔を見やった。もう存在していない少女。身体はあっても、少女はもういない。

「ベルント・ルンドの前戯だ。靴を舐める。足も舐める」

「今回はちがう」

「なんだって？　たったいま、唾液が検出されたと言ったじゃないか」

「前戯じゃなかったんだ、今回は。やつはこの子が息を引き取ったあとに、足の裏を舐めたんだよ」


数ヵ月ぶりの再会だった。電話では毎日話をしていたものの、話題といえばマリーのことばかり。何時に起きたのか、なにを食べたのか、なにか新しい言葉を使ったか、なにか新しい遊びを覚えたか、泣かなかったか、笑っているか、生きているか——自分のいないところでいつのまにか成長していく、幼い子ども。その成長のひとつひとつの段階を、電話を通じて取り戻そうとしていた。マリーのことを話しているとき、そのときだけは、苦々しい思いも、非難めいた言葉の応酬も、失われた愛も、二人のあいだには存在しなかった。

目鼻立ちの美しいアグネスの顔。この顔が、泣くとどんなふうになるか、どんなふうに目が腫れて、どんなふうに顔立ちが崩れるか、フレドリックは知っている。アグネスの頰に手をやると、彼女は微笑みを浮かべた。抱擁を交わす。

刑事が中に入れてくれた。昨日ストックホルムから白鳩保育園にやってきた刑事のひとりだ。年配の男で、少し脚を引きずっている。

「エーヴェルト・グレーンス警部です。昨日お会いしましたね」

「フレドリックです。ええ、覚えています。こちらはアグネス。マリーの母親です」

アグネスとエーヴェルトは短く挨拶を交わす。階段を下り、病院めいた廊下にたどり着く。昨日来ていたもうひとりの刑事、事情聴取を担当したほうの姿があった。その後ろに医師がいる。白衣を着て、疲れた目をしている。

「はじめまして。スヴェン・スンドクヴィスト警部補です」

「アグネス・ステファンソンです」

「こちらは、法医学者のルードヴィッグ・エルフォシュ医師。彼がマリーの司法解剖を担当しました」

マリーの、司法解剖。

その言葉が、二人の耳をつんざいた。

憎しみを放ち、二人を切り裂き、なにもかもが終わったことを告げた。

二人の身体の中で、二十四時間分の希望と絶望が渦巻いてずきずきと痛んだ。ちょうど二十四時間前、昼食時を過ぎたころ、フレドリックが保育園へと送っていったのは、まぎれもない、ひとりの人間だった。フレドリックもアグネスも、その人間を通じて息をしていた。

しかしいま、二人は法医学局の滅菌室にいる。その人間の、傷だらけの身体を目にして、確認しなければならない。マリーにまちがいない、と。

二人は抱きあった。

人はときに、粉々に砕け散るまで抱きあうことがある。

夏が、淀《よど》んでいる。

息苦しいほどにじっとりとした空気。

しかしスヴェンは気にも留めない。泣いている。

中にいるあいだ、ずっと考えていた。もうすぐだ。もうすぐ、外の空気が吸える。もうすぐ、死の世界から逃れられる。もうすぐ。もうすぐ。もうすぐ。泣き崩れている二人の前で、自分まで泣き出すわけにはいかなかった。父親と母親。二人は抱きあってストレッチャーの前に立ち、少女の顔を見て、うなずいた。娘にまちがいない。父親が、少女の頬にくちづけをする。母親は死体を覆う布に頭を載せ、娘に覆いかぶさるようにしてくずおれた。あんなふうに泣き叫ぶ声を聞いたのは初めてだ。目の前でともに死んでいく二人。スヴェンはその上のほう、壁の一点をじっと見つめていた。もうすぐ、このストレッチャーから離れられる。もうすぐ、この部屋から出て行ける。もうすぐ、階段を上へ上へと昇っていって、外の空気を、死臭のしない空気を吸うことができる。

二人は互いに抱きあったまま立ち去った。姿が見えなくなると、スヴェンは走り出した。

廊下を、階段を、扉を走り抜ける。涙がこぼれてくる。泣き止もうという気にもなれない。

エーヴェルトも外に出てきた。すれちがいざまにスヴェンの肩に手を置いて言う。

「車の中で待ってる。気が済んだら来い」

気が済んだら？　どれくらいで気が済むのだろうか。十分？　二十分？　自分でもまったく分からない。泣き尽くし、涙が涸れたと感じるまで、ただただ泣きつづけた。あの二人の分まで、泣いた。まるで、二人が流しきれなかった涙まで、代わりに流しているかのように。同じ悲しみを、三人で分けあわなくてはならないかのように。

車に乗り込むと、エーヴェルトが頬をぽんぽんと軽く叩いてきた。

「待ってるあいだ、ラジオを聴いてみた。ニュース番組はベルント・ルンドとマリー事件一色だ。どのチャンネルでもやってやがる。この事件でひと夏もたせるつもりだろう。今後は俺たちの一挙手一投足が注目されることも覚悟しないとな」

スヴェンはハンドルに手をやると、ハンドルを指差し、次いでエーヴェルトを指差した。

「運転してくれないか」

「だめだ」

「今回だけだ。頼む。運転したくないんだ」

「おまえが落ち着いて、エンジンをかける気になるまで、俺は待つよ。べつに急いでいるわけでもないしな」

スヴェンはそれから数分間ほど、身動きひとつしなかった。ラジオから次々と流れてくるポップス。どれも同じに聞こえる。スヴェンは振り返って後部座席のほうを向いた。

「ケーキ、食べたくないか」

ケーキの箱に手を伸ばして引き寄せる。その後ろにあるワインの入ったポリ袋も引き寄せる。そして、誕生祝いのごちそうを膝の上に置いた。

「プリンセスケーキだ。ヨーナスの希望で注文したんだよ。マジパンでできたバラの飾りが二つついてる。これもヨーナスの希望なんだ。パパにひとつ、自分にひとつって」

ひもをほどき、箱を開ける。緑色のマジパンのコーティングに鼻を近づけた。

「この暑さのなか、一日置きっぱなしだもんな。すっかり酸っぱくなってるだろうな」

エーヴェルトは突然漂ってきた悪臭に一瞬たじろぎ、腐った生クリームを見てウッと顔をしかめると、箱をスヴェンの膝から取り上げてできる限り遠くに置いた。それからしきりにカーラジオのチャンネルを回す。べつのチャンネル。また、べつのチャンネル。

どこの局のニュースでも、言っていることは変わらない。まるで呪文《じゅもん》かなにかのようだ。女児殺害。逃走中。性犯罪者。ベルント・ルンド。アスプソース刑務所。捜査。悲しみ。恐怖。

「エーヴェルト、聞いてられないよ。もうたくさんだ。消してくれないか」

スヴェンは袋からワインを一瓶取り出した。ラベルを自分のほうに向け、読んでうなずくと、コルク栓を開ける。

「飲みでもしないと、やってられないよ」

瓶を直接口につけ、ごくり、ごくりと飲み込む。一口。三口。

「なあ、考えてもみてくれないか。僕は昨日、四十になった。誕生祝いはストレングネース旅行と、森でレイプされて殺された女の子の死体を発見したばあさんの事情聴取だ。それから今日はここに来て、女の子の死体を実際に見せられて、肛門から精液が検出されたとか、とがった物体を膣に突っ込まれたとか、そんな話を聞かされた。女の子の両親が目の前で、娘を抱いて泣き崩れてた。もうなにも考えたくない。頭の中がぐちゃぐちゃだよ。家に帰りたい」

「そろそろ出発するぞ」

エーヴェルトはスヴェンの手から瓶を取り上げ、コルク栓をよこせと手のひらを差し出した。そしてスヴェンから栓を受け取ると、ワイン瓶の口に押し込んで、足元に瓶を置いた。

「スヴェン。おまえだけじゃないんだぞ、悔しい、みじめな思いをしてるのは。みんな同じなんだ。文句を言ってなんになる？　とにかく、あの男を捕まえるんだ。いまやるべきことはそれだけだ。あいつがまた事件を起こす前に捕まえることだ」

スヴェンはエンジンをかけ、車を慎重にバックさせた。広々とした駐車場から、法医学局とカロリンスカ大学病院のあいだにある行き止まりの道、Uターン用のスペースへ出る。かなり狭い。もう夏休みのはずだが、ずらりと縦列駐車の車が並んでいる。ストックホルムらしい光景だ。ギリギリまで詰めて駐車してある。

エーヴェルトは続けた。

「ベルント・ルンドがどんな男か、俺には分かってるんだ。事情聴取も担当したし、書類にも全部目を通した。心理学者やら、法精神科医やらの書いた文章も、一行残らず読んだ。あの男は、かならずまた事件を起こす。問題は、事件を起こすかどうかじゃない。いつ起こすか、なんだ。あいつはもう、歯止めがきかなくなってる。捕まるまでやりつづけるか、自殺するか。そのどちらかだ」

リルマーセンは日陰を探している。運動場には、木も、壁も、フェンスもない。陰に入って日差しを避けることができそうなものが、みごとなまでになにもない。背中をつたう汗。運動場の砂が乾いた雲となり、灰色の塀の中を舞っている。五人ずつのチームに分かれ、五千クローナを賭けてサッカーをしてはみたものの、結局勝負はつかなかった。肩が赤く日焼けしてひりひりと痛み出し、ひとつひとつの呼吸が拷問のようになってきて、前半が終わったところで試合を中断せざるをえなかったからだ。どちらのチームも、それぞれ自陣ゴールの外側で横になったまま、なかなか立ち上がれずにいる。しかしやがてそれぞれのチームからひとりずつ交渉役が立ち上がり、センターサークルのところで交渉開始となった。どちらのチームも言い分は同じだ。試合を続けたいのはやまやまだが、そちらのチームがバテているから試合を中断してやったのであり、賭けは取り下げてやってもいい。交渉役のスコーネが戻ってきて、ヒルディングとリルマーセンのあいだに腰を下ろした。

「やったぜ。こっちの言うとおりになった。あいつらすっかりバテてやがる。あのロシア人なんか、息も絶え絶えだ」

「よし。よくやった」

「月曜日に後半をやって、そこで決着をつけることになった。そうそう、賭け金二倍に上げといたよ。あいつら、クズばっかだからな」

ヒルディングがぴくりと反応した。心配そうにリルマーセンのほうを向き、鼻の穴の深い傷をしきりに引っかく。ベキールも、ドラガンも黙ったままだ。

乾いた砂の上に、リルマーセンがペッとつばを吐いた。

「なんてことしやがった。二倍だと。負けたら誰が払うんだよ」

「なに言ってんだよ。負けたりするもんか。あいつら、ゴールキーパーがいないも同然なんだから」

リルマーセンは頭を上げ、運動場の反対側にいる相手チームをじっと観察した。彼らのほうも、まだ横になったままだ。体力を蝕《むしば》む日差しを、なんとかして少しでも避けようとしている。

「スコーネ、ほんとに馬鹿だな、おまえってやつは。あいつらのプレー、ちゃんと見てたのか？　おまえ、ただぼうっと突っ立ってただけじゃねえか。いいか、俺たち今日はやたらと運が良かっただけだ。それだけなんだぞ。だが、こうなったらしかたねえ。ちくしょう、このまぬけが。乗るしかねえじゃねえかよ。賭け金二倍か。負けたら、おまえが全部払え。ひとりで全部払うんだぞ。で、勝ったら五人で山分けする。ひとり二千クローナだ。どうだ。公平だろう」

スコーネはふてくされたようにかぶりを振ると、数メートル離れたところでうつぶせになり、砂埃のなかで腕立て伏せを始めた。大声で、聞こえよがしに回数をかぞえる。十。二十。五十。百五十。二百五十。がっしりとした首に、汗がぎらついている。したたる汗。うなり声。こうしていら立ちや欲求不満を解消し、夏の盛りの暑さを、刑期があと四年も残っているということを、なんとか忘れようとする。

リルマーセンは目を閉じた。長いあいだ、太陽を見つめていた。目を閉じることなく、強い日差しを直接見つめ、それから目を閉じる。まぶたの裏に映る、光の点。色。波。リズム。子どものころからやっている遊びだ。あのころは、目を閉じるだけでその場から消え去れるような気がしたものだった。

「そういえば、あの脅し屋は」

ヒルディングは、これが自分に向けられた問いであるとは察したものの、あまり答えたくなかった。

「それがどうしたんだよ」

「今日は見かけてないが」

「知るかよ」

「おいおい、おまえの仕事だぜ。ヨッフム・ラングに、ホーカン・アクセルソン、新入りどもにここのルールを教えてやるのは」

「おまえがヨッフムに教えてやったときみたいにか」

ねえし」

リルマーセンは高笑いする。

「うるせえ、この馬鹿。サッカーの前半が終わったところで賭け金二倍にするようなまぬけ野郎は、黙って言うこと聞いてりゃいいんだ」

そう言うとスコーネを指差し、それからヒルディングを指差すと、またスコーネに戻った。

「ヒルディング。おまえ、アクセルソンの個人識別番号を調べてスコーネに渡せ。そしたらこの馬鹿たれが、外出中にストックホルムの地方裁判所に行って、判決文をもらってくる。そのあとは、お楽しみだ」

ヒルディングは鼻の傷を血が出るまで引っかいた。やたらと咳払いをし、ついに口を開こうとしたところで、リルマーセンにさえぎられた。

「つべこべ言わずに、さっさとやれ」


レナート・オスカーションはよく同じ場所、オフィスの同じ窓のそばに立つ。穏やかさ。ここにいると穏やかな気持ちになれる。ここからは運動場全体を見渡すことができ、サッカー場もよく見える。恐喝事件や傷害事件を起こした大の男たちが、強い日差しの中、それぞれサッカーゴールの外側でぐったりと横たわり、ぜいぜいと肩で息をしている。リルマーセンと取り巻き連中の姿も見える。誰かを指差している。その視線の先には、ホーカン・アクセルソンがいる。おがくずを敷いた散歩道をのそのそと歩いている。オスカーションは不安にかられ、ごくりとつばを飲み込んだ。児童ポルノ事件の犯人を一般区画に入れることに関しては、すでにベルトルソンに警告してある。絶対ろくなことにならない。現に実例もあるではないか。大丈夫だと楽観していられるのは、この驚くべき現実を実際に体験したことのない人間だけだ。

あの淫売、赤い靴を脱がせたら叫び出しやがった。だから地面に、草むらに押しつけてやった。たしかに淫売は叫んでくれたほうがいいのだが、あのときはジョギング連中や散歩中の年寄りがそこらじゅうにいたのだからしかたがない。どうやら靴の赤エナメルや留め金にキスをしたのが気に入らなかったらしい。大声でわめき出した。これまでに出会ったどの淫売よりも、ずっと大きな声で。なんというか、最高にいい叫び声だった。だがそのせいで、足へのくちづけが後回しになってしまった。少々乱暴にやりすぎたかもしれない。乾いた地面に、顔を長く押しつけすぎてしまったようだ。淫売の扱いはなかなか難しい。ちょっとでも優しくしようものなら、盛りがつくだけだ。こいつも同じだった。

きれいな足をしていた。色白で、足の指がなんとも小さい。幼い淫売の味を、彼はほとんど忘れかけていた。四年ものあいだ、待って待って待ちつづけた。もう、待つことはないのだ。淫売どもはふたたび、自分のものとなる。

しかし淫売どもはあとが最悪だ。やることやったあとが。ひとことも発しなくなってからが。

彼はそいつを隠すことにした。いちばん下の枝が垂れて地面に触れている、大きな針葉樹。その木の根元に隠す。かなり汚れている。やっぱりあんなに強く地面に押しつけるんじゃなかった。足を舐めてきれいにしてやると、土の味がした。

ここに座って三時間になる。いいベンチだ。近すぎず、かといって出入りする人々の姿が見えないわけでもない。ここには前にも来たことがあるが、なかなかいい保育園のようだ。子どもたちが皆、いつも楽しそうにしている。

どこも見張りだらけだった。警察の下っ端連中にすぎないが、邪魔であることに変わりはない。避けるしかなかった。ストレングネースではどの保育園でも、警官が二人組で見張っていた。だが三十キロ離れたここエンシェーピンなら、見張りも来ないと思っていたのに。

小さな淫売ども。

もうすでに、目をつけているのが何人かいる。

どいつも金髪色白だ。色白のほうが、ずっといい。やわらかい肌。くっきり透けて見える血管。指で強く押すと、赤い斑点《はんてん》が肌に浮かんで、なかなか消えない。

美しい教会だ。誇り高くそびえ立ち、小さな町を見下ろしている、真っ白な教会。この町には大きすぎる、厳格すぎる教会。教区の大きさに合わせて建造されたとはとても思えない。キリスト教が法そのものであった時代の標準に合わせて建てられたのだろうか。当時の人間たちは、いまよりも大きかったとでもいうのだろうか。

フレドリック・ステファンソンはこの教会が気に入っている。キリスト教の信仰自体は、ずいぶん前に棄てた。目に見えるものしか信じない主義だ。死後の世界など、目に見えない。それでもなお、この教会と墓地には思い入れがある。この教会は人生そのもの、自分の子ども時代そのものだ。毎年夏になると、教会の管理人をしていた祖父に連れられてここに来ては、その仕事ぶりに見とれたものだった。深い穴を掘って新たな墓を作る祖父。きりがないと分かっていても、芝刈りを続ける祖父。礼拝で歌う讃美歌《さんびか》の番号を示すため、金色に光る数字盤を黒板に掲げる祖父。手伝いもさせてもらった。毎週土曜日には、ボタンを押して教会の鐘を鳴らした。礼拝が終わると、床に落ちた聖書を拾って、車輪のさびついた台車に載せた。祭壇の上に並んだ重々しい真鍮《しんちゅう》のろうそく立てに、真っ白な長いろうそくを立て、きちんと規則正しく一列に並んでいるかどうかを確かめた。昔懐かしい、美化された思い出にすぎないことは分かっているが、そんなことはどうでもいい。考えてみればあのころ、崇拝の対象が、サッカー選手のヨハン・クライフから祖父に変わったのだった。祖父のことはまだ大好きだ。いまでは祖父も九十四歳、髪はすっかり白くなって、痛む脚を引きずりながら自宅の台所を歩き回り、コーヒーをすすっている。祖父と夏を過ごしたあのころは幸せだった。自分の将来を想像してみようとするとき、思い浮かぶのは祖父の姿だ。

アグネスに目をやる。少し離れたところにいる。喪服は着ていない。二人で話しあって、喪服は着ないことにしたからだ。明るい色の夏服を着て、地面をじっと見つめている。ずいぶんやつれてしまった。ほんとうは四十歳なのに、いつも二十歳にしか見えないアグネス。その彼女もたったの三日間で、月日の流れに捕まってしまったらしい。結局、歳月からは逃れられないものなのか。彼女を抱きしめたい。彼女に抱きしめられたい。いまの自分たちには、お互いが必要だ。もうすぐともに死を迎えることになるのだから。それにマリーがいなくなってしまったいま、この葬儀を最後に二人の絆《きずな》はほぼ切れることになる。

葬儀はこぢんまりとやることにした。他人には知らせず、参列者は身内だけだ。フレドリックとアグネス。ミカエラ。それだけだ。ほかには誰も呼ばない。だが捜査を担当している刑事二人が、参列したいと言ってきた。捜査のために必要なのだという。フレドリックはほんとうだろうかと思いつつ、承諾した。まあ、後ろのほうで黙っているだけだったら、べつにかまわないだろう。

芝生をひとりで歩く。ずらりと並ぶ墓のあいだを縫って、右に、左に、ゆっくりと進んでいく。ちゃんと墓参りに来る人がいて、花がたくさん飾ってある墓もあれば、訪れる人のないまま時が過ぎ、墓石が苔《こけ》に覆われ、刻まれた文字が見えにくくなっている墓もある。幼かったあのころも、ここを行ったり来たりしては、墓石を眺めたものだった。刻みつけられた名前を読み、何歳で亡くなったのか計算した。一八六一年に生まれて一九六三年に亡くなったおばあさんがいることに驚き、一九五三年に生まれて一九五四年に亡くなった男の子がいることに驚いた。同じ人生なのに、こうも長さがちがうとは。大きくなって自分の道を探すことのできる人もいれば、歩くこともできないまま死んでいく人もいるのだ。

自分の娘も、もうすぐ墓に葬られる。五歳だった。

「フレドリック」

彼女が近づいてきたことに、まったく気づかなかった。フレドリックの肩にそっと手を置くと、彼女は言った。

「フレドリック、大丈夫？」

あわてて振り向く。

「ああ。気づかなかったよ」

彼女はにっこりと微笑んだ。立派な人だ。物心ついたころにはもう、彼女のことを知っていた。祖父も彼女を気に入っていて、いつもなにかと手伝っていた。祖父は七十五歳になるまでここで働いていたのだが、とくに彼女が着任したてのころ、学校を出たばかりで経験も浅く、しかもこの男社会ではめずらしい存在だったころ、祖父は彼女を励まし、かばい、われらが教区の新任牧師さんのためにと、教会の庭を熊手できちんと整えたものだった。フレドリックはかなりあとになってから、あのころ彼女はまだずいぶん若かったにちがいないということに思い至った。当時はまだ子どもだったから、彼女を〝大人〟というカテゴリーに入れていた。自分が大人になってみて初めて、それほど年が変わらないことに気づいたのだった。

「あなたの気持ちが分かるなんて、きれいごとを言うつもりはないわ。でもね、ずっとあなたのことを考えてた。これはほんとうよ。火曜日から、ずっと」

「レベッカ。君が担当でよかった」

「もう三十年牧師をやってるけど、今日みたいに神様を呪いたい気持ちになったのは初めてだわ」

フレドリックはどきりとした。レベッカが発した〝呪い〟という言葉が、フレドリックの身体に、墓石に、レベッカ自身の信仰にぶつかってはねかえる。レベッカはフレドリックにとって、常に懐《ふところ》の深い、安心できる存在だった。しかしいま、レベッカの顔が、その柔和で穏やかな顔が、硬く張りつめ、ばらばらに砕け散っていく。

すぐ目の前にある棺《ひつぎ》を見つめる。木の板の上に、花が載っている。アグネスを抱きしめ、ともに最前列で立ち上がる。身動きするたびに、がらんとした教会にその音が響き渡る。実感が湧かない。棺の中に、子どもが、自分の子どもが横たわっている。つい数日前、自分はこの子と話をし、笑っていた。この子を抱きしめていた。アグネスが泣いている。震えている。フレドリックはアグネスを引き寄せ、さらに強く抱きしめる。

自分は泣けなかった。悲しみはすでに、火曜日に襲ってきた。そして、すべてを奪っていった。残っているのは、胸に開いた大きな穴だけだ。

マリーはもういない。

もういない。

もういない。

讃美歌を歌うべきだったのかもしれない。オルガンの演奏が聞こえてきていたから。

音の響き渡る教会から、全員そろって退出する。レベッカはひとすくいの土を棺にかける儀式を行ない、決まった文言を唱え終わると、フレドリックとアグネスを抱擁した。励ましの言葉をかけようとしたものの言葉にならず、その繊細な心にあふれる悲しみと憤《いきどお》りのせいで、思わずぶっきらぼうに身体を離してしまう。そしてふたたび二人を見つめると、すぐにまた引き寄せて抱きしめ、なにも言わずに離れていった。

砂利道に立ちつくす参列者たち。あいかわらずの日差し。教会を出ると、そこは真夏だった。祖父と歩き回っていたあのころと同じ、長い夏の日。

マリーがここに葬られる。ずらりと並ぶ墓のひとつになってしまう。

「ほんとうにお気の毒です」

刑事たちが後ろに立っていた。脚を引きずっている年配の刑事と、事情聴取を担当したスンドクヴィスト刑事だ。黒服を着ている。自分たちで決めたのだろうか。それとも、警察ではこういう場合、黒服を着るものと決まっているのだろうか。

「私には子どもがいないので、ほんとうのところは分かって差し上げられないかもしれない。だが、近しい人を亡くしたことはある。少しは分かるつもりです」

年配の刑事が、砂利道に視線を落としたまま話している。ぎこちない話しぶり。よそよそしく聞こえなくもない。しかし単なる社交辞令ではない。フレドリックにはそれが分かった。こういうことを口にするには、見かけよりもはるかに大きなエネルギーが要るはずだ。

「ありがとうございます」

握手を交わす。スンドクヴィスト刑事がアグネスになにか言っているが、はっきりとは聞こえない。

沈黙。そよ風の吹く音がする。風があたりを舞っている。ここ数日、風が吹くようになってきた。雨が降る予兆だろうか。三週間、まったく雨が降っていない。終わりのない酷暑、それ以外の天気があることなど、すっかり忘れていたような気がする。

年配の刑事が咳払いをし、ふたたび話しはじめた。

「あなたがたにはもうどうでもいいことかもしれませんが、かならずすぐにあの男を捕まえます。大人数を動員して追っているところです」

フレドリックは肩をすくめた。

「おっしゃるとおりですよ。僕たちにはもうどうでもいいことだ」

「やはり」

「娘はもう死んでしまった。あなたがたがこれからなにをしようと、その事実を変えることはできない」

刑事はゆっくりとうなずいた。

「お気持ちは分かります。私もそう思うことがありますから。しかしこれがわれわれの仕事なのです。あの男をきちんと罰し、さらなる犯罪を防がなければならない」

刑事がそう言ったとき、フレドリックはちょうど、アグネスの手を握ったところだった。その場を去って、しばらくアグネスと二人きりでマリーを悼《いた》みたかった。しかしこの言葉にフレドリックは向き直った。年配の刑事を見つめた。

「どういうことですか」

「火曜日からずっと、保育園や学校をひとつ残らず見張ってます」

「あの男がまた保育園や学校に出没するかもしれないということですか」

「そのとおりです」

フレドリックはアグネスの手を放し、彼女の目を見つめる。アグネスは黙ったまま、大丈夫、ここでしばらく待っている、と目で告げた。

「どこの保育園や学校を見張ってるんですか」

「ここの近辺のを、いくつも。かなり広範囲にわたって警備しています」

「それは、あの男がまた、同じことを繰り返すとお考えだからですか」

「あいつは絶対に、またやろうとするはずです。その確信があるから、警備をしています」

「確信？　なぜですか」

「前回の事件から考えて、まちがいないと思われます。あの男の心理に関しては、かなりはっきりしたことが分かっているんです。スウェーデンの刑務所に収容されている囚人のなかで、精神科医や心理学者の分析をいちばん多く受けているのは、おそらくあいつでしょうからね。何度も同じ罪を繰り返し、あげくの果てに自殺する可能性が高い」

「そこまで確信が？」

「この……事件を起こす前に、あなたに姿を見られている。つまりあいつは、姿を見られてもかまわないという心境になっている。カウンセラーの話だと、これはおそらく、あの男が一線を越えてしまったということを意味するのだろうということです。その一線を越えたらもう、最後には破壊性と激しい自己嫌悪しか残らないだろう、と」

フレドリックはふたたび、アグネスの手をとった。

墓地がやたらと広く感じられる。

フレドリックも、アグネスも、ひとりぼっちだ。

二人はこれからも生きていく。フレドリックは、おそらくミカエラと。アグネスもきっと、誰かほかの男と。それでも、二人はずっと孤独だろう。

彼らは墓地を出て、ストレングネースの街中のレストランへ車で向かった。途中、自宅のそばでミカエラを降ろし、長いあいだ抱擁しあってから別れた。

もうしばらく、アグネスと二人きりでいたい。もう少しだけ。

レストランでは戸外に席を取った。中庭は決してきれいではないが、夏のあいだはここにもテーブルが並び、レストランの一部に早変わりする。物干し竿や自転車置き場のあいだに、無理やり押し込むようにしてテーブルが置かれている。とはいえちょうど日陰になっており、かすかに風も吹いてきて涼しい。すぐ隣に他人が座ることもない。

それから駅へ向かった。切符売り場を兼ねた駅の売店でアグネスが切符を買おうとしたところで気が変わり、そのまま車でアグネスをストックホルムまで送っていくことにした。そうすれば、あと一時間はいっしょにいられる。いまこの場所で、別れを告げずに済む。あと百キロ、混みあう道路を走るあいだ、時間を稼ぐことができる。なんとか現実を呑み込み、納得するための時間を。自分たちは、子どもを失っただけではない。お互いをつなぐ絆も失ってしまった。明日になれば、二人はそれぞれ別々の人生を歩んでいく。共有するものといえば、同じ悲しみだけだ。

二人はほとんど口をきかない。言うことなどなにもなかった。買いものをしてから帰りたいというので、サンクトエーリク広場でアグネスを降ろす。空っぽのアパートに直接帰るのがいやなのだ。二人はしばらく抱擁を交わした。アグネスはフレドリックの頬に軽くキスをする。アグネスが歩道を歩いていき、ビルカ通りの角を曲がって見えなくなるまで、フレドリックはその姿を目で追った。

それからストックホルムの街中で、あてもなく車を走らせた。真夏の日差しのせいで、街を歩く人影はほとんどない。観光客がぽつりぽつりと、名所を目指して歩いている。杖をついた老人も何人か。夏だからといってどこかに旅行に出かけられるほど健康ではないのだろう。若者も何人かいる。こちらは旅行に行く金がないのかもしれない。それ以外にあるものといえば、アスファルトと、そこから放たれる熱だけだ。フレドリックはアイスクリームを買うと、パラソルの下、若い女性の隣に席を取り、ちらほらと通り過ぎていく車や乗客のないバスを眺めながら食べた。それからまた車を走らせ、しばらくすると車を停めてカフェに入り、退屈しきった様子の店主にミネラルウォーターを注文する。そしてまた、車を走らせる。やがてストックホルム中の人たちが帰宅し、夕食をとり、ベッドに向かっていく。完全な暗闇は訪れない。夜は短く、しかも都会の灯りが闇を追い払ってしまう。フレドリックはユールゴーデン島の公園内の道路に車を停め、運転席に座ったまま、窓に頭をもたせかけて眠りに落ちた。

服が肌にべっとりと貼りついている。薄い色の背広はしわくちゃだ。顔も洗わずに寝てしまった。ずいぶん早くに目が覚めた。早起きの鴨《かも》たちと、酔っ払って帰宅途中の若者たちが、どちらもまるで競うように叫び声をあげている。ストックホルムがにっこりと微笑んでいる。座ったまま五時間も眠ったせいで、背中が痛い。少し散歩をして身体を伸ばす。

そしてふたたび車に乗り込むと、ユールゴーデン橋を渡り、ベルヴァルドホールを通り過ぎ、スウェーデン公営テレビ局の駐車場に車を停めた。三年ぶりだ。当時、ヴィンセントは《ダーゲンス・ニューヘーテル》紙を辞めてテレビ局に転職したばかりで、ニュース番組の報道デスクを務めていた。訪ねていったときには、広大な報道フロアの奥に座って、がやがやと騒ぐレポーターたちに囲まれ、通信社から打電されてきたニュースや短いニュース映像などを割り振る仕事をしていた。一年ほど前に異動して、朝のニュース担当になったと聞いている。夜のニュースで使った映像をチョキチョキ切って料理しなおす仕事なんだ、ヴィンセントはそう言っていた。自分は異動になったその日から、巨大ニュース工場の歯車のひとつと化した。妻や子どももいて、生活に追われているいまの自分には、それがちょうどいいんだよ、と。

警備室の脇でヴィンセントを待つ。制服姿の不機嫌そうな警備員に、ヴィンセント・カールソンを呼んでくれ、と頼んだのだ。十分ぐらいで降りてくると告げられた。

ヴィンセントはあいかわらずだ。ガラス戸の向こうに見えてきた彼は、背が高く黒髪で、気さくながらどことなく威厳をも漂わせている。頼りがいがあるように見えるせいか、女性によくもてる男だ。大学でいっしょにジャーナリズムを勉強していたころからそうだった。帰宅途中でバーに立ち寄ると、ヴィンセントはふとバーカウンターに目を留めて言うのだった。今日は、あの娘を落とすよ。そしてそのバーでいちばんの美人をつかまえると、話をし、笑い、身体に触れる。バーを出て行くころには、その娘と腕を組んでいる。ヴィンセントはそういう男だ。人好きのするタイプ。どんなことをしたって嫌われない。

ヴィンセントは警備員に向かって合図をし、鍵のかかったドアを開けさせた。

「いったいどうしたんだ、フレドリック。いま何時か分かってるのか」

「五時だろ」

「五時十五分だ」

青いリノリウムの床に、真っ白な壁。延々と続く廊下を歩いていく。

「連絡しようと思ってたんだよ。もちろん、仕事とは関係なくね。でも、かえって邪魔になるんじゃないかと思って。なんと言葉をかけたらいいか、さっぱり見当がつかない。なにを言ったって……しらじらしく聞こえてしまいそうで」

「昨日、マリーの葬式をしたよ」

ヴィンセントの苦しみが見てとれる。口数も少ない。理解を超えた状況を前にして、途方に暮れている。

「なにも言わなくたっていいさ。気持ちだけでありがたいよ。でも正直言って、君がかけてくれる言葉なんかどうでもいいんだ。いま僕が必要としていることはほかにある」

延々と続く廊下の風景が、いつのまにか変わっている。

「必要としていることってなんだい？　フレドリック、ひどい顔してるぞ。もちろん、いつ来てくれたっていいんだ。家でもここでも、いつだって歓迎するよ。でも、どうしていまなんだ？　マリーの葬儀の翌日、朝の五時だってのに」

「ちょっと手伝ってほしいことがあるんだ。君にならできることだ。僕が必要としているのは、いまのところそれだけだ」

階段を上がり、あの大きな報道フロアの脇を通っていく。

「今日はここに君を入れるわけにはいかないよ。今朝のニュースの半分は、ベルント・ルンド、君とマリー、ルンドを追う警察の話だ。そこに君が入っていったら大騒ぎになりかねない。この部屋にしよう。ここなら、八時をまわるまで誰も来ない」

ヴィンセントはそう言うと、こぢんまりとした事務室にフレドリックを招き入れた。部屋の三隅に、机が一台ずつ置いてある。ヴィンセントは部屋を出て行くと、すぐにコーヒーカップを二つ手にして戻ってきた。

「ほら。飲むといい」

フレドリックはうなずいた。

「ありがとう」

数分のあいだ、二人はお互いの視線を避けつつ、黙ってコーヒーをすすった。

「時間はたっぷりあるよ。朝のニュースは、もうひとりのデスクに頼んできた。えらくデキる女なんだ。僕なんかよりずっと有能なんだよ。番組にもちがいがはっきり表われるかもしれない。もちろん、いい意味でね」

フレドリックは三台ある机のうちの一台に手を伸ばした。

「このタバコ、吸ってもいいかな」

「やめたんじゃなかったのか」

「今日は吸うよ」

そう言ってタバコを一本くすねた。フィルターのないタバコ。外国で買ったものらしい。

聞いたことのない銘柄だ。

　煙を吐き出す。二人のまわりが白くなった。

「この前手伝ってくれたときのこと、覚えてるかい」

「もちろん。アグネスのことだったよな」

「あのエコノミスト野郎とできてるんじゃないかと思ってね。結局は見当ちがいだったが、あいつがどういう男か分かったのは君のおかげだ」

　ヴィンセントが煙をあからさまに手で払いのける。フレドリックはすぐにタバコをコーヒーカップの底に押しつけ、火を消した。

「で、今回は」

「同じことだ」

「というと？」

「個人情報を調べたいんだ。分かる限りのことを、全部」

「誰の？」

「個人識別番号は六四〇五一七‐〇三五〇」

「誰なんだ？」

　フレドリックは上着の内ポケットから紙切れを取り出した。

「ベルント・ルンド」

声がどんどん大きくなる。押し問答を続ける二人。しかし結局、哀れみの気持ちがまさりつつある。合意は近い。

「そりゃ、法律には触れないよ。だからといってそんな、友情を踏みにじるようなこと、できるわけがない」

「友情を踏みにじる？　そんなことないさ」

「分かるだろう？　君の娘を殺した犯人の個人情報を、君に知らせるなんて。いちばんやっちゃいけないことだ」

「調べるだけでいいんだよ。それだけでいいんだ」

「どんな危ない橋を渡ってるのか、自分で分かってるのか？」

「つべこべ言わないで、頼むから助けてくれよ」

ヴィンセントは立ち上がった。だが立ち上がった意味はほとんどなかったらしく、ふたたび腰を下ろすと、目の前のコンピューターを起動した。

「それで」

「え？」

「なにが要るんだ？」

「全部。得られる限りの情報、全部だ」

通信社から配信されたニュースや朝の番組の進行表が、コンピューター画面に映っている。

ヴィンセントはそれらを移動させせると、キーを何度か押し、名前とパスワードを入力した。

データベースの初期画面だ。

見出しがいくつもある。株式会社名簿。企業・団体名簿。個人住所録。スウェーデン信用調査サービス。自動車登録簿。不動産登記簿。

「番号は？　さっき言ってた個人識別番号」

「六四〇五一七-〇三五〇」

画面にメッセージが出る。検索結果、一件。

「まずは過去の住所からだな。よし」

壁一面に開いた窓から、朝の光が差し込んでくる。暑くなってきた。空気が淀んでいる。

「窓を開けてもいいかい？　息苦しいよ」

「ああ」

フレドリックは立ち上がり、窓を二つ大きく開けた。薄い色の背広にすっかり汗がしみこんでいることに、初めて気づく。深呼吸を二回。ヴィンセントが片手を挙げた。

「ベルント・アスモデウス・ルンド。直近の住所は気付になってる」

「誰の家だ？」

「シェッパル通り十二番地、ホーカン・アクセルソン方。ストックホルムのエステルマルム地区だ。だが、数年前の話らしい。あれから塀の中だろ、いちおう。そのあとの住所については届けがない。だから登録されてる住所としてはこれが最後だ」

フレドリックはヴィンセントの後ろに立っている。車の中で眠ったせいで、まだ背中が痛む。広く開け放たれた窓から入ってくる新鮮な空気を、じっくりと味わう。

「ほかに住所は？」

「これ以前の住所が二カ所登録されてる。シェッパル通りの前は、エンシェーピン、クング通り三番地。その前が、ピーテオ、ネルソン通り」

「それで全部かい？」

「ここに表示されてる限りでは、そうだ。もっと前の住所を調べたければ、ピーテオの役所に問いあわせるしかない」

「いや、住所はこれでじゅうぶんだ。だが、もっと知りたい。ほかのことも」

それから一時間余り、フレドリックはヴィンセントの後ろにいた。タバコをくすねたのと同じ机に置いてあったスウェーデン公営テレビ局の便箋《びんせん》を使って、あらゆる登録情報を箇条書きでメモしていく。

ヴェートランダ市に、ベルント・ルンド名義の不動産がひとつ。賃貸の一軒家で、ずいぶん高い課税査定額がついている。住所からすると、どうやら街の郊外らしい。

支払い状況をチェックすると、未払い債務が山ほどある。税金滞納。学生ローンの返済滞納。何度か差し押さえに失敗したらしい形跡もある。

運転免許証は没収されている。

有価証券取引のために設立したものの、休眠状態にある会社が二社。

いくつかのスポーツ団体で、四回にわたって役員を務めている。

塀の中の住人となる前のベルント・ルンドの人生は、ずいぶん混乱していたようだ。幾度となく引っ越しをし、常に借金を抱えていた。そんななかにあって、ときおり他人との接触を試みていたらしいことも見てとれる。フレドリックはメモをとりつつ、必死になって考えた。自分が必要としている情報はなんなのか。これらの情報から見えてくるものは、いったいなんなのか。

ヴィンセントがフレドリックのほうを振り向いた。

「こんなこと全部どうでもいい、そう思える日が来ることを祈ってるよ」

フレドリックは答えない。黙ったまま、歯をぐっと食いしばり、ヴィンセントをじっとにらみつける。

「にらみたいなら、好きなだけにらんでくれてかまわない。僕の意見は変わらないよ」

ヴィンセントはそう言って立ち上がると、カップを両方とも手にして廊下に出て行った。

フレドリックはその後ろ姿を目で追った。そして姿が見えなくなると、身をかがめ、机の上に置いてある二台の電話のうち、一方の受話器を手に取った。彼女の番号を押す。

「おはよう。僕だよ」

どうやら起こしてしまったようだ。

「フレドリックなの？」

「ああ」

「いま、眠くて話せない。昨晩、睡眠薬を飲んで寝たのよ」

「ひとつだけ聞きたいことがあるんだ。君の親父さんのアパートを片付けたとき、親父さんの持ちものを袋詰めにしただろ。あれ、どこにやったかな」

「なんでそんなこと聞くの」

「いいから、教えてくれないか」

「こっちには持ってきてないわ。まだあのアパートの屋根裏にあるはずよ。ストレングネースの」

ヴィンセントが戻ってきた。またコーヒーを淹《い》れてきたのだ。フレドリックは受話器を置いた。

「アグネスにかけてたんだ。しんどいよ」

「どうだ、彼女」

「かなりつらいみたいだ」

ヴィンセントはうなずくと、フレドリックにコーヒーカップを手渡し、自分のカップに口をつけた。

「そろそろこいつを終わらせよう。そしたら僕は報道フロアに戻るよ。ちょっとバタバタしてるんだ。モスクワ郊外で飛行機事故があったらしくてね」

ふたたびコンピューター画面に向かうと、メインメニューから企業名簿を選択する。合名会社や個人事業会社も検索できる名簿だ。入力欄に、ベルント・ルンドの個人識別番号を打ち込む。スウェーデンの公的手続きでいつもカギとなるのが、この個人識別番号だ。不思議なものだな、とフレドリックは考える。赤の他人であっても個人識別番号さえあれば、どんな人生を送っているか、細かく調べ尽くすことができる。なんと便利なことだろう。なんと異常なことだろう。

「〈B・ルンド・タクシー〉」

もちろんフレドリックにも聞こえたが、念のため聞き返す。

「なんだって？」

「タクシー会社だ。〈B・ルンド・タクシー〉の名前で登録されてる。登録抹消はされてない」

フレドリックは机に近づく。自分で画面の文字を読もうと、ヴィンセントの隣に腰を下ろした。

「設立はいつ？」

「一九九四年」

フレドリックは短く笑い声をあげた。ヴィンセントが画面から目を上げる。

「どうした」

「なんでもない」

「なんでもないって、いま笑っただろ？　見えすいた嘘つくなよ」

フレドリックはまた笑う。

「ほんとうに、なんでもないんだ」

「なんでもないって、おい、いいかげんにしろよ。娘さんの葬式からもうすぐ丸一日、葬式のときの服もまだ着たままで、こんなところに来たかと思えば、急に笑い出す。いったいどうしたんだよ？　なんでもないってことはないだろ」

「まあ、落ち着いてくれよ」

「落ち着けだって？　そんなこと君に言われる筋合いはないね。僕はちゃんと落ち着いてるよ。さあ、ほかには？　この会社の資金繰りでも知りたいかい？」

「もういいよ」

「署名権者の名前は？　登記番号は？」

「いや。もうじゅうぶんだ」

外は雨だった。

三週間、一滴も降っていなかった雨。突然行き場を失った水の粒が、頭に降り注ぐ。フレドリックは車のドアを開け、運転席に腰を下ろした。フロントガラスの上を、ワイパーがゆっくりと滑る。しかしまだ小降りなので、ワイパーが何度か行き来しただけで水気は脇に押しやられてしまう。フレドリックはワイパーを止めることにした。

ストックホルムの街中を、かなりの速さで走り抜ける。土曜日の早朝で、行き交う車はほとんどない。ホーンストゥル界隈から中心街を出て、リリエホルム橋を渡り、ストレングネース方面へ。手書きのメモをダッシュボードの上に置き、運転しながら用心深く、ちらりちらりとメモを読む。

スモーランド地方に、賃貸の一軒家。差し押さえの失敗。ピーテオ、エンシェーピン、ストックホルム・エステルマルム地区の住所。しかし彼はこれらを読み飛ばす。これらの情報には、先につながるものがない。先につながる情報、それはメモのずっと下のほう。企業名簿で見つけた、〈B・ルンド・タクシー〉の名前。もう何年も存在している会社の名前だ。

フレドリックは上半身をかがめて運転席の下に手を伸ばし、そこに置いてある収納ボックスの中を探った。音楽でも聴こう、ここストックホルムの小汚い郊外から、ストレングネースに到着するまでのあいだ。クリーデンス・クリアウォーター・リヴァイヴァルの『プラウド・メアリー』を聴いて、大声で歌おう。悲しみのせいで歌えなくても、そんなことも忘れてしまうぐらい、声を張り上げて、歌おう。

到着するころにはどしゃ降りになっていた。それはまるで、人間、建物、生きとし生けるすべてのものを覆っていた膜を、誰かがそっと剝《は》いだかのようだった。解放と喜びの時。街を洗い流すような雨にもかかわらず、傘をさしている人も、あわてて雨宿りをしようとしている人も見当たらない。すぐそこにいる男性も、あそこにいる女性も、服がずぶ濡れになるのもかまわず、にっこりと空を見上げてのんびり歩いている。フレドリックは、身体にぴったりと貼りついていた背広がはがれ、身体が軽くなるのを感じた。空気に酸素が満ちている。車を出て、家へと向かう。一歩一歩、時間をかけて歩く。三週間分の熱と砂を、雨で洗い流す。

扉を開けると、玄関にマリーが立っていた。手にはもう、オオカミと子ブタのお面を持っている。パパ！ お外に行って遊ぼうよ！ 早く、早く！ しきりに急かしてくる。なんといっても、まだ五歳なのだ——。

フレドリックは食卓の椅子に腰を下ろした。冷蔵庫から出したジュースのパック、大きなグラスに三杯分を、一気に飲み干す。家の中は静まりかえっていて、とても息苦しい。

食卓から、壁にかかった電話のところへ、椅子を動かす。そろそろミカエラが帰ってくる時間だ。急ごう。二カ所に電話をかける、それだけだ。

エンシェーピンの電話帳を探す。捨ててはいない、どこかにあるはずだ。案の定、いちばん下の引き出し、ストレングネースの電話帳の下に置いてあった。イエローページをめくって、番号を探し出す。会社の大きなロゴ、その隣に見覚えのある電話番号。ここには何度か電話をかけたことがある。

女性の声。

「タクシー・エンシェーピンです」

「もしもし。スヴェン・スンドクヴィストと申しますが、人事課をお願いします」

「おつなぎします。少々お待ちください」

待っている数秒のあいだ、フレドリックは咳払いをし、息を吸い込んだ。

「タクシー・エンシェーピン人事課、リヴ・ステーンです」

「もしもし。ストックホルム市警の殺人・暴行課、スヴェン・スンドクヴィスト刑事ですが」

「まあ。どういったことでしょう」

「実は、おたくの会社と以前契約していたタクシー運転手について捜査しているんです。ベルント・ルンドという男なんですが。個人識別番号は六四〇五一七‐〇三五〇。〈B・ルンド・タクシー〉という会社名で登録しているかもしれません」

「はあ」

「急ぎなんですよ」

「そう言われましても。どういったことをお調べなんですか」

「この男がおたくの会社と契約していたころ、送迎の業務を担当していなかったか、していたとしたらどこに行っていたかを知りたいのですが」

「そうですねえ……たくさんあると思いますけど」

「保育園や学校への送り迎えだけでかまいません」

「はあ……困ったわ。そういったことはふつう、社外の方にはお教えしないことになってるんですよ」

フレドリックはためらった。女性の対応は至極もっともだ。嘘はつき慣れていない。どうしたっていやなものだ。どこまでなら嘘をつき通せるか、どこまで嘘をつき通すか、いつも決めかねてしまう。

「殺人事件の捜査なんですよ」

「そう言われましても」

「新聞で読みませんでしたか。五歳の女の子が、暴行されて殺害された」

口に出すのがつらかった。もうすぐ限界が来る。女性はなかなか答えない。

「スンドクヴィストさんでしたっけ」

「ええ」

「こちらからかけ直してもよろしいですか」

「もちろん」

長い沈黙。

「いいでしょう。お教えします」

「どうも」

受話器越しに、バインダーを開けて調べているらしい音がする。書類を綴《と》じる金属のリング部分を開けたり閉めたりするパチンという音が、何度も聞こえてくる。雨に濡れた背広が、ふたたび肌に貼りついてくる。背広が汗で濡れている。さっきと同じように。

「保育園への送り迎え、ありました。八ルート。ストレングネースの保育園が四カ所、エンシェーピンが四カ所です」

「住所は分かりますか」

女性はさらに書類をぱらぱらとめくると、住所を教えてくれた。ストレングネースの四カ所の名前には聞き覚えがあった。白鳩保育園も含まれている。ルンドはあの保育園をよく知っていたのだ。一年近く白鳩保育園への送り迎えを続け、幾度となく行き来していたのだから。つまりルンドは、なじみの場所に戻っていったということになる。子どもたちの動きや、入口と出口の様子を、知り尽くしている場所に。

フレドリックは礼を言って受話器を置いた。もう一カ所、電話をかけなければ。アグネスだ。

「もしもし。また僕だが」

「あとにして。疲れてるの」

「分かってる。ひとつだけ。親父さんのアパートの屋根裏の鍵が必要なんだ。どこにあるか知ってる？」

「鍵なんかないわよ。錠自体つけてないんだから。あの物置部屋は、私にとってはどうでもいい場所なのよ。父のものだから。私には関係ないの」

「分かった。ありがとう」

電話を切ろうとする。必要なことはもう全部聞いたのだ。

「でも、いったいなにをするつもりなの」

「あそこには……マリーのものが多少あるだろう。保育園でなにか作って、おじいちゃんにあげたのとか。それを取って来たいんだ」

「取って来てどうするの」

「ただ取って来たいんだよ。それだけじゃ理由にならないかい？」

冷蔵庫の前に立つ。喉が渇いてしかたがない。ふたたびジュースのパックを一本空ける。

メモ用紙に短い文章を書きつける。ちょっと出かけてくる。すぐに帰る。てんとう虫をかたどったマグネットで、冷蔵庫の扉にメモを貼りつけた。

外はまだ雨だが、少し小降りになってきた。フレドリックは道を横断し、向かい側の建物へ向かう。外見は一軒家に似せてあるが、実は八世帯入るアパートだ。フレドリックはエレベーターに乗って屋根裏を目指した。

彼はベンチから立ち上がった。

硬いベンチだった。厚い木の板でできていて、スプレーで落書きがされている。朝からずっと、四時間もここに座っていた。身体がガチガチにこわばって痛む。

もう何度も、あの淫売たちを見かけた。どんなしぐさをするか、お互いと話すときにどんな顔をするか、すでに知り尽くしている。なかなかきれいな淫売どもだ。この前のにもひけをとらない。胸こそないが、ほっそりとした長い脚に、淫《みだ》らな瞳をしている。

なかでも気に入ったのが二人いる。どちらも金髪で、なんというか、元気がいい。大声でしゃべるものだから、二人の名前も覚えてしまった。写真も撮った。来るときと、帰るとき。さんざん写真を眺めたせいで、知り合いのような気さえする。

二人はもうかなり大きい。

淫売どももこの年になると、自己主張が激しくなってくる。

親に連れられてやってきても、別れ際にはほとんど手も振らず、親のほうには目もくれない。よく頭に浮かんでくるのは、そういう淫売どもだ。自分が全部決めるのだと思っているタイプ。やつらになにを言ってやろう、どうやって犯してやろう、と考える。

ぽつんとひとりでいる自分。ずっと、こうして見ているばかりなのだ。そろそろ、三人になりたい。

親は遅くまで迎えに来ないにちがいない。こういう淫売の親はたいていそうなのだ。時計を見やる。十一時五分。あと、六時間はある。

やろう。今日の午後。

この前と同じように。

午後になると、淫売どもはたいてい外に出てくる。ここのところひどい暑さだったが、雨も降ったことだし、長いこと外で遊ぶにちがいない。みんな出てくるはずだ。いつもかならず、全員が出てくる。そうしたら、ごちゃごちゃになってなにがなんだか分からなくなるはずだ。全員が庭に出ていたら、ひとり二人いなくなったって、見張りの連中も気づかないにちがいない。

やり方は、もう決まっている。

中は暗かった。フレドリックはここに一度だけ来たことがある。アグネスの父であるビリエルのアパートを片付けたときのことだ。彼の数少ない持ちもののなかから、ガラクタではないものを選り分けて、屋根裏の物置部屋に入れておいたのだった。ビリエルの死は突然だった。ごくふつうに息をしていたのに、一瞬のうちに生から死へと移っていってしまった、そんな死にざまだった。見つかったとき、彼は雑誌《ボートニュース》を手にしたまま、上半身を少し起こして、裸でベッドに横たわっていた。ベッドサイドランプもついたままだった。脇のテーブルには日記が置いてあり、その日の日付とともに気温と降水量が記され、夕食を買いにスーパーに行ったこと、サッカーくじを出しにタバコ屋に寄ったことが書かれていた。その数行下に、どういうわけか身体がだるい、頭痛がするといけないので頭痛薬を二錠飲んだ、とも書いてあった。

フレドリックは最後までビリエルと親しくなれなかった。大柄で肥満体、押しが強く近寄りがたい人物だった。アグネスの父親であるとは、とても信じられなかった。物腰も外見もまったく似ていないのだから。

鍵のかかっていない扉を開ける。服の入った段ボール箱がいくつか。フロアランプ。ひじ掛け椅子が二脚。釣り竿が四本。リヤカーが一台。奥のほうに、麻の袋が二つ。フレドリックは狭苦しい物置部屋に入っていく。二脚のひじ掛け椅子のあいだを、身体をすぼめて通り抜ける。そのとき、屋根裏の扉が開く音がした。

フレドリックは足を止めた。弱々しい灯りのなかで、息をひそめる。

少なくとも二人はいる。ささやき声で話をしている。

高い声。幼い少年の声だ。

「おーい」

ふたたび、ささやき声。

「おーい！　入るぞぉ！　あとまだ何人も来るぞぉ！」

聞き覚えのある声だ。フレドリックは笑みを浮かべる。呼びかけようとしたところで、それまで黙っていたもうひとりの少年が口を開いた。年上らしく、少し威張った口調だ。

「へん！　ほらな。やっぱり平気だろ。そう言えば絶対大丈夫なんだよ」

少年たちは前進する。物置部屋の並ぶ屋根裏の廊下を、そろりそろりと歩いている。深い息遣いが聞こえてくる。黙ったままだ。しばらくして、彼らの姿が見えてきた。すぐ近くまで来ている。ここから二、三部屋離れたあたりだ。おどかさないようにしよう。

「やあ、ダヴィッド」

どうやらおどかしてしまったらしい。二人はびくりと身をすくめ、必死であたりを見回している。

「僕だよ。フレドリックおじさんだ」

二人もやっと気がついた。暗い中、声を頼りに近寄ってくる。二台のひじ掛け椅子のあいだに立って手を振っているフレドリックの姿が、二人の目にも入ったようだ。短いぼさぼさの黒髪をしたダヴィッド。それよりも頭ひとつ背が高く血色のいい、いかにも元気そうな少年。見覚えのない顔だ。二人はフレドリックを見つめ、それから互いに顔を見合わせた。肝試しに来て、恐れていたとおり、大きくておっかない幽霊にせっかく遭遇したかと思ったら、実は友だちのパパだったなんて。これではがっかりだ。

ダヴィッドがフレドリックを指差して言った。

「なあんだ。マリーのパパじゃないか」

ダヴィッドはマリーのいちばんの友だちだった。歩けるようになったころから、ずっといっしょに育ってきた。遊び場も同じ。保育園も同じ。よく夕食をいっしょに食べたり、お互いの家に泊まりにいっては誰よりも早起きしたりしていたものだった。ひとりっ子の二人は、まるでほんとうのきょうだいのようだった。ダヴィッドは、なあんだ、マリーのパパじゃないかと言った直後、ふと押し黙り、恥じ入るようにそっぽを向いた。マリーの名前を言ったりするんじゃなかった。マリーのパパ、悲しがるじゃないか。マリーは死んじゃったんだから。もういないんだから。

ダヴィッドはもうひとりの少年の腕をぐいっと引っ張った。もう行こう。屋根裏から出て行こう。死んだマリーのパパから、もう離れよう。

「おい君たち、待てよ」

振り返ったダヴィッドは泣き顔だった。

「ごめんね。忘れてたの」

フレドリックは廊下に出た。死とはどういうことなのか、五歳の子どもにも分かるのだろうか？ 死んだ人は、もういない。息をすることもなく、なにかを見たり聞いたりすることもできない。死んだ人はもう、遊び場に行って遊ぶこともできない。そういうことが、ちゃんと分かっているのだろうか？ いや、分かっているとは思えない。自分にだって分からないのだから。

「ダヴィッド、こっちへおいで。そこの君も。名前は？」

「ルーカス」

「ルーカスも、こっちへおいで」

フレドリックは床に腰を下ろした。赤茶色のレンガの床で、薄汚れてごつごつとしている。そしてすぐそばの床を指差すと、ダヴィッドとルーカスに座るよう合図した。

「君たちに話したいことがあるんだ」

二人はそれぞれフレドリックの両側に腰を下ろし、フレドリックは二人の肩を抱き寄せた。

「ダヴィッド」

「ん？」

「この前いっしょに遊んだときのこと、覚えてるかい」

ダヴィッドはにっこり笑った。

「うん。おじさんがオオカミになったときでしょ。で、僕とマリーが子ブタさんになったんだよね。いつもどおり、僕たちが勝ったよ」

「そうだ。いつもどおり、君たちが勝った。あのとき、楽しかったかい」

「うん。すごく楽しかったよ。マリーと遊ぶの楽しいもん」

目の前に立っていたマリー。ニヤニヤ笑っていたマリー。もう一回遊ぼうと言うので、いつもどおりため息をついてみせると、マリーは笑い声をあげた。それで結局、もう一回遊んだ。

「そうだね。マリーと遊ぶのは楽しかったな。よく笑う子だったからね。そうじゃないかい？　ダヴィッド」

「うん。そうだよ」

「よし。それなら、マリーの名前を言っちゃいけないなんて思うことはないんだよ。おじさんがそばにいても、いなくても、言ってかまわないんだ」

ダヴィッドはレンガの床を長いこと見つめている。なんとか呑み込み、納得しようとしている。ルーカスのほうを向き、それからフレドリックのほうを向いて言う。

「マリーと遊ぶの楽しいよ。マリー、友だちだもん。でも、死んじゃったんだよね」

「そうだよ」

「マリーの名前を言っても、おじさん悲しくならない？」

「ならないよ」

それから三十分ほど、床に座って話をした。フレドリックはマリーの葬儀の話をした。牧師さんが棺に土をかけたこと。そのあと、棺を土の中に埋めたこと。ダヴィッドもルーカスも、次々と質問を浴びせかけてくる。どうして人間の身体の中には血が流れているのか。子どもが大人よりも先に死ぬことがあるのはなぜか。いままでいっしょにお話をしていた人と、急にお話ができなくなっちゃうなんて、いったいどういうわけなのか。

話が終わると、フレドリックは二人を抱きしめた。少年たちが立ち去ったあと、マリーの死について語ったのはこれが初めてだったと気づいた。二人のためにそうせざるをえなかったのだ。説明してもなかなか納得してもらえず、ふたたび説明を繰り返す。悲しみについても話をした。まだ一度も泣いていないと言うと、二人はびっくりした様子でどうしてと問いかけてきた。そこで彼は正直に答えた。どうしてか分からないけど、そうなんだよ。どういうわけか人というものは、悲しみをいっぱい抱えているのに、それを外に出せないことがあるんだね。

少年たちが屋根裏の扉を閉めて出て行くと、フレドリックはふたたびひとりきりになった。しばらくのあいだ、完全な沈黙が訪れる。それから彼は立ち上がり、物置部屋へ入っていった。ひじ掛け椅子のあいだを通り抜けて奥へ進み、麻袋の前に立つ。二つある袋のうちのひとつを持ち上げ、ひっくり返す。中身がどさりと落ちて山積みになった。本。鍋《なべ》。古着。どうやらあれは、もうひとつのほうに入っているらしい。大きいので、袋の口のところで引っかかって、なかなか出てこない。袋をゆすって振り落とす。

このライフル銃はいいぞ、そうビリエルが言っていた。晩年の彼はよく、ヘラジカやノロジカ、野うさぎなどの狩りをしていた。そして自慢のこの銃を、いつも念入りに手入れしていたものだった。ビリエルといえば思い浮かぶのはその姿だ。夕方、台所の食卓に座って、ライフル銃を分解し、部品をひとつひとつ丹念に磨くと、ふたたび組み立てて元に戻す。それから長いあいだ、目につくあらゆるものに照準を合わせてみる。そんな姿。

フレドリックは床からライフル銃を拾い上げると、空になった麻袋に入れ、袋ごと小脇に抱えてその場を立ち去った。

シーヴ・マルムクヴィストの歌声で、壁がびりびりと震動している。『ただの火遊びだったのね』。オリジナルは『フーリン・アラウンド』、一九六一年。シーヴの声がオフィス中にこだまし、互いに覆いかぶさってデュエットのように響く。さらに強く。さらにしつこく。

ただの火遊びだったのね　もう出て行って
くれた指輪もお返しするわ

オフィスにやってきた二人に向かって、エーヴェルト・グレーンスは吐き出すように言ったのだった――三人もいるんじゃ、うるさくてしょうがない。追い出されたくなければ黙って座ってろ。こうしてカセットをかけはじめて、もう三曲目になる。曲が変わるたびに、少しずつボリュームを上げていく。スヴェン・スンドクヴィストとラーシュ・オーゲスタムは顔を見合わせた。もの問いたげなオーゲスタムに向かって、スヴェンはただ肩をすくめる。もうどうしようもない。シーヴの歌が終わるまで、座って待っているしかない。その前にどうにかしようったって無駄なのだ。エーヴェルトは、シーヴの写真を手にしている。クリファンスタの市民公園で撮ったあの写真。一九七二年のコンサートツアーのときのものだ。そして、カセットに合わせて歌っている。歌詞も一字一句たがわず、リフレインになると声のボリュームが上がる。不意にシーヴの歌声が止み、沈黙が訪れた。LPレコードから録音したせいで、雑音が入っている。オーゲスタムが機をとらえて口を開こうとしたちょうどそのとき、次の曲のイントロが始まった。エーヴェルトはまた少しボリュームを上げると、オーゲスタムに向かっていら立ちを隠そうともせず、いいから座って黙って聴いてろ、と手を振る。

私を捨てるつもりなのね　噂はほんとうだったのね

ラーシュ・オーゲスタムは思う。シーヴの歌なんて、もうたくさんだ。まったく、急いでるってのに。なんでこいつに指図されなきゃならないんだ。

性犯罪はもう担当したくないと思っていた。露出狂も小児性愛者も強姦魔も、もうたくさんだ。もっと価値のある仕事がしたい。出世の階段を昇っていきたい。

昨日、この事件の担当に指名された。

また性犯罪だ。

しかしこれは、出世への切符でもある。

担当に指名されたとき、笑い出しそうになるのを必死にこらえた。ベルント・ルンド逃走事件の、予備捜査担当検察官。どのニュース番組も新聞も、この事件の話題でもちきりだ。スウェーデン中が固唾を呑んで見守っている。有罪判決を受けて服役中の性犯罪者が起こした、五歳女児殺害事件。あらゆるメディアが、この事件の報道でびっしりと埋め尽くされている。これこそチャンスだ。大躍進はまちがいない。自分はこれからしばらくのあいだ、スウェーデンでもっとも関心を集める人物となる。

愛してるだけじゃ足りないというの

そんな人はもうお断わりだわ

もう限界だ。こんなあか抜けない歌詞、聴いている場合じゃない。

オーゲスタムは立ち上がり、エーヴェルトの机へ向かっていく。そして本棚へ、不格好なカセットプレーヤーへ一歩を踏み出すと、停止ボタンを押した。

沈黙。

オフィスが静まりかえる。

スヴェンは床に視線を落としている。エーヴェルトは顔を真っ赤にして震えている。ラーシュ・オーゲスタムは、この建物に存在する最古の掟をたったいま破ったことを、しっかりと自覚している。だがそんなことはどうでもよかった。

「失礼、グレーンス警部。こんなくだらない歌、もう聴きたくないんです」

エーヴェルトは叫び出した。

「とっととこの部屋から出て行きやがれ！」

オーゲスタムもひるまない。

「十九世紀の歌謡曲なんか聴いてないで、仕事したらどうなんですか」

エーヴェルトも立ち上がった。さらに声を荒らげる。

「こいつを聴きながら仕事してたんだ！　おまえが泡吹いてあたふたしてるあいだにもな！　この野郎、失せろといったら失せろ！」

オーゲスタムはさっきまで座っていた椅子に戻ると、挑みかかるような態度でふたたび腰を下ろした。

「とにかく、いまの状況を教えてくださいよ。そうしたら、あなたがたには思いつかなかった捜査のアイデアを、僕が出せるかもしれない。もしそれができたら、ここにとどまらせてもらいます。できなかったら、すぐに出て行きます。それでどうですか」

エーヴェルトは決心した。この生意気野郎、つまみ出してやる。出世のことしか頭にない検察官、大学を出たというだけで鼻高々な、口だけ達者な青二才。心底むかむかする。とにかくなにがなんでもここから追い出そう。そしてオーゲスタムにつかみかかろうと一歩を踏み出したところで、スヴェンが立ち上がった。

「エーヴェルト。落ち着いてくれ。話してもらおうじゃないか、僕たちが思いつかなかったアイデアとやらを。それができなければ出て行ってもらうまでだ」

エーヴェルトはためらった。その一瞬の隙をついて、オーゲスタムがスヴェンに向かって言う。

「で、いまの状況は？」

スヴェンは咳払いをした。

「ルンドの過去の住所をすべて捜索した。見張りも続けている」

「例の児童ポルノ仲間たちは？」

「全員事情聴取済みだ。見張りもつけてる」

「タレこみはなにか？」

「どっと流れ込んできてるよ。テレビのニュースや新聞で、スウェーデン中が注目してる。タレこみがあふれかえっていて、われわれは波に呑まれている状況だ。ほぼ全国各地から、ルンドの目撃証言が寄せられてる。ひとつずつ裏を取ってはいるが、いまのところ当たりはない」

「次の標的になりそうな場所は？」

「可能な限り多くの場所に見張りをつけてる。この前の保育園から半径五十キロ以内にある保育園や学校とは、すべて連絡態勢を整えてある」

「ほかには」

「それぐらいだな」

「つまりはそこで行き詰まってるわけですね」

「そういうことだ」

オーゲスタムはしばらく黙り込んだ。エーヴェルトが手帳を机に叩きつけて叫ぶ。

「さっさと話したらどうなんだ。もったいぶりやがって。とっとと話して、とっとと出て行け」

オーゲスタムは立ち上がると、壁から壁へ、オフィスの中をゆっくりと歩き回りはじめた。

「実は昔、タクシーの運転手をしてたんですよ。学費を稼ぐためにね。五年間、県内あちこちにお客を運びました。当時は給料もよかったんですよ。規制緩和の前だったので。いまじゃタクシーがうじゃうじゃいますけどね」

エーヴェルトは座ったまま叫んだ。

「さっさと本題に入れ！」

オーゲスタムはけんか腰のエーヴェルトを完全に無視して続けた。

「あれは勉強になりました。タクシーのしくみが分かりましたからね。〈タクシー情報〉っていうホームページも始めました。あらゆる情報を集めて公開したんですよ。タクシー各社の電話番号とか、タクシー会社の構造とか、料金比較とか、なにもかも載せました。まるでタクシー専門家みたいになりましてね。旅行者やマスコミが質問してくるようになりました」

エーヴェルト。聞いているのか聞いていないのか、よく分からない。机をバンと叩き、ぜいぜいと息をしている。スヴェンはこれまでにも不機嫌で腹を立てたエーヴェルトの姿を見てきたが、こんなエーヴェルトを見たのは初めてだ。威厳のかけらもなく、手に負えなくなったエーヴェルト。

「このガキ。いったいなにが言いたいんだ」

「ベルント・ルンドも、タクシーを運転していたんですよね」

スヴェンがうなずいた。オーゲスタムは続ける。

「個人タクシー会社もやっていた。〈B・ルンド・タクシー〉っていう会社。そうですね？」

そう言ってエーヴェルトのほうを向くと、黙って返事を待つ。

四分。

オフィスの空気が乱れ、考えも感情も身体もぎくしゃくとするなか、やたらと長く感じられた、四分。

エーヴェルトが口を開いた。しわがれ声だ。

「ああ。だがもう昔の話だ。調べもついてる。そのへんの破産財産はもう、隅から隅まで調べたんだ」

ラーシュ・オーゲスタムは、か細い脚でオフィスを闊歩《かっぽ》する。話しているあいだ、もはや壁から壁へと歩いているどころではない。なにかに急かされているかのように、焦っているかのように、小走りになっている。金髪をひらひらとはためかせ、大きな眼鏡を曇らせて歩くその姿は、まるで小学生か中学生のようだ。反逆を心に決め、頑固にやり遂げようとしている、少年そのもの。

「その会社の資金繰りとか構造とか規模とかは調べたんですよね。それ自体はいいことだと思うんです。けれど、仕事の内容については調べてないんじゃないでしょうか」

「タクシー会社だぞ。馬鹿どもを車に乗せてやって、金をもらっていたんだろ」

「馬鹿どもって、具体的には」

「客の名簿なんか作っちゃいないだろうよ」

「個人客の名簿は、たしかにないでしょうね。しかし、定期的な送迎の仕事は？　市や県と契約して行なう仕事です」

　そう言うとオーゲスタムは、机に向かっているエーヴェルトと、訪問者用の椅子に座っているスヴェンとのあいだで、はたと立ち止まった。そして、両方に向かって話しているのだということを示すために、二人の顔をかわるがわる見ながら話を続けた。

「個人でやってる零細タクシー業者は、個人客だけでは食べていけません。送迎の仕事を取ろうとするのがふつうです。学校送迎って呼ばれてるんですけどね。報酬はよくないが、定収入になる。主に保育園や学校へ子どもを送り迎えする仕事です。ルンドぐらい長く個人タクシー会社をやっていたのなら、この送迎の仕事を受けていた可能性が高い。やつみたいな病気の人間ならなおさらです。ルンドが送迎をやっていたかどうか調べれば、あの男がどの保育園を定期的に訪れていたかが分かる。いつも行っていた保育園なら、そこまでの道筋も、保育園の様子も熟知している。空想のなかに登場させていたかもしれない。つまり、これから狙う可能性のある保育園ということになります」

　オーゲスタムは後ろポケットから櫛《くし》を取り出し、短い髪を撫でつけた。きちんと身なりを整える。ネクタイ。白シャツ。グレーの背広。上品で、完璧《かんぺき》で、いつでも準備万端。そういう自分であることが心地よい。

「どうですか。調べましたか？」

　エーヴェルトは押し黙り、ただひたすら前を見据えている。怒りを発散するか、抑え込むか。こんなにカッとさせられることなどほとんどない。ここは、自分のオフィスだ。自分の好きな音楽をかけ、自分の好きなやりかたで仕事をする場所だ。それを尊重できないのなら、ほかの馬鹿どもに混じって廊下に出ているがいい。この鬱積《うっせき》した怒りがどこから来るのか、なぜこんなにも強い怒りを感じるのか、自分でもよく分からない。いずれにせよ、しかたのないことだ。もうこうなってしまったのだから。人は皆、時が経ち、年を取っていくにつれ、自分自身でいる権利、なんの言い訳もせず好き勝手にやる権利を勝ち取るものなのではないか。他人はわけ知り顔で、あの人は気難しいから、などと言う。なんと言われようと気にしない。なんとでも好きなように呼べばいい。いつも人に好かれている必要なんかない。自分のことはよく分かっている。この自分自身に、自分なりに耐えてきたのだから。

この若造はたしかに次のステップになるかもしれない点を指摘したが、そのことを表立って認めたくはない。だがスヴェンはちがった。ぴんと背筋を伸ばして座り直している。感謝さえしているように見える。

「なるほど。たしかにそうかもしれない。それが分かれば、警備対象も格段に減らせる。時間も人員も足りないんだ。どっちもなんとかやりくりしてきたが、かなりきつい。もし君の言うとおりなら、時間も稼げるし、人員をもっと集中させることもできる。あいつにもっと迫れるかもしれない。すぐに調べよう」

そう言ってオフィスをあとにすると、廊下を大急ぎで歩いて行った。残されたオーゲスタムとエーヴェルトは、二人とも黙ったままだ。エーヴェルトにはもう、叫ぶ気力は残っていない。オーゲスタムも、不意に気づいた。自分がどんなに疲れているか。どんなに張りつめて緊張していたか。

静けさ。小休止。しかしとうとうラーシュ・オーゲスタムが立ち上がった。オフィスの中央からエーヴェルトのほうへ歩いていくと、その脇を通り過ぎる。本棚に向かい、カセットプレーヤーのスイッチを入れた。

『ハートもポイッと捨てちゃいや』。オリジナルは『ラッキー・リップス』、一九六六年。

みんな噂してるわ　私だって聞いたわ
あなた町中で女の子たちと　いちゃいちゃしてるらしいじゃない

耳ざわりな、元気いっぱいの、陳腐な歌詞。オーゲスタムはオフィスを出ると扉を閉めた。

雨はすでに止んでいた。アパートの建物を出ると、ちょうど最後の一滴が地面にぴしゃりと落ちた。空気が澄みきっていて息がしやすい。雲の色が白く変わり、陽の光が差し込みはじめている。やがてまた、風のないかんかん照りの暑さが戻ってくるのだろう。

フレドリック・ステファンソンは麻袋を手に、道を渡って車へ向かった。空の後部座席に袋を置く。たったいま交わした会話が、身体のなかにまだ響きわたっている。二人の少年たち。彼らなりの、死に対する見かた。ダヴィッドもルーカスも、屋根裏のごつごつと硬い床に腰を下ろして、じっと耳を傾けてくれた。分かってくれた。ひとつひとつの言葉を受け止めては、新たな疑問を投げかけてきた。五歳児なりに、七歳児なりに、肉体や魂、誰も見ることのできない暗闇について、考えていた。

マリーを思う。この火曜日からずっと、一瞬たりとも休むことなく、マリーのことを思っている。死んだマリーの姿。ほかのことを考えようとしても、浮かんでくるのは物言わぬマリーの顔ばかり。しかしいま、生前のマリーを思い浮かべようとする。自分のすべてだった、マリー。死というものを、マリーはどうとらえていたのだろう。話したことなどない。ことさら話す理由もなかったからだ。

マリーは、自分が死ぬと分かっただろうか。

怖かっただろうか。

目をつぶって、じっと耐えていたのだろうか。それとも、必死で抵抗したのだろうか。そもそも、マリーは知っていたのだろうか。死はいつ訪れるか分からないものだ。死とは、永遠の孤独。白い木棺に入れられて、その上に花を載せられて、刈ったばかりの芝生の下に、たったひとりで埋葬されること。そんなことを、知っていただろうか?

ストレングネースの狭い道路を、車で走り抜ける。住所リストに目をやる。ストレングネースの保育園が四カ所。エンシェーピンの保育園が四カ所。まちがいない。ルンドは絶対に、この八カ所のうちのどこかにいる。白鳩保育園のときと同じように、じっと座って待っているはずだ。あの脚を引きずっている刑事が墓地で言ったことを思い出す。ルンドはただひたすら、同じ罪を繰り返す。誰かが止めないかぎり。あの刑事、そう確信していた。

まずは白鳩保育園だ。ここも住所リストに載っている。エサのあった場所に舞い戻ってくる獣のように、ルンドがまた来ていても不思議ではない。毎日、この同じ道を車で通うようになって、もう四年になる。途中の家並みも、道路標識も、すべてそらで覚えている。なんと疎《うと》ましいことか。安心感のある、見慣れた風景であったものが、いまや悲しみとなって襲ってくる。じりじりと喉を締めつける。わが家にいながらにして、そこはわが家でなくなってしまった。

百メートルほど離れたところに車を停める。門の前には警備会社の車が停まっていて、警棒を持った警備員が何人かいる。少し離れたところにはパトカーが停めてあり、制服を着た警察官も二人いる。つい数日前、二時から五時までほんの数時間だけ娘を預けようと、この保育園にやってきた。その同じ場所にふたたびこうして来ていることが、とても奇妙に感じられる。あのとき、ここに来さえしなければ！　もうずいぶん遅い時間だったのに、マリーが行きたがり、自分も朝寝をした罪悪感があったものだから、行くことに決めてしまったのだった。あのとき、家にとどまってさえいれば。保育園に行く代わりに、マリーの手をひいて町までぶらぶら歩き、いつものように港のそばでアイスクリームでも買ってやっていれば。暑い日には、ほかのみんなといっしょに保育園の中にいなさい、そう言っておけばよかったのに。フレドリックはしばらく車中にとどまり、それから門の外に広がる森の中へ歩いていって、保育園の周囲をあちこち探しまわった。ルンドはどうやら、この近くにはいないらしい。保育園を見張ることのできる範囲に、その姿はなかった。

ふたたび車のエンジンをかけてバックすると、白鳩保育園を離れ、そこから数キロほど中心街に近い木立《デュンゲン》保育園へと向かう。カーラジオをつける。もうすぐ十二時半、一チャンネルでニュースが始まるはずだ。トップニュースは、モスクワ郊外で起こった飛行機事故。死者百十六人。機体の不具合が原因らしい。ロシアでは航空機の整備がなおざりになっているという。それから、マリーのニュースだ。犯人追跡があいかわらず続いている。予備捜査担当検察官のインタビュー。とはいえ、話すことはあまりないらしい。そのあとにマイクを向けられた刑事が、レポーターに向かって失せろと怒鳴っている。墓地で会った年配のほうだ。グレーンスという名前らしい。そして最後に、これまでに何度かルンドを診察したことがあるという法精神科医が登場した。ルンドという男は、同じことを強迫的に繰り返そうとする性質があるので、注意が必要だ。自分の内から湧き上がる衝動を、抑えることができない。暴力的な衝動を行動に移すことでしか、満足することができない。そういう男なのだ。

フレドリックは車を停め、木立保育園の周囲を探しまわった。それからふたたび車を走らせ、庭園《パルケン》保育園やせせらぎ《ベッケン》保育園へと向かう。

どこの保育園にも同じように、警備会社の車やパトカーが停まっている。

ベルント・ルンドの姿はどこにもない。どこにも姿を現わしていない。

フレドリックはストレングネースを離れ、国道55号をエンシェーピン方面に向かった。スピードを上げる。まだ、四カ所残っている。

麻袋をちらりと見やる。

ためらいはない。

これこそが、正しい道なのだ。

木陰のない運動場が、急にしのぎやすくなった。アスプソース刑務所に降り注いだ雨。数時間のあいだ、囚人用の青い短パンをはいた上半身裸の囚人たちが、何十人も運動場を走り回っては、大声でわめいていた。日差しに目を細めることもない。埃っぽい空気に咳き込むこともない。ちょっと動くだけで汗だくになることもない。

そこで、木曜日に中断したサッカーの試合を、後半から再開することにした。賭け金は二倍、一万クローナ。だが後半が終わっても決着がつかない。前回と同じように、それぞれ自陣のゴールの外側で横になる。雨のなか、仰向けになって空を見上げると、ほてった身体もすぐにひんやりとした。

ヒルディングとスコーネのあいだに、リルマーセンがいる。リルマーセンが体勢を変えると、ヒルディングとスコーネももぞもぞと動き、リルマーセンから少し身体を離した。

「おいスコーネ、まったくおまえってやつは救いようのない馬鹿だな。初めっからなんの見込みもねえって分かってんのに、賭け金を二倍にするとはな」

スコーネは不安げにヒルディングのほうへ目をやったが、なんの助け舟も出してもらえなかった。

「なに言ってんだよ、まだ勝負はついてねえんだ。負けたって決まったわけじゃねえ」

「この馬鹿たれが。そのうち負けるに決まってる。この試合中だって、ボールをちょっとでもキープできたためしがあったか？」

リルマーセンは頭を上げ、あたりをぐるりと見回した。

「なあ、そうだろ？　みんなただ走って、追っかけてただけじゃねえか。延長戦なんて冗談じゃねえ。考えてもみろよ。あいつらがボールを蹴るたびに、俺らは走って追っかけるだけなんだ」

ヒルディングは、空から落ちてくる雨粒をじっと見つめている。そわそわして落ち着かない。無意識のうちに、鼻の傷に手をやってしまう。不安なのだ。その思いは、大金を賭けたサッカーの試合から、遠く離れたところをさまよっている。横目でちらりちらりと、幾度となくスコーネを見やり、スコーネの気を引こうとしている。いまのところ、あのことを知っているのは自分とスコーネだけだ。そして自分たちは、リルマーセンがどういう男か分かっている。あのことをリルマーセンが知ったら、まちがいなくアクセルソンを殺そうとするはずだ。

午前中、スコーネは見張りなしの外出許可を得て、六時間、朝の七時から午後一時まで、塀の外に出ていたのだった。前もって頼んでおいたとおり、兄の車を借りて、テービューに住む恋人のもとへと急ぐ。彼女の小さなアパートの台所で一服したあと、まるで恥じらうかのごとくためらいがちに、互いの服を脱がせていった。そしてことが終わると、裸の彼女にぴったりと寄り添い、じっと静かに横たわる。彼女はやさしく頬を撫でてくれた。ずっと待ってたのよ。あなたのこと、いつも考えてた。恋しかったわ。それで自分の気持ちがはっきり分かったの。あと四年、待つ覚悟はできてるわ。予定の時間を三十分も過ぎてしまい、制限速度オーバーぎみでストックホルムの街中へと向かう。高速道路を出るところで渋滞にはまり、ついに我慢できなくなって、ルースラグストゥル出口そばのホットドッグ屋の脇に車を停めて歩き出した。オーデン通りでバスに飛び乗ると、フレミング通りで降り、地方裁判所へ入っていく。やけに仕事の遅い係員だったが、ついに目当ての判決文が見つかり、スコーネは裁判所を飛び出した。車に戻り、アスプソースへ戻る。刑務所の呼び鈴を鳴らした時点で、残り時間は十七分だった。

判決内容は恐れていたとおりだった。ちょうどサッカーの試合を始める直前に区画Hへ戻ってきたスコーネは、その話は試合が終わってからにしよう、とリルマーセンを言いくるめた。そう、まったく予想どおりの内容だった。ホーカン・アクセルソンが有罪とされたのは、児童ポルノ写真を所持していたからだった。自分のわいせつ行為やレイプを記録した写真を、決まった時間にインターネット上で見せあっていた、七人の小児性愛者たち。そのネットワークの一員だったのだ。ベルント・ルンドも仲間のひとりだった。ほかにも二人がすでに有罪判決を言い渡され、アスプソース刑務所の性犯罪者専用ブタ箱で服役している。スコーネは試合の最中、ヒルディングのそばに立った一瞬の機会をとらえて、調べた結果がどうだったか、これからどうなることが目に見えているか、ヒルディングに話をした。ヒルディングはそれを聞いて、鼻の傷を引っかきはじめた。彼も、はっきりと悟ったのだった――アクセルソンがいなくなる前にこのことがリルマーセンに知れたら、アクセルソンの命はない。スコーネもヒルディングも、それは避けたかった。致死事件なんて起こしたら、警備がさらに強化され、所持品検査も当然厳しくなってしまう。番犬たちがそこらじゅうを走り回って、独房の中を隅から隅まで、結局なにも見つかるはずなどないと分かるまで、さんざん嗅ぎまわるようになる。

ヒルディングは立ち上がると、雨のせいで身体にべっとりと貼りついた砂を払い落とした。リルマーセンがむっとした様子で吐き出すように言う。

「おい、どこ行くんだよ。試合の途中だろうが」

「便所行くだけだよ。まだ何分かあるだろ。ここでクソしろっていうのかよ」

そして灰色の建物に向かう。収容区画へと続く扉を開けると、アクセルソンの独房へ急いだ。しかし独房は空だ。便所にも、シャワールームにも、台所の納戸にさえ、アクセルソンの姿はない。鼻を引っかきすぎて血が出てきた。ジムへ走る。扉の外でしばらく躊躇《ちゅうちょ》していたが、ぐるりとあたりを見回してから、中に入った。

アクセルソンはそこにいた。ベンチの上で仰向けになっている。両手にバーベルを握り、胸の上で持ち上げては下ろしている。ベンチプレスだ。重さは八十キロ。ヒルディングは近づく機会をうかがった。アクセルソンが深く息をつき、ふたたびバーベルを下ろしたところで、すばやく駆け寄る。上まで持ち上げてしまう前に、アクセルソンのもとにたどり着くと、バーベルを上からつかんで体重をかけ、アクセルソンの喉元へと押しつけた。

「おい、これから言うことはな、べつにおまえが気に入ったから言ってやるわけじゃないんだからな」

アクセルソンはヒルディングの脚を蹴りつけた。顔が真っ赤だ。息があがっている。

「いったいなんのつもりだ?」

ヒルディングはバーベルをさらに喉元へ押しつけると、大声で怒鳴った。

「黙って聞け!」

アクセルソンは蹴りつけるのをやめた。抵抗をあきらめたようだ。ヒルディングは押しつける力を少しゆるめた。

「さっきスコーネに聞いた。あいつ今日、おまえの判決内容を調べてきたんだ。おまえ、子どもとヤッたそうじゃないか、この下司野郎《げす》!」

ホーカン・アクセルソンの目に恐怖の色が浮かんだ。返事こそなかったものの、その目を見れば、状況を把握したことは一目瞭然だ。

「しかしおまえは運がいいぞ。ありがたく思え。よく聞くんだ。この区画で人殺しを見るのはごめんだ。厄介なことになるからな。だからおまえにチャンスをやる。いまから十分後、おまえがなにをやらかしたのか、リルマーセンにバラす。そのときまだここでぐずぐずしてやがったら、救急車で済めば万々歳だと思え」

ついさっきまで真っ赤だったアクセルソンの顔は、すっかり血の気が引いて青ざめている。身体ががたがたと震えている。その手を離してくれとふたたび足をバタつかせ、絞り出すような声で言った。

「なんで……なんでまた俺にそんな話を？」

「おい、聞いてなかったのかよ？　おまえなんかどうでもいいんだ。人殺しはごめんだ、それだけなんだよ」

「でも、いったいどうすりゃいいんだよ？　外に逃げたくても逃げられない」

ヒルディングはふたたびバーベルを喉元に強く押しつけた。アクセルソンは息を詰まらせて咳き込んでいる。

「生き延びたかったら、俺の言うとおりにしろ。分かったな？」

アクセルソンはうなずいた。

「俺はいますぐこのジムを出て行く。そしたらおまえもさっさとここを出て行って、区画の番犬をつかまえろ。隔離独房に入れてくれって頼むんだ。俺らに判決内容がバレたから隔離してほしい、そう頼み込むんだよ。だが誰に教えられたかは絶対に言うんじゃねえぞ！　分かったな？」

アクセルソンはうなずいた。さきほどよりも真剣な表情だ。ヒルディングはその脇に立ったまま、短く笑い声をあげた。そして顔をしかめて頬をもぐもぐと動かし、口の中に唾液を集めると、アクセルソンの顔の真上に口を持っていき、ゆっくりと、つばを吐き出した。

エーヴェルト・グレーンスは帰宅する気になれなかった。身体がだるい。ルンドの逃走以来、ずっとこのオフィスで寝泊りしている。なにか非常事態が起こるといつもそうなのだ。自分は年をとった、そう実感する。もうすぐ六十になる。白髪も増えてきた。ワルどもに逃げられても、走って追いつけない。身体の動きが遅くなり、パンチ力も弱くなってきている。しかしそんないまでも、この胸のどこかには、自分を駆り立て、前へ、前へと突き動かす、そんな強い力が潜んでいる。人生から奪い去られていった月日など、まったく気にもかけることなく、なんらかの納得できる答えを得るまで——ワルどもを捕らえて牢屋《ろうや》にぶち込むまで——ひたすら前へと突き進んで行く。その力が、まちがいなく自分の中にある。だがその一方で、これから数年後のことを、定年退職の日を、終末を、死を思わずにはいられないのだった。ほんものの人生を生きる代わりに、この役割だけを、刑事という職業だけを生きてきてしまった。肩書きのないひとりの人間ではなく、父親でもなく、祖父でもなく、いまとなっては息子でさえなくなった。自分は、グレーンス警部、それ以外の何者でもない。その肩書きによってもたらされる敬意や威厳を楽しんできたものの、ほんとうのところ、その薄っぺらさが恐ろしい。未来の自分が陥るであろう孤独を思い浮かべては、どきりとする。自分で選んだわけではなく、ただ襲いかかってくる、だからこそ厭《いと》わしい、そんな孤独。

今日も家に帰るつもりはない。廊下をぶらぶらと歩き、オフィスに戻ってきては、シーヴの歌声に耳を傾ける。そうやって一日が終わると、訪問者用の椅子に座ってしばらく眠りに落ちる。四、五時間。いつもどおりの、浅い眠りだ。そして朝の光が差し込んでくると、あの突き動かすような力と欲望が戻ってくる。そうだ、ちょっと散歩に出よう。いまならしばらくは空気が澄みわたって、気持ちよく息ができそうだ。警察署のすぐ隣にある、とくに名もない小さな公園に行こうと考え、ベレー帽を手に取ってオフィスを出る。ちょうどドアを閉めようとしたとき、スヴェンが大急ぎで近づいてきた。

「待ってくれ、エーヴェルト」

スヴェンの細面の顔はぴんと張りつめ、頬が赤く染まっている。

「どうした。ずいぶんあわててるじゃないか」

「あわてもするさ。また大変なことになったよ」

エーヴェルトは廊下の先にある出口を指差した。

「これから出かけるんだ。外の空気を吸いに行く。話をしたいならついてこい」

並んで歩く二人。エーヴェルトはいつもどおり、ゆっくりと歩いていく。スヴェンはもどかしげに歩幅を狭め、歩調を合わせた。

「で、大変なことってなんだ」

「さっき話したことをやってみたんだ」

そう言うとスヴェンはしばらく黙った。話のとっかかりを探しているのだ。

「それで？　さっさと話せよ」

「オーゲスタムが言ってたタクシーの件だ。メーラレン湖沿いの町のタクシー会社に、片っ端から電話をかけてみた」

「それで」

「ついさっき、当たりが出たよ。エンシェーピンのタクシー会社だ」

二人は歩道に降り立った。排気ガス。ごみ収集車。そんななかで、エーヴェルトは深く息を吸い込む。こんなに空気が美味しいと思ったのは久しぶりだ。

「そりゃ良かったな」

「そこからが問題なんだ。電話に出たのはずいぶん有能な女性で、会社のことならなんでも知っているという人だったんだが、もう僕からの電話を受けたって言うんだよ。今日の午前中、僕から電話がかかってきて、同じ質問をされたんだそうだ」

道を渡って公園に入る。木々。芝生。遊び場が二カ所。都会のオアシスというほどではないにせよ、貴重な日陰が数百メートルほど広がっている。

「どういうことだ。おまえ、今朝電話したのか」

「オーゲスタムは正しかったよ。エンシェーピンのタクシー会社で、ルンドが学校送迎の仕事をしていたことが確認できた。担当していた保育園八カ所の住所も教えてもらったよ。ストレングネース四カ所、エンシェーピン四カ所だ。白鳩保育園も含まれてる」

「くそっ。なんてこった」

「警備会社や、見張りの警官たちに連絡を取って、この八カ所の警備を強化したよ」

エーヴェルトは公園の歩道の真ん中で立ち止まった。

「よし。この事件ももうすぐ解決だな。あいつはもう、そう長くは我慢できないはずだ。病人はクスリを探し求めるもんだからな」

そしてそのまま小道を歩きつづけようとしたところで、ふと動きを止めた。

「さっきの話はどういうことだ？　おまえが今朝電話をかけたっていうのは」

「それが問題なんだよ。今朝、タクシー会社に電話をかけて、同じ質問をしたやつがいた。しかも、僕の名前を名乗って、だ。どうやらこいつも、ルンドが送迎の仕事をしてたんじゃないかってことに気づいたらしい。そしてどういうわけか、ルンドを追っている。ただ、そいつの狙いは、ルンドを捕まえて裁判にかけることではなさそうだ」

黙ったまま並んで歩く。スヴェンがまだ話し終わっておらず、しきりに話を続けたがっていることは、エーヴェルトにも感じ取れる。だがそもそもオフィスを出てきたのは休憩を取るためだ。だから、休憩を取ることにする。歩きながら、調子っぱずれの口笛で『みんなで車の後ろに乗って』を口ずさむ。口笛を吹き、ほっと息をついて、思う――この事件も、もうすぐ解決だ。送迎のこともつかんだ。ルンドはやけになっている。逃亡犯は時が経つにつれて弱っていくものだ。事件は確実に、解決へと向かっている。いつも事件は、こんなふうに解決していく。これほど長いあいだ、ろくでなしどもと関わって生きてきて、幾度となく顔を合わせてきたから、もう勘で分かるのだ。もうすぐこの事件も終わりを迎えるはずだ。

「さて。待たせたな、スヴェン。続きを話してくれ」

スヴェンはベンチの前で立ち止まると、座るようエーヴェルトに手で合図をした。二人は並んで腰を下ろす。目の前に遊び場がある。三歳ほどの子どもが三人、砂場で遊んでいる。

「マスコミに登場してる名前といったら、エーヴェルト・グレーンスだろ。インタビューを受けたのも、エーヴェルト・グレーンスだ。僕の名前なんて出ていない。だから、僕が捜査に関わっていることを知っている人物は、ごく限られてくる。警察の連中はもちろんだが、あとはアスプソース刑務所の数人、法医学者、それからマリー・ステファンソン事件の現場で事情を聴いた人たち。それだけだ。そのなかでも、ルンドを追いかけようとする人間となると、もっと限られてくる。そこで、当たってみることにした。まずはマリー・ステファンソンの父親だ。すると、それ以上調べる必要はなくなった」

エーヴェルトはうなずき、とにかく続けろと、じれったそうに手を振った。

「フレドリック・ステファンソンの同棲相手と連絡が取れた。ほら、あの白鳩保育園で働いてる、ミカエラ・スヴァルツだ。話を聞くと、フレドリックの姿を葬儀以来見かけていないというんだ。もちろん、精神的に最悪の状態にちがいない。それは当然だろう。だが、ミカエラ・スヴァルツは心配だというんだ。どういうわけか、彼が悲しんでいる様子が見られない、固く心を閉ざしているみたいだ、と。もちろん、何年もいっしょに暮らしている仲なんだ、連絡は取ろうとしているらしい。だが、フレドリックには近寄りがたいところがある、とくに最近はすっかり人が変わったようになってしまった、と言っていた。今朝帰宅したらしいことは分かっている。ミカエラの勤務中に帰ってきたらしい。ちょっと出かけてくる、すぐに帰る、という短い書き置きが、よくあるマグネットで冷蔵庫に貼ってあったそうだ」

エーヴェルトはふたたび、じれったそうに手をぐるぐると振り回した。

「アグネス・ステファンソンとも話をした。マリーの母親だよ。とても頭のいい女性だ。悲しみのせいで多少放心状態ではあったが、すぐに用件を分かってくれた。彼女も、ミカエラ・スヴァルツと同じ印象を抱いていると言っていた。フレドリックは嘆く姿も見せないばかりか、少し様子がおかしかった。葬儀のあと二度も電話してきて、わけの分からない質問をしてきた。きっと、人恋しくて誰かと話したいのだろう……そう言ったところで彼女、急にあわてふためき出したんだ」

「どういうことだ」

「アグネスは携帯電話で話していたんだ。白鳩保育園に置きっぱなしになっていたマリーの持ちものを取りに、ストレングネースに来ているんだと言っていた。だが彼女、急にあわて出したかと思ったら、電話をいったん切ってあとでかけ直してもいいか、と聞いてきたんだ。僕は待つことにした。二十分後、アグネスから電話がかかってきた。白鳩保育園を出て、四年前に亡くなった父親が住んでいた賃貸アパートに行ってきたと言う。フレドリックの質問の内容を思い出して、いまだに借りっぱなしになっている屋根裏の物置部屋へと上がっていった。父親の持ちものを袋に詰めて、そこに置いたままにしていたんだそうだ」

スヴェンは咳払いをした。どうしても興奮してしまう。言葉が次から次へと口からあふれ出してきて、なかなか整理することができない。

「その袋の中には、亡くなった父親が使っていた狩猟用のライフルが入っていた。ヘラジカ狩りに使うライフルだ。三〇‐〇六弾、カールグスタフ。かなりの性能のスコープに、レーザー照準装置までついている。まったく、そんなライフルを屋根裏に置きっぱなしにして、鍵をかけてもいなかったとはな！」

エーヴェルトは黙ったまま、次の言葉を待ち構える。スヴェンはなかなか口を開かない。まるで、言葉に出しさえしなければ、それが現実だと認めなくても済む、とでもいうように。

「すっかりおびえてたよ、アグネスは。泣いていた。ライフルが見当たらないというんだ」

ラーシュ・オーゲスタムは、吐いてしまいたかった。検察庁のだだっ広いトイレ。洗面台に覆いかぶさるようにして立つ。ついさっきまでは、すべてがうまくいくような気がしていた。夢にまで見た大きな仕事を与えられた。時代遅れのむっつり野郎と一戦交えて勝利した。ルンドがタクシー運転手としてやっていた仕事に関する知識を見せつけたことで、あのグレーンスにビンタを食らわせただけでなく、実際にルンド追跡に貢献することにも成功したのだ。

しかし、スヴェン・スンドクヴィストからの報告で、すべてが一変した。

いまの自分は、ひとりぼっちだ。

殺された娘のために、父親が復讐する。そんな展開はごめんだった。

その意味するところは痛いほど分かる。五歳の女児が、暴行されて殺された。白黒はっきりした事件だ。単純きわまりない。マスコミの注目も浴びやすい。善悪がはっきりしており、世論もすぐに形成される、それを利用すればいいだけだ。しかしこの展開はどうだ。もしあの父親が、警察よりも先にルンドを見つけてしまったら。静止している人間なら三百メートル離れた場所からでも狙うことができる、そんな性能を備えた武器を、あの父親が実際に使用したとしたら。事態は一変する。修羅場。狂気。善たるものに、つばを吐きかける行為。もしそうなったら、悲しみにくれて罪を犯した父親を起訴するのも、自分の役目になってしまう。すると自分は一瞬にして、権力を盾に善良な市民を裁く、血も涙もない役人ということになってしまうのだ。大躍進のチャンスであったはずのこの事件、逆に転落のきっかけにもなりかねない。

喉に指を突っ込む。選択の余地はない。とにかく、吐き出さなければ。頭を冷やして、冷静になって考えるのだ。いつもしているとおりに。

時刻は五時近い。エンシェーピン西のフレイヤ保育園は、あと一時間で閉園する。なかなかよい立地の保育園だ。小さな丘に囲まれ、谷間にすっぽりと収まっている。フレドリックはもう三十分ほど、草地に停めた車の中で待っている。保育園を見渡せるよう、いちばん高い丘の上に車を停めた。それからほかの場所でしたのと同じように、車を降り、保育園の周りをくまなく探しまわった。

車に戻ってきて、ドアを開けようとしたところで、あの男の姿が目に入った。すぐ目の前にいる。軽くしゃがむようにして座っている。

フレドリックと保育園のあいだにある少し低めの丘の上で、小さな植え込みに半分身を隠し、風で倒れた木の根を背にして座っている。保育園の白い建物から、二百メートルほど離れたところだ。緑色のジャージの上下を着て、片手には双眼鏡を持ち、じっと座って動かない。三十分たったいまも、まだ身動きすることなく座っている。その視線は、遊び場のほうへ、柵の中にいる子どもたちのほうへ向けられている。フレドリックは自分の双眼鏡を覗《のぞ》いた。ルンドにまちがいない。数日前に会釈を交わした、あの男だ。顔も、身体つきも、まちがいない。

娘を殺した男、自分から娘を奪った怪物が、すぐ目の前に座っている。

感情を断ち切る。痛みを振り払う。

保育園の入口前に、パトカーが一台停まっている。制服姿の警官が二人、運転席と助手席に座って見張りを続けている。うんざりした様子で、なかなか過ぎていかない勤務時間を指折りかぞえつつ、鍵のかかった門をじっと見つめている。今日も暑い。静止した金属の殻の中は、さらに暑い。こうして見ている短時間のうちにも、二人の警官はそれぞれ二回ずつ車を降り、車体にもたれてタバコに火をつけていた。丘のふもとはまったくの無風だ。タバコの煙がくっきりと見える。

鳥が数羽。遠くのほうから、高速道路を走る車の音がときおり聞こえてくる。それを除けば静かだ。眠気を誘う穏やかさ。

フレドリックは運転席のドアを開けると、車を降りて前方へ向かった。地面に膝をつく。薄い色のズボンが、うっすらと草の色に染まる。身をかがめ、ボンネットにひじをつく。そして、狙いをつけてみる。黒いボンネットを支えにして、あちこち動き回っては、銃を構えるふりをする。やっと、安定する姿勢が見つかった。

深く息をつく。自分の中に、勢いを感じる。身体がしなやかに、なめらかに動く。

後部座席から麻袋を引っ張り出し、中身を出す。ライフル銃はずっしりと重い。実際にこれを使ったのは、もうずいぶん前のことになる。七、八年前だろうか。ビリエルといっしょに狩りに出かけたときのことだ。マリーはまだ生まれておらず、ビリエルとフレドリックはなんとか共通の居場所を見つけようと必死だった。そんな二人のあいだで会話が成り立つ唯一の話題が、狩りだったのだ。その話をしているときだけは、アグネスへの愛情を共有しているだけにとどまらない、仲のよい義理の父子を演じることができた。

フレドリックは片手に銃を持ち、何度か軽く上下に振って、その重さを感じてみた。それからふたたび膝をつき、ついいましがたやってみたように、ボンネットを支えにして両手でライフルを構えた。そして、狙いを定める。今度は本番だ。照準器の十字の向こうに、ベルント・ルンドの背中が見える。

そのまましばらく待つ。正面から撃ってやりたい。

十五分後。ルンドが立ち上がった。身を隠していた木の根や植え込みを一瞬離れ、大きく伸びをする。何度か前屈し、こわばった関節を伸ばそうとしている。

レーザー光線が、ルンドの身体をとらえる。呼吸をしているひとりの人間、その身体をなぞるように、うろうろとさまよっている。フレドリックはしばらくのあいだ、ルンドの下腹部に狙いを定め、それからさらに上のほうへと狙いを移した。

ベルント・ルンドが不意に、自分の身体の上をさまよう赤い点に目を留める。まるで蜂《はち》かなにかを追い払うように、やみくもに手で振り払おうとしている。

フレドリックは一発目を放った。

銃声が、死の音が、沈黙を支配した。

振り払おうとする手は消えた。ルンドは後ろに激しく投げ出され、どさりと地面に倒れた。ゆっくり立ち上がろうとするルンド。額に照準を合わせる。頭が撃ち砕かれる様子は、想像していたのとはずいぶんちがっていた。

ふたたび、静けさ。

フレドリックはライフル銃をボンネットの上に置いた。地面に座り込む。それから、頭を抱えて膝を引き寄せ、胎児のように横たわる。

涙があふれてきた。

マリーを奪われて以来、初めて流した涙だった。痛み。行き場もなく、胸につかえたまま膨らみつづけていた悲しみが、いまやっと外にあふれ出している。フレドリックは、断末魔に似た叫びをあげた。

取調担当スヴェン・スンドクヴィスト（取）：どうぞお座りください。

弁護人クリスティーナ・ビヨルンソン（弁）：この席でいいですか。

取：ええ。

弁：どうも。

取：ストックホルム市警、二〇時一五分。これからフレドリック・ステファンソン氏に対する事情聴取を行ないます。出席者はステファンソン氏のほかに、取調官スヴエン・スンドクヴィスト、予備捜査担当検察官ラーシュ・オーゲスタム氏、弁護人クリスティーナ・ビヨルンソン氏。
フレドリック・ステファンソン（ス）：（聞き取れず）
取：え？
ス：水を飲みたいのですが。
取：そこにありますよ。好きに飲んでください。
ス：どうも。
取：フレドリック。いったいなにが起こったのか、話してくれませんか。
ス：（聞き取れず）
取：もう少し大きな声で。
ス：ちょっと待ってください。
弁：大丈夫ですか？
ス：いいえ。
弁：捜査に協力できますね？
ス：ええ。
取：では、もう一度聞きます。なにが起こったのか、話してもらえますか。
ス：もうご存じでしょう。
取：あなたの話を聞きたいのです。

ス：僕の娘が、すでに有罪判決を受けた性犯罪者に殺されました。
取：そうではなくて、エンシェーピンのフレイヤ保育園の外で今日、なにが起こったのかを知りたいのです。
ス：だから僕は、娘を殺した男を射殺してやりました。
弁：失礼。フレドリック、ちょっと待って。
ス：え？
弁：話をさせてください。
ス：なんですか。
弁：今日起こったことについて、そんなふうに話をして、ほんとうにいいのですか。
ス：どういう意味ですか。
弁：今日起こったことについて、ずいぶん問題のある説明のしかたをしようとしているのではありませんか。
ス：僕は質問に答えようとしているだけです。
弁：計画的殺人だったと認めたら、無期懲役になるかもしれないのよ。
ス：そうでしょうね。
弁：発言にじゅうぶん気をつけて。少なくとも、私とあなた二人きりで、じっくり話をすることができるまでは。
ス：自分のしたことがまちがっていたとは思っていません。

弁：それでいいのね？
ス：ええ。
取：そろそろいいですか。
弁：はい。
取：では続けます。フレドリック。今日なにが起こったのか話してください。
ス：あなたがたが教えてくれたんですよ。
取：われわれが？　なにを？
ス：墓地で。マリーの葬式のあとです。あなたも来ていたでしょう。それから、あの脚を引きずっている刑事さんも。
取：グレーンス警部のことですね。
ス：名前はよく知りませんが。
取：墓地で、ですか？
ス：あなたか、グレーンスさんか、どちらだったか忘れたが、あの男がまた同じ罪を犯す可能性は高いとおっしゃった。たぶん、グレーンスさんのほうです。そのとき、決心したんです。同じ事件など起こさせるものか。また子どもが同じ目に遭って、また親が嘆くなんて。そんなことはさせない。立ってもいいですか。
取：どうぞ。
ス：あなただって分かるはずです。ルンドは刑務所に入っていた。ところがまんまと逃げられてしまった。あんたがた警察は、やつを捕まえられなくておろおろしてる。あいつはマリーを襲って手にかけた。それでもまだ捕まえられない。あの男がまた同じ罪を繰り返すと、あんたがたには分かってた。分かっていながら、防ぐこともできなかった。

予備捜査担当検察官ラーシュ・オーゲスタム（検）：失礼。いいですか？

取：ああ。

検：つまり、目には目をということですか。

ス：国が市民の安全を守れないなら、市民が自分で自分の身を守るしかないでしょう。

検：マリーを殺されたから、復讐としてベルント・ルンドを殺した。そういうことですか。

ス：少なくとも僕は、子どもひとりの命を救った。それはまちがいないと思っています。僕のしたことはそれだけです。動機もそれだけです。

検：フレドリック、あなたは死刑制度を支持しますか。

ス：いいえ。

検：しかしあなたのしたことは死刑そのものだ。

ス：人を守るために、人を殺さなければならない。そういうこともあると思います。

検：命の価値を決める権利があなたにあると？

ス：保育園の庭で遊んでる子どもの命と、その子どもを襲って犯して殺そうとしている取：逃走中の性犯罪者の命とを比べたら？　同じ価値があるといえますか？
ス：警察に知らせて逮捕させることもできたはずです。なぜそうしなかったのですか。
ス：それも考えましたが、やめました。
取：しかし、パトカーが門の前に停まっていたんだ。そこに行って知らせるだけでよかったんですよ。
ス：相手は刑務所から脱走した男ですよ。その前にも、精神病院から逃げたことだってある男だ。警察に知らせて捕まえてもらっても、あいつは刑務所か精神病棟に送られるだけだ。また逃げ出さないという保証がどこにありますか。
取：そこで、裁判官と死刑執行人の役目を自分で引き受けようとしたわけですか。
ス：やりたくてやったわけじゃありません。ほかに方法がなかったんです。あいつの息の根を止めてやらなければ。なにがあっても、あいつがマリーにしたことを繰り返させてはならない。それだけで頭がいっぱいでした。
検：聴取はもう終わりですか。
取：ああ。
検：それでは、次の段階に移らせてもらいます。
ス：え？
検：これから申し上げることは、正式な通告です。
ス：なんですか。

検：殺人容疑で、あなたを逮捕します。

第三部（一ヵ月）

村の名前はタルバッカという。そう、町ではなく、村と呼ぶのがふさわしい。人口は二千六百人。全国チェーンのICAスーパーと、小さな売店がある。大手銀行の出張所があり、火曜日と木曜日だけ開いている。ごくつましいレストランが一軒。昼食がメインだが、夜も営業しており、アルコール類も出している。閉鎖された鉄道駅。改築したばかりの大きながらんとした教会に加え、国教会に属さない自由教会が二棟。

一日ごとに、時間がゆっくりと過ぎていく。そんな場所だ。

いまこの瞬間を、のんびりと生きられる場所。

ここで生まれ、ここで育った人々ばかり。

ここでは皆が、それなりに満ち足りている。村を出て一旗揚げてやろうなんていう変わり種は、ひとりもいない。毎日が、同じようにのんびりと過ぎていく。最近になって、幹線道路に入るジャンクションが新たに二カ所建設されたが、タルバッカの時間はあいかわらず、ゆっくりと流れている。

それにもかかわらず、いやひょっとすると、だからこそ、このタルバッカはあの夏のできごとを表わす、もっとも顕著な例であるといえるのではないか。司法制度による法の支配と、それに対する人々の解釈がもたらす帰結。あの夏の数ヵ月のあいだスウェーデンは、その二つのあいだにぽっかりと空いた、無法地帯となったのだった。

奇妙な夏だった。できることなら思い出したくない夏だ。


露出狂ヨーラン。彼はそう呼ばれている。四十四歳。教師養成課程を修了したものの、実際に教師として働いたことはない。あと半年で課程修了というところで、タルバッカから数十キロほど離れた高校で教育実習をした。あれから二十年、人生の半分近い月日が過ぎたわけだが、いまだにどうしてあんなことをしたのか、自分でもまったく分からない。気がついたらやってしまっていた。ある午後、帰宅途中だった彼は、ふと校庭に入っていくと、一枚、また一枚と、服を脱ぎはじめたのだった。生徒用の喫煙コーナーからほんの数メートルしか離れていないところで、全裸になり、大声で歌い出した。校長室の窓に向かって、スウェーデン国歌を最後まで、調子っぱずれの大声で歌う。それからふたたび服を着ると、ぶらぶらと散歩しながら帰宅し、翌日の授業の準備をしてから就寝した。

それでも教師養成課程を無事に終え、修了試験にも合格したので、自宅から半径百キロの範囲で仕事を探しはじめた。求人広告の出ている学校だけでなく、広告を出していない学校にも当たってみた。数年のあいだ、教師養成課程の成績証明書や職務経歴証明書を、毎週毎週、何枚もコピーしつづけた。だが結局、教師として働く道が完全に閉ざされていることを思い知らされた。判決文はコピーする必要などなかったのに、そのたった一枚の紙切れが、山と積まれたほかの書類を隠し、まったく無意味なものにしてしまう。下校前の校庭で未成年の生徒たちに裸体をさらしたことによる、罰金と、永遠の恥。この地を離れ、前科情報も噂も届かないまったくべつの場所で、仕事を探すことも考えた。だがそれもできずにいる。ほかの多くの村人たちと同じく、彼もまた〝タルバッカ人〟だった。この村を出ていくことなど、怖くてとてもできない。

まだかなりの暑さだ。もちろん、昨日屋根瓦《がわら》を買いに行ったスモーランド台地に比べればずっとましだが、いずれにせよ長ズボンなんてとてもはいていられない。汗だくになってしまうだろう。店までの三百メートルが、やたらと長く感じられるにちがいない。

道を渡るともう、彼らの声が聞こえてきた。彼らはいつも売店のそばにいる。幼いころから知っているのも何人かいる。みんなもう大きくなってしまった。十五、六歳だ。すっかり声変わりしている。

「おい、キンタマ出さねえのかよ！」

「ロリコン野郎、さっさと出せよな！」

コカ・コーラの缶を手にしている。何人かがすばやく中身を空け、缶をぽいと投げ捨てた。全員が股間に両手をやると、一列に並び、そろって腰を振りはじめた。

「タマ出せロリコン！　タマ出せロリコン！」

見ないようにする。どんなことがあっても、絶対に目を向けない。そう決めたのだ。すると彼らはさらに声のボリュームを上げた。缶を投げつけてくる者もいる。

「おい、ロリコンの露出狂！　さっさと帰って、裸でマスかいてろ！」

ひたすら歩を進める。あと数メートルで曲がり角だ。昔郵便局のあった角を曲がる。ここならもう、少年たちからは見えない。呼び声もぴたりと止んだ。目的地のICAスーパーはもう目の前だ。ライバル店二軒を駆逐《くちく》し、いまやこの村唯一のスーパーとなった。イメージカラーの赤に彩《いろど》られた、本日のお買い得品の広告が貼り出されている。

ふと、疲れを感じる。長く暑い夏。毎日、疲れてしょうがない。店の前のベンチに腰を下ろす。急ぎ足で歩いてきたせいで、息があがっている。店に出入りする人々を眺める。全員の名前を知っている。みんな重いビニール袋を手に、自転車へ、車へと歩いていく。隣のベンチに、十二、三歳の女の子が二人座っている。隣の家の娘と、そのクラスメートだ。くすくす笑っている。なんでもおかしくて笑いが止まらない年ごろだ。この二人は、野次《やじ》を飛ばしてきたりしない。自分のことなど、目に入っていないかのようだ。彼女たちにとって、自分は単なる近所の人でしかない。出かけては帰ってきて、たまに芝刈りをしている、それだけの存在だ。

そこに、ボルボが一台現われた。

店の前の道を走っている。この車を見ると、いつも胃がきりきりと痛む。もめごとになると分かっているからだ。狙われているのは、自分だ。逃げなければ。

急ブレーキ。車は軽くスリップして停止した。ドアが開き、ベングト・セーデルルンドが飛び出してくる。大柄で屈強な男だ。四十五歳。かぶっている野球帽のつばに、〈セーデルルンド建設〉の文字が入っている。青い作業ズボンのポケットには、折り尺と金槌《かなづち》、小型の鞘《さや》つきナイフが突っ込んである。セーデルルンドはベンチの少女たちに向かって突進していくと、少女たちに、露出狂ヨーランに、そしてタルバッカ中に聞こえる声で叫んだ。

「車に乗れ！　早く！」

少女たちの肩をがしりとつかむ。二人は怒号におびえ、身をすくませて逃げていく。車へ走ると、後部座席に座り、中から鍵をかけた。

セーデルルンドは隣のベンチへ向かっていくと、露出狂ヨーランのか細い襟元をつかんでぐいと引っ張り上げた。ヨーランは無理やり立ち上がらされた。

激しく揺さぶられ、襟が喉に食い込んでひりひり痛む。

「この野郎、ついに正体を現わしたな！　現行犯だ、言い逃れはできないぞ！」

少女たちは車の中からセーデルルンドとヨーランを見ていたが、やがていつものように顔をそむけた。

「この下司め！　あれはな、俺の娘だぞ。手をつけてやろうと思ったんだろう！　ちがうか？」

例の少年グループが、急ブレーキと怒号を聞きつけてやってきた。セーデルルンドが露出狂ヨーランに向かって、大声で怒鳴っている。ケンカだ、ケンカだ、こりゃ面白いことになるぞ。走り寄ってくる少年たち。普段はなにも面白いことの起こらないこの村だ。なにか起こるとなれば、近くで見物するに限る。

「ロリコンなんか殺《や》っちまえ！」

ふたたび一列になり、股間に両手を当てて腰を振る。

ベングト・セーデルルンドは少年たちには目もくれず、露出狂ヨーランをもう一度激しく揺さぶると、手を離し、ベンチに向かって突き飛ばした。車に戻ると、鍵のかかったドアを開け、最後に振り返ってこう怒鳴った。

「念のため、もう一度言っておく。二週間、猶予をやる。二週間だぞ。二週間経って、まだこの村でぐずぐずしていたら、そのときこそ命はないと思え」

そして車に乗り込むと、すばやくエンジンをかけ、クラクションを鳴らした。

少し離れたところで、少年たちが立ちつくしている。ベングト・セーデルルンドが最後に怒鳴ったのを見て、腰を振るのも、声をそろえて野次るのも、ぴたりと止めた。

彼らも感じとったのだ。あの言葉は、ただの脅しではない。

気持ちの良い夕べだ。気温は二十四度。風はない。自宅を出たベングト・セーデルルンドは、毛嫌いしている隣人の家のほうを向いて、ぺっとつばを吐いた。セーデルルンドはタルバッカに生まれ、タルバッカの学校に通った。家業の建設会社で働きはじめ、数年後には会社を引き継いだ。そのわずか数週間後、両親が亡くなった。徐々にやつれていき、ある日ふっと完全にいなくなってしまった、両親。そのときまで、死について考えたことなど一度もなかった。自分には関係のないことのような気がしていた。しかし気がついてみれば、死のただなかに立たされ、そのぬかるみに足をとられている自分がいた。父母を葬ったそのとき、彼は気づいた。いまの自分は、過去の自分の積み重ねだ。自分はほかの誰にもなれない。いま生きているこの人生こそ、自分の日常であり、非日常であり、安定であり、冒険なのだ。妻のエリサベットとはもともとクラスメートどうしで、九年生のころから付き合いはじめ、いまでは三人の子どもがいる。そのうち二人はすでに家を出て独立しており、まだここタルバッカに住んでいる年の離れた末っ子は、少女から若い女性へと成長していく微妙な年ごろだ。

この村のにおいを、セーデルルンドは知り尽くしている。村を通り過ぎていく車の音も聞き分けられる。

この村の一時間の長さも知っている。ほかの場所よりも長いのだ。いつも時間があり余っているような気がする。

ＩＣＡスーパーの隣のレストランは昼間、タルバッカに住む独り身の男で混み合っている。なんの仕事もしておらず、料理もできない連中だ。十食目が無料になるクーポン券を買って、いつもありふれた家庭料理を食べている。無駄話で時間をつぶし、午前から午後へと時間が過ぎ去っていくのを、ただ見守っている。夕方になると、レストランは簡素なパブに変貌《へんぼう》する。スロットマシーンが二台、隅のほうに置いてある。今週のおすすめビールとピーナッツをいっしょに注文すると、割引になる。乱雑でうすぎたないパブだが、自由教会の会合に参加するつもりのない人々にとっては、これがタルバッカ唯一の、あたりさわりのない会合場所なのだ。

みんなにも、このパブで待ち合わせしようと呼びかけてある。あれから家に帰って、すぐにみんなに電話をかけた。怒り。恐怖。あの男、絶対にただじゃおかない。エリサベットは来たがらなかった。あの男をそこまで憎むべきではない、と思っているらしい。だが、ウーラ・グンナションの姿が見える。クラース・リルケに、ウーヴェ・サンデルとその妻のヘレーナもいる。みんな、いっしょに学校に通った幼なじみだ。毎年、タルバッカ・スポーツクラブでいっしょにサッカーをした。公民館でのパーティーで、初めての酒をいっしょに飲んだ。子どものころからずっとこの村にいて、そのまま大人になった連中だ。

あの男のことは、これまで何度も話題にのぼっている。

だがものごとにはプロセスというものがあり、プロセスのなかには決定的な段階というものがある。そこですべてが終わるか、それともさらに前進するかが決まる。彼らはいま、そこにいる。そして、前進しようとしている。

ベングト・セーデルルンドは大ジョッキのビールを全員におごり、ピーナッツも二皿注文した。今日の午後のことを、一刻も早く話してしまいたい。露出狂ヨーラン。スーパーの前のベンチ。ヨーランのすぐ近くに座っていた娘たち。話を終えると、集まった面々にざっと視線を走らせる。ジョッキに口をつけると、唇が白い泡で覆われた。手にした紙切れを掲げ、広げてみせる。

「例の書類だ。今日、地方裁判所に行って取ってきた。もう我慢の限界だ。俺はそう思う。あいつの襟首つかんで揺さぶってるうちに、かーっと頭に血がのぼってさ。大急ぎで町まで飛ばしたよ。裁判所に着いたら、ちょうど閉まるところだった。この書類、探すの大変だったんだぜ。ずいぶん昔の話だからな。コンピューターなんかない時代だ、全部手書きで保管してあった。ふつうのバインダーに、アルファベット順で」

全員が身を乗り出し、書類を読もうとする。

「あの野郎の判決内容だ。疑問の余地なしだよ。子どもが見てる前でおっぴろげやがったんだからな。まったく、エンシェーピンで撃たれたあの男と変わらないぜ」

ベングト・セーデルルンドはタバコに火をつけると、タバコの箱をほかの連中にも回してやった。

「おまえの妹たちもいたんだよな、ウーヴェ」

ウーヴェ・サンデルのほうを見る。こう言えば、ウーヴェはかならず話に乗ってくる。

「ああ。あの野郎、俺の妹たちに向かってチンポ出しやがった。俺はその場にはいなかったが、もしいたら殴り殺してただろうよ。あんな野郎、死んで当然だからな。まったく、その場にいたらぶっ殺してやったのに」

彼らは乾杯した。

さきほどスーパーの前でそろって腰を振っていた少年たちが、パブに入ってきて、スロットマシーンへ向かっていく。二台とも使用中だ。少年たちはその後ろでじっと観察し、当たりが出ると拍手をする。ビールを注文しようとはしない。断わられると分かっているからだ。スロットマシーン用の小銭を両替しようともしない。もう幾度となく頼み込み、幾度となく断わられている。酒もスロットも、十八歳になってから。ここタルバッカでは、目こぼしなどありえない。

ヘレーナ・サンデルはやきもきしている。テーブルをコツコツと叩き、注意を促す。ひとりひとりの顔を順番に見つめ、夫のところで視線を止めた。

「ウーヴェ、いまは私たちの娘のほうが問題でしょ」

「そのとおりだ」

「今度は娘たちが同じ目に遭うかもしれないのよ」

「去勢するべきだったんだよ、あのときに。有罪判決が出たときに」

ベングトはうなずいて立ち上がった。自宅のある方向を指差す。

「みんな、考えてもみてくれよ。この村には、二千人以上が住んでる。なんでよりによって、俺がロリコン野郎の隣に住まなきゃならないんだ？　そうだろ？　まったく冗談じゃないよ」

腰振り少年グループは、他人の肩越しのスロットマシーン見物に飽きてしまったらしい。

バーカウンターの上にあったリモコンを手にとると、テレビをつけた。かなりのボリュームだ。ベングトが腹立たしげに手を振ると、少年たちはボリュームを下げた。

「なあ、ほんとにどうすりゃいいんだよ？　あんな野郎、この村にいつまでも置いとくわけにいかないだろ。そんなの願い下げだぜ」

ヘレーナ・サンデルが叫ぶ。声がひび割れる。

「追い出すしかないわ。追い出すのよ！　そうでしょ、ウーヴェ！」

ベングトはいくつかピーナッツをつまむと、じっくり嚙《か》んでから飲み込んだ。

「そうだ。あいつには出て行ってもらう。自分で出て行かないのなら、俺たちが追い出すまでだ。いまここで誓うよ。あいつが二週間以内に村を出て行かなかったら、俺がこの手であいつをぶっ殺してやる」

ふたたびビールを注文する。またベングトのおごりだ。この店のレシートにはいつも「飲食代」としか書かれていないから、会社の経費で落とすつもりだ。

二杯目。よく冷えている。不意にウーヴェがヒューッと口笛を鳴らした。その音が、立ちこめる煙を切り裂くように響く。パブはたちまち静まりかえった。ウーヴェはテレビを、そしてリモコンを持った少年グループを指差した。

「ボリューム上げてくれ」

「なんでまた」

「内容を聞きたいんだよ。さっさとボリューム上げないと張り倒すぞ」

画面に映っているのは、フレドリック・ステファンソンだ。クロノベリ拘置所の廊下を歩く姿が、スローモーションで映し出されている。背広の上着を頭からかぶっている。

「おい、あの父親じゃないか。ストックホルムのあたりでロリコン野郎を撃ち殺した」

パブはまだしんとしている。いくつかのテーブルの目が、テレビ画面に注がれている。全員が、フレドリック・ステファンソンを見つめている。カメラを追い払うように手を振ると、かぶりを振って、画面の外へと消えていくステファンソン。その前を、女性がひとり歩いている。彼女の顔が映し出される。弁護人、クリスティーナ・ビヨルンソン弁護士。口元にさっとマイクが掲げられる。

「そのとおりです。依頼人ステファンソン氏は、事実関係を否定してはおりません。ベルント・ルンド懲役囚を射殺したこと、数日前から計画していたことを認めています」

クロースアップ。記者のひとりがビヨルンソンをさえぎって質問しようとするが、彼女はさらに大きな声で続ける。

「しかし、これは殺人ではありません。まったく別物だと考えます。われわれは、正当防衛を主張するつもりです」

ベングト・セーデルルンドはわが意を得たりとばかりに、バンと平手でテーブルを叩いた。

「よくぞ言ってくれた」

あたりを見回すと、全員がゆっくりとうなずいている。画面に映し出されるカメラの動きを見守り、発言のひとつひとつに耳を傾けている。

「ベルント・ルンド懲役囚が同じ罪を繰り返すのは、時間の問題でした。これは誰もが認めることとです。ルンド懲役囚の心理分析結果から考えても明白です。したがって、依頼人フレドリック・ステファンソン氏はこう主張しています。自分はルンド懲役囚の命を奪うことによって、少なくともひとりの子どもの命を救ったのだ、と」

「そうだ。まさにそのとおりだ」

ウーヴェ・サンデルは笑みを浮かべた。身を乗り出し、妻の頬にキスをする。

ふたたび、記者の声。さきほど投げかけようとして投げかけられなかった質問だ。

「容疑者はどんな様子ですか」

「状況に鑑《かんが》みると、良好だといえると思います。娘さんを失ったのですからね。そのうえ、娘さんを守ることができなかったばかりか、これから犠牲になるかもしれない子どもたちを守るすべも持たなかったこの社会に、失望しきっています。いまやフレドリック・ステファンソン氏は、拘置所で司法の判断を待つ身となりました。社会の無力が引き起こしたこの事件の責任を、ステファンソン氏が取らされているのです」

ヘレーナ・サンデルは夫の頬を撫で、その手を握ると、立ち上がり、夫をもぐいと引っ張って立ち上がらせた。

「あのステファンソンって人の言うとおりだわ」

そう言ってジョッキを手にすると、まずテレビに向かって掲げる。それから、ベングト・セーデルルンドに。ウーラ・グンナションに。クラース・リルケに。自分の夫に。

「ねえ、みんな、あのステファンソンって人、なんだと思う？　英雄そのものよ。そうでしょう？　正真正銘の英雄だわ。乾杯！　フレドリック・ステファンソンに乾杯！」
全員がジョッキを掲げ、なにも言わずに飲み干した。

彼らはいつもよりも長居した。ついに決めたのだ。方法こそまだ決まっていないものの、やるということは決定した。彼らは決定的な段階を踏み越え、前進していく。タルバッカを守るために。命を、生活を守るために。

とくに混んではいない。混んではいないのだが、それでも途方に暮れてしまう。大きなデパートに来ると、いつも面食らう。六階建て。エスカレーター。試食。スピーカーから流れる呼び声。整理券。クレジットカードのやりとり。ひたすら繰り返される、買いもの、買いもの、買いもの。行列。汗くさい人がいる。子どもが泣きわめいている。香水売り場の、うつろな目をした女店員たち。試着室を出たところで、服をどさっと落としてしまった女。海水パンツを探している男。あらゆるものがここに運ばれ、包装され、値札をつけられている。ラーシュ・オーゲスタムは、店に入る前からもう疲れを感じていた。だがほかに店を知らない。CDなど買ったこともない。ゆっくり音楽を聴く時間はないし、なにか聴きたいのであればカーラジオがあるからだ。CD売り場に入っていく。めまいがしてくる。聞いたこともない歌手たちのCDが、ずらりと並んでいる。どうやら有名な歌手たちらしい。全部がどさっと倒れかかってきそうな気がして、思わず後ろにのけぞった。売り場の中央に問い合わせカウンターがあり、若い女の店員が立っている。おそらく美人なのだろうが、化粧が濃すぎるうえ、前髪で目が隠れてよく見えない。

彼女の目の前に陣取って、こちらに気づいてもらえるのを待った。

「なにかお探しですか」

「シーヴ・マルムクヴィスト」

「え？」

「置いてますか」

女店員はにっこりと微笑んだ。作り笑いなのか、あるいは共感を表わしているつもりなのか、よく分からない。だいたい、若い女ってのはどんなふうに微笑むものなんだ？

「ええ、あるはずです。スウェーデン人歌手のコーナーを見てみましょう。なにかしらあると思いますよ」

そう言って小さな柵の向こうから出てくると、ついてくるようにと合図をしてきた。その後ろ姿に、オーゲスタムは頬を赤らめる。女店員の服がかなり薄く、身体の線が透けて見えるのだ。彼女は陳列台の中をがさごそと探ると、ビニール包装されたＣＤケースを一枚引っ張り出した。シーヴの写真。かつては若かった女。

「『クラシック・オブ・シーヴ・マルムクヴィスト』ですね。お探しだったのはこれですか？」

オーゲスタムはＣＤを受け取ると、まるで重さを量っているかのように、しばらくのあいだ手に持っていた。きっとそうだ。自分が探しているのは、これだ。たぶん。

支払いを済ませると、女店員はまたにっこりと微笑んだ。オーゲスタムはふたたび顔を赤らめた。むっとして考える。この女、僕のことを笑っているんだろうか。

「なにがおかしいんですか」

「いいえ、べつに」

「僕のことを笑っているみたいだ」

「そんなことありませんよ」

「そうとしか思えない」

「いいえ。ただ、お客様、シーヴ・マルムクヴィストを買いそうなタイプに見えないものですから」

オーゲスタムは笑った。

「買いそうなタイプって？　もう少し年配ですか」

「背広率は低いですね」

「なるほどね」

「それに、もっと渋い感じ」

『クラシック・オブ・シーヴ・マルムクヴィスト』とアイスクリームを手に、クング通りを歩いて自分のオフィスのある検察庁を素通りし、クングスホルメン島へ渡る。シェーレ通りに向かう。目的地はストックホルム市警、殺人・暴行課だ。

緊張している。なかなかノックできず、ドアの外で長いあいだためらう。

怒鳴り声が返ってきて、オーゲスタムはドアを開けた。

エーヴェルト・グレーンスは、机の向こう側、少し離れたところで椅子に座り、ひじを腿につい
て前のめりに座っていた。オーゲスタムが前回この部屋を出ていったときと、まったく変わらない姿勢だ。じっとこちらをにらみつけてくる。とっとと出て行けと言わんばかりの表情。おまえなんかお呼びじゃない。誰もお呼びじゃないんだ。

オーゲスタムはオフィスの中へ、蔑《さげす》みのただなかへと足を踏み入れる。

「これを」

CDを机の上に置く。

「前回ここにお邪魔したとき、失礼なことをしたので」

グレーンスは黙ったままオーゲスタムを見つめた。

「もうお持ちかもしれないですけど。でも、カセットしか見たことがないもので」

沈黙。エーヴェルト・グレーンスは、唇をぐっとかみしめたままだ。

「少しだけ、話をさせてもらえませんか。前回と同じように、率直に言わせてもらいます。でもいまの僕には、あなたのことははっきり言って、やたらと機嫌の悪い石頭だと思ってます。でも、あなたが必要なんです。この話をぶつけられる相手は、あなたしかいない。的確な反論をしてくれそうな、手ごたえのある相手は、あなたしかいない」

そう言って訪問者用の椅子を指差し、座ってもかまわないか、と身ぶりで訊ねる。エーヴェルトはいまだに口を開かない。が、うんざりした様子で片手を挙げた。どうやら座ってもいいということらしい。

オーゲスタムは椅子にもたれかかると、話をどう切り出すべきか、しばらく思案してから言った。

「昨日、吐いたんです。検察庁のトイレで、朝食も昼食も全部吐いてしまった。怖かったんです。いまでも、怖くてしょうがない。この事件は、僕が手がけるいちばん大きな仕事になるはずだった。ところが、被害者の父親が悲しみに暮れて性犯罪者を射殺した。なにをしたって、批判はまぬがれない。僕だって馬鹿じゃないから分かります。これはまちがいなく大混乱になる」

エーヴェルトはかぶりを振った。クックッと笑っている。オーゲスタムが入ってきてからずっと黙っていたが、やっと口を開いた。

「まったくそのとおりだな」

ラーシュ・オーゲスタムは数をかぞえた。声には出さず、心の中で。いつもやっているように、秒数をかぞえる。十三秒。こっちは自分をさらけだして必死で助けを求めているというのに、このつまらないプライドに縛られた石頭には、それが見えないんだ。なるべく気にしないようにして言う。

「求刑は無期懲役にしようと思っています」

うまくいった。やっとグレーンスの視界に入ることができた。やはりこの主張の意味は大きい。

「なんだと？」

「言ったとおりですよ。勝手に審判を下すなんて許されないことだ」

「いったいぜんたい、どうして俺にそんな話を？」

「自分でもよく分かりません。自分の考えをあなたにぶつけて、きちんと筋が通ってるかどうか、確かめてみたいんだと思います」

エーヴェルトはふたたびクックックッと笑い出した。

「おまえってやつはつくづく、手柄をあげることしか頭にないんだな。無期懲役だと？」

「ええ」

「罪を犯す連中はな、みんな馬鹿ばっかりだ。俺は昔からずっとそう思ってる。刑務所に入ってる連中の半分は、凶悪犯罪で有罪判決を受けてる。一度ならず、何度も繰り返してるやつらもいる。ああ、たしかにみんな、ほんものの馬鹿だ。だが人間であることに変わりはない。暴力事件の被害者になったこともあるのがほとんどなんだ。いちばん多いのは、自分の親にやられたケースだ。ああなってしまうのもしかたがない。俺にだって分かることだ」

「それは僕も承知してます」

「承知してるだけじゃだめなんだ、オーゲスタム。実体験を通して、身体で覚えなけりゃ。本で読んだだけじゃなんにもならない」

オーゲスタムは上着の内ポケットからメモ帳を取り出した。黒いハードカバーのメモ帳だ。あちこちめくっては、書いてある内容をたどる。

「ステファンソンは、あれが計画的な殺人だったと認めています。考え直す時間は四日間以上ありました。そのうえで、警察官、検察官、裁判官、死刑執行人、すべての役割を勝手に引き受けたわけです」

「しかし実際に射殺するかどうかは分からなかったんじゃないか。あそこにルンドが現われるという確証はなかった」

「でも彼にはたっぷり時間があった。警察に連絡することだってできたはずです。実際、現場から数百メートルのところに、見張りの警察官がいたんですよ。連絡しさえすれば、ルンドを射殺しなくて済んだはずです」

「たしかにな、これは人殺しだ。ああ、それは認めよう。しかし、無期懲役だと？　それはないだろう。俺はこの街で何十年も働いてきた。おまえとちがって、身体張って仕事してきたんだ。ステファンソンなんかよりずっと救いようのないクズが、はるかに軽い刑で済んでいるのも、キザったらしい検察官どもがいかにも厳格そうな風情《ふぜい》で座ってるのも、いやというほど見てきてるんだ」

オーゲスタムは深呼吸をした。当てこすりも個人攻撃も気にするな。こいつと同じレベルまで落ちてなるものか。この前と同じ罠《わな》にはまってはならない。ふたたび、メモ帳をぱらぱらとめくる。怒りをぐっと呑み込み、少しずつ笑みを浮かべる。考えてみれば、これこそ自分の望んだことではないか。このひねくれ石頭、やっぱり思ったとおりの態度をとってくれた。これは、裁判の予行演習だ。尋問や証拠開示の練習だ。これは、テストだ。

エーヴェルトは長い沈黙にやきもきし、かろうじて聞こえるほどの声で悪態をついた。

「なにやってんだ？　そのメモを見ないと反論もできんのか？　ああ、たしかにこれは人殺しだが、情状酌量の余地のある人殺しだ。長期刑を求刑するのが楽しいんなら、好きなようにやるがいい。だがな、八年から十年ぐらいでやめておけ。なあ、ステファンソンの言う〝社会〟ってのは、まさに俺たちのことなんだぞ。分からんのか？　ステファンソンの娘もほかの子どもたちも守るすべを持たなかった社会ってのは、俺たちのことを指してるんだ」

まるで最終弁論のようだ。最終弁論で言いたいことは、すでに箇条書きにしてある。そうするのがよいと教わったのだ。言いたいことを要約し、ポイントを書いておくこと。こうしてまず全体像をはっきりさせれば、あとからそれを見て、ひとつひとつの問題提起へと分解していくことができる。オーゲスタムは声を張り上げる。あまりよく通る声でないことは自覚している。こればかりはどうしようもない。できるかぎり声のボリュームを上げ、いかにも貫禄《かんろく》があるように装うしかない。

「あなたの言い分は分かりますよ。たしかに、この社会は完璧ではない。でも、だからといって、性犯罪の容疑者にすぎない人間を死刑にする権利がステファンソンにありますか？もし、ルンドがマリー事件の犯人じゃなかったとしたら？　あなたにだって、ルンドがやったっていう確証はないはずだ。それになによりも、ステファンソンにそんな確証はなかった。マリー事件の現場近くにルンドがいたというだけで、ルンドを死刑にしてもいい、そういうことですか？　そんな社会で、刑事として仕事をしたいですか？　人々が街中に繰り出していって、勝手に司法権を行使する、勝手に他人を死刑に処する、そんな社会で？　僕には想像もつきませんよ。少なくとも、僕が持ってるスウェーデン法令全集には、死刑のことなんかなにも載っていないんですからね。グレーンスさん、僕たちには責任があるんですよ。市民のひとりひとりに知らしめなきゃならない。ステファンソンと同じことをやったら無期懲役だ、被害者の父親だろうとなんだろうと関係ない、と」

オフィスの天井には扇風機がついている。まるで地中海沿岸のホテルかなにかのようだ。天井それが止まり、完全な沈黙が訪れて初めて、オーゲスタムは扇風機の存在に気づいた。天井を見上げ、それから目の前にいる初老の男に目をやる。その顔を見つめて、考える――この恐怖はいったい、どこから来ているのだろう。そう、すべては恐怖心のなせるわざなのだ。まちがいない。この人の近寄りがたさも攻撃性も、恐怖心の表われなのだ。いったいなにをそんなに恐れているのだろう？　人の話もろくに聞けないのは、悪態や文句抜きで話すこともできないのは、いったいどういうわけなのか。これまでに耳にしたグレーンスの評判を思い出す。大学時代からすでに、噂が耳に入ってきたものだった。グレーンス警部。わが道を行く刑事。誰よりも有能な男。しかしいまのグレーンスときたらどうだ。評判倒れもいいところではないか。追いつめられた、みじめな老人。消耗しきった、孤独な男。オフィスから出て行くことさえ、ろくにできない。なにもかも軽蔑し憎んでいる。どうやって家に帰ったものかさえ分からずにいる。

エーヴェルトはCDを手にしている。『クラシック・オブ・シーヴ・マルムクヴィスト』。二十七曲収録。

ケースを開け、CDを取り出す。きらきらと光る表面に、脂ぎった指紋がくっきりとついた。裏返してみたり回してみたりしてから、ケースへ戻す。

「話はもう終わったのか」

「ええ。だと思います」

「じゃあ、こいつは返す。プレーヤーがないんだ」

そう言ってCDを差し出すと、オーゲスタムは首を横に振った。

「もう差し上げたものですよ。聴きたくないなら捨ててください」

エーヴェルトはCDケースを脇に置いた。今日は日曜日だ。ルンドが看守たちを襲って逃げた日から、もうすぐ一週間が経つ。そのあいだに幼い少女がひとり殺され、その殺害犯も殺された。少女の父親はいま、ここから数軒離れた建物に閉じ込められて、勾留《こうりゅう》手続きや裁判を待っている。キザな青二才の検察官が、無期懲役を求刑しようとしている。

ときおり、なにもかもがいやになる。すべてが終わる日を、ひたすら心待ちにする。

外が暑いと、死体を見るのがさらにつらくなる。思い出されるのは、よくある自然ドキュメンタリー番組。ああいう番組には耐えられなくなってきた。もったいぶったナレーションが、強い日差しに照らされたアフリカの荒野へと、視聴者をいざなう。マイクのそばでしつこく羽音を立てる蠅《はえ》の群れ。肉食獣たちが狩りの体勢に入り、じりじりと獲物に近づくと、ガッと襲いかかる。獲物をばらばらに引き裂き、食べられる部分を食べ尽くし、残骸《ざんがい》を置いて去っていく。あとに残された血まみれの肉片に、蠅の群れがうなるような羽音を立てて襲いかかる。腐敗プロセスの一環。悪臭のなか、すべてがあっという間に無に帰する。

思い浮かぶのはそういう光景だ。法医学局の鍵のかかった扉が開く。中に入って狭い階段を降り、地下の司法解剖室へと向かっていく。そのたびに、かならずこの光景が頭をよぎる。

前回ここに来てから一週間にもならない。あのとき、エルフォシュとエーヴェルトが死体を覆う布をはいでいるあいだ、顔をそむけずにはいられなかった。少女の穏やかな顔には、傷ひとつなかった。だが身体のほうはめちゃくちゃだった。エーヴェルトはうなずいてこう言ってくれた。見たくないなら、それでいいんだ。これ以上、絶望を胸に刻まなくていい。

意味のないところに、意味を見いだそうとしなくてもいい。

あの子の姿を見ていると、とても信じられない気持ちがした。幼すぎる命。これからの命。そう、まだ人生が始まったばかりだったのだ。あの子の足を思い出す。あんなにも小さい、五歳児の足。両足から、唾液の跡が検出された。ルンドが舐めた。あの子が息を引き取ったあとに。

「スヴェン」

「ん？」

「気分はどうだ」

そう言うエーヴェルトの口調に、嘲《あざけ》りや皮肉のニュアンスはまったくない。気にかけてくれているだけだと分かる。

「この場所にはとにかくうんざりだよ。僕の理解を超えた場所だ。エルフォシュはあんなふつうの人なのに、いったいどうしたらこんなところで働こうって気になれるんだろうな。ここは、終わりそのものだ。こんな場所、誰が必要とする？　いったいどうしたらこんな場所で過ごせるんだ？　ついさっきまで動いていた身体を切り裂くなんて、そんなことができる神経が分からないよ」

広い資料保管室の脇を通り過ぎる。スヴェンは前にも一度、ここに来たことがある。バインダー。保管用の箱。フォルダー。引き戸のついた棚がいくつもある。死人のカタログだ。前回この部屋に来たときは、ある写真を探していた。若手の法医学者といっしょになってあてもなく探しまわったものの、結局見つからずに終わってしまった。ここでは死人たちが書類となってプリントアウトされ、アルファベット順に並んでいる。この扉をまた開けることにならなければいいのだが。それはまるで、彼らの墓を踏みにじり、その形見をいじくりまわす、そんな行為であるように感じられる。

ルードヴィッグ・エルフォシュが温かく迎えてくれた。今回も滅菌服はなしだ。エーヴェルトにもスヴェンにも、着ろとは言わない。マリー・ステファンソンのときと同じ司法解剖室に入っていく。エルフォシュがストレッチャーを手で示した。

「スカルプホルム事件の司法解剖も担当した。マリー・ステファンソンの司法解剖も担当した。そして今度は、あの子たちを殺した犯人の司法解剖だ」

エーヴェルトは目の前に横たわる男の脚を軽く叩いた。

「まったくこの男、ここにたどり着く運命だったとしか言いようがないな。だが、確証は得られたのか？　マリー事件の犯人もこいつだっていう、たしかな証拠が？」

「それはこの前も言っただろう。まったく同じ手口、まったく同じ襲いかたなんだ。私はこでもうかなり長いあいだ、長すぎるぐらい仕事をしているわけだが、子どもに対してあんな暴力が振るわれているのを目にしたのは、この男のケースが最初で最後だ」

そして、布に覆われた死体を指差す。

「もうすぐ証明できる。はっきりとな。裁判にはかならず間に合うよ。スカルプホルム事件の精液をサンプルにして、DNA鑑定をしている。百パーセントまちがいない。結果が出たら、検察官や裁判官など、司法当局の関係者に書面で提出するつもりだ」

「あの生意気な検察のキザ野郎、ステファンソンに無期懲役を求刑するつもりらしいぜ」

スヴェンは驚いてエーヴェルトを見た。

「ああ。そういうことだそうだ。結局、自分の手柄がいちばん大事ってわけだ」

エルフォシュは死体を少し動かして、ランプの真下へ移した。スヴェンのほうを向くと、感じのよい笑みを浮かべて言う。

「死体ははっきり言ってめちゃくちゃだ。どうだろう、君は前回かなりつらそうにしていたね。向こうを向いていたほうがいいかもしれん」

スヴェンはうなずくと、エーヴェルトに軽く目で合図をして、死体に背を向けた。エルフォシュが布をはぎ取る。

「見てのとおりだ。顔はほとんど原形をとどめていない。ステファンソンはこいつの額を撃ち抜いた。爆発状態だ。身元確認には歯型を使った」

それからストレッチャーを少し動かす。ランプの灯りが、腹部を照らし出す。

「最初にここ、腰のあたりに命中したようだ。銃弾が貫通して、骨格の一部が粉々に砕けた。銃弾は二発。腰に一発、それから頭に一発だ。これは私が知っている状況証拠、つまり銃声が二度聞こえたという証言とも合致する」

スヴェンには見る必要などない。話を聞いているだけで、いやというほど目に浮かんでくる。

「もう終わりましたか」

エルフォシュはふたたび死体を布で覆った。

「ああ。終わったよ」

スヴェンは向き直った。男の死体の輪郭が目に入る。ルンドの顔を思い浮かべる。こんなにも病んだ人間の一生に、いったいなんの意味があったのだろうか？　なにが起こったのか、自分がどんなことをやってしまったのか、この男はどれほど分かっていたのだろうか？　自分と同じ人間を死に至らしめる、そんな人間はほんとうに人間だといえるのだろうか？　こんな疑問を抱くのは初めてではない。ここに来ると、かならず浮かんでくる疑問だ。死体をまのあたりにすることで、よりくっきりと浮かんでくる疑問。

エーヴェルトとスヴェンはその場を立ち去ろうと、上着をはおり、徐々に会話を終わらせていった。

「帰る前に……これも見ておくといい」

そう言うとエルフォシュはストレッチャーを離れ、壁沿いの棚のガラス戸を開けた。

「これだ。ルンドが持っていたものだ。服を脱がせようとして見つけた」

ピストル。ナイフ。二枚の写真。手書きのメモ。

「このピストルだが、細かいことはおそらく君たちのほうが詳しいだろう。いずれにせよ、こいつがホルスターに入れられて脚に留めてあった。それからこのナイフ、初めて見るタイプだが、刃がとてつもなく鋭い。これもホルスターに入れられて、前腕に留めてあった」

エーヴェルトは二つのビニール袋を両手で受け取った。ルンドが、武装していた。自分の身を守る覚悟ができていたということになる。

「あのキザ野郎、これでも無期懲役にする気か。こいつは武器を持って、保育園の外で幼女を物色するような、頭のおかしいクズ野郎だってのに」

スヴェンは写真とメモを受け取った。写真をランプに近づけて、じっくりと観察する。いかにも素人が撮ったらしい写真だ。

「女の子の写真だ。場所は、ルンドが撃たれた保育園の外。夏服を着てる。最近撮ったにちがいない。調べてみよう」

エーヴェルトはピストルとナイフをエルフォシュに返し、スヴェンの隣へ近寄った。写真とメモをじっと見つめると、ちょうどその日の午前中にオーゲスタムに対してしたように、クックッと笑い声をあげた。

「ルンドのやつ、この子たちの名前まで控えてやがる。俺たちが欲しかったのは、まさにこれだよ。つまり、あと二人は殺ろうとしてたってことだ」

エーヴェルトはふたたび写真をランプに近づけた。女の子が二人。ステファンソンの娘と同じ年ごろだ。夏の日差しで色褪《いろあ》せた、白っぽい金髪。二人とも、微笑んでいる。砂場の隅に座って、二人にしか分からないなにかについて、笑っている。

「なあ、どういうことか分かるだろ？　フレドリック・ステファンソンは、ベルント・ルンドを射殺することによって、この二人の命を救った可能性が高い。この子たち、まだ六歳にもなってないだろうな。ステファンソンのおかげで、にっこり笑って明日を迎えられるってわけだ」

そして、いつもどおりの展開になった。スヴェンが幾度となく目にしてきた光景だ。エーヴェルトが、目の前の死体につかみかかる。肩を、腰を、何度も叩く。布の上から、足を、足の指をつねり、ひねりあげる。なにごとかつぶやいている。こちらに背中を向けたままなので、よく聞き取れない。

ベングト・セーデルルンドが夏休みにどこにも出かけなくなって、今年で五年目になる。ある年の夏、ゴットランド島のヴィスビーから数キロ離れたところに別荘を借りてみたものの、やたら高くついたうえに雨続きだった。ゴットランド島はいいところだと皆が口をそろえて言うものだから、初めて訪れてみたというのに、帰宅の日を待ちわびながら一週間を過ごし、もう一生ゴットランド島なんか行くものかと決心したのだった。その翌年にはイースタに別荘を借りてみたが、常に風が吹き荒れ、変化のない風景が広がっており、エステルレーン地方を観光してまわったものの、もうこりごりだった。そのあとのふた夏はトレーラーハウスを引いて旅行してみたが、何度も渋滞にはまったうえ、夜になると子どもたちが怖くて眠れないと言い出した。ギリシャのロードス島まで足をのばしてみたこともある。だが二週間ずっと気温が三十八度まで上がり、最後のほうになるとホテルを出るのは夕食時だけというありさまだった。バスでストックホルムまで行ってみたことも何度かある。だがどこもかしこもストックホルム人だらけ、エスカレーターを駆け上がるようなせっかちな連中ばかりだ。もうたくさんだと思った。会社の経営のためにも、自分のためにも、家にいるのがいちばんいい。タルバッカにだって、泳げるところはある。あの小さな湖も入れたら二ヵ所もあるのだ。だから子どもたちは子どもたちで楽しめるし、夫婦の時間もたっぷり持つことができる。村をぶらぶらと散歩し、子どもたちが出かけると心おきなくセックスを楽しみ、庭で一服し、ときには友人を夕食に招く。

ベングトとエリサベットが台所で食卓についていると、開いた窓の外をウーヴェとヘレーナが通りかかった。手を振って招き入れる。時刻は十一時、ちょうどお茶の時間だ。ブラックコーヒーに、シナモンロールを八つ用意する。ウーヴェとヘレーナとは、気楽に付き合える仲だ。もっとも、十年近く前の話だが、気まずくなって数ヵ月間お互いを避けていた時期があった。ザリガニ漁解禁パーティーの席で、ウーヴェとエリサベットが抱き合っているところを見つかり、一時的に友情にひびが入ったのだ。だがこの小さな村では、お互いを完全に避けることなど不可能だった。そこで彼らはある夜更け、売店のすぐ外で声を張り上げ、それぞれの思いをわめき散らし、言いたいことをすべてぶつけあったのだった。ウーヴェもエリサベットも、友情を壊すつもりなどなかった。あれはただ単に、子どものころからお互いのことがひそかに気になっていたのが、酒の勢いで表に出てしまっただけだ。誰かが台所の電気をつけ、まぶしい光に照らされた、あのときがほんとうに最後で、あれ以来なにもやましいことはしていない。そういうことで全員が納得し、みんなが言いたいことを全部ぶちまけたその夜以来、誰もこの話を蒸し返すことはなかった。

ウーヴェが新聞を手にしている。ベングトも同じ新聞を食卓に広げている。ロシアでの飛行機事故はすでに原因究明が終わり、いまとなっては大ニュースといえばあの事件しかない。小児性愛者が五歳女児を暴行殺害し、女児の父親が犯人を射殺した、あの事件。ここ二週間というもの、紙面は連日、この事件の最新情報、最新のインタビュー、最新の分析で埋め尽くされている。とても他人事とは思えない。皆が当然のこととして自分なりの意見をもっている。どの家族も、まるで自分の家族のことのように感じている。

ここのところ、顔を合わせるたびにこの事件の話をしている。最初から、つまりあのロリコンが逃げ出して殺人事件を起こしたところから、ずっと見守っているのだ。ただし、エリサベットだけはべつだ。会話に参加しようとせず、なにも言わずにただじっと座っている。どうして黙っているのかと問うと、エリサベットはこう答えるのだった。みんなそれじゃあまるで子どもよ。ああいう連中が憎いとか、自分たちもなんとかしなきゃとか、そんなのまちがってるわ。そんなことはない、自分たちは正しいんだ、そう説得しようとしてはみたものの、結局は放っておこうということになった。子どもみたいでなにがいけない。話したくないのなら、勝手にすればいい。

ベングトはコーヒーを注いだ。深煎りコーヒーに、クリームを数滴。コーヒーの香りが漂う。暖かく、居心地の良い、わが家の香り。ひとりひとりにコーヒーを注いでやると、昨日焼いたシナモンロールの入ったカゴを差し出す。そう、一晩置いたほうが美味しいのだ。コーヒーに浸して食べるなら、表面の固くなったシナモンロールのほうがいい。

フレドリック・ステファンソンの写真を指差す。まるでパスポート用のようなその写真が、数日前から繰り返し掲載されている。

「俺がこいつだったら、迷わず同じことをしたと思うよ」

ウーヴェはシナモンロールをコーヒーに浸し、カップの底に押しつけた。

「俺もだ。娘を持つ父親なら、みんな同じに決まってる」

ベングトは新聞のページを一枚めくると、くるりと向きを変えて見せた。

「だが、俺だったら他人のことなんか考えもしないな。やるなら、自分のためだ。復讐のためだ」

そう言ってぐるりとあたりを見回し、全員の反応を確認する。うなずくウーヴェ。うなずくヘレーナ。舌を出すエリサベット。

「おい……なんのつもりだ？」

「もうあんたたちにはうんざりだわ。朝から晩まで何度も何度も、おんなじことばっかり。会うたびにその話じゃない。露出狂ヨーランがどうとか、ロリコンがどうとか、うんざりだとか、憎らしいとか！」

「聞きたくないんなら聞かなきゃいいだろ」

「復讐ですって？　馬鹿言わないでよ。なにが復讐よ。あの人がなにをしたっていうの？誰にも指一本触れちゃいないじゃない。ただ旗ざおのところで服を脱いだっていうだけでしょう。あんたたち、情けなくて見てられないわ」

そう言うとすすり泣きはじめた。声を落ち着かせようと、ひとつ咳払いをする。目が涙で光っている。

「みんなすっかり人が変わってしまったわ。私の家の食卓を囲んで、断固行動を起こすべしとか、そんな話ばっかり。もうたくさんよ。もういや」

ヘレーナはカップをさっとテーブルに置くと、エリサベットの手に自分の手を重ねた。

「ねえ。落ち着いてちょうだい」

しかしエリサベットはその言葉に逆らうように、ヘレーナの手を押しのける。それを見てベングトが声を上げた。

「放っとけ、こんな女。ロリコン野郎の味方しやがって！」

そして妻のほうを向く。

「おい、俺が毎日汗水たらして、野良犬みたいにぼろぼろになるまで働いてきたのは、いったいなんのためだ？　こんな社会にするためか？　子どもの命を守った人間を捕まえて、牢屋にぶち込む、そんな社会にするためなのか？」

そう言ってベングトは窓のほうを向くと、怒りを示すために、開いた窓に向かってぺっとつばを吐いた。外の芝生につばが落ちるのを、じっと目で追う。そのとき、扉の開く音が聞こえた。真正面の扉だ。どの家の扉か、すぐに分かった。

「ちくしょう。あの野郎」

窓に近寄って外を見る。

「あの下司、またお出かけらしいぜ」

露出狂ヨーランだ。自宅の玄関口に立って、戸締まりをしている。ベングトは振り返ってエリサベットのほうを向いた。

「おまえさっき、俺たちが情けないって言ったよな」

そして窓から身を乗り出して叫んだ。

「おい、この野郎、言葉も通じねえのか！　おまえの顔なんか見たくもねえんだよ！　家から出るんじゃねえ！」

露出狂ヨーランが顔を上げた。いやというほど聞いたことのある声だ。そのまま、門へ続く砂利道を歩きはじめる。ベングトは指を二度鳴らした。すると玄関のほうから、すぐにやってきた。ロットワイラー犬だ。

「来い」

犬は食卓の脇を通り、窓のところまで駆けていく。ベングトはその首輪をがしりとつかむと、次の命令を下した。

「バクスター！　行け！」

ベングトが手を離すと、犬はためらうことなく窓から飛び出していく。芝生を、庭を走り抜け、柵を飛び越える。露出狂ヨーランの耳に、すさまじい勢いで近づいてくる犬の吠え声が届いた。そばにある、芝刈り機や工具や木くずの入った物置小屋に向かって、走る。ドクドクと心臓が打つ。ちょうど腹をこわしていることもあって、粗相してしまう。脚に沿って、排泄物《はいせつぶつ》が流れ落ちていく。それでも、ひたすら走った。ドアノブに手が届く。木のドアを開け、すぐに中からバタンと閉めた。犬はドアに激しくぶつかり、さらに大きな吠え声を上げる。ベングトは窓辺に立ったままだ。隣にウーヴェとヘレーナが立っている。ベングトはヒステリックに拍手をした。

「バクスター、よくやった！ おい、今日はそこから外に出るんじゃねえぞ、ロリコン野郎！ バクスター、しっかり見張ってろ！」

犬は吠えるのをやめ、物置小屋のドアの前に座って、ドアノブを凝視している。ベングトは拍手を続けた。笑いが止まらない。振り向くと、エリサベットはまだ食卓についたままだ。首を横に振っている。蔑《さげす》みの表情。

この前雨が降ってから、ずいぶん時が経ったように感じられる。涼しい日はあっという間に過ぎ去り、暑さがふたたびしつこく居座りはじめている。とくに刑務所ではそれがはっきりと感じられる。高い塀。日陰のない、砂敷きの運動場。空気までもが限定され、閉じ込められ、統制されている。サッカー場では、ヒルディングがひとりで歩いている。ガリガリの上半身は裸で、短パンをはいている。不安にかられている。リルマーセンにはそのうち絶対、誰のしわざかバレるはずだ。いちばん親しい友人だからって、容赦してもらえるとは思えない。きっとこっぴどくやられる。確実に。

そう、アクセルソンを逃がしたのは自分だ。あのワイセツ野郎、あれからすぐに番犬どもに申し出て、あっという間に隔離独房に移されてしまった。リルマーセンの剣幕といったらすごかった。誰かがチクったのではと思ったらしいが、確信はないようだったし、それよりなにより、誰のしわざかには気づいていなかった。すさまじい叫び声をあげて、壁をガンガン蹴りつけていたが、しばらくするとずいぶん落ち着いた。夜にはもう、テレビコーナーでトランプゲームのムッレに興じ、高得点になるダイヤの十を二枚かっさらったりもしていた。

ヒルディングは鼻の傷をえぐるように引っかいた。一方のサッカーゴールからもう一方のゴールへ、ぐるぐるとサッカー場の周りを回り、その回数をかぞえる。六十七周。あと三十三周。やっぱりあれを吸っちまったのはいけなかった。アクセルソンの件ですっかり参ってたから、自分へのごほうびってことにしよう、そう考えて、ほんの少しだけ吸いに行ったのだった。シャワールームでひとり天井の板を押し上げ、トルコ産ハシシを手に取る。ほんのちょっと吸っただけで、このまえみたいな最高の快感がやってきて、身体がふっとほぐれた。もうちょっとだけ。それで結局、残りを全部吸ってしまった。心臓がドキドキしてきた。独房に戻って床についたはいいが、夜中にぱちりと目が覚めて、そこで初めて、自分がやってしまったことの意味に気がついた。そのまま起き上がり、いつ仕返しが来るかとびくびくしつつ、眠れぬまま朝を迎えた。だがリルマーセンは来なかった。まだバレていなかったのだ。あれから二日。もうすぐバレるにちがいない。もうすぐ仕返しされるにちがいない。刻々と過ぎていく時。ヒルディングはただひたすら、その時を待っている。傷をがりがりと深く引っかきつつ、ネットのないサッカーゴールの周りをぐるぐると回る。

ついに百周してしまった。額の生え際から、汗が流れ落ちる。喉、胸、腹を汗がつたう。あと百周歩こうか。歩いていると、クスリをやっているときのような感じがする。降り注ぐ日差しの中、さまざまな思いがゆっくりと浮かんでは流れていく。誰かが中から出てくるまで歩きつづけようと決めた。百五十七周を終えたところで、ロシア人がボールを小脇に抱えてやってきた。ヒルディングはその姿を目にして、サッカー場を立ち去った。

冷たいシャワーを浴びる。顔に水がかかり、鼻の傷がずきずきと痛む。光る汗を洗い流し、服を着る。清潔なブリーフ。靴下。短パン。廊下に出てうろうろと歩き回り、なんとか不安を振り払おうとする。また数をかぞえはじめる。廊下を、三百往復。ずらりと並ぶ独房の脇を通り過ぎ、ビリヤードコーナーへ。そしてまた戻ってくる。いつもどおり、テレビがついたままになっている。それを除けば、物音ひとつしない。歩いているあいだ、例の女児殺害事件とベルント・ルンド射殺事件の話が、テレビからひっきりなしに聞こえてくる。いやでも耳に入ってくる。おかげでしばらくのあいだ、ほかのことを考えずに済んだ。

怖い。こんな怖い思いをするのは久しぶりだ。これまでは、リルマーセンの近くにいさえすれば安全だった。それを自分で台無しにしてしまった。不安に引き裂かれる。どうしようもなくむかむかする。もう、クスリも残っていない。落ち着きたいのに。落ち着かなければ。

ヨッフムの独房のドアをノックする。

答えはない。

ふたたび、ノック。

眠っていたらしい。

「うるせえな。なんの用だ」

「ヒルディングだ」

「失せろ」

「喉、渇いてないか」

決めた。ふたたび、裏切るのだ。このいまいましい胸の痛みを、なんとかしなければ。ヨッフムを味方につければ、きっと大丈夫だ。リルマーセンだって、こいつには逆らわないにちがいない。

ヨッフムが出てきた。

「どこにあるんだ?」

「見せてやるよ」

ヨッフムはふたたび中に入っていくと、スリッパを履いて出てきた。独房の扉を閉める。ヨッフムは、独房の扉を開けっぱなしにしたまま出て行くことがない。ヒルディングは、一度もこの部屋に入ったことがない。二人連れ立って、台所を、シャワールームを、ビリヤードコーナーを通り過ぎていく。たったいま、ヒルディングが三百往復していたルートだ。

壁に取りつけてある消火器に近づく。赤い金属の筒に、黒いホースがついている。筒の部分には、長ったらしい取扱説明書が貼ってある。ほんとうに火事が起こったら、荒れ狂う火の中、こんな長い説明を読む暇などあるわけがないのに。ヒルディングはあたりを見回した。番犬の姿はない。消火器の黒いゴムキャップを開け、脇に置く。短パンのポケットから、歯磨き用の小さなマグカップを取り出した。

「ふつうの水に、でかい食パンと、りんごを何個か入れたんだ」

消火器を壁からはずすと、ひっくり返して、歯磨き用マグカップに中身を注ぎ入れる。

「くそっ、ひでえ味だぜ!」

もろみ酒が、強いにおいを放った。吐き気がこみあげる。

「けど、味なんてどうでもいい」

マグカップを口につけ、濁った液体を飲み込む。

「手ごたえだよ。味じゃねえ。効き目が大事なんだ」

そしてマグカップにふたたび酒を注ぎ入れると、ヨッフムに手渡した。

「三週間半置いといた。ほぼ完成だ。十パーセントはある」

ヨッフムは吐き気をこらえて一気に飲み干した。

「もう一杯」

結局、ひとり五杯ずつ飲んだ。身体がぽかぽかと温かくなり、ふたたび緊張がほぐれてきた。アルコールが魂を探して、身体中を駆け巡っている。この酒は初め、バケツに入れて掃除用具置き場の奥に置いていたのだが、そのうち消火器を空けて使うことにした。アルコールになるよう食パンを入れ、味つけにりんごを入れる。密閉して発酵させられるし、しかもすぐ取り出すこともできるし、このほうがずっといい。そうして二人が飲んでいると、廊下のほうでしわがれ声がした。スコーネの声だ。

「番犬が来るぞ！」

収容区画に看守が入ってくることはあまりない。だから、誰か気がついた者が叫ぶという警報システムで、じゅうぶん間に合っている。ヒルディングはゴムキャップを指差した。ヨッフムが投げ返してきたキャップをキャッチして、すばやく消火器にふたをする。ちょうどその場を離れたところで、看守に鉢合わせした。こっちを見ていたが、なにも言われなかった。二人はソファのところまで歩いていき、腰を下ろした。

しばらくのあいだ、ほろ酔いかげんの二人は同じ杯《さかずき》を交わした兄弟となった。酒を勧められて断わるやつなどいない。ヒルディングとヨッフムは、つかのまの連帯感と親近感を分かち合った。

目の前のテレビ。また同じニュースだ。この区画でも、ルンド追走劇をみんな固唾を呑んで見守っていたが、そろそろ飽きてきたようだ。決着はもうついている。女の子の父親が、あのクズの頭にぶっ放した。これでほかのワイセツ連中も、この社会のルールというものを思い知ったにちがいない。二人はソファにもたれかかり、例の父親やルンドの映像が流れては消えていくのを、ぼんやりと眺めた。とくに耳を傾けているわけではない。酒の手ごたえを、穏やかさを、じっくりと味わっている。

「そういえば、あのロマ野郎はどうした。ここ何日か見かけてないが」

「リルマーセンのことか」

「ああ。あのうすぎたねえ、根っからのロマ野郎」

ヨッフムもヒルディングもニヤリと笑った。根っからのロマ野郎か。

「だいたいいつも独房にいるよ。こんなの観たくもねえんだと。いつもテレビで流れてるからな」

「観たくねえって、なにをだよ」

「分からん」

「分からんだと？」

「リルマーセンのやつ、とにかくこの話はしたくないらしいんだよ。なにがいやなのか、俺にも分からん。とにかくあの女の子とワイセツ野郎の話になると、聞いてらんねえらしいぜ。ああなっちまう前に、あいつをぶちのめしてやることだってできたんだからな」

「そんなこと、いまさら言ったってしょうがねえだろ」

「ぶちのめしておけば、あんな事件も起こらなかった」

「起こったことは起こったことだ」

ヒルディングはあたりを見回した。番犬はちょうど区画を出ていくところだ。ヒルディングは声をひそめた。

「リルマーセンにも娘がいるんだ。だからだよ」

「だからって？」

「だから、娘がいるんだぜ。いろいろ考えちまうのも当然だろ」

「娘がいるやつなんか、わんさかいるぜ。おまえにはいねえのかよ？」

「リルマーセンのはな、あのあたりに住んでるんだ。あの女の子が殺されたあたりにな。ストレングネースあたりのどこかだ。少なくとも、リルマーセンはそう思ってる」

「思ってる、だと？」

「会ったことはないらしいんだよ」


「分からん」

ヨッフムは一瞬テレビの画面から視線を外すと、スキンヘッドの頭に手をやり、ヒルディングのほうを見た。

「どういうことだ」

「だから、リルマーセンにとっては一大事なんだよ」

「でも、べつにあいつの娘が殺されたわけじゃないだろ」

「そりゃちがう。でも、そうなるかもしれなかった」

「おいおい」

「あいつはそういうふうに思ってるんだ。あいつ、娘の写真持ってるんだよ。自分で引き伸ばしたやつだ。壁一面に貼ってある」

ヨッフムは頭をのけぞらせ、ソファの背もたれに後頭部を載せた。そして、大声で笑い出した。いかにも酔っ払いらしい笑い声だ。

「あのうすぎたねえロマ野郎、馬鹿としか言いようがねえな。起こってもいないことを想像して震えあがってるってわけか。しかもあのワイセツ野郎は、もう撃たれてくたばったわけだろ。だからあいつは、これからだって絶対に起こるわけないことを思い浮かべて、勝手に怖がってるってことになる。まったくあいつ、クズだとは思っていたが、それに輪をかけた馬鹿らしいな。そういうのを幻覚って言うんだぜ。あいつこそ酒飲ましてやったほうがいいんじゃねえのか」

ヒルディングはびくりと身をこわばらせた。恐怖がふたたび襲ってくる。

「絶対に言うなよ！」

「は？」

「酒のことだ」

「あのロマ野郎が怖いのか」

「うるせえ。とにかく黙ってろよ」

ヨッフムはヒルディングを指差すと、ふたたび大声で笑った。それから、テレビのほうに向き直る。まだあのワイセツ野郎のニュースをやっている。検察官のインタビュー。裁判所の階段で、まるで追い詰められたように、壁を背にして立っている。背広を着て、額にかかる金髪を横に流している。礼儀正しい、つまらん男。顔に突きつけられたマイク。こういう連中は、どいつも同じように見える。まだまだ青くて生意気で、自分の手柄のことしか頭にない。こういう連中は、首根っこつかんで揺すってやったほうがよさそうだ。

ラーシュ・オーゲスタムは、フレドリック・ステファンソンが勾留されて初めて、事態を把握した。

そのときになって初めて、事件の本質が、はっきりと見えてきたのだった。

この事件を任されると決まったときには、ひそかにほくそ笑んだものだった。当時はまだ、精神異常の性犯罪者が幼い女の子を手にかけた、それだけの事件だったから。だがその後、検察庁のトイレで嘔吐するはめになった。事件はまたたく間に姿を変え、被害者の父親が性犯罪者を射殺した事件へと発展してしまったのだ。

その後ステファンソンが勾留されると、この事件はオーゲスタムにとって、司法の世界における大躍進のチャンスがまたもや失われた、というだけにとどまらなくなった。

事態はさらに大きく膨らんでいた。

恐怖にかられる日々。道ひとつ渡るにしても、あたりを警戒せずにはいられない。命の危険を感じる。

勾留手続きを進めるなかで、オーゲスタムはこう主張した。ステファンソンは、殺人罪の容疑者である。したがって、裁判開始まで勾留しておくべきである。

これに対し、ステファンソンの弁護人であり、アクセルソン裁判でオーゲスタムを打ち負かしたクリスティーナ・ビョルンソン弁護士は、こう主張した。ステファンソンの行為は、正当防衛である。したがって、勾留などするべきではない。

彼女の主張はこうだった。まず前提として、命の危険にさらされている人が明らかに存在したのである。そのうえ、ステファンソンが捜査を妨害したり、裁判を逃れようとしたりする危険性は、ごくわずかである。したがってステファンソンは、エスキルストゥーナ警察署への日々の報告義務さえ果たせば、それでじゅうぶんである。

その応酬のわずか数分後、裁判長となるヴァン・バルヴァス判事は、フレドリック・ステファンソンを殺人罪の容疑者として、裁判開始まで拘置所にて勾留するべきである、との決定を下した。裁判開始日は、追って決定される。

裁判長の小槌の音が鳴りやまないうちに、大騒ぎが始まった。

まずは、外で待っていた連中。

マイクを手に押し寄せ、吹き抜け階段の石壁へと、オーゲスタムを追い込む。

ステファンソン氏はいまや英雄ですよ。

というと?

二人の少女の命を救った英雄です。

かならずしもそうとは限りません。

ベルント・ルンドは、二人の写真を持っていたそうじゃないですか。

ステファンソン容疑者は、人を殺したんです。

ルンドは二人の名前も控えていた。保育園の外でじっと待ち構えて、見張っていたんですよ。

ステファンソン容疑者は、人を殺した。この事実に変わりはありません。私にとって重要なのは、その事実なのです。

つまり、罪のない人の命を救った人間には長期刑がふさわしい、とおっしゃるのですか。

そのような質問に対してはノーコメントです。

ステファンソン氏の行動は正しかった、そうお思いにはなりませんか。

いいえ。

なぜですか。

あれは、計画的な殺人です。

なんですって。

計画的殺人には、それなりの刑罰をもって報いる必要があります。

無期懲役ということですか。

法の定めるもっとも厳しい刑罰ということです。

つまり、あの二人の少女は殺されたほうがよかったと?

私が言いたいのは、計画的殺人の罪を犯した場合、それが被害者の父親だろうとなんだろうと、刑罰の特別割引はないということなんです。

あなたにはお子さんがいないんですか。


それから、一般大衆が襲ってきた。このやりとりを、見たり聞いたり読んだりした人々だ。

怒号。脅迫電話。ひっきりなしに電話が鳴り、受話器を置く間もないほどだ。


この野郎、上にばっかりぺこぺこしやがって。

私は自分の仕事をしているだけです。

血も涙もないやつだな！

これ以外の道はないんです。

下っ端役人のくせして。

法を犯した人を起訴するのが、私の仕事です。

そんなことしたら殺してやるぞ！

それは、脅迫罪に当たりますよ。

死ね！

脅迫罪に当たりますよ。罪になるんですよ。

おまえの家族みんな殺してやる！

オーゲスタムは恐怖にかられている。これは、悪い夢ではない。現実なのだ。電話をかけてくる連中は、たしかに常軌を逸している。だが、ごくふつうの人々の意見、世論を代弁していることに変わりはない。彼らは、本気だ。それが感じられる。だからこちらも、本気にせざるをえない。

エーヴェルト・グレーンスに会いに行く。グレーンスはオフィスにいた。いかにも苦々しい表情で、入れと言ってくる。

オーゲスタムは、この前の会話でなにかが開けたように感じていた。起訴を前にして迷っている自分をさらけだしたことで、グレーンスとのあいだに親愛の情めいたものが生まれたと思っていた。だがグレーンスはあいかわらずだった。あいかわらず偏見まみれで、あいかわらず予測がつかない。脅迫電話がかかってくるのだ、自分のみならず家族も脅迫されている、怖いので身辺警護をつけてもらえないか、そう話すと、グレーンスは蔑むような笑みを見せた。泣きたくなってくる。涙がわっと浮かんでくる。くそっ、いまこの部屋で泣くわけにはいかないってのに。しかしエーヴェルトは見て見ぬふりをして言った。脅迫なんて、よくあることだ。みんなが通る道なんだ。タフな検察官としてやっていきたいなら、そのぐらいのことは覚悟しなけりゃだめだぞ。電話で脅迫されたってだけじゃなくて、実際に怖い目に遭うことがあったら、またここに来たらどうだ。

ラーシュ・オーゲスタムは思いきり音を立てて扉を閉め、オフィスを出て行った。

外は息苦しいほどの暑さだ。ゆっくり歩いて検察庁へと戻る。

売店で新聞とミネラルウォーターを買う。うだるような暑さ。汗が噴き出す。この暑さで、思っているよりもずっと多くの水分が失われているのだ。新聞には、自分の写真が載っている。**英雄に無期懲役を求刑する検察官**。道行く人々に見られている気がする。まちがいない。オーゲスタムは歩調を速めた。また汗が噴き出してきたが、スピードは緩めない。クングスホルメン島を離れ、検察庁にたどり着く。

オフィスに入る。

すぐに電話が鳴った。

オーゲスタムは電話をちらりと見るが、受話器をとろうとはしない。ふたたび、電話が鳴る。ふたたび、無視。電話は結局、八回鳴った。そのあいだ、オーゲスタムは予備捜査の資料を、電話の音が鳴り止むまで、何度も何度も読み返していた。

ベングト・セーデルルンドはバクスターの話をしている。夕方から夜中もずっと、次の日の朝まで、じっと座っていたバクスター。飼い主に命令されて初めて見張りをやめ、物置小屋のドアから離れたバクスター。もうこの話をするのは三回目だ。すでに全員が話を知っている。エリサベットだけは聞きたがらなかったが、ウーヴェもヘレーナも、ベングトの家の台所で実際にこのできごとを目撃していたし、ウーラ・グンナションもクラース・リルケも、聞けば聞くほど大笑いした。まるで中学時代みたいだ。あのころは、ひとりの教師を笑いものにしてあだ名までつけ、休み時間によく悪口を言ったものだった。あるいは、タルバッカ・スポーツクラブの更衣室での雑談にも似ている。捻挫《ねんざ》用の塗り薬のことや、スパイクシューズの底の鋲《びょう》のことなどしゃべりながら、相手チームのでぶっちょゴールキーパー、下手くそすぎてあれじゃザルだよなあ、今度股間をガツンと蹴り上げてやろうぜ、などと話したものだった。そこにいない人の悪口を言うことによって、生み出される連帯感。彼らは村唯一のレストランでしばらくスロットマシーンに興じていたが、十クローナ硬貨をどんどんつぎ込んで、結局数百クローナもすってしまった。マシーンを離れ、いつものテーブルに陣取る。

全員それぞれ一杯ずつ、泡の少ない淡色ビールを注文した。乾杯。飲まずにいられなくさせてくれるこの暑さに、乾杯。愉快に笑わせてくれたバクスターに、乾杯。

グラス半分までビールを飲む。いつも一晩で、みんなそれぞれ三、四杯飲む。最初の一杯で腹を満たし、喉の渇きをいやす。議論が白熱してくるのはそのあとだ。まるで、アルコールが言葉を生み出すかのように。

ベングトはいつもよりゆっくりと飲んでいる。今晩は、はっきりとした目的がある。ここ一週間で、決心が固まった。プラス面もマイナス面もじっくり吟味《ぎんみ》し、法律の手引書もめくって、面白くもなんともない法律の条文までちゃんと読んだのだ。

グラスを掲げると、全員に向かってうなずいてみせた。

「まずはこいつを飲み干そう。そのあとで、みんなに話がある」

乾杯。みんな次々とグラスを空けていく。ベングトはバーカウンターの向こうにいる店長に向かって片手を挙げた。目を合わせ、もう一杯と合図をすると、OKの返事が返ってきた。

それから、話を始める。

「あれから、考えたんだ。この村の治安を守るために、俺たちがやるべきことはなにか。それで、決心した」

全員がテーブルに身を乗り出し、グラスを持ったままじっと待ち構えている。

エリサベットだけは顔を赤らめ、歯をぐっと食いしばってテーブルに視線を落とした。ベングトが続ける。

「この前ここで会ったときのこと思い出してくれ。ヘレーナが言ったこと、みんな覚えてるか」

そう言うと、ヘレーナのほうを見て微笑んだ。

「もうすぐみんな帰るってときに、ヘレーナが立ち上がって、静かにって言った。テレビでロリコン事件のことをやってて、あの野郎を射殺した父親が映ってたときだ。ヘレーナ、こう言ったよな。あの人は英雄だと。現代の英雄だと。ロリコンにやられっぱなしで黙ってなんかいなかった。泣き寝入りなんかしなかったんだ。警察がやるべきことをやらなかったから、あの人は自分で決着をつけた」

ベングトの説明に耳を傾けるヘレーナは、いかにも満足げだ。

「そうよ。そう言ったわ。あの人は英雄だって。それに、なかなかいい男だしね」

そしてウーヴェに愛情たっぷりの笑顔を向け、ひじで軽くつついた。ベングトはもどかしげにうなずく。まだ話は終わっていないのだ。

「もうすぐ裁判が始まる。五日間続くそうだ。そのあと、判決が出る。裁判が終わってしばらくしたら出るらしい。そしたら、俺たちも行動開始だ」

そして勝ち誇ったようにぐるりとあたりを見回した。

「弁護側は、正当防衛を主張してる。いや、スウェーデン中が正当防衛を主張してる。あの父親を刑務所に入れたりしたら、とんでもない大騒ぎになる。裁判所の連中には絶対、そんな判決を出す勇気なんてない。賭けてもいいぜ。だっていつもそうじゃないか。判決を決める連中のなかで、法律を専門に勉強したのは判事だけで、あとの参審員たちは法律の勉強なんかしたこともないんだからな。つまり、地方裁判所では無罪になる可能性が高いってことだ。そしたら、俺たちも行動を起こす」

　テーブルを囲むほかの連中は、まだピンと来ていない様子だ。ベングトはいつも物知りだなあ、とただ耳を傾けている。

「判決が出て、無罪が決まったら、その瞬間に行動開始だ。あの下司野郎を片付ける。隣近所に、いやそもそもこの村にロリコンがいるなんて、まっぴらごめんだ。始末するしかない。で、正当防衛だと主張するんだ」

　でっぷりした体格の店長が、ビールの入ったグラスを片手に三個ずつ持ってやってきた。以前は食料品店を経営していたが、村での競争に負けて閉店になってしまい、レストラン経営に転身した男だ。彼らはそれぞれ、何口かビールを口にする。不意にエリサベットが顔を上げ、ベングトを真正面からにらみつけた。

「ベングト、頭を冷やしてよ。馬鹿なこと言わないで」

「いやなら帰れ」

「問題を解決するために人を殺すなんて、絶対にまちがってるわ。あの父親は、英雄なんかじゃない。むしろ最悪の例よ」

　ベングトはビールの入ったグラスを、ドンと叩きつけるように置く。

「じゃあ、どうしたらよかったっていうんだ。え？」

「話をするべきだったのよ」

「なんだと？」

「同じ人間なら、絶対に話が通じるはずだわ」

「おい、いいかげんにしろよな！」

ヘレーナがエリサベットを見つめる。その目からは、嫌悪感が見て取れる。

「エリサベット。いったいなんのつもり？　どうしてこんな当たり前のことも分からないの？　話をするって言うけど、自分の子どもを犯して殺した強姦殺人犯、しかも武器を持ってる男と、いったいなにを話せばいいっていうのよ？　あなたならできる？　どんな話をするの？　あの犯人が、どんなにつらい子ども時代を過ごしたかとか？　おもちゃがボロボロだったとか？　ちゃんとトイレのしつけをしてもらえなかったとか？」

ウーヴェがヘレーナの肩に手を置いて立ち上がった。

「まったくだ。いいかげんにしろよ、エリサベット。あの保育園のそばで、カウンセリングでもしてりゃよかったっていうのかよ。馬鹿らしい。同情の余地なんてないんだよ」

ヘレーナはウーヴェの手に自分の手を重ねると、夫のあとに続けて言った。

「あの父親がロリコンを射殺したのは、たしかにまちがったことだったかもしれない。でも、あの男を殺さないというほうが、もっとまちがってるわ。当たり前でしょう？　人の命はもちろん大事よ。でもある日突然、自分が信じている善悪とか、道徳的な価値観とか、そういうのを二の次にしなきゃならなくなる。そういうことだってあるのよ。私だって、ライフル銃の撃ちかたさえ知ってれば、同じことをしたと思う。分かるでしょう？　エリサベット」

レストランを出た時点で、彼女はもう決心していた。自分はたったいま、夫を失ったのだ。急いで家に戻ると、持てる限りの荷物をまとめるよう娘に告げた。まだ家を出て独立していないのは、この末娘だけだ。二人のバッグにそれぞれ洋服を詰め、車に乗り込む。必要なものはそれだけだった。夏の夜が徐々に更けていく。もう、タルバッカには戻らない。

クロノベリ拘置所の独居房は、幅百七十センチ、縦二百五十センチ。狭苦しいベッドの脇に、小さなテーブルがある。洗面台もある。寝る前にはそこで顔を洗い、真夜中にはここで用を足すこともできる。だらりと垂れ下がる、ぶかぶかのブルーグレーの服。袖と脚のところに、刑事施設管理局《KVV》のマークが入っている。あらゆる面において、厳しい制約がある。新聞もラジオもテレビもない。取調担当者、検察官、弁護人、拘置所付きの牧師、拘置所職員を除き、誰とも面会することを許されない。外の新鮮な空気を吸うことができる休憩時間は、一日につき一時間。法律で定められている。休憩場所は、建物の屋上、スチールの檻の中だ。うだるような暑さ。フレドリックは毎日、早く休憩時間を終わらせてくれと頼み込み、三十分も経たないうちに下に降りていく。

ぼうっとしてベッドに横たわる。トレイに載せられた、食事とジュース。食べようとはしてみたものの、反吐が出そうで、少し手をつけただけで床に放置してある。エンシェーピン以来、なにも食べていない。食べても、すぐにもどしてしまう。まるで胃が放っておいてくれと言っているかのように。

あたりをぐるりと取り囲む灰色の壁には、なにも飾られていない。視線を定める対象がなく、逆にすべてが目に入ってくる。目を閉じてみる。蛍光灯の灯りがまぶたの裏に映って、まるで光の膜のようだ。

不意にキイーッという音がした。ドアのほうから聞こえてくる。ドアに開いた小窓の向こうから、顔がのぞいている。

「ステファンソン！　牧師との面会を希望したそうだが」

フレドリックは小窓のほうを向いた。目が二つ、こちらをじっと見つめている。

「僕にはフレドリックという名前がある。苗字の呼び捨てはやめていただきたい」

小窓は一度閉まったが、またすぐに開いた。

「分かったよ。フレドリック！　牧師との面会を希望したそうだが」

「僕はただ単に、制服など着ていなくて、ここのドアの鍵を閉めない人なら、誰でもいいから会わせてくれ、と言ったんだ」

看守はため息をついた。

「どうするんだ？　会うのか、会わんのか。牧師さんはもうここに来てるんだぞ」

「へえ！　これは驚きだな！　てっきり、僕をここに閉じ込めてるのは、周りの世界から隔離するためだとばっかり思ってたよ。どういうわけだか知らないが、僕が街中をうろついてちゃ、社会にとって危険なんだろう？　それで僕をここに閉じ込めてみたら、今度は他人がみんな、僕にとって危険ってわけかい。だいたい君、僕が誰だか知ってるのかい？」

フレドリックは起き上がり、床のトレイを蹴り散らした。オレンジジュースの入ったグラスがひっくり返り、黄色っぽい液体が床に広がる。看守はなにも言わない。フレドリックはたしかに、精神的にかなり参っているようだ。だがこれはべつに、初めて目にする光景ではない。ここに入れられる連中はたいがい、攻撃的になり、怒鳴り声をあげ、脅し文句をわめき散らすようになる。そしてあげくの果てにはくずおれるようにへたりこんで、小便を漏らすのだ。

フレドリックは床を濡らすジュースを足ではね散らした。

「知らないだろう。教えてやるよ。君がその目で見ている人間が犯した罪ってのは、子どもを殺す男を、そう、チャンスさえあれば五歳児をレイプして殺そうとするような男を、冷静に、意図的に処刑したことなんだ。そしていまの君の仕事は、自分の子どもの命を救ったかもしれない人間を、閉じ込めて見張ることなんだ。なあ、自分の仕事が好きかい？　それで社会に貢献している気がするかい？」

フレドリックは空になったグラスを拾い上げると、小窓に向かって投げつけた。看守があっと叫び声をあげ、あわてて小窓を閉める。グラスがぶつかって割れ、細かい破片がそこらじゅうに飛び散った。

しばらくの沈黙。それから、また現われた。こちらを見つめる、二つの目。

「本来なら、人を呼ぶところだ。たったいまおまえがやったことは、ベルト拘束ものだぞ。だがな、質問に答えてやろう」

フレドリックは答えを待つ。看守はぐっとつばを飲み込んでから、たどたどしく話しはじめた。

「いや。答えは、ノーだ。いまの自分が社会に貢献してるとは、とても思えない。そもそもおまえがここに閉じ込められてること自体、おかしいと思ってる。あの男を射殺したのは正しいことだった、そう思うからだ。だがな、なんにせよ、おまえはここに入ることになった。しかたのないことなんだ。もう一度聞く。牧師に会いたいのか、会いたくないのか？」

ドアは閉まったままだ。自分はこちら側に、他人はあちら側にいる。頭をよぎる、いくつもの映像。閉まったドア。嫌悪感。あのドアには、こんなふうに開けることのできる小窓こそついていなかったものの、ガラス張りの窓が三つついていた。浴室に使うような曇りガラスで、すべての輪郭がぼやけて見える。居間の中に、父と兄がいる。テレビがつけっぱなしになっている。父が兄に向かって、服を脱げと怒鳴りつけ、殴りかかっている。手が見える。兄の裸体が見える。曇りガラス越しに見えるその光景は、奇怪にゆがんでいる。兄は、声ひとつあげない。兄にお仕置きするべきだと父に報告した当の本人である母は、時が来るとその場を離れ、台所で温かい紅茶を飲みつつキャメルを吸っている。父はひたすら、叩く。叩く。兄が挑みかかるように叫ぶ。それじゃあ弱すぎるよ。もっと強く叩けないの。なんにも感じないよ。すると父はいつもやめるのだった。

閉まったままのドア。こちらを見つめる、看守の目。

「もう一度だけ聞く。どうする？」

フレドリックは目を閉じた。

「会わせてくれ」

ドアが開く。一瞬、なにが起こっているのか分からなかった。

「レベッカ？」

「フレドリック」

「どうして君が？」

「ここでの仕事も少ししているのよ。今回は自分で志願したの。あなた、外部の人にいっさい会えないでしょう。でも私なら会えるから、もしかしたらあなたも私に会いたいかもしれないと思って。いいかしら」

「もちろん」

恥ずかしい。だぶだぶのブルーグレーの服を着て、五平方メートル足らずの独居房に閉じ込められている自分が。ついさっき、洗面台に小便をしたことが。ジュースがこぼれて床が濡れていることが。さきほど看守に向かってかんしゃくを起こしたことが。そして、レベッカがベッドに腰を下ろすと嬉しくて泣けてきてしまった自分が、恥ずかしい。

レベッカはフレドリックを抱きしめ、髪や頬を撫でた。

「いいのよ。謝ったりしないで。こんなところに閉じ込められてしまうのだから、もっとひどい反応のしかたをする人も、たくさんいるのよ」

フレドリックはレベッカのほうを向き、なんとか笑みを浮かべようとする。

「僕がやったことは、まちがっていたと思うかい」

レベッカは長いあいだなにも言わず、答えをじっと考えていた。

「ええ。まちがっていたと思うわ。人の生死を決める権利は、あなたにはない」

フレドリックはうなずく。こういう答えが返ってくると分かっていた。

「僕がやったことによって、子どもたちの命が守られた。僕がルンドを殺さなかったら、あの女の子たちが死んでいた。そうだろう？　そのほうがよかったと？」

レベッカはふたたび時間をかけて考える。いま隣に座っている男のことは、子どものころから知っている。つい一週間ほど前、その娘の葬儀を執り行なった。そんな自分の言葉には、ほかにはない重みがある。責任は重い。

「難しい問題だわ、フレドリック。私には……」

レベッカはそこではたと黙り込んだ。

フレドリックが急に、息を荒らげはじめたのだ。レベッカは彼の胸に手を置いた。

彼の全身ががくがくと震えている。

「ごめん。どうしようもないんだ。なにもかも無意味に思えて」

葬式。墓地。ひんやりとした床。壁にこだまするオルガンの音色。棺。あの、小さな棺。あまりにも短く、あまりにも細い。その上に、花が載っている。レベッカがすぐそばにいる。なにか言っている。マリーは、あの中にいる。その姿は見えない。木のふたはもう閉まっている。きれいに着飾って収められたマリー。髪をとかし、ドレスを着せた。

何度か深呼吸をしてから、フレドリックは続けた。

「マリーはもういない。もう、なにかを感じることも、見ることも、においを嗅ぐことも、聞くこともできない。いまも、これからも、永遠に。完全にいなくなってしまったんだ。分かるかい？　僕の言いたいこと」

「私は、そうは思わない。でも、あなたの思っていることは分かるわ」

ドアの小窓がふたたび開いた。二つの目がのぞく。

「ずいぶんうるさいですが、異常ありませんか」

レベッカはドアに向かって片手を挙げた。

「ありません」

「分かりました。なにかあったら、大声で呼んでください」

フレドリックはまだ横たわったままだ。息はまだ荒いが、震えてはいない。

「ベルント・ルンドがまた人を殺すつもりだと知って、僕はすぐ決心した。自分の手で撃ち殺そうって。あいつがまた罪を重ねる前に」

言葉を選びつつ、たどたどしく続ける。

「みんな、僕のやったことは復讐だと思っているらしい。ちがうんだ。復讐なんかじゃない。僕は、マリーとともに死んだんだ。だがあの男を殺そうと決心したとき、僕は生き返った」

フレドリックは立ち上がると、テーブルを叩いた。最初は、手で。それから前かがみになると、テーブルに頭を打ちつける。

額からだらりと血が流れる。

「そして、あの男を殺した。これからはいったい、なんのために生きたらいいんだろう？」

ドアが開いた。例の看守が駆け込んでくる。その後ろにもうひとり、同じ服を着て、同じ顔の表情をした看守がいる。二人はレベッカを通り過ぎてフレドリックに近づくと、両脇から腕をがしりとつかみ、テーブルから引き離した。フレドリックは何度も頭を前に突き出し、なにもない空間に打ちつけようとする。それが止むまで、二人の看守はフレドリックをベッドに強く押しつけていた。

裁判初日は雨だった。平年を大幅に上回る暑さのこの夏、雨が降ったのはこれでたったの二日目だ。しとしとと降る雨。夜明け前から降りはじめ、そのまましぶとく続く雨。夕方になるまで、暗くなるまで、穏やかに降りつづく。

早朝にはすでに、長蛇《ちょうだ》の列ができていた。ここ数年のスウェーデンでもっとも注目を集める裁判。場所は、ストックホルム裁判所、古いほうの警備法廷だ。九時になるずっと前から、ジャーナリストや一般の人々が、石造りの古い階段の下に押しかけてきている。傍聴席の数は限られている。四列しかなく、席も決まっている。すでに席を予約しているマスコミ大手各社を除けば、あとは早い者勝ちだ。

ものものしい警備。制服や私服の警官たちに混じって、警備会社から派遣されてきた警備員の姿も見える。険悪な雰囲気が広がっている。匿名の一般市民という脅威。ルンドが逃走し殺人事件を起こしてから、これまで数週間のあいだ、人々は不満をつのらせ攻撃的になってきている。その雰囲気が、普段から抱いている小児性愛者に対する嫌悪感ともあいまって、いつもなら新聞を読んであれこれ議論するだけにとどまっていた人々までもが皆、なんらかの行動を起こそうと考えるようになってきていた。皆がじっと待ち構え、メモを取り、準備を整えている。

行列の先頭に、ミカエラがいる。朝七時をまわったころに到着した。そのころはいまよりも少し雨が激しく、寒いと言ってもいいぐらいの天候だった。フレドリックとはもう、二週間も顔を合わせていない。マリーの葬儀以来だ。

葬儀のあと、彼は消えてしまったのだった。ルンドを追っていたのだと、いまでは分かる。そしてそのままクロノベリ拘置所に収容され、完全に外界から遮断されてしまった。

怖い。

法廷に入るのは初めてだ。自分の愛する男が、殺人罪に問われる。わずか数メートル離れたところに座って、無期懲役を求める検察官の尋問を受けることになる。

二人でいっしょに、家庭を築いてきた。

フレドリックと、毎晩寄り添って眠った。彼と暮らして、彼を抱きしめることを覚えた。そして、マリー。まるで自分のほんとうの娘のように、ごはんを食べさせ、服を着せ、育ててきたマリー。それまでには経験したことのなかった、家族らしい生活だった。

わずか数週間で、すべてが終わってしまった。

バッグの中身を点検する警備員に向かって、できる限りの微笑みを浮かべてみるが、警備員のほうはにこりともしない。そのあと、金属探知機が鳴り止むまで三回も行ったり来たりするはめになった。上着のポケットに鍵が入っていたのだ。マリーの自転車の鍵だった。いい席が取れた。前から三列目。すぐ前に、スウェーデン通信とテレビ局二社が陣取っている。見覚えのある記者が二人いる。なにか事件があるとよく、現場からの中継を担当しているレポーターだ。その彼らがここに座って、小さなメモ帳に短い文章を書きつけている。なにを書いているのだろうと覗きこんでみるが、まったく判読できない。二人とも一行目に時刻をメモしているということだけは分かった。その後もメモをとるたびに、端に時刻を書きつけている。少し離れたところに、法廷画家が二人座っている。白い紙に鉛筆でさらさらと、壁や床、椅子などの輪郭をとらえていく。まず背景をスケッチして、それから人間を配置するのだろう。

アグネスの姿が見えた。ななめ後ろ、四列目に座っている。後ろを向いている時間が少し長すぎたのか、向こうに気づかれてしまった。会釈をしてきたので、こちらも礼儀正しく会釈を返す。これまで話などしたこともないというのに。変な感じだ。アグネスからの電話を取ったことは何度かあるが、交わした言葉といえば、マリーをお願いします、ちょっとお待ちください、それだけだった。三年間で、それだけだ。アグネスの向こうに、あの二人組の刑事がいる。あの日、自分も子どもたちも親たちも、そのほか白鳩保育園のそばにいた人たちも、全員が彼らの事情聴取を受けた。脚を引きずっている年配のほうが上司らしい。若いほうは辛抱強く、すれたところがなくて、やたらと感じがいい。二人もこちらに気づいた。会釈を交わす。

法廷は満員だ。外にはまだ行列ができている。入廷を断わられた人たちの一部が抗議している声が聞こえてくる。警備員に向かってブーイングをする人。ファシスト野郎、などとののしる人。

法壇の後ろには扉があったが、それが実際に開いて初めて、その存在に気づいた。ひとりずつ、一列になって入ってくる。まず、ヴァン・バルヴァス判事。女性だ。それから、参審員たち。新聞で読んだことはあるが、実際に目にするのは初めてだ。かなり年配の人たちばかり。引退間近の地方政治家たちだ。その後に、ラーシュ・オーゲスタム検察官が続く。テレビで見たことがある。ずいぶん態度の大きい人だ。自分と数歳しかちがわないのだろうが、見ていると自分のほうがずっと若いような気がしてくる。それから、弁護人のクリスティーナ・ビヨルンソン。とても落ち着いた、穏やかな様子だ。この前フムレ公園の真向かいにある彼女のオフィスで会ったときと、まったく変わらない。

最後に、フレドリックが入ってきた。拘置所の看守が二人、その両脇を押さえている。背広を着せられている。ネクタイ姿を見るのは初めてだ。顔色が悪い。おびえているように見える。自分と同じように。

その視線は、床をさまよっている。法廷を見渡すのを避けている。


ヴァン・バルヴァス判事（判）：氏名は。

被告人フレドリック・ステファンソン（被）：ニルス・フレドリック・ステファンソン。

判：住所は。

被：ストレングネース、ハムン通り二十八番地。
判：今日なぜここに集まっているのか、分かっていますね。
被：なんて馬鹿げた質問だ。
判：質問を繰り返します。今日なぜここに集まっているのか、分かっていますね。
被：はい。

休廷中にタバコを三本吸った。さえない待合室だ。暗い色の重々しいオーク材が、壁一面に張られている。部屋の中央に置かれた、古ぼけた硬い木のベンチが、どことなく高圧的な雰囲気を漂わせている。記者がひとり近寄ってきて、フレドリックの様子を訊ねてきた。会わせてもらっていないから分からない、と答える。自分は同居人だが、それでも面会を許可されなかったのだ。すると記者がタバコの箱を開けた。南ヨーロッパ製の、フィルターのないタバコ。一本どうですかと言われ受け取った。タバコを吸うとフレドリックが嫌がるので、ここ数ヵ月まったく吸っていなかった。たてつづけに何本も吸う。かなり強いタバコで、そのうえ久しぶりなのでめまいがしてきた。少し離れたところに、アグネスがひとりで立っている。ペットボトルのミネラルウォーターを飲んでいる。なるべく目を合わせないようにする。べつに話をしようという気にもなれない。そんな筋合いはないという気がする。必要性も感じられないし、共通の話題もない。若いのに髪の薄い記者がひとり、木のベンチに座って、録音した内容をヘッドフォンで聴きながらメモを取っている。隣にはもっと年配の、見覚えのある記者が座っており、法廷画家に渡された絵を見ている。法廷の様子をとらえた、スナップ写真のような絵だ。身ぶり手ぶりをまじえて話すフレドリック。検察官が、エンシェーピンの保育園の写真を見せている。ライフルを発射した地点から撮影したものだ。

ラーシュ・オーゲスタム検察官（検）：ステファンソンさん、どうしても分からないことがひとつあります。すぐ目の前、ほんの数百メートルしか離れていないところに、警官がいたというのに、なぜ彼らに知らせなかったのですか。

被：時間がなかったんです。

検：時間がなかった？

被：専門の教育を受けた看守が二人いて、ベルント・ルンドは腰かせをはめていた、それでもまんまと逃げられたんですよ。寝ぼけた警官二人で、武装したベルント・ルンドを捕まえられるわけないじゃないですか。

検：まったく連絡しようともしなかったわけですね。

被：あいつを見失うことだけは避けたかった。また犠牲者が増えるだけです。

検：やはり分かりません。

被：分からないんですか。

検：なぜあなたがベルント・ルンドを殺さなければならなかったのか。そこが分からないんですよ。

被：そんなに難しいことじゃないはずだ。
判：ステファンソンさん、お座りください。
被：僕の言ってること、ちゃんと聞いてますか。あのときすでにはっきりしてたんですよ。あんたがたの力では、ベルント・ルンドを閉じ込めておけないってことがね。あの男の抱えている問題をケアして、取り除いてやることもできなかった。マリーが殺されたというのに、それでもあんたがたは、あいつを捕まえられなかった。これ以上いったいなにを説明したらいいんだ。
判：繰り返します。ステファンソンさん、お座りください。弁護人からも言ってください。
弁護人クリスティーナ・ビヨルンソン（弁）：フレドリック。落ち着いてちょうだい。ここから追い出されてしまったら、あなたの言い分を説明することもできなくなるのよ。
被：こいつらをなんとかしてもらえませんか。
弁：あなたが落ち着きさえすれば、看守さんたちは放してくれるわ。

一度だけ、目が合った。一時間にわたる冒頭陳述のあと、検察官による尋問の最中のことだ。かんしゃくを起こして無理やり座らされたフレドリックは、座ったまま後ろを振り返り、ミカエラとアグネスのほうを見た。弱々しい微笑みを浮かべている。なんとか微笑もうとしたにちがいない。ミカエラは手を口のところにやり、投げキスを送った。そのとき、胃のあたりでずしりと重く実感した。どんなに彼を恋しく思っているか。すぐそこに座っているあの人、背広にネクタイをしめて青ざめた顔をしているあの人が、どんどん遠くに行ってしまう。

検：フレドリック、念のため言っておきたいのですが、世界の数多くの国においてそうであるように、スウェーデンに死刑制度は存在しないのですよ。
被：警察がうまいことあの男を逮捕できたとしても、今回は精神病院に閉じ込めようってことになって終わりでしょう。そうしたら、脱走するのは刑務所より簡単だ。
検：なにがおっしゃりたいんですか。
被：ベルント・ルンドを逮捕したって、それは一時しのぎの解決策にすぎない。あの男は絶対にまた、何人も子どもを殺していたはずです。
検：そこであなたは、警察官や検察官、判事、死刑執行人の役割を、すべて勝手に引き受けてやろうと決めたわけですか。
被：そしてあなたは、あくまでも分からず屋でいようと決めたわけですか。
検：そんなことはありません。
被：もう一度言います。あの男を罰したくて殺したんじゃない。あの男が生きている限り、危険は避けられないからです。だから殺したんです。狂犬を殺すのと同じです。

検：狂犬ですって？
被：狂犬を始末しないと、人間が危険にさらされることになる。だから殺すんでしょう。ベルント・ルンドは狂犬だった。だから始末したんです。

閉廷になるたび、ミカエラはしばらく立ち去らずに残っていた。フレドリックが近くを通るのではないか、彼の姿が見られるのではないか、彼に会えるのではないか、そう期待していた。いくつもある出口や入口の外で、待ってみた。だが、看守の姿も、彼の姿も見えなかった。

フレドリックは裁判初日以来、ひげをそっていない。ネクタイもしめなくなった。もうどうでもいい、あきらめよう、そう思っているかのようだ。毎日かならず、一度は目が合った。振り返ってこちらを見るフレドリックに向かって、いかにも落ち着いているふりをする。大丈夫、うまくいく、そう確信しているかのように装う。

アグネスはもう来なくなった。記者の数も二人減り、捜査を担当していたあの二人の刑事は、ひとりずつ交替で来るようになった。スンドクヴィストという若いほうの刑事と、少し言葉を交わした。感じのいい人だ。警察の人なのに、とても柔和《にゅうわ》で人当たりがいい。

その日の裁判が終わるごとに、ストレングネースへ、フレドリックと暮らしていた家へ帰った。

夜になっても、なかなか寝つけなかった。

オーケスフーヴ駅で地下鉄を降り、一軒家の並ぶ界隈をのんびりと歩いていく。かすかな声で、歌を口ずさむ。そんな気分にさせてくれる夜だ。空気がほのかに暖かい。昼間の猛暑は、すっかり影をひそめている。ラーシュ・オーゲスタムは角を曲がり、自宅へ続く道に入った。そこで、初めて気がついた。

真っ先に目に入ってきたのは、車だった。スプレーで落書きされている。赤い車体に、黒い文字。

一文字、一文字が、襲いかかるように目に飛び込んでくる。

ロリコンびいき

変態

くそったれ

頭がおかしいのはどっちだ

右のドアに、左のドアに、屋根に、ボンネットに、憎しみがスプレーされている。壊せるものは全部壊されている。割られた窓。中に押し込まれたライト。バックミラーはなくなっている。

ステファンソンがルンドの死刑を執行しようとしている、そのことを知った彼は、検察庁のトイレの洗面台で嘔吐したのだった。

あのときすでに、こうなることを予感していた。

自宅は一九四〇年代に建てられた細長い家で、外壁を彩る黄色の漆喰《しっくい》は、ちょうどこの夏の初め、親戚《しんせき》に手伝ってもらって色を塗りなおしたばかりだった。

その壁が、叫びわめくような落書きに覆われている。左のほうにある台所の窓から、玄関の扉を経て、右のほうにある居間の窓まで。

同じ黒のスプレーだ。筆跡も同じ。二行にわたって書かれた文字が、地面から雨樋《あまどい》まで、壁全体を覆っている。

弱い者いじめのごますり野郎
おまえなんか死んじまえ

妻のマリーナが庭にいた。ぎくしゃくとした文字の数々から、少し離れたところに座っている。放心状態で、目を閉じたまま、スイングベンチに揺られている。ちょうど一週間前、オークションで手に入れたものだ。

マリーナが咳き込む。まるで無理やり咳き込んでいるかのように聞こえる。近づいていき、抱きしめる。マリーナは、なにも言わない。

裁判開始から三日。遅かれ早かれこうなると分かっていた事態が、現実のものとなった。娘を殺した犯人を射殺し、無期懲役となるかもしれない父親のことを、誰もが話題にしている。

うごめく憎しみ。匿名の一般市民が、行動を起こしはじめていた。

外壁いっぱいにスプレーで落書きされた、そんな家にいることが耐えがたかった。トイレに行きたくなって目が覚め、そのあとまったく眠れなくなった。服を脱いでベッドに横になり、マリーナに自分の上掛けをかけてやる。視線が、天井をさまよう。家の外、台所の窓の向こうには、落書きされて壊された車が停まっている。あれは全部、自分のことなのだ。ロリコンびいき。変態。くそったれ。頭がおかしい。

昨晩ベッドに入ったとき、マリーナはまだ目を腫らしていた。面と向かってこちらを見ることもできず、ずっと目をそらしていた。怖いのかと訊ねても、首を横に振る。なにかされたのかと訊ねても、首を横に振る。抱きしめてやろうとしても、寝返りをうって壁のほうを向いてしまう。頭がおかしいという落書きや、壊れた車とともに、たったひとり取り残されて横たわる。しばらくすると、息が苦しくなってきた。あえぐ。マリーナは気づいているのに、こちらを向こうとしない。何度もささやきかける。マリーナ。マリーナ。ついにマリーナはこちらを向いてくれた。ラーシュ。ごめんね。抱き合い、肌を重ねあわせ、いつもよりゆっくりと時間をかけて愛を交わす。それから長いあいだ、並んで横たわっていた。マリーナはまた寝返りをうち、壁のほうを向いた。

ラーシュはベッドを降り、裸のまま家の中をうろつく。

時計を見る。三時半だ。

台所に行き、湯をわかしてインスタントコーヒーを淹れる。チーズをスライスして、サンドイッチを二つ作る。グラスを二つ出してきて、片方にはヨーグルトドリンク、もう片方にはオレンジジュースを注ぎ込んだ。昨日付の《ダーゲンス・ニューヘーテル》紙と《スヴェンスカ・ダーグブラーデット》紙を開く。その文章や写真に、いわゆる〝小児性愛裁判〟に割かれた紙面の大きさに、ショックを受けた。

読み進めることはできなかった。身体中を駆け巡る、不安、いら立ち、怒り。コーヒーを半分飲んだだけで、早すぎる朝食を中断し、着替えをしてブリーフケースを取り出した。ベッドに近寄り、マリーナの肩にキスをすると、びくりとして起きた妻に告げる。もう出かけるよ。街が目覚めて動き出す前に、歩きながらゆっくり考えたいんだ。マリーナはなにやらつぶやいたが、よく聞き取れない。壁に向かって横たわる妻の背中をそのままにして、家を出ていく。

芝生に置いた、コンクリートの敷石。七歩、前に進む。そして、振り返った。

弱い者いじめのごますり野郎
おまえなんか死んじまえ
その文字が、夜明けの光に照らされて、さらに大きく、さらに黒々として見える。子どもっぽい、下手な字だ。カクカクとぎこちなく、いかにも文字を書き慣れていなさそうな筆跡。ほんとうには書かれていないかのようにも見える。やがて流れ落ち、バラの植わった花壇にどろどろと積もっていく、そんな気さえする。

車のそばを通り過ぎる。一年前に買った新車。ローンもまだほぼ全額残っている。それがまるでなにかの残骸のように、破壊され、めちゃめちゃに荒らされている。南米かどこかの大都市郊外みたいな光景だ。

車はこのまま置いておこう。誰かがこの落書きを目に留めて気分を害し、片付けてくれるまで。

都心まで歩くことにする。二時間かけて、ストックホルム西の郊外を横切っていく。ブリーフケースを片手に、背広の上着を肩に掛けて歩く。黒い靴。靴ずれが少し痛む。考えるためのひととき。理解するためのひととき。いったいこれは、どういうことなんだ？　検察官になりたいと考えた。その夢を実現した。大きな事件を担当したいと考えた。実際に担当することになった。だがそこで、終わりがやってきた。まだ早すぎたのだ。自分はまだ若すぎる。力不足なのだ。大事件の裁判には、注目がつきものだ。注目されることは、名声につながる。だがそれと同時に、脅しを受ける立場になることも覚悟しなければならない。そのことは、先輩たちを見て分かっていたつもりだった。ならば、なぜ怖がる？　車や家に落書きをされたぐらいで？　昨晩、黙ったままのマリーナと愛し合ったとき、自分が道をそれていきつつある、夢は失われた、一気に年をとったような気がする、そんなふうに思ったのはなぜだろう？　もちろん、この裁判は最後までやり遂げる。可能なかぎり長期の刑を勝ち取ってやるつもりだ。だが、そのあとは？　どうしたらいいのか見当もつかない。これまで当たり前だと思っていたことが、あっけなく消えてしまった。自分は、ひとりぼっちだ。そんな気がする。

クングスホルメン島に入り、シェーレ通りにたどり着く。ちょうど六時をまわったところだ。静かにたたずむ裁判所。建物の前にごみ箱が二つあり、カモメが何羽か、食べ物をあさっている。それを除けば、あたりはがらんとしている。入口の大きな扉にたどり着くと、ブリーフケースから鍵を出して扉を開けた。これまでもう何度も、深夜や早朝の法廷で、ひとりきりで時を過ごしてきた。初めのうちは、いつも巡回警備員が中に入れてくれた。そのうち裁判所が、この古い石造りの建物で暮らしているも同然の若き検察官のために、もう一揃《そろ》い合鍵を作るという、異例の決定を下したのだった。

昇りにくい階段を上がり、警備法廷へと向かう。中に入ると、三時間後に自分が座る予定の席に腰を下ろした。バインダーを開き、今日の裁判で使う書類をずらりと並べる。置き場所が足りなくなると、床も使って、使用する順番に並べていく。

四十五分間作業を続けたところで、扉が開いた。

「オーゲスタム」

ラーシュ・オーゲスタムの耳に、しわがれ声が届く。聞きたくもない声だ。書類から目を上げることなく、そのまま作業を続ける。

「奥さんが教えてくれたよ。ここにいるはずだって。どうやら起こしちまったらしいがな」

エーヴェルト・グレーンスは、入っていいかとも聞かずに入ってきた。あいかわらずの、ぎくしゃくとした歩きかた。底の硬い靴を履いているらしく、右足が床に接するたび、広い法廷に足音が響き渡る。グレーンスはオーゲスタムの後ろを通ると、書類の山をちらりと見やり、それから法壇へと上がっていって、裁判長席に腰を下ろした。

「俺も仕事は朝早くから始めるようにしてる。うるさい馬鹿どもがいなくて、ずっと静かだ」

オーゲスタムはひたすら作業を続ける。書類の内容をたどり、質問や所見や回答を暗記する。

「おい、手を止めろよ。おまえに話してるんだぞ」

オーゲスタムはやっとグレーンスのほうを向いた。血相を変えて怒っている。

「なんで僕が手を止めなきゃならないんですか。あんたのことなんか、はっきり言ってどうでもいい。あんただって、僕のことなんかどうでもいいんでしょ」

「そのことだが」

エーヴェルト・グレーンスは咳払いをした。目の前の小槌を、指先でいじっている。

「俺の判断がまちがってた」

オーゲスタムははたと動きを止めてグレーンスを見つめた。グレーンスは、どう言葉を続けたものか迷っているらしい。

「俺だって、自分がまちがってると思えば、きちんとそのことを認めるんだ」

「そりゃいいことですね」

「俺がまちがってた。おまえの言ったことを、まじめに受け止めるべきだった」

法廷内は静まりかえっている。大きく不格好な窓。その外も、同じように静まりかえっている。盛夏の、早朝。

「おまえには初めから、身辺警護をつけるべきだった。だから、これからは警護をつける。おまえの自宅の前にはすでに、見張りの車を一台配置してある。それから、ここの外にも一台。担当の警官がもうすぐここに来る」

オーゲスタムは窓のほうへ歩いていく。警官がひとり、ちょうど車のドアを開けて出てきたところだ。ドアを閉め、入口の階段に向かっている。

オーゲスタムはため息をついた。どっと疲れが襲ってきた。昨晩訪れてこなかった眠りが、自分の居場所を返せと要求してきている。そんな気がする。

「もう遅いですけどね」

「過ぎたことはしょうがない」

「あんたはなんとでも言えるでしょうよ」

エーヴェルト・グレーンスは小槌を持ち上げる。振り下ろすと、その音が法廷中にこだました。言うべきことはもう言ったらしいのに、いっこうに出て行く様子がない。話の続きを待ってみるが、グレーンスは黙ったままだ。ぼんやりと座っている。まるでなにかを待っているみたいに。

「話は終わりですか。僕には仕事があるんですが」

エーヴェルトは舌打ちをした。癇《かん》に障る音だ。

「いまのそれは、話が終わったという意味に解釈していいんですね」

「もうひとつある」

「え？」

「CDプレーヤーを買ったんだ。俺の部屋に置いてある。本棚の、カセットプレーヤーの隣に置いた。だから、おまえがくれたCDも聴けるようになった」

エーヴェルトはそれからも長いあいだ、裁判長席に座ったままだった。なにも言わないので、オーゲスタムはしばらくしてから作業を再開した。これは計画的殺人であり、したがって状況にかかわらず、それにふさわしい判決を下すべきである。マスコミからの圧力にさらされている参審員たちに、そう納得させるには、どのように論証を進めていくのがいちばんいいのか。書いては消し、また書きはじめる。グレーンスがときどき舌打ちをする。離れたところから、自分はまだここにいるぞと主張するかのように、あの癇に障る音を立てる。椅子にもたれ、顔を天井に向けている。まるで眠っているみたいだ。

八時半。外でがやがやと声がする。厚いガラス窓の向こうで、人々が叫び声をあげている。

二人は窓側へ急ぎ、数ある窓のひとつを開けた。生暖かい空気が、むわっと入ってくる。

身を乗り出して、四階下のがらんとした空間に目をやった。

そこはもう、がらんとした空間などではなかった。いったい何人いるのだろう。二人はそれぞれ、その数をざっとかぞえる。約二百人。全員が、入口の扉のほうを向いている。うごめく群衆。まるで電流が流れているかのように、波のように、脈のように、群衆が数歩進んだかと思うと、樹脂製の盾を手にした警官たちが、彼らを数歩押し戻す。人々は叫び、プラカードを掲げている。あと三十分で再開される裁判に対して、声高に抗議している。この国の制度を、嘲っている。本来なら社会が守るべきだったのに守れなかったもの、それを守った人間を逆に起訴し、罰しようとしているこの社会を、嘲っている。

エーヴェルト・グレーンスがかぶりを振った。

「つくづく頭のおかしいやつらだな。そこでわめいたってしかたがないってことぐらい分からんのかね。脅し文句をわめき散らせば、警官隊が中に入れてくれるとでも思ってるんだろうか」

石が空中を飛んでいき、ずらりと盾が連なる列のいちばん端にいる警官のそばに落ちた。ラーシュ・オーゲスタムは、はっとした。自分の車や家を思い浮かべる。マリーナはもう起きているだろうか。いや、パトカーが見張っているのだから、心配はないはずだ。グレーンスと目が合う。なにか言わなければいけないような気がした。

「あの人たちはただ、怖がっているだけですよ。性犯罪者が怖い。だから憎い。被害者の父親が、性犯罪者を射殺した。彼を英雄視するのも当然です。自分たちがやりたくてもやる勇気がなかったことを、彼はやってのけたんですから」

グレーンスはふん、と鼻を鳴らす。

「言っとくがな。俺は、罪を犯すようなクズどもは大嫌いだ。これまでずっと、連中を追っかけてとっ捕まえてきた。だがクズにもいろいろある。ステファンソンは、英雄視されてるんじゃない。英雄なんだ。あの男は、俺たちにできなかったことをやってのけた。市民の命を守ったんだ」

裁判所の入口には警官が十二人いたが、さらに応援がやってきた。

マイクロバスが二台、あわただしく群衆のほうへと向かっていく。バスにはそれぞれ、盾を持った警官が六人ずつ乗っている。

デモ隊の二人が列を離れ、マイクロバスに正面から向かっていく。バスは急ブレーキをかけた。警官が十二人、バスから飛び出してくる。すでにその場にいた警官たちと合流し、人間の壁の幅が広がった。

襲いかかる群衆は、次第に落ち着きを取り戻しつつある。怒号もおさまってきた。事態は沈静化しつつある。さきほどまでは非常事態レベルだったのが、いまは要警戒レベルといったところだ。

オーゲスタムが窓を閉めると、外の音はまったく聞こえなくなった。グレーンスを突き飛ばしてやりたい衝動を、ぐっとこらえる。その口調が耐えられない。このままずっと、なにがなんでもケチをつけつづけるつもりなのだろうか。だが突き飛ばす代わりに、論証を進めることにする。もうすぐこの法廷で用いることになる論点を、いま展開してみることにする。

「それはいったいどういう意味ですか、グレーンスさん。なにがおっしゃりたいんですか。英雄ですって？　市民の命を守った、ですって？」

「あいつのおかげで、みんな安心して暮らせるようになった」

「ステファンソンは殺人犯ですよ。あの男がやったことは、ルンドがやったこととなんら変わりはない。人の命を奪ったんだ。下にいる連中はたしかに、ステファンソンのやったことは英雄的な行為だと思っているのかもしれない。でも正規の裁判では、そんなことで情状酌量するわけにはいかないんですよ」

「だがな、俺たちには市民を守ることができなかった。ステファンソンには、それができた。そのことを認めないわけにはいかんだろう？」

閉じた窓の向こう、階下にいる人々。いわゆる、一般市民。彼らの結論ははっきりしている。ステファンソンの行動は正しかった。いまオーゲスタムがやっていること、つまり殺人罪に問うなど、とんでもないことだ。

「だからといって、人の生き死にを決める権利は誰にもないはずじゃないですか。ステファンソンだろうと、ほかの被害者の親だろうと、同じことです。グレーンスさん、あなたは僕のことをよく知らないんだ。僕だってもしかしたら心の底では、ステファンソンのやったことは正しかった、暴行殺人犯の頭なんかふっとばして当然だった、そう思っているかもしれないじゃないですか。どうですか、分からないでしょう？　でも僕はあなたに自分の意見を教えるつもりはない。どうしてかって？　正しい判決は、長期刑以外にありえないからです。ステファンソンには、きちんと罪を償ってもらう。下にいるあの連中に、それ以外のメッセージを発してはいけないんです」

オーゲスタムは窓辺を離れ、床に山積みになった紙の束へと向かっていった。書類を集め、順番どおりに整理して、バインダー二つにはさみこむ。エーヴェルト・グレーンスはそれからもしばらく窓辺に立っていたが、散り散りになっていく群衆を窓越しにちらりと見やってから、その場を離れた。法廷の後ろに並ぶ傍聴席へ向かうと、初めの三日間と同じ席に腰を下ろした。

扉が開いた。守衛が入ってくる。マスコミ各社から送られてきた連中や、建物の外で並び、厳重なセキュリティーチェックをくぐり抜けてきた傍聴人たちが、列を成してあとに続いた。

フレドリック・ステファンソンの裁判は、五日目、最終日を迎えた。

ベングト・セーデルルンドは朝早くに目覚めた。夏休みもあと二週間。日々を有効に使わなければと、ここ一週間、毎晩数時間ほどしか眠っていない。なんでもいいから気ぜわしく動きまわっていれば、エリサベットと娘が出ていってしまい、行方がまったく分からないことについて、考えなくて済む。いなくなってから丸一日のあいだ、まるでなにかに取りつかれたかのように、エリサベットの実家や女友だちや昔の同僚に電話をかけまくった。だが彼女に会ったという人はひとりもいない。なぜそんなことを聞くのかと問われても、ベングトは答えなかった。連中の笑いものになるのはごめんだ。

約束は、九時半。まだ数分ある。居間の窓から外を見てみると、みんなもうそこにいた。ウーヴェとヘレーナ。ウーラ・グンナション。クラース・リルケ。指を鳴らすと、台所からバクスターが駆け寄ってきた。いっしょに外に出る。

庭には大きな物置がある。露出狂ヨーランの家の敷地との境目近くに建っている。あの男、自分たちがここに入っていくのを見て、なにをしているんだろうと思うことだろう。

挨拶をする。友人どうしなのに抱擁はせず、握手を交わすだけだ。小さいときからいつもそうだった。なぜかは分からないが、タルバッカではいつもそうなのだ。

ベングトは木挽台《こびき》を二台持っている。大きな板の両端をそれぞれ、斜めになった二本の脚で支えるタイプの木挽台だ。一台を持ち上げてもう一台の脇に置き、板の幅を二倍にする。ウーヴェとクラース・リルケが、空き瓶のいくつも入った大きなポリ袋を、それぞれひとつずつ抱えている。空き瓶の数は、合計四十本。そのうち二十本は七百五十ミリリットルのワイン瓶、あと二十本は三百三十ミリリットルのミネラルウォーター瓶だ。すべてガラス瓶である。木挽台の上に、きっちりと一列に瓶を並べていく。そうしているあいだにウーラ・グンナションが、物置の隅のほう、芝刈り機の後ろに置いてある、大きなドラム缶のふたを開けた。中にはガソリンがなみなみと入っている。容器の口を中に突っ込む。ガソリンが満ちていくにつれ、ぶくぶくと泡が浮かんでくる。そうして容器を持ち上げると、その側面にガソリンが垂れた。ヘレーナがその姿をじっと見守っている。容器がいっぱいになったのを見はからって、いちばん端のワイン瓶のそばに陣取ると、瓶の口にプラスチックの漏斗をあてがった。その漏斗を使って、ウーラ・グンナションが瓶の半分までガソリンを注ぎ入れる。次の瓶に移り、また半分までガソリンを注ぎ入れる。こうして四十本の瓶すべてに、同じようにガソリンを注ぐ。使ったガソリンの量は、合計十リットル強。そうこうするうちに、ベングトが洗濯かごの中から古シーツを引っ張り出してきて、山積みになった薪の上に広げていた。小型ナイフで布を三十センチ四方に切り刻み、丸め、ひとつずつ瓶の口に押し込んでいく。布の端が、まるで待ち針の頭のように、瓶の口から少しはみ出している。それが終わると、地面に置いた箱の中へ、みんなで瓶を移していく。倒れないように、ぎっしりと詰めた。その脇にある小さめの箱には、ライターが十個入っている。壊れてしまうといけないので、予備も含めて、ひとり二個ずつ。

あまり時間はかからなかった。正午まで、まだ数時間ある。

フレドリックは法廷の中央に座って、目を閉じている。あたりを見回してみたいとは思うのだが、

ラーシュ・オーゲスタム検察官（検）：被告人フレドリック・ステファンソンは、ベルント・ルンド懲役囚に対する思いやりも配慮もまったく見せることなく、その命を奪いました。その行為に、情状酌量の余地はないと考えます。したがって、殺人罪で有罪とし、無期懲役を求刑いたします。

その気力がない。五日目。最終日。独居房に戻って、

弁護人クリスティーナ・ビヨルンソン（弁）：被告人フレドリック・ステファンソンは、保育園のすぐそばにいました。彼の行為は正当防衛とみなすべきであります。なぜなら、もし彼がベルント・ルンド懲役囚を射殺しなかったとすれば、ルンド懲役囚

は五歳女児さらに二名を、暴行のうえ殺害していたにちがいないからです。その女児二名の名前も分かっています。


洗面台で小便したい。いま望むことはそれだけだ。

法廷は満席だ。これだけ多くの人に囲まれていながら、ひどく孤独を感じる。

アグネスに去られたあと、ミカエラと出会う数週間前、ひとりで迎えたクリスマスを思い出す。ある日ふと気がついてみたらクリスマスイブで、無視しようとしてもしっくり来ず、結局は夕方の五時、濃い暗闇のなか、ストックホルムでクリスマスイブに営業している数少ないパブのひとつに足を踏み入れたのだった。そこで出会った人々のことは、おそらく一生忘れないだろう。皆が同じ孤独を分け合っていた。その重々しい雰囲気が息苦しく、耐えがたくなってきたところで、毎年クリスマスイブに放送されるアニメ『カール＝ベッティル・ヨンソンのクリスマスイブ』（郵便配達人として働く少年が、金持ち宛てのクリスマスプレゼントを、貧しく恵まれない人々に配る物語）が始まった。三十分間、パブの片隅に置かれたテレビに、全員の注目が集まった。まるで自分たちの姿を見ているような気さえするこのアニメに、笑い声があがり、しばらくのあいだ場の雰囲気が和らいだ。こうして、クリスマスイブの夕べは過ぎていった。ピルスナーをもう一杯飲んで、タバコを一本吸う。そして全員が家路についた。アパートに帰り着くと、空気が淀んでいると感じた。どうやら掃除をしたほうがよさそうだ——。

フレドリックはあたりを見回した。あのときと同じように、見知らぬ人々に囲まれて、そ

の場のしくみもさっぱり分からないまま、ただじっと座っている自分。望んでもいない未来を押しつけられる自分。検察官は、

検：刑法第三章第一条には、こう定められています。人の生命を奪った者は、これを殺人罪とし、十年または無期の懲役刑に処する。

無期懲役を求刑している。そして弁護人は、

弁：刑法第二十四章第一条第一節には、こう定められています。防衛を目的とした行為は、根拠となる侵害の性質、侵害の対象の重要性、およびその他の諸状況に鑑みて、その行為が正当であると認められないことが明らかである場合にのみ、これを罪とみなす。

正当防衛を主張している。参審員たちは、ほとんど聞いていないように見える。自分の後ろには記者たちがいて、メモを取り、スケッチをしている。いまの自分には、彼らの書いたものを読む権利がない。どこの記者たちなのか、この現実をどのように伝えているのか、いまの自分には知るよしもない。記者たちの後ろには、傍聴人たちがいる。あの野次馬たちには、だんだん我慢ならなくなってきた。娘を殺された父親、犯人を殺した父親、そのほんものを

すぐ近くでじっくり見ることができて、会心の笑みを浮かべている連中だ。だからなるべく、

検：被告人フレドリック・ステファンソンは、ベルント・ルンド懲役囚の殺害を、四日間にわたって計画していました。思いとどまる時間はじゅうぶんにあったはずです。被告人がルンド懲役囚を殺害したのは、被告人自身の言葉を借りれば、社会にとっての狂犬を自分の手で始末するためでした。

後ろを向かないようにする。とはいえ、幾度かは振り向いてみた。ミカエラと目を合わせるためだ。言いたいことがある。見せたいことがある。だが、

弁：生命や健康、財産、または法によって所有権を保護されているその他の事物が危険にさらされているとき、正当防衛の必要性が生じます。本件の場合、女児二人が明らかに命の危険にさらされていた。そして被告人の行動によって、二人の命は救われたのです。

詮索《せんさく》するような視線を一気に集めてしまうのがいやで、ついにはなにもかもあきらめた。何時間もまっすぐ前を向いたまま、目を閉じ、発言に耳を傾けることもなく座っている。目に浮かんでくるのは、法医学局のストレッチャーに載せられ、布にくるまれていたマリーの姿。

美しい顔。縫い合わされた胸郭。金属の物体で切り裂かれた性器。汚れのついていない、唾液の検出された足。自分を告発する男の言うことも、自分を弁護する女の言うことも、どちらも耳に入ってはきた。質問にも、ちゃんと答えた。それにもかかわらず、まるで周りではなにも起きていないような気がした。ストレッチャーに載せられ、布にくるまれた少女の姿、それがすべてだった。

夏がゆっくりと終焉《しゅうえん》を迎えつつある。

何週間ものあいだ猛威をふるっていた暑さはすっかり薄れ、涼やかな空気がやってきた。どしゃ降りのにわか雨がなくなった代わりに、しとしとと雨が降りつづくようになり、日に焼けた肌に湿気がじわじわとしみ込んで、短パンやノースリーブは姿を消し、長ズボンやジャケットに取って代わられた。シャーロット・ヴァン・バルヴァスはほっと息をついた。ストックホルムの街中をのんびり歩ける日を、強い日差しに目を細めることのない日を、いまかいまかと待っていた。生白い肌をしていても許される季節が、もうすぐやってくる。彼女の白い肌は、日に焼けると真っ赤になってしまう。だから太陽を避けるため、必要以上に長く法廷にとどまり、そのあともレストランや図書館に避難するようにしてきた。ふつうの人たちと同じように、街中を歩き回ることのできる日が待ち遠しかった。だってみんな、とっても幸せそうに見えるではないか。

四十六歳のシャーロット・ヴァン・バルヴァスは、不安にかられている。

オーゲスタム検察官の身に起こったことは知っている。脅迫を受け、自宅をめちゃめちゃにされたのだ。それというのも、社会を代表して、やるべきことをやったから。つまり、計画的な殺人に対して、無期懲役を求刑したから。自分は判事で、おそらく同じように注目され、嫌われている。そのうえ、長らく政治ひとすじで生きてきた、法律の専門家でもなんでもない参審員たちと、いっしょくたにされてしまう立場の人間だ。その参審員たちともうすぐ、法廷裏の会議室で会うことになっている。彼らを説得するのが、自分の役目だ。法律に基づいて、そう、彼らのような政治家たちが決めた法律に基づいて考えると、ステファンソンが殺人罪で有罪であることはまちがいなく、したがって長期の懲役刑に処するべきである。そのことを、なんとしても分かってもらわなければならない。

そうするしかないのだ。

自分は、公権力そのもの、社会そのものである。そしてこの社会では、自分勝手な正義を振りかざして裁きを下すリンチ行為を、断じて許すことはできない。

クングスホルム広場を横断し、裁判所へと近づいていく。すれちがう人々を眺める。皆が傘を差し、猫背ぎみで歩いている。この人たちの意見を聞いてみたい。もしステファンソンの立場に立たされたとしたら、この人たちも同じように発砲しただろうか。人間の生きる権利は、人によって異なる、この人たちもそう考えているのだろうか。みんな、私が誰だか知っているだろうか。ほとんどすべての新聞に、私と参審員たちの写真がでかでかと掲載されているのだから。

この人たちが、〝小児性愛裁判〟の判決を下す。

ルンドを射殺したことが正しかったのかどうか、この人たちが決める。彼らの決定いかんによっては、スウェーデンに事実上の死刑制度を導入することになるかもしれない。

自分でも新聞を買い求め、見出しに目を通してはみたが、それ以上は読み進めていない。ステファンソンの姿を思い浮かべる。その傷ついた、弱々しい顔。五日間、ずっと見つめてきた。傍聴席のハイエナたちの視線を避けようと、常にまっすぐ前を見つめていたステファンソン。その姿には好感が持てた。ここのところ数晩かけて、彼の本を一冊読み終わりもした。たしかに彼の主張どおり、二人の少女がルンドに暴行殺害されずに済んだのはステファンソンのおかげだ。そして、ステファンソンはまさにそのためにルンドを射殺したのであり、動機はそれだけだったということも分かっている。ああ、あの弱々しい顔。やさしく撫でてあげたっていい。恐ろしげな様子はまったくなかった。娘を殺した犯人を射殺したのは、復讐のためではなく、ほかの親が同じ目に遭わないようにするためだ、彼がそう言ったとき、彼女はその言葉を心から信じた。

参審員のひとりにこう聞かれた。もし、ステファンソンが守ったのがあなたのお子さんだったとしたら、どんな結論を下しますか。あなたがもし、エンシェーピンのあの保育園付近の住人だとしたら。

シャーロット・ヴァン・バルヴァスには、子どもがいない。

もし子どもがいたとしたら。たしかに、いまとはちがう思いを抱いていたかもしれない。

そのことが想像できないほど馬鹿ではない。彼女は回答を避けた。

裁判所が目の前に見えてきた。

そのとき、雨がさらに激しくなった。大粒の雨が、みるみるうちに大きな水たまりをいくつも形成していく。雷も鳴りはじめた。

立ち止まる。服がびしょ濡れになっていく。

頬から喉へ流れる水の感触で、落ち着きが戻ってきた。勇気が湧いてきた。残された道のりを歩く気力も湧いてきた。彼女は、議論の場へと向かっていく。これから、判決をともに下す参審員たちを説得するのだ。全員一致を目指そう。娘を失って悲しみにくれる父親に、無期懲役の判決を下すために。

外は雨だ。フレドリックは格子窓のそばに立ち、何がガタガタとうっとうしい音を立てているのだろうと、外に視線を走らせた。窓枠の一部が壊れてぶら下がっているのが見える。赤褐色の金属を目にして。それを打つ雨粒の数をかぞえようとした。ベッドに横になる。汚い天井。なにも掛かっていない壁。鍵のかかった扉。小窓も閉まっている。目を閉じて、自由になろうとする。だがここ数日、じゅうぶんすぎるほど睡眠をとっているせいで、なかなか眠りの世界へと消えていくことができない。何時間か眠ってやり過ごそうと思ったのに、うまくいかない。

ここに勾留されて、もうすぐ三週間になる。

不満を漏らすと、看守たちは笑って言った。スウェーデンの勾留期間は、世界でもかなり長い。おまえはもう裁判が済んでるんだから、まだいいほうだぞ。

裁判が始まる前から、判決が下されるまで、何ヵ月も、いや一年近く待たされる連中だっているんだ。

おまえは運がいい。そう彼らは言った。有名なロリコン野郎を射殺したってことで、マスコミの注目を一身に浴びて、その圧力で裁判の日程が早まったんだから。おまえには想像もつかないだろうが、ふつうはいつ終わりが来るかも分からないまま、ただただここで待たされるんだ。夜になると自殺するやつもたくさんいる。

誰かやってきた。

昼食までまだ一時間はあるはずだ。扉のほうを見やる。外に立っている人がいる。

小窓から目がのぞいた。

「フレドリック」

「なんですか」

「面会だ」

フレドリックは起き上がり、指先で前髪を整えた。髪型など気にしたのは、ここ数日で初めてのことだ。扉が開いた。

牧師と、弁護士。レベッカと、クリスティーナ・ビヨルンソン。二人は同時に戸口をまたぐ。満面の笑みを浮かべている。

「こんにちは」

挨拶を返す気力がない。彼女たちには好感を持っている。きちんと返事をして迎えるべきだ。だがそんな力はもう残っていない。二人に悪気はないことは分かっているが、ここは自分の部屋だ。見苦しい部屋をさらに見苦しくしているあの蛍光灯でさえ、自分のものなのだ。

「なにか用でも？」

「いい知らせがあるのよ」

「疲れてしかたがないよ。雨音がうるさくて」

そう言って窓を指差す。

「聞こえるだろう」

二人はしばし耳を傾け、うなずいた。レベッカは牧師服の白い襟元に指先で触れ、それから手を伸ばすと、フレドリックの肩に置いた。

「フレドリック、聞いてちょうだい。クリスティーナからいい知らせがあるわ」

クリスティーナ・ビヨルンソンがフレドリックの脇に腰を下ろす。豊満な身体。落ち着いた声。

「そうなのよ、フレドリック。あなたはついに自由の身よ」

もちろん耳には届いている。だが、なにも答えない。

「ねえ、聞いてる？　自由の身よ！　ついさっき、無罪判決が下ったの。全員一致ではなかったけれど、地方裁判所は、あなたの行為は正当防衛にほかならないと判断したのよ。あなたはもう、この部屋を出ていい。そのだぶだぶの服も脱いでいい。今夜ドアの鍵をかけるかどうかだって、自分で決めていいのよ」

フレドリックはふたたび立ち上がり、窓のそばへと歩いていった。壊れた窓枠が、さっきよりも大きな音を立てている。雨が激しさを増したのだ。雷雨になるかもしれない。

「分からない」

「え？」

「分からない。なんの意味があるのか」

「意味って、いったいなんのこと？」

「ここにとどまったってべつにかまわないんだ」

どういうわけか、兵役時代を思い出す。いやでいやでしかたがなくて、終わる日をいまかいまかと指折りかぞえて待っていたくせに、いざ兵役期間が終わり、開いた門を黙って出ていくときになってみると、日々を生き延びていくよすがだった、喜びも、憧れも、将来への期待も、すべてがその役割を終え、ふっと消えてしまった。

あのときと、まったく同じ気持ちがする。

「分かってもらえないと思うけど」

レベッカとクリスティーナ・ビョルンソンは顔を見合わせた。

「そうね。たぶん、分かってあげられない」

説明しようという気にはなれない。だが分かってもらうための努力をするだけの価値が、彼女たちにはある。

「僕には、娘がひとりいた。だが、いなくなってしまった。性器を切り裂かれて死んだんだ。前にも同じ罪を犯した男に。以前の僕は、人間というものに対して、ある信念を持っていた。人命は神聖で尊いものだ、そう思っていた。だがその信念も消えてしまった。僕は、人を殺した。分からない。もう、なにも分からないんだ。自分の命を失って——あとになにが残るというんだ？」

服を着替え、世界を着替えているあいだ、二人はベッドに座ったまま待っていてくれた。

これで、フレドリックは、拘置所という世界の住人ではなくなった。

いつも小窓から目をのぞかせる看守に向かって会釈をすると、途中の廊下で立ち止まり、自動販売機でコーヒーを買った。鈍くうなるような音とともに、プラスチックのカップにコーヒーが注ぎ込まれる。それから、正面玄関へ向かい、記者たちが二十人ほど集まっている脇を通り過ぎた。裁判のときと同じように、なんとかして彼の顔を見ようとしている記者たち。フレドリックはなにも言わず、無表情のまま通り過ぎていく。歩道でレベッカやクリスティーナ・ビヨルンソンと抱擁を交わすと、待っていたタクシーに乗り込んだ。

ベングト・セーデルルンドは家を飛び出し、全速力でタルバッカを走り抜けていく。脇腹が痛み出し、口の中に血の味が広がった。子どものころ、学校のマラソン大会で優勝したときのことを思い出す。優勝したのは、いちばん強いからでも、いちばん練習したからでもない。なにがなんでも優勝すると決めていたからだ。あのときと同じように、ベングトはひたすら走る。どんなに速く走っても足りないかのように。一秒も無駄にしてはならないかのように。ウーヴェとヘレーナの家が見えてきた。家にいるらしい。車庫へと続く私道には車が停まっているし、台所の灯りもついている。玄関への階段を大急ぎで昇ると、ベルを鳴らしもせずに上がりこむ。手に持った紙をばたばたと振り、居間に向かって叫んだ。

「決まったぞ! 決まったぞ!」

ヘレーナは裸のまま、ひじ掛け椅子に座って本を読んでいた。勝手に上がりこんできて叫び声を上げる男の姿を、おびえた目で見つめている。ベングトがヘレーナの裸を目にするのは初めてだ。これまでに目にしていたなら、なかなかきれいだと思ったにちがいない。だがいまはそれどころではない。もちろん視界には入っているが、まったく見ていない。立ち止まっている場合ではない。じっとしている場合ではないのだ。靴を履いたままどかどかと居間に入っていき、ヘレーナの周りを歩き回る。紙をばたばたと振っては、窓から外を見ている。ウーヴェは庭にいるのか？　出かけているのか？

「どこだ？」

「なにが」

「ウーヴェだよ」

「地下よ。シャワー浴びてる」

「呼んでくる」

「もうすぐ上がってくるわよ」

「呼んでくる」

地下へと続くドアを開けると、急な階段をぎこちなく、ばたばたと音を立てて降りていく。シャワーの場所は知っている。数年前、エリサベットがもっと広いバスルームが欲しいというので、クローゼットを壊してだだっ広いバスルームを作ったときに、ここのシャワーを何度も借りた。シャワールームのドアを開け、青地に大きな鳥の模様のシャワーカーテンへと突進していく。ビニールのカーテンを乱暴に引くと、ウーヴェがびくっとしてよろめいた。驚いてしばらくちぢこまっていたが、ようやく誰だか分かったようだ。

「見ろよ！　出たぜ！　やったぞ！」

ウーヴェはシャワーの蛇口を閉めると、身体を無造作に拭いてからタオルを腰に巻き、べングトのあとに続いて階段を昇った。ベングトは、例の紙切れを高く掲げて歩いている。まるで歓声を上げる観衆に向かって優勝トロフィーを掲げているかのようだ。あわただしく廊下を抜け、ふたたび居間へと入っていく。ヘレーナは黙ったまま、あいかわらずひじ掛け椅子に座っている。さっきとはちがって、ガウンを着ている。

「これ見ろよ！　分かるか？」

ベングトは紙切れをテーブルに広げてみせた。ウーヴェもヘレーナも近寄ってきた。

「インターネットで調べたんだ。スウェーデン通信のホームページだよ。二十分前にこれが出た。いや、十九分前か。見ろよ、一一時〇〇分って書いてある」

ウーヴェもヘレーナも内容を読んでいる。大きな文字で二ページ。ベングトはやきもきしながら待っている。立ち上がり、部屋の中を歩き回っている。

「読み終わったか？　なあ、分かるか？　無罪だよ！　正当防衛だよ！　あのロリコン野郎を撃ち殺して、女の子たちの命を救った、それが正当防衛だって地方裁判所が認めたんだよ！　ステファンソンは釈放だ！　きっといまごろ家で酒盛りだぜ！　三対一だとよ。反対したのは判事だけだ。ほかの三人は迷いもしなかったとさ！」

ウーヴェはまた読み直している。ヘレーナはひじ掛け椅子にもたれかかった。ベングトは身を乗り出してヘレーナを抱擁し、それからウーヴェの背中をドンドンと叩いた。

「いまだぜ！　あの男には消えてもらう！　それが市民の権利なんだからな！　あの男を消すのは、正当防衛だ。正当防衛なんだよ！」

あたりが暗くなるまで待つ。午後からずっとベングトの家で、ほとんど話もせず、ただいっしょに時を過ごしてきた。これからの手順は、みんなすべて承知している。コーヒーをもう一杯ずつ淹れ、シナモンロールを浸して食べる。十時半。暗闇がやってきた。完全な暗闇ではないが、人の顔が判別できるほど明るくはない。

庭に移動した。ベングト、ウーヴェ、ヘレーナ、ウーラ・グンナション、クラース・リルケ。暗闇に目を慣らす。物音ひとつしない。この村の一日は、早く始まり早く終わるのだ。ベングトは皆に待つよう告げると、家の中へと戻っていく。台所に入ると、ぱちんと指を鳴らした。バクスターが手を舐めてくる。軽く撫でてやってから外に連れて行き、ふたたび皆と合流した。一列になって庭の物置へ向かい、南京錠を開け、例の二つの箱を運び出す。まずは、七百五十ミリリットルのワイン瓶二十本と、三百三十ミリリットルのミネラルウォーター瓶二十本が、ぎっしり詰まった箱。瓶にはそれぞれ、半分までガソリンが入っており、口に布切れを突っ込んである。それから、その隣に置いてあった、小さめの箱。ライターが十個入っている。ウーヴェとクラース・リルケが、瓶の入った箱を二人がかりで運び出す。ウーラ・グンナションはライターの入った箱を運び出すと、二個を自分で手に取り、仲間たちにも二個ずつ配った。

わずか数メートル離れたところにある、隣の家。こうこうと灯りがついている。彼らはしばらく身を隠し、男が家の中で、台所から居間へ、居間からトイレへと歩いていくのを、じっと見守った。トイレの灯りがついたところで、ベングトはバクスターに待ての合図をすると、大股で数歩踏み出し、目の前の柱を登りはじめた。上まで器用にすばやく登り切ると、そこで静止したまま、作業ズボンの脇ポケットからやっとこを取り出して、電話線をはさんでぐいっとちぎる。トイレの灯りがまだついている。どうやら洗面台のところにいるらしい。ベングトは柱を滑るようにして降りた。両手がひりひりする。それから隣の柱に移ると、スパナを使って、数メートル上がったところにあるキャビネットを開けた。自分の家のとまったく同じつくりだから、主電流の遮断器がどこにあるかは分かっている。

家の中が真っ暗になった。

そのまま、じっと待ち構える。

思っていたよりも時間がかかった。まず、ろうそくの火がいくつかともった。各部屋に一本ずつ置いているらしい。それから、懐中電灯。壁のあちこちに、灯りがちらちらと反射しているのが見える。

もうすぐだ。

懐中電灯の灯りが、玄関のほうに近づいていく。

ベングトがバクスターの首輪をぐいと握る。バクスターにもピンと来た。決行の時が、攻撃の時がやってきた。ご主人様の命令が、もうすぐ下る。

「バクスター！　いまだ、行け」

懐中電灯の灯りが、玄関に到達した。扉が開く。

外階段に露出狂ヨーランが出てきたちょうどそのとき、ベングトはバクスターの首輪を離した。バクスターが声高に吠えつつ芝生を走り抜けていく。露出狂ヨーランは向きを変え、あわてて玄関の扉を開けた。犬は階段に着いている。いまにも飛びかからんとしたところで、ヨーランは中から扉を閉めた。

「バクスター、待て」

犬は吠えるのをやめた。扉の前に座って待ち構える。

ベングトは窓の向こうに目を凝らした。家の中を走り回る人影が、何度かちらりと見えた。どうやら露出狂ヨーランは台所で立ち止まっているらしい。ほぼ確信が持てた。

台所の窓に向かって叫ぶ。

「怖いか、ヨーラン？　暗くて寒くていやだよなあ。助けてやるぞ。とびっきり明るく、暖かくしてやるからな」

ウーヴェ、ウーラ、クラースに合図する。三人は扉の開いた物置を目指してすばやく歩いていくと、中に入り、ガソリンの入ったドラム缶へと向かった。重い。三人がかりでなんとか持ち上げる。芝生のところまで運んでいくと、ひっくり返し、露出狂ヨーランの家まで転がしていった。ウーヴェがドライバーを使ってふたを開ける。ふたたび三人がかりで、ガソリンが中から流れ出るよう、ドラム缶を少し持ち上げた。そのまま家の周りを一周して、中身をすべて注ぎだす。花壇が、砂利道が、ガソリンで濡れている。

そのあいだにヘレーナがガラス瓶を箱から出して、五人分に分けていた。全員が布の切れ端に火をつける。もうすぐ爆発するガソリン爆弾を手に、身動きひとつせず待っている。そして、ベングトの合図で同時に瓶を投げる。暗闇の中、五つの火炎瓶が光の弧を描いた。

家のあちこちに命中する。一斉に鳴り響く爆発音。

また同時に投げる。またあちこちに命中する。一本、また一本。それぞれ八本ずつ投げた。家はすでに燃えている。さまざまな方向から、火が家を蝕んでいく。

ベングトは、さきほどやっとここを出したのと同じポケットから、紙切れを一枚取り出した。激しく燃え盛る家を目の前にして、紙切れの内容を読み上げる。フレドリック・ステファンソンに対する地方裁判所の判決文だ。父親として、娘を殺害した犯人を射殺し、小児性愛者がさらに罪を重ねるのを防いだ彼の行為は、公益を動機とするものであり、正当防衛とみなされる。したがって、無罪とする。

読み終わったところで、台所の窓が開いた。

露出狂ヨーランが悲鳴を上げ、窓から飛び降りる。

どさりと地面に落ちた。倒れたまま動かない。ベングトはとっさに思う。エリサベットだって、これを見たら納得したはずだ。あいつもここに立って、この光景を見るべきだった。

露出狂ヨーランがふたたび動き出した。ベングトは、玄関でまだ座って待ち構えているバクスターを、大声で呼んだ。バクスターは階段を降り、地面から這い上がろうとするヨーランに向かって突進していく。飛びかかる。ヨーランが身を守ろうとして上げた腕を、その牙で食いちぎった。

第四部（一夏）

判決が出たその日、タルバッカはすでに燃えていた。したがって、二十年前に校庭で全裸になって罰金を科された経歴を有する、四十代半ばの男性が襲撃されたこの事件は、判決から一週間のうちにスウェーデン中で、小児性愛者とされる人々に対し、正当防衛であるとの主張のもとに行なわれた九件の暴力事件のなかでも、最初の事件となった。各地でリンチを受けて重傷を負った人々のうち、三人が死亡した。

取調担当(取):これから事情聴取を始める。
ベングト・セーデルルンド(セ):どうぞ。
取:今回の事情聴取では、あんたたちがガソリン爆弾を投げつけたあとのことについて聞きたい。
セ:それはそれは。

取：その態度はなんだ。
セ：は？
取：いやみったらしい言いかたしやがって。
セ：俺がしゃべるのが気に食わないんだったら、いますぐにでも喜んで出て行きますよ。
取：事情聴取はこっちの気が済むまでいくらでも続けてやる。きちんと質問に答えさえすれば、すぐに終わるんだ。
セ：好きにしてくださいよ。
取：最後の瓶を投げつけて、それからどうした？
セ：家が燃えてましたね。
取：おまえは、どんな行動を？
セ：読み上げました。
取：なにを？
セ：判決文。
取：だらだら答えるな！
セ：判決文を読み上げました。
取：だから、なんの判決文を読んだんだ。
セ：ストレングネースの事件の、あの父親の判決文。娘を殺したロリコン野郎を撃ち殺した、あの人の判決です。それを読み上げたんですよ。

取：なぜそんなことを？
セ：あの人のやったことは正しかったと、社会が認めたわけだ。そうでしょう？　ろくでなしどもは、この世からいなくなるべきだ。
取：それからどうした？　読み終わったあとは？
セ：露出狂ヨーランが飛び降りるのが見えました。
取：どこから？
セ：窓から。台所の窓から。
取：それで、おまえはどうしたんだ？
セ：バクスターをけしかけてやりました。
取：バクスターをけしかけてやった。
セ：ええ。
取：どうして？
セ：あの男、逃げようとしてやがった。立ち上がろうとしてたんで。
取：だから、犬をけしかけたと？
セ：ええ。
取：で、犬はどうした？
セ：あのろくでなしに咬《か》みつきましたよ。
取：どんなふうに？

セ：腕とか、腿とか。顔のあたりも、何度かざっくり。
取：喉元も？
セ：ああ、そういえばそうだった。
取：どのくらいの時間咬みついていた？
セ：俺が呼び戻すまで。
取：だから、どのくらいの時間なんだ？
セ：二、三分かな。
取：二、三分？
セ：三分ってことにしときましょう。
取：それから？
セ：俺たちは帰りました。
取：帰った？
セ：ええ。
取：どこに？
セ：家にですよ。消防車を呼びました。えらく燃えてたもんだから、燃え広がったら困ると思って。俺、隣に住んでるんで。

喉元を犬に咬まれた傷がもととなって亡くなったタルバッカの〝露出狂ヨーラン〟以外に

も、ウーメオでは、過去に性犯罪で二度有罪判決を受けたことのある男性が、郊外の公園を通りかかった際、四人組の少年に襲われ鉄パイプで殴り殺されるという事件が起こった。

取調担当（取）：また録音を始めるぞ。
イルリアン・ライストロヴィッチ（ラ）：どうぞ。
ラ：気分はましか？
取：ああ。まったく、休憩ぐらいさせてくれよな。
ラ：よし。続けるぞ。
取：ああ。さっさとやれよ。
ラ：いちばん多く殴ったのはおまえか？
取：そんなの知らねえよ。
ラ：ほかの連中はそう言ってる。
取：じゃあ、そうなんだろ。
ラ：なぜ殴りつけた？
取：あいつ、ロリコン野郎だったんだろ。
ラ：ロリコン野郎？
取：ガキの胸を撫で回したらしいぜ。女の子二人だってよ。自分の子どもの友だちだと。
気色わりいだろ。

取：どんなふうに殴ったんだ？
ラ：どうもこうもねえよ。ただ殴ったんだよ。
取：何回？
ラ：知るわけねえだろ。
取：だいたいでいい。
ラ：二十回ぐらいじゃねえのか。いや、三十回かもな。
取：で、亡くなるまで殴った。
ラ：たぶんな。

その二日後ストックホルムで、九件のなかでもおそらくもっとも残酷な事件が起きた。白昼の街中で、アルコール依存症の男性が、木製バットを手にして叫ぶ若い男の一団に囲まれたのだ。

取調担当（取）：おまえはどこに座っていたんだ？
ローゲル・カールソン（カ）：もうひとつのベンチに。
取：そこでなにをしていた？
カ：あいつを見張ってた。顔はもう知ってたから。いつもいつもやってやがるんで。
取：やってるって、なにを？

カ：いやがらせだよ。女の子にね。
取：で、その人はなにをしてたんだ？
カ：女の子たちに向かって叫んでた。女の子三人いたんだけど、売女とか、淫売とか。
取：売女、などと叫んでいたんだな？
カ：三人が通り過ぎるとき、尻を触ろうともしてた。
取：尻を触ろうとしてた。
カ：やたらトロいから、間に合わないんだがな。でも、触ろうとしてたことは事実だぜ。
取：で、おまえはどうした？
カ：その女の子たち、走って逃げていったよ。怖がってね。あいつ、いつも同じことをやってやがるんだ。
取：で、おまえはそこでどうしたんだ？
カ：殴りかかっていった。
取：どんなふうに？
カ：木のバットで。腹とか、顔とか。
取：ひとりでやったのか？
カ：みんなも来たよ。
取：みんな？
カ：みんなで待ち伏せしてたから。

取：全員が武器を持っていたんだな？
カ：木のバットだよ。
取：それで、殴ったあとは？
カ：あいつがなんか叫びやがった。なんのつもりだよ、とか、そんな感じのこと。
取：それで、おまえはどうした？
カ：こっちも怒鳴ってやったよ。気色わりいんだよ、このろくでなし、ってね。
取：それで？
カ：みんなで一気に殴り倒した。わりとすぐ片付いたよ。
取：亡くなったのは、どのぐらい経ってからだ？
カ：ハンマーも持ってたんで、それを使った。
取：いつ使った？
カ：バットで殴ったあとにね。念のためってことで。
取：まちがいなく死ぬように、ということか。
カ：ああ。狂犬は始末するべきだ。そういう判例ができただろ。

被害者の身元特定は難航した。地元警察の担当刑事二人は、被害者が着ていた服から、この男がグッラ・Bという名前であると推測した。ここ三十年のあいだ断続的に、泥酔状態でヴァーサ公園のベンチに座っては、道行く人々に向かってわいせつな言葉を叫んでいたという。この界隈ではよく知られた男だった。

玄関の扉を閉めるやいなや、二人は服を脱ぎはじめた。長い時間をかけて、互いの体温で身体が汗ばんでじっとりとしてくるまで、抱きあい、愛を交わしあう。二十四時間、一時も離れることなく過ごした。誰かが突然家に入ってきて、二人を引き離してしまうことをおそれているかのように。肌を重ね合わせることによって安らぎを得るばかりか、そうしないと生き残れないと思っているかのように。こんなふうに女性と触れあうのは、これほどまでにミカエラを、いや、彼女に限らず他人を必要としたのは、生まれて初めてだ。どんなにミカエラのにおいを嗅ぎ、肌を愛撫《あいぶ》し、ペニスを挿入しても、まだ足りない。彼女が遠くにいるように感じられてしかたがない。もっと近づきたい。彼女を咬む。尻を。腿を。肩を。ミカエラは笑い声を上げたが、フレドリックは真剣だった。彼女を、自分のものにしたかった。自分の中に入れたかった。

それから一週間、一度も外出していない。家の外では、記者たちが待ち構えている。質問。カメラ。微笑み。彼らがいなくなるまで、家にこもるつもりだ。ミカエラが二度買いものに出かけたとき、記者たちはぴたりとそばについていきて、家を出てから大通りを通ってＩＣＡ

ベングトソン・スーパーに到着するまで、そして店の中でも、ずっと彼女を追いかけ回していたという。しきりにフレドリックの様子を聞いてきたが、ミカエラは前もってフレドリックと決めておいたとおり、ひとことも答えずに通した。帰宅して、玄関の扉を閉めるときになっても、どこかの記者が彼女の名前を大声で呼んでいた。

マリーの部屋には入らないようにしている。あの部屋には、マリーがいる。だが現実には、もういない。あの部屋を心の奥深くにしまいこんでしまうことなど、絶対にできない。エネルギーのすべてを吸い尽くす、あの部屋。とても入る気にはなれない。遅かれ早かれ、いつかはこの家を引き払わなければならないだろう。これからも生きつづけていくのであれば、少なくともこの家では無理だ。断ち切られてしまった過去の人生、その残骸に囲まれて生きていくなんて。

自由の身でありながら、いまだに閉じ込められている。新聞を読む気力はない。テレビも見ていない。女の子がひとり殺された。その父親が犯人を殺した。これが事件の全貌ではないのか。あれからもう何週間も経っているというのに、いまだにこの事件が記事になり、広く注目を集めているということが、さっぱり理解できない。自分はかつて、ひとつの人生を生きていた。だがもうその人生は終わってしまった。その昔の人生を、人々は自分から取り上げて、勝手に公《おおやけ》にしている。

二日目になっても、フレドリックはまだミカエラにしがみついていた。幾度となく愛しあう。気力のすべてを振り絞る。悲しみ。慰め。罪悪感。恐怖。最後のほうはほとんど機械的に、とにかく早くオルガズムに達することだけを考えて、ここを突けばいいと分かっているところを突きつづけた。見つめあう気力も、互いを感じあう気力もない。これが終わった瞬間に、過酷なまでの不安は消えるどころか、またむくむくと広がってくるのだと分かっていた。

三日目には酒を飲んだ。長いあいだ、死ぬならこうやって死のうと考えていた。いつか終わりのときがやってきたら、身体が弱ってもう潮時だと分かったら、酒を飲もう。そうすれば、楽に死ねるにちがいない。そう信じていた。だから、試してみた。たしかに、アルコールの力で感覚が鈍ってきた。しばらくのあいだ、日々の現実を彼方に追いやることができた。それでもなお、あの不安は、あの恐ろしいまでの孤独感は消えなかった。

それからはほぼずっと、ベッドに横たわったまま過ごした。三日間、まったく眠れなかった。常にミカエラの身体にしがみついているものの、セックスをすることはできない。酒瓶を取りに行こうと思うことはあっても、飲むことはできず、食べることもできない。ミカエラは何度も、お医者さんに診てもらいましょうと言ってきた。フレドリックはすでに、緊急カウンセリングの勧めを断わっていた。ミカエラの申し出も、断わった。

だからだろうか、クリスティーナ・ビヨルンソンが電話してきたときにも、とりたててショックを受けることはなかった。電話がかかってきたのは夜の十一時半で、フレドリックとミカエラは顔を見合わせ、またどこかの記者だろうかと考えたが、結局電話に出ることにしたのだった。

ミカエラは事態を呑み込むと、通話の最中からもうヒステリックになって、どうして、どうしてと食ってかかっていった。クリスティーナ・ビヨルンソンは法律の知識も駆使して、なんとかなだめようとしてくれているらしかった。だがフレドリック自身には、彼女たちの感じていることがまったく分からなかった。だって、どうでもいいことではないか。感じることなど、なにもない。

検察側が地方裁判所の判決を不服として控訴したため、明日にも再勾留請求が行なわれることになった、という知らせだった。ショックどころか、ほっとしたと言ってもいい。

ふたたび、日常生活が奪われる。

日々の時間が、ひとつのプロセスへと変えられていく。自分とは関係のないところで進行する、したがって現実味のまったくない、それでも自分に参加を強いてくるプロセス。自分に残されたいまの現実、自分の現在、自分の未来が、見えなくなっていく。

フレドリックは電話を切ると、ベッドに横になった。ミカエラに長いくちづけをする。もう一度、セックスをしてみるつもりだ。

車の色は黒だった。こういうときの車は、黒と決まっているらしい。サイドミラーの数がふつうより多く、窓は外から中が見えないようになっている。そんな車が、朝早くに迎えに来た。警官が三人乗っている。そのうちの二人とは、すでに面識がある。脚を引きずっている刑事と、礼儀正しい刑事だ。もう一人、筋骨隆々の若い警官が車を運転している。三人とも、玄関まで来て迎えてくれた。私服で、口数も少ない。フレドリックがミカエラを抱きしめているあいだも、気が済むまで放っておいてくれた。それから沈黙のなか、ストレングネースを走り抜けた。フレドリックは後部座席に座っている。隣には、脚を引きずっている年配のほうが座っている。しばらくして高速E20号に入ると、スピードがぐんと上がった。黒い車がもう一台、後ろについてきている。前方には警察のバイクも走っている。

グレーンスは前に座っている二人に、無線機のボリュームを少し下げて、備えつけのCDプレーヤーにこれを入れてくれないか、と頼んだ。手にはCDを持っている。礼儀正しいスンドクヴィストが言う。帰り道まで同じのかけることないだろ？　グレーンスはなにやらぼやいている。明らかにいら立っている様子だ。ぼやきが止まないので、ついに筋骨隆々の若い警官が折れた。分かりましたよ、そのCDよこしてください。プレーヤーに押し込む。

シーヴ・マルムクヴィストだ。まちがいない、とフレドリックは思う。

あちこちで約束交わして　車とか　ミンクとか　くだらない話ばかりね
ちょっとモーションかけただけで　私がなびくと思ってるのね

グレーンスは目を閉じ、身体をゆっくりと前後に揺らしている。フレドリックはぞっとした。耐え難い歌詞。耳障りなまでに賑《にぎ》やかなその声が、いかにも五〇年代末から六〇年代初めの、無邪気で、無垢《むく》で、希望に満ちた、神話の幕開けのような時代のスウェーデンを思わせる。だが、実際はどうだった？　まったくちがったではないか。当時はまだ幼かったが、それでもはっきりと覚えている。父親の折檻。キャメルを吸って、見て見ぬふりをしていた母親。あのころだって、いまだって、シーヴ・マルムクヴィストなんて幻想にすぎない。ただの偽り、現実逃避にすぎないのだ。隣で目を閉じている刑事に、問いただしたい気持ちにかられる。いったい、なにから逃げているんだ？　もうずっと昔から、まったく存在もしていなかったものを、どうしていまになってもあきらめられない？

クロノベリ拘置所に到着するまでの五十分間、シーヴ・マルムクヴィストの歌声がずっと鳴り響いていた。グレーンスは一度たりとも目を開けなかった。前の二人はじっと前を見つめている。心ここにあらずといった風情だ。

角を曲がり、ベリィ通りに入ったところで、彼らの姿が目に入った。

前回よりも、さらに規模が大きくなっている。

あのときは二百人程度だったデモ隊の人数が、今回は五百人に増えている。拘置所に向かって、声をそろえて叫んでいる。プラカードを掲げ、こぶしを振り上げている。つばを吐き、嘲りの言葉を浴びせ、ときおり入口に向かって大きな石を投げつけている。

やがてそのうちのひとりが、近づいてくるバイクと二台の黒い車に目を留めた。すばやく走り寄るデモ隊。手をつなぎ、あっという間に三台の車両の周りを囲むと、そのまま地面に横たわった。人間の鎖だ。車もバイクも立ち往生した。筋骨隆々の若い警官は、まるでなにかの支えを探しているかのようにあたりを見回すと、無線機のマイクをがしりとつかんだ。

「至急応援求む！　繰り返す、至急応援求む！」

すぐにスピーカーから返答が聞こえてきた。

「人数は」

「数百名！　クロノベリ拘置所前に大規模デモ隊！」

「直ちに増援隊を送る」

「被拘禁者奪取のおそれあり！」

「とにかく進め。進め！」

フレドリックは車の外にいる人々を見つめた。叫んでいる言葉が聞こえてくる。プラカードの言葉も目に入ってくる。だが、意味が分からない。この人たちはいったい、ここでなにをしているんだ？　知り合いでもないのに、なぜ自分の名前を叫んでいる？　この人たちは、事件となんの関わりもないではないか。これはただ単に、自分ひとりの戦いであり、自分ひとりの地獄であったはずだ。この人たちは命を危険にさらしている。いったい、なんのために？　なんのつもりなのだろう？　頼んだわけでもないのに。家の外で待ち構えていたマスコミの連中と同じではないか。他人を通じて生きている人々。いまはその〝他人〟が、フレドリック・ステファンソンなのだ。なぜ、こんなことを？　彼らも同じように、ひとり娘を失ったというのか？　人を殺したというのか？　車の窓を開けて、問いただしたい。自分の目を見ろと言ってやりたい。その勇気が欲しい。

フレドリックたちは周りを囲まれ、まるで麻痺させられたように、車の中でじっと座っている。若い警官は焦った様子でぜいぜいと息をし、ハンドブレーキを解除してみたり、ギアスティックを動かしてみたりと、両腕をせわしなく動かしている。だがスンドクヴィストとグレーンスは、二人とも落ち着いている。まるでなにも気にしていないかのように、身動きもせず、辛抱強く待っている。

計器類の下にある無線機から、ふたたび声が聞こえてきた。

「全警察車両に告ぐ。至急応援を求む。場所はベリィ通り、クロノベリ拘置所出入口付近。投石デモ隊、約五百人。任務は、このデモ隊を解散させること。それだけだ。私情は交えるな」

グレーンスはフレドリックのほうを見やる。彼の反応を見たかった。だが、なんの反応も見受けられなかった。フレドリックにも、伝言は聞こえている。その内容に驚きはしたものの、表情には出さず、なにも言わなかった。

若い警官がギアをバックに入れた。エンジンをうならせる。デモ隊の度胸を試すかのごとく、数十センチバックしてみせる。

誰も逃げない。

叫び声。わめき声。

今度はギアを一速に入れる。数メートル前に進み、ふたたびエンジンをうならせてみる。だが誰も動かないどころか、嘲りの声をあげ、警察を馬鹿にする歌を歌いはじめた。

そのうちの数人がすっくと立ち上がり、車に近寄ってきた。

石を拾い上げると、後部窓に投げつける。ガラスが割れる。石はフレドリックとグレーンスのあいだの座席に当たって跳ね返り、前部座席の背もたれにぶつかって床に落ちた。フレドリックは首筋にガラスの破片を感じた。ずきずきする。グレーンスを見やると、頰から血を流している。若い警官が叫ぶ。ちくしょう！　ちくしょう！　冗談じゃねえ！　窓を開けると、武器を手にする。ピストルを天に向け、警告として一発放った。

デモ隊はとっさに地面に伏せた。

不意に、若い警官は腕に一撃を受けた。もう一撃。ピストルが手から落ちる。二十歳前後の男がそれを拾い上げ、立ち上がると、両手でピストルを構え、若い警官の頭に狙いを定めた。

エーヴェルト・グレーンスが怒鳴った。

「進め！　ちくしょう、さっさと進め！」

若い警官は、ピストルを頭に突きつけられている。目の前では、人々が伏せている。後ろでも、人々が伏せている。

若い警官はためらった。

左耳のすぐそばで銃声が響く。銃弾はフロントガラスを貫通していった。

もうなにも耳に入らない。遠くのほうにある木に視線を定め、アクセルをぐいっと踏む。何人かが轢《ひ》かれる。叫び声。彼らの身体が車体の下のほうに、がたん、がたんとぶつかっていく。車はふたたび、ベリィ通りを走り出す。それと同時に、警官隊を乗せたマイクロバスが二台到着した。デモ隊は立ち上がり、戦闘態勢の警官たちが乗っているそのバスに向かって、一丸となって走っていく。そして周りを囲むと、バスの側面に体当たりした。何度かぐらぐらと揺らし、ついには持ち上げて二台ともひっくり返してしまう。それから、一歩後ろに下がった。デモ隊鎮圧の装備を整えてやってきた警官たちが這い出してくるのを、横一列になって待ち構える。何人かがズボンを下げ、出てきた警官たちに向かって小便をかけた。

入れられた独居房は、前回とはちがっていた。階がちがう。場所も前とちがって、廊下の中ほどに近い。だが中の様子はまったく同じだ。広さは四平方メートル。ベッド。テーブル。顔を洗ったり小便をしたりする洗面台。ぶかぶかの服。新聞も、ラジオも、テレビも、面会もない。

それでもべつにかまわないという気がした。

気落ちすることなどなかった。こういうものだと受け入れた。なにか読みたいとも思わない。無いものねだりをして苦しみたくはなかった。

廊下を通って、独居房へ連行される途中で、ほかの勾留者に出くわした。お互い、顔には見覚えがある。フレドリックはその男の写真を、何度か見たことがあった。スウェーデンでは名を知られた犯罪者のひとりだ。せっかく人々の哀れみを誘い、人々を魅了することに成功しても、刑務所を出たその足でまた悪さをする。それを幾度となく繰り返す。塀の外に広がるべつの社会を、なにがなんでも避けようとするかのように。この有名な犯罪者が、こちらを見てはっと驚いた顔をした。そしてつかつかとこちらに向かってくると、背中や肩をばんばんと叩いて言った。おまえは英雄だ。絶対負けるんじゃねえぞ。番犬どもになにかされたら、すぐ俺に言え。そしたらすぐに、やつらをおとなしくさせてやるからな。

看守たちはおとなしかった。自分からそうしているのか、例の男の言葉が効いているのかは分からないが、いずれにせよ扉の小窓越しにじっと中を覗きこんでくることはなくなった。本来決まっている回数よりも頻繁にコーヒーが運ばれ、屋上の檻の中で休憩するときも、通常の一時間よりも長くいさせてくれた。暗黙の了解のうちに、休憩時間が二倍の二時間にまで延びることもあった。休憩場は鉄条網に囲まれているが、頭上には空が広がっていた。

クリスティーナ・ビョルンソンは一日おきに面会にやってきて、書類を見せてくれたり、どんな戦略を取るか説明してくれたりした。だがその内容は、ついこの前の裁判とほとんど同じだった。控訴裁判所での争点も、地方裁判所のときとほぼ変わらない。ビョルンソンが面会しに来るのはただ単に、気力を奮い立たせ、ミカエラからのことづけを伝えるためだった。まだ続きがある、未来があるのだと、フレドリックに信じさせるためだった。

ビョルンソンの努力はありがたかった。噂どおりの有能な弁護士であることはまちがいない。だがそれでも、今回はどう考えたって無理だ。地方裁判所では、唯一の法律専門家である判事が、無罪判決に反対した。控訴裁判所では、素人よりも法律専門家のほうが多くなる。そして法律の専門家たちというのは、法令文書や条文や判例をもとにして現実を判断する連中なのだ。もうあきらめるしかない。そう言うと、クリスティーナ・ビョルンソンは興奮して言った。あきらめてしまったら、有罪は確定したも同然よ。そのあきらめが、法廷で自然と表に出るんだから。まるで自分は有罪ですと宣言するようなものなのよ。そして、次々と例を挙げていった。なかには聞いたことのある事件もあった。これまでに何度も、まったく大馬鹿としか言いようのない罪を犯した人の弁護をしてきたけれど、それでも彼らは無罪になった。それは彼ら自身が、自分は無罪になると固く信じていたから。被告人が抱いている感情が、そのまま法廷の感情になるのよ。

看守が扉をノックしてきた。食事用のトレイ。ジュース、肉、じゃがいも。フレドリックは首を横に振った。ちっとも欲しいと思えない。美味しいだろうとは思うのだが、腹が減っていないのだ。食べるということはすなわち、まるでなにごともなかったかのように生きつづけることのような気がする。食事さえしなければ、この人生に参加もしなくて済む。これは、自分の人生ではない。自分で選んだ人生ではない。

裁判が再開されると、フレドリックは毎朝、ベリィ通りへと護送された。脅迫が何度かあり、危険が大きいというので、前回よりも新しい警備法廷で裁判を行なうことになったのだ。控訴裁判は短かった。証言のいくつかは録音で代用され、質問も簡素化された。それでも三日かかった。フレドリックは前回と同じ位置に座り、前回と同じ質問に答えた。まるで芝居のようだった。前回はただの練習で、今回が本番。批評家が見ている。背筋を伸ばし、落ち着いているふりをして、再度の無罪判決を確信しているという様子を装おうとはしてみるものの、難しい。なぜなら、ほんとうはどちらだってかまわないのだから。家に帰りたいのかどうか、自分でもよく分からない。きっとこの感情は外に表われ、皆に読まれているのだろう。

もう、ないものを求めて苦しむことはない。苦しむところまで苦しんだ。夕方、その日の裁判が終わると、フレドリックは横になる。小便のように黄ばんだ色をした天井を見つめ、そこに人生の残骸を探し求める。

一時間。

友だちはあまりいない。自分はもともと、友だちの少ない人間だ。その数少ない友人たちも、いまでは皆が遠くに住んでいる。ヨーテボリ。クリファンスタ。日常生活での関わりはまったくない。だから刑務所に入れられることになっても、彼らとの関係はとくに変わらないだろう。

一時間。

自分には、きょうだいも両親もいない。

一時間。

ミカエラはいる。彼女を愛している、と思う。おそらく。だが彼女はまだ若い。自分の娘が死んだからといって、その悲しみをミカエラにも負わせて、ともに生きていくことなどできない。それは、してはいけないことだ。

一時間。

ミカエラはそれでかまわないと言ってくれた。その言葉に、嘘はなかったと思う。だが、たとえいまはそれでいいとしても、いつかは前に進まなければならないときがやってくる。レイプされて殺された五歳の娘の記憶が、吸う息にも、吐く息にも、べっとりと染み付いている、そんな日々を生きていくことに、ミカエラは耐えられないにちがいない。

一時間。

小便色に黄ばんだ天井。

一時間。

なんと皮肉なことだろう。

一時間。

生まれてこのかた、ずっと走りつづけてきた。一瞬ごとに、空白をきっちりと埋めてきた。いつの日かふとすべてが無になってしまうことを、自分が消えてしまうことを、恐れていた。

一時間。

そうやってずっと生きてきた。毎日、スケジュールを埋め尽くしてきた。不安を鎮めるために。孤独を避けるために。

一時間。

そう、あのころは、そうやって生きていた。生きるようすがとしている人たちが、周りにいたあのころ。その人たちを見ていたくて、現在という瞬間に集中しようとしていたあのころ。

一時間。

だがその人たちがふっといなくなり、現在という瞬間などどうでもよくなったいま、自分に残されているのはまさにその現在という瞬間だけなのだった。小便色の黄ばんだ天井。時間。思い。それだけだ。もう、なにもかもがどうでもいい。自分にはもう、なにかを左右することも、なにかを変えることもできない。穏やかな気持ちになる。いままでに感じたことのない心穏やかさ。まるで、死人のような。

判決が出るまで、ほぼ一週間かかった。当初の予定が、二度も延期された。文言のひとつひとつがきわめて重要で、一字一句に大きな意味があるからだ。この判決文は、マスコミによってばらばらに解剖されることになる。大手各紙には全文が掲載されるはずだし、ニュース番組ではテレビ受けする容姿の法律専門家が出てきて、これを分析するはずだ。五歳の娘を殺されて、自らその犯人を射殺した父親に、皆の注目が集まっている。

娘を失った悲しみをともにする人々。

理由はなんであれ、人殺しは人殺しでしかない、と考える人々。

社会が始末できなかった人間を始末して、社会を守った、その勇気をたたえる人々。

復讐を目的とした殺人であったことは明らかだ、だから見せしめのためにも長期刑に処するべきだ、と考える人々。

地方裁判所の正当防衛論を盾にして、ほかの性犯罪者たちにリンチを加え、殺害した人々。

あらゆる人々の目が、フレドリック・ステファンソンに向けられている。

判決が出たのは土曜日だった。午前十時。ストックホルム裁判所警備法廷前の守衛室で、全文が入手可能になった。列を成す記者たち。ニュースを自社にすばやく送れるよう、手には携帯電話を持っている。その脇にはカメラマンたちが控え、あらゆる角度から書類の束をカメラに収めるべく待ち構えている。オーゲスタム検察官やクリスティーナ・ビョルンソン弁護士の姿もある。野次馬も何人かいる。フレドリックは、例の見たくもない小窓越しに判決を知った。コーヒーや休憩時間をおまけしてくれた看守が、ドアの向こうで吐き出すように告げた。ほんとうに気の毒だ。こんなひどい判決。こりゃ大騒ぎになるぞ。

十年。

控訴裁判所は、懲役十年の判決を下した。

リルマーセンは悔やんでいる。あんなこと、しなけりゃよかった。ヒルディングを叩きのめすなんて。それにしても、ヒルディングめ！　あの馬鹿野郎、なんでまたトルコ産を勝手に全部吸ったりしやがった？　なんでまた、あの脅し屋野郎といっしょになって、消火器の中身を飲んだりしやがった？　酒が満タンになっていたのに。自分は、当然のことをしたまでだ。ヒルディングのやつ、クスリを全部吸っちまったあげく、金も払わずにふらふらしてやがる。殴られて当然じゃないか。あのトルコ産はもうない。もうないんだ！　だが、あんなに殴ることはなかったかもしれない。ヒルディングのやつ、ずいぶん惨めなことになっていた。傷口を縫い、手当を受けていたが、おそらくここにはもう戻ってこないだろう。ほかの刑務所に送られるのだ。ティーダホルムか、ハルか。こういうことがあると、いつもそうだ。どこかべつの場所に送られる。戻ってくることは絶対にない。

残っている連中は数少ない。ヒルディングは医務室にいる。ロリコン野郎アクセルソンは、誰かに情報を吹き込まれて、隔離独房に逃げ込んでしまった。ベキールは出所してしまった。

残っているのは、スコーネ。ドラガン。まったく、いっしょにクスリを吸える仲間といったらそれだけか。あとはあの脅し屋野郎と、ロシア人と、ほかの馬鹿どもだ。

後悔。あんなに長いあいだ殴りつづけるんじゃなかった。ぐったりした時点でやめておけばよかった。

外はまだ雨だ。もう何週間も雨が続いている。なんておかしな天気だろう。その前の数週間は、暑すぎてチンポも立たないほどだったのに、それが終わったかと思ったらずっと雨ばかり。外に出て息をつくことだってできやしない。いったいどうすりゃいいっていうんだ？まったく、冗談にもほどがある。

窓の外を見る。塀に沿って、雨が流れ落ちている。強風でサッカーゴールが壊れそうになっている。散歩道を歩いているのが二人いる。誰かは分からない。二人ともレインコートを着て、フードを目深《まぶか》にかぶっている。

後ろを向く。ビリヤード台の周りに四人いる。ロシア人がなにやらぼやきながら歩き回り、キューにチョークをつけている。そしてボールをいくつかポケットに落とすと、ヤーノスにキューを手渡した。ヤーノスもぶつぶつぼやきつつプレーを始める。黒のボールはいちばん最後に落とさなければならないのに、うっかり落としてしまって負けが確定し、ぼやき声がさらに大きくなった。リルマーセンはいままで、ビリヤードを楽しいと思ったことなど一度もない。長い棒を持って、緑の台の周りをうろうろするだけ。まるで女子どものゲームではないか。自分はトランプ派だ。ムッレをやることが多いが、たまにポーカーもやる。だが今日はまったくやっていない。やりたいと思わないのだ。いま、自分のいつもの席にはヨッフムが座り、スコーネやドラガンとトランプに興じている。カードを配り、いかにもいいカードが来たような顔をして、はったりをかけている。やはりヒルディングがいないと、なにかがちがう。しっくりこないのだ。

むしゃくしゃするので外に出ることにした。新鮮な空気を吸おう。雨が降ってたってかまうもんか。出口へと向かう。扉に近づき、警備室を覗きこむ。番犬が三匹。こいつらいったい、一日中なにやってんだ？　座ってるだけで金もらってるのか？　まったく、冗談じゃねえ！

ガラス窓のすぐそばで立ち止まる。彼らの姿は見えないが、声は聞こえてくる。かなりの大声で話している。興奮した声だ。全体は聞き取れないが、断片的な言葉が聞こえてくる。つなぎあわせてみても、文脈がなかなか分からない。

ある言葉が耳に飛び込んできた。性犯罪者。この言葉が何度か繰り返される。長期刑という言葉も聞こえてきた。それから、フレーズが耳に入った。オスカーションのブタ箱に。

いったいなんの話だ？　またワイセツ野郎が来るんじゃないだろうな。まさか、またここに入れるつもりなのか。この連中、まだ分かっていないのか？　アクセルソンが尻尾を巻いて逃げたのが見えなかったのか？　やつの個人識別番号を手に入れて、判決内容も手に入れた。誰かが知らせたりしなければ、あいつの命はもらっていたんだ。

いつもは静かな番犬たち。あのいまいましい鍵の束を下げて、押し黙ったまま、収容区画を歩き回る。だがいま、こいつらは動揺している。三人とも、やたらとわめいている。英雄という言葉も聞こえる。殺した。そしてふたたび、性犯罪者。

ロリコン野郎が来るのか！　またか！　ちくしょう！

静かに立っていることができない。憤激。頬が赤みを帯びていくのを感じる。怒りが喉元まで湧き上がってくるのを感じる。

椅子を引く音がした。連中が立ち上がったのだ。急いで一歩後ろに下がる。三人が警備室から出てきた。まだ話しつづけている。ひとりはやたらと興奮して、身ぶり手ぶりを交えて話している。彼らが外に出てきたおかげで、会話の最後のほうははっきりと聞き取ることができた。ひとりが訊ねる。あの英雄がなんでまた、よりによってここに来るんだ。もうひとりが答える。さあな。あんなに刑期が長いのは、ここでは受け入れてないのにな。ふたたび、最初のひとりが言う。もう危険がないからかなぁ。あいつはもう、事件なんか起こさないはずだろ。だって、あいつの仕事はもう終わったんだから。三人は収容区画へと入っていく。

ロシア人がビリヤード台から顔を上げて叫ぶ。**番犬が来るぞ！**　リルマーセンはそのまま警備室の脇を通り過ぎると、レインコートを物色しはじめた。ちょうどいいサイズのが見つかった。長靴は多少ぶかぶかだが、まあいいだろう。雨の中、外に出る。どしゃ降りだ。散歩道に向かって、大股で歩いていく。ついさっき、喉を締めつけるように襲ってきた怒りが、ふたたび湧き上がってくる。身体を震わせ、叫ぶ。ちくしょう！　今度こそ！　リルマーセンは決心した。今度こそ、ワイセツ野郎を叩きのめしてやる。この区画にワイセツ野郎を突っ込もうなどという考えは、もう二度と起こさせやしない。ここにロリコン野郎をぶち込んだら、そいつは生きては出られないってことを、思い知らせてやる。

洗面台に小便をする。わざわざ看守を呼んで、便所まで付き添ってもらう気にはなれない。判決についての野次馬的な質問に答えるのも、もううんざりだった。

十年。

実感が湧かない。昨日の午後、クリスティーナ・ビョルンソンが面会に来た。いっしょに判決文を読み、文言の意味を説明してくれた。そして、最高裁判所に上告したいと言った。前例を作りたい。正当防衛の権利がどこまで許されるか、試してみる価値はある。だがフレドリックは、もうこれ以上続けたくないと言った。もうじゅうぶんだ。どうでもいい。起きたことは起きたことだ。自分は、娘を奪った男を射殺した。自分にとっては、それでじゅうぶんなのだ。刑務所に入れられようとなんだろうと、どうでもいい。

十年。

出所するころには、五十歳ぐらいか。

フレドリックは手を洗い、独居房の中央に立った。

すでに有罪判決を受けた性犯罪者が逃走し、鋭利な金属をマリーの性器に突き刺した。マスターベーションをして、マリーに精液をかけた。マリーをずたずたに切り裂いた。自分は殺されたマリーの父親として、この男が二度と同じ罪を繰り返さないようにした。その結果、自分はこれから十年間、独房に閉じ込められることになる。四十歳のいまから、五十歳を迎えるまで、現実世界から隔離されることになる。笑いがこみあげてきた。洗面台を蹴りつけ、腹が痛くなるまで笑いつづける。

いろいろおまけしてくれた例の看守が、心配げに扉をノックし、小窓を開けた。

「なにしてるんだ」

「え？」

「ずいぶん賑やかじゃないか」

「笑っちゃいけないのかい」

「そりゃ、べつにかまわないが」

「じゃあ、放っておいてくれないか」

「馬鹿なまねだけはしないでほしい」

「馬鹿なまねなんかしないさ」

「そういう判決が出ると、馬鹿なまねをするやつが多いんだ」

「僕は笑ってるだけだ！」

「分かった。しばらくしたらまた来る。荷造りしろ」

「荷造り？」

「収容先が決まったよ」

フレドリックはベッドに腰を下ろした。小便色の天井。白い壁。汚い床。ここから出て行くのだ。荷造りするのだ。でも、いったいなにを？　歯ブラシと歯磨き粉と石けん。ポリ袋にでも入れるか？　フレドリックは立ち上がると、ポリ袋を広げて洗面用具を入れた。これで荷造りは完了だ。

看守が扉をノックして開けた。若い男だ。おそらく二十五歳にもなっていないだろう。ぴんと髪を立て、鼻にはリングピアスをしている。そう、彼はミュージシャンなのだ。というより、ミュージシャン志望なのだ。聞いてもいないのに、まるでこちらが聞きたがったかのように、彼はよくその話をしてきた。看守といえどもひとりの人間だ、夢を抱くこともあるのだ、そう示したがっているかのように。看守としての仕事は、デビューするまでの仮の仕事にすぎない。もうここで働いて数年になる。あと数年ぐらいならかまわないが、あまり年を食ってしまうと困る。三十歳ぐらいが限界だな。そう話していた。独居房に入ってくると、フレドリックの肩に手を置く。

「俺の思ってること、分かるよな」

「悪いが、君の思ってることにはまったく興味ないね」

「狂ってるとしか言いようがないよ。あんたを刑務所にぶち込むなんて、まったく信じられない」

「だから、興味ないって言ってるだろ」

「ここの連中はみんな、俺と同じ意見だよ。看守も、勾留されてる連中も、みんなそっくり同じことを思ってるんだ。全員の意見が一致するなんて、この拘置所始まって以来のことだろうよ」

フレドリックはビニール袋を突き出した。

「荷造り終わったよ」

「こんなことを言っても、慰めにはならないかもしれないが」

「準備完了だ」

「あんたは無罪になるべきだ」

「完了だと言ってるだろう」

「もうたくさんの人が道に出てるよ。あんたの行き先を知ってる人たちが」

「僕は自分の行き先を知らないのに」

「知ってる人はもうたくさんいる。知らせたんだよ。抗議の声が届くように」

「さっき君が言ったとおりだ。そんなことを言われても、なんの慰めにもならない」

ふたたび、ひとり取り残された。ひたすら、待つ。ふつうの洋服を渡された。これから数時間は、これを着る。その後またこの服を脱ぎ、戸棚にしまって、自由の身となる日まで、鍵をかけておくことになる。そして、ほかの服を着る。だぼだぼの服。囚人服だ。

今度はノックの音がしなかった。突然ドアが開き、看守が二人、制服姿の警官が二人、どかどかと入ってきた。廊下にはグレーンスが立っている。その隣にスンドクヴィストの姿も見える。

もちろん彼らが来るだろうとは思っていたが、それでも驚いた。独居房に入ってきた四人には見向きもせず、戸口の向こうにいるグレーンスと目を合わせようとする。

「なぜだ?」

グレーンスは質問の意味が分からないふりをしている。

「どうしてこんなにたくさん? 警官まで?」

スヴェンが無視できずに答える。

「そのほうがいいと判断したからだ」

「そりゃそうだろう。でも、どうして?」

「君をアスプソース刑務所まで護送しているあいだに、問題が発生するかもしれない、という情報を得たからだ」

フレドリックはびくりと身体をこわばらせた。

「アスプソースだって? 僕が入れられるのは、アスプソース刑務所なのか?」

「ああ」

「あいつがいたところじゃないか」

「君は、あいつとはちがう区画に入ることになる。一般区画だ。ルンドは、性犯罪者専用の区画に入っていた」

フレドリックは扉に向かって一歩踏み出し、スヴェンに近寄ろうとする。するとすぐに警官たちが割って入ってきた。身体をつかまれる。フレドリックはいら立って彼らを振り払うと、ふたたび独居房の中へ入っていった。

「さっき言った問題っていうのは？　いったいどういうことだ」

「今回の護送には、警察の護衛をつける」

「僕が逃げ出すとでも思ってるのかい？」

「これ以上はなにも言えないよ」

まだ朝は早い。外は雨だ。格子窓の向こうでは、壊れた金属の窓枠が規則正しい音を立てている。ここ数日、ずっとそうだった。激しく、絶え間なく、響く音。

この音がもう聞けないとは、さびしくなるな。そんな気さえする。

護送車に乗り込む。どしゃ降りの雨。クロノベリ拘置所の出入口から、路上でエンジンをかけて待っている車に乗り込むまでの、ごくわずかな距離を歩いただけで、ずぶ濡れになってしまった。小股でしか歩けない。足を広げようとすると、足かせが食い込んでくる。

逃走を企《くわだ》てるような様子は、まったく見られない。

再犯のおそれもほとんどない。目的の人物はもう射殺したのだ。

それにもかかわらず、護送は最大限の警備のもとに行なわれた。護送車の数メートル先には、青い回転灯をつけたパトカーが二台。後ろには、制服姿の警官が乗ったバイクが二台。数週間前に起きたクロノベリ拘置所前でのデモの記憶はいまだ鮮やかで、警察側も臆病になっている。地面に横たわり、車に轢かれた人々。警官のこめかみを狙ったピストル。ひっくり返されたマイクロバス。這い出してきた警官たちに、小便をかけたデモ隊。あの繰り返しだけは、絶対に避けたかった。

フレドリックは後部座席に座っている。両隣には、エーヴェルト・グレーンスとスヴェン・スンドクヴィスト。まるで昔からの知り合いのような気がする。マリーがいなくなったときには、この二人が白鳩保育園の外でひとりひとりの事情聴取をしていた。法医学局を訪れたときにも、この二人がマリーのストレッチャーのそばで待っていた。葬儀にも黒服を着てやってきた。控訴裁判の際には、ストレングネースの自宅まで迎えに来た。五十分間ずっとシーヴ・マルムクヴィストを聴かされたあのときだ。そして、今回の護送。これが終わったら、自分は彼らにとって用済みの人間になる。

二人と会話を交わすべきではないか。なにか、なんでもいいから話をするべきだ。

だが、その気力がない。

その必要もない。

口を開いたのは、礼儀正しいほう、スンドクヴィストだった。

「僕は四十になった」

フレドリックのほうを向く。

「娘さんが殺された日が誕生日だった。車の中にワインとケーキが置いてあったんだ。だがいまだに誕生祝いもできてない」

フレドリックにはわけが分からない。馬鹿にしているのか？　同情しろとでもいうのだろうか？　返事はしない。するべきだとも思えない。スンドクヴィストも、返事を求めているわけではなさそうだ。

「警察に入ってもう二十年になる。社会人になってからずっとだ。最悪な仕事だよ。だがこれが僕の仕事なんだ。僕には、これしかできない」

アスプソース刑務所までは約五十キロ。三十五分から四十分ほどかかるはずだ。もう聞きたくない、とフレドリックは思う。目を閉じてしまいたい。過ぎていく時間をかぞえはじめたい。これから、十年。

「自分はいくらかでも社会の役に立ってる、そう思ってやってきた。善い人間として、正しいことをやってる、と。実際、多少は役に立ってきたかもしれない」

スンドクヴィストはずっと、こちらを向いて話している。顔がすぐそばにある。息遣いを感じる。

「だが今回はどうだ。考えてもみてくれよ。分かるかい？　僕がどんなに恥ずかしい思いをしてるか。いまの僕の仕事は、ここでこうして君を見張ること、君を刑務所まで護送して閉じ込めることなんだ。ちくしょう！　こういう言葉遣いは普段しないようにしてるんだが、ちくしょう、まったくやってられないよ！」

きっと同情してくれているのだろう。だが、同情されようとされなかろうと、もうどうでもいいことだ。

スンドクヴィストはさらに顔を近づけると、フレドリックの雨に濡れたシャツの襟首をつかんで引き寄せた。

「つい数ヵ月前まで、ベルント・ルンドがこんなふうにして座っていた。だがいまここに座ってるのは、ただの人殺しとしてここに座らせられてるのは、君なんだ。君を見張って座らせておくこと、それがいまの僕の役目だ。ステファンソン、心から言わせてくれ。ほんとうにすまない」

黙って座っていたエーヴェルト・グレーンスが咳払いをした。

「スヴェン、もうじゅうぶんだろう」

「じゅうぶんだと？」

「そのくらいにしておけ」

しばらくのあいだ、車は沈黙のうちに高速道路を進んでいった。ストックホルムから北に数十キロほど離れたところだ。まだ雨が降っている。フロントガラスを叩く雨粒を、ワイパーが右へ左へと押しのける。

護送車は高速道路を降りてジャンクションを抜け、ガソリンスタンド二カ所の脇を通り過ぎて、一般道へと入っていった。建物が道に沿って並んでいる。そしてこのあたりから、群衆もずらりと並んでいた。

何キロも連なる人の列。歌っている。声を合わせて叫んでいる。大きなプラカードを掲げている。

フレドリックは胃が締めつけられるように感じた。クロノベリ拘置所前のデモ隊を目にしたときと、まったく同じ感覚だ。知り合いでもない、まったく関係のない赤の他人が、自分の名前に節をつけて歌っている。いったい誰がそんなことをしていいと言った？　彼らがここに立っているのは、自分のためではない。彼ら自身のためなのだ。これは彼らのデモであり、自分のデモではない。彼らの恐怖、彼らの憎しみの誇示でしかない。

アスプソース刑務所に到着し、その大きな門へと続く砂利道に入ると、人々はさらにぎっしりと連なっていた。フレドリックは視線を落とし、自分の腿をじっと見つめる。デモ隊は、この前よりは穏やかだ。危険は感じられない。攻撃的な様子もない。だが、彼らに目を向けることはできなかった。なんだか分からないが、強烈な感情が襲ってくる。これは、嫌悪感だろうか?

護送車は門から少し離れたところに停まった。それ以上進めないからだ。エーヴェルトはデモ隊の人数をざっとかぞえてみた。数千人はいるにちがいない。

「なにもするな。待て」

エーヴェルトのその言葉は、運転席と助手席に座っている若い警官たち、フレドリック・ステファンソン、スヴェン、全員に向けられていた。

「この前みたいにはならないはずだ。こいつらは単に、注意をひきたがっているだけだ。刺激するな。そのうち移動させる」

フレドリックは下を向いたままだ。疲れが襲ってくる。眠い。さっさとこの護送車を降りて、外に立っているあの人々から離れたい。ぶざまな囚人服を着て、独房のベッドに横になりたい。天井を見つめ、灯りを見つめ、過ぎていく時をかぞえたい。

そのままで、二十分ほどが過ぎた。デモ隊は歌いもせず、叫びもせず、ただそこに集まって、もの言わぬ壁となっていた。だがついに、招集を受けた警官隊が到着した。その数、六十名。盾と武器を手にして群衆へと向かっていき、ひとりずつ移動させていく。混乱はない。

危険な様子もない。頑として動かない人々を、ひとり、またひとり、整然と門のそばから引き離す。人々はまるでなにかの塊のように、警官たちの腕にずしりとぶら下がって移動させられていく。そうしてすき間がじゅうぶんに広がったところで、護送車はゆっくりと前に進みはじめた。移動させられた人々は走り寄ってくることもなく、微動だにしない。いちばん近くに立っている人々も、護送車から数センチ距離を置いている。全員が背筋を伸ばして見守るなか、護送車は人々のそばを通り過ぎ、門に近づいていく。門が開くと、中へ、刑務所の敷地内へ入っていった。

エーヴェルトとスヴェンがそれぞれ、フレドリックの片腕をがしりとつかんだ。警備室までの最後の道のりを、徒歩で進んでいく。到着すると、二人はフレドリックのほうを向いて軽くうなずき、それからくるりと向きを変えて去っていった。フレドリック・ステファンソンはもう、二人の責任対象ではない。二人は、彼を逮捕した。彼は有罪判決を受け、刑務所へ移された。これから彼は、更生のために服役する。二人は、彼を逮捕した。

フレドリックは二人の刑事が去っていくのをじっと見守った。向こう側の社会、外の世界へ戻っていく彼ら。それから看守二人に連れられて、刑務所の中へ入った。入ってすぐ左側、扉の開いている部屋へと導かれる。入所手続きが待っている。

看守たちに見守られつつ、服を脱ぐ。彼らはゴム手袋をして、まず口の中を調べ、それから尻の割れ目を広げて肛門の中を探ってきた。服は取り上げられ、戸棚にしまいこまれた。代わりに渡されたぶかぶかのぼろ布を受け取って身につける。こうして、彼は囚人となり、塀の中の世界の一員となった。それから、隣の部屋に連れて行かれた。ベッドが一台。椅子が一脚。格子窓の向こうに塀が見える。ここでしばらく待っていろ。もうすぐ収容区画に連れて行く。看守たちはそう言って、扉の鍵を閉めていった。

フレドリックは椅子に座ったまま、一時間ほど待っていた。

外は雨だ。灰色のコンクリート塀と格子窓のあいだに広がる芝生に、水たまりがいくつもできている。

マリーのことを考えようとする。だが、うまくいかない。

マリーが、思いをすり抜けていってしまう。まるでとどまりたくないかのように。マリーを捕まえられない。顔がぼやけて見える。声も聞こえない。どんな声だったか、思い出せない。

ノックの音がした。

鍵を差し込む音。看守の制服を着た男が入ってくる。その顔に、うっすらと見覚えがある。以前に会ったことがあるはずだ。だが、どこで？

「失礼。部屋をまちがえたようだ」

看守はさっとあたりを見回した。もう出て行こうとしている。

フレドリックは記憶をたどる。絶対に見たことのある顔だ。知り合いではないにせよ。

「ちょっと」

看守は振り向いた。

「え？」

「なんの用だ」

「なんでもない。部屋をまちがえただけだ」

「あなたの顔には見覚えがある。名前を教えてくれないか」

看守は答えをためらう。ここ数ヵ月間、必死になって頭から振り払おうとしていた罪の意識が、ついに襲ってきた。

「レナート・オスカーション。この刑務所で区画長をやってる。二つある性犯罪者専用区画のうちのひとつだ」

テレビだ。インタビュー。そうだ。だから見覚えがあるんだ。

「あんたのせいだったのか」

「あの男はたしかに、私の管轄下にいた。あいつが逃走した、あの護送を許可したのも私だ」

「あんたのせいだったのか」

レナート・オスカーションは、すぐ目の前に座っている男を見つめた。どんなに罪の意識を抱いても足りないような気がした。

「あんたのことは、同僚とさんざん話しあったよ。頼りにしてる同僚だ。それで、ある結論に達した。ルンドはたしかに、この刑務所にいた。だが、われわれにできることはすべてやった。あらゆる種類の心理療法を片っ端から試したんだ」

レナート・オスカーションは、まだ戸口に立っている。ちょうど同じ年ごろの二人。オスカーションの額に、汗の粒が浮かんでいる。前髪が湿っている。

「事件のことは、ほんとうに気の毒だった。もう失礼する」

「あんたのせいでこんなことに」

レナート・オスカーションは片手を差し出した。

「がんばってくれ」

フレドリックはその手をじっと見つめる。握手を返そうとはしない。

「手を下ろせよ。あんたとはこれからも、絶対に握手することなどないだろう」

片手はまだ差し出されたままだ。震えている。フレドリックは目をそらした。

レナート・オスカーションは、しばらくそのまま待っていた。だがついにあきらめ、その手をふっとフレドリックの肩に置くと、部屋を出て行き、扉を閉めて鍵をかけた。


昼食どきを過ぎたころに雨があがった。それまで聞こえていた唯一の音、窓に打ちつける雨の音が、ぴたりと止んだ。ここ数日絶えず降りつづいていた雨が急にあがったせいで、あたりがからんとしているような気さえする。窓へ近づき、空に目を走らせる。夕方にかけて、青空が広がるにちがいない。

さらに六時間、椅子に座ったまま待たされた。刑務所の門の前に陣取るデモ隊を通り抜けてきたのは、午前中のことだった。ついに看守が二人、扉の鍵を開けて入ってきたときには、もう夕方になっていた。看守たちは筋骨たくましく、警棒を下げている。歩きかたも高圧的だ。新入りを迎える業務は、もう何度もやったことがある。ここでしっかりと、刑務所では看守に従うものだと思い知らせることが肝心だ。敬意、そして秩序。二人のうちひとりは、青いフレームの眼鏡をかけている。手に持った何枚かの紙をぱらぱらとめくり、中身にざっと目を通した。

「名前はステファンソンでまちがいないな？」

「ああ」

「よし。これから収容区画に連れて行く」

フレドリックは座ったままだ。

「おい。ここで七時間も待たされたんだが」

「それがなにか？」

「なぜ七時間も？」

「理由なんかべつにない」

「なにか僕に言うことでもあるのかい？」

「なにを言ってるんだ」

「こんなに待たせるんだ。なにか意味があるんだろう？」

「べつに理由などないと言っているだろう。こういうものなんだ」

フレドリックはため息をついた。立ち上がり、歩き出す準備をする。

「僕はいったい、どこに連れて行かれるんだ?」

「おまえが収容される区画に連れて行く」

「どんな区画だ?」

「一般区画だ」

「ほかにどんな連中が?」

看守は決していら立ちを見せまいと、無機質な部屋をぐるりと見回す。がらんとした壁。なにもかかっていないベッド。いまは誰も座っていない椅子。

「ずいぶん質問が多いな」

「知りたいんだ」

「一般区画は一般区画だよ。入れられてる連中の罪状もさまざまだ。ただし、性犯罪者はいない。専用の区画があるからな」

そこで話を中断し、両腕を広げて肩をすくめてみせた。

「おまえ、まだ分かってないのかもしれないがな。いまとなっては、ここがおまえの家なんだぞ。ほかの連中は、みんなおまえの仲間なんだよ」

地下通路をゆっくりと歩いていく。壁画が目に入る。四人の心理療法の一環として描かれたものだ。鍵のかかった扉が三カ所。通るたびに、同じ儀式が繰り返される。カメラを見上げる看守。カチッという音で扉が開く。どこかの警備室で操作しているらしい。看守はふたたびカメラを見上げ、礼のつもりなのか、軽くうなずいてみせる。歩数をかぞえてみると、地下通路は少なくとも四百メートルはあった。ほかの囚人たちにも何人か出くわした。全員、看守に付き添われている。彼らとすれちがうたび、向こうから軽くうなずいてくるので、こちらもうなずいてみせる。角を曲がると、地下通路の終わりが近づいてきた。壁に描かれた白い矢印。区画Hと記されている。なるほど、自分が入るのは区画Hというわけか。階段を二階分上がっていく。ふたたび、鍵のかかった扉。今度は扉に区画Hと記されている。

食べ物のにおいが鼻をついた。なにかを焼いたにおいだ。ニシンだろうか？　扉を開けた看守も、フレドリックがにおいを嗅いでいることに気づいたらしい。

「ちょうど食事が終わったところだ。おまえにもあとで食事をやる」

汚い廊下。端のほうに、テレビルームがある。数人がソファにだらりと腰掛け、テーブルを囲んでトランプに興じている。そこから狭い廊下がのび、独房の扉が並んでいる。ほとんどの扉が、半分ほど開いている。廊下の向こうにも小部屋があり、卓球台が置いてある。

「もう少しで着く。あの廊下の端のほう、十四号室だ」

テレビルームにさしかかったとき、トランプをしている囚人たちが顔を上げてこちらを見た。ついさっきまで大声で話していた、金のチェーンをつけた傷だらけの黒髪の男が、一時も目をそらさずにこちらをじっと見つめてくる。その隣には、ボディビルダーのような図体の大きい男。真向かいには、外国人らしき男。背が低く黒髪で、口ひげを生やしている。トルコ人か、ギリシャ人かもしれない。テーブルの角のところには、ガリガリに痩せた、いかにもクスリ漬けらしいのがひとり座っている。

扉の開いた、空っぽの独房へと入っていく。拘置所の独居房よりは少し広いが、それを除けばよく似ている。ベッドが一台。テーブルが一台。椅子が一脚。幅の狭い戸棚。洗面所。格子窓からは塀が見える。薄緑色の壁。天井は拘置所と同じ、小便のような薄い黄色だ。ベッドに腰を下ろす。ベッドメイキングはされておらず、毛布とシーツが足元のほうに、カバーのかかっていない枕が頭のほうに置かれている。

その日の朝、拘置所の独居房でしたのと同じように、痛みを解き放つ。平手で壁を叩きながら、大声で笑い出した。

「なんだ」

「べつに」

看守は眼鏡の青フレームを指先でいじった。

「べつにって、笑ってるじゃないか」

「笑っちゃいけないかい？」

「おかしくなったのかと思ったよ」

フレドリックは毛布とシーツを手に取り、ベッドメイキングを始めた。休みたい。扉を閉めて、天井を眺めたい。

「たしかに、さっき言ってたとおりだな」

看守が話しはじめたので、フレドリックはそちらを見やった。

「入所手続きの部屋で、ずいぶん待たされてたもんな。シャワーでも浴びたらどうだ？　よければバスタオルを持ってきてやるが」

フレドリックは枕を手放した。

「そうだな。浴びようかな」

「じゃあ、持ってくる」

フレドリックは看守を引き止める。

「大丈夫だろうか」

「なにが」

「シャワーを浴びたりして」

「は？」

「掘られたりしないだろうか」

看守は笑った。

「安心しろ。スウェーデンの刑務所ではな、他人をむりやり犯す連中が忌み嫌われる。シャワー室で掘られるなんてことはないさ」

ベッドメイキングの半分済んだベッドに腰を下ろして、看守が戻ってくるのを待つ。ベッドを整え、ポリ袋から洗面用具を出しておくべきだとは分かっているが、その代わりに線をかぞえる。壁のいちばん下、床と接する幅木に沿って、誰かが赤いペンで長い線を何本も描いた形跡がある。その線をかぞえる。百十六までかぞえたところで、看守がバスタオルを手に戻ってきた。

サンダルを履いて廊下を歩く。二人から挨拶を受けた。両隣の囚人らしい。力強く握手してきた。テレビコーナーでトランプをしている連中のそばを通り過ぎる。クスリ漬けの男が騒ぎ出す。キングが一枚多いんじゃねえのか。金のチェーンをつけた黒髪の男が、黙れと一喝する。この男が、フレドリックの存在に気がついた。ついさっきと同じように、じっとこちらを見つめてくる。憎しみと狂気に満ちた目。いったいなぜそんな目を？

なかなか広いシャワールームだ。シャワーの数は四つ。ほかには誰もいない。廊下へと続く扉を閉める。シャワーを浴びているあいだは、外からの声を聞きたくない。湯が身体に沿って流れているうちは、しばらくのあいだ、この世界から逃げることができるのだから。

新入りの姿が、リルマーセンの目に入った。つい昨日、警備室で看守たちが興奮した様子で話していたことを思い出す。内容も、しっかり覚えている。新入りはしばらくすると、肩にバスタオルをかけて独房から出てきた。ゲームの途中であるにもかかわらず、リルマーセンは持ち札をテーブルに伏せた。

「ちっ。便所行かなきゃ。おい、スコーネ」

「なんだよ」

「おまえひとりで最後までやれ。絶対、ダイヤの十を手に入れろ。そしたら勝てる。分かったな」

スコーネにカードを託すと、便所に向かって歩いていく。途中で振り返り、全員がトランプに興じているのを確かめると、便所を通り過ぎ、その隣の扉を開けた。シャワールームへの扉だ。そして、ほんの一分ほど、中にいた。

ドン、と扉を叩くような音がした。少なくとも、最初に気づいた看守は、あとでそのように証言した。まるで閉じ込められた人間が、外に出してほしくて扉を叩いたように聞こえたという。それから、フレドリックが扉を開け、倒れ込むようにして出てくるのが見えた。片手で腹を押さえている。腹の刺し傷がいちばん深く、出血も激しかった。看守は大声で助けを呼ぶと、床に倒れたフレドリックのもとへと走った。フレドリックはなにか言おうとしている。が、口からドクドクと血があふれ出してくる。言葉にならない。リルマーセンことリンドグレーンの姿を、目で追っている。その目はおびえていた――それが看守の証言だ――フレドリックは、おびえた目をしていた。さらに看守が二人やってきた。三人がかりで、とりあえず止血を試みた。それから、脈を取ってみた。抱き起こしてもみた。だが結局、自分たちが抱えているのは死人だということを、ともに確認することとなった。

テーブルの上に、トランプが山積みになっている。例の新入りが扉を開け、血を流してどっと倒れ込んだのを見て、彼らはすぐにゲームを中断した。人がナイフで刺され内臓を切り裂かれる様子を、ここにいる連中は全員目にしたことがある。だから誰もが、すぐに悟った。この男は、もうすぐ息絶える。少し離れた廊下に、ヨッフムが立っている。つむじのあたりが汗で光っている。ついさっき、ステファンソンに挨拶したばかりだった。すぐ隣の住人だ。おまえのこと、ニュースでずっと見てたぞ。なんかあったらいつでも俺に言えよな。だがそのステファンソンがいま、目の前に倒れている。事切れている。止血しようとしている看守たちの脇を急ぎ足で通り過ぎ、トランプが山積みになったテーブルへ向かっていく。リルマーセンの顔からわずか一センチのところまで近づくと、声を殺して叫んだ。

「なんでこんなふざけたまねしやがった！」

リルマーセンは舌打ちをした。

「おまえには関係ねえだろ」

ヨッフムは声を上げた。

「この野郎……あれが誰だか分かってんのか？」

リルマーセンは満足げな笑みを浮かべ、目の前に迫るヨッフムの顔に向かってささやいた。

「分かってるに決まってんだろ。当たり前だ。ワイセツ野郎だよ。ロリコンの下司野郎だ。これで子どもたちも救われるだろ」

収容区画の入口がばたんと開いた。

十五人。バイザーつきのヘルメットをかぶり、盾を手にしている。

警備隊が、囚人たちの前で半円形の陣形を組んだ。

「おまえら！　これからやることは分かってるな？」

ヨッフムはリルマーセンを突き放し、警備隊のほうを向いた。看守が警棒でテーブルを叩きながらわめいている。

「騒ぐんじゃないぞ！　分かってるな！　独房に戻れ、ひとりずつだ！」

遠くの独房の住人から先に、ひとり、またひとりと、その場を離れていく。後ろにそれぞれ二人ずつ看守が控え、囚人たちが独房に入るたびに、扉を閉めて鍵をかける。台所にいた二人も、独房へと戻っていった。指揮役の看守が、さきほどまでトランプをしていたソファに座っている連中を指差した。

「おい、おまえ」

スコーネが立ち上がる。憎しみのこもった目で看守をにらみつけると、中指を立て、テーブルを離れていく。

「おまえもだ」

看守はリルマーセンを指差した。

「独房に戻れ」

「うるせえ」

「さっさと戻れ！」

リルマーセンは立ち上がった。だが廊下に出て独房へ戻る代わりに、前かがみになってテーブルをつかむと、黒い制服を着た警備隊のほうへひっくり返した。トランプがどっと落ち、半円形に並んだ警備員たちの足元に着地する。それからリルマーセンはソファに上がり、壁沿いの大きな水槽を軽々と跳び越えた。

「うるせえんだよ、番犬どもめが！　トランプもやっちゃいけねえってのかよ！　ちくしょう、これでも食らえ！」

わめきながら、両手でガラスの水槽をぐいと押す。四角い水槽が床に落ち、四百リットルの水が警備隊に向かってほとばしった。リルマーセンはヘルメットをかぶった警備員たちを逃れてビリヤード台へ走り、壁にかかっていたキューをつかむと、やみくもに振り回しはじめた。最初につかみかかってきた警備員を、キューで殴りつける。喉に命中した。それから警備室へ走り、扉を開けて、中から鍵をかける。テレビモニター、通信機器、冷蔵庫、ランプ、植木鉢、鏡、ありとあらゆるものを手当たり次第、キューでなぎ倒す。数分後、警備員が五人、扉をこじ開けてなだれ込んできた。キューから身を守るため、盾を高く掲げてリルマーセンを囲む。人の壁に阻まれて、リルマーセンは逃げられなくなった。

警備隊のリーダーが、休憩室の壊れた水槽のそばに立ったまま、命令を下す。

「そいつを拘束しろ！　隔離独房に入れる！」

まだ独房に戻されていない囚人が四人、リルマーセンがかんしゃくを起こし、逃げ、追い込まれるところを、休憩室からじっと見守っていた。ヨッフムは、警備室の強化ガラスの向こうにいるリルマーセンを、その周りを囲んでいる警備員たちを、やきもきした様子で見つめていたが、やがてドラガンの耳元でなにやらささやいた。ドラガンは分かったというようにうなずくと、急に走り出す。警備室の外で待ち構えている警備員たちに向かっていくと、そのうちのひとりの股間を力いっぱい蹴り上げた。警備員が倒れ、ほかの警備員たちもドラガンのほうを向く。一瞬の狼狽。ヨッフムの狙いどおりだ。ヨッフムはすぐそばにいた警備員のこめかみを力いっぱい殴りつけると、警備室へ走った。人の壁を突き破り、リルマーセンのところに到達した。

リルマーセンは笑いながら叫んだ。

「ヨッフム、でかした！　よし、いくぞ！　ブタどものお手並み拝見といこうぜ！」

警備員たちに向かってキューを振り回す。仲間を得て、ふたたび力が湧いてきた。ヨッフムの腕が自分に向けられていることになど、まったく気づいていない。突然、顔とみぞおちに握りこぶしが降ってきた。うなり声とともに身をかがめる。

「なにしやがる！」

二つ折りになったリルマーセンの身体に、ヨッフムが襲いかかる。頭をがしりと抱きかかえ、そのまま壁に突進する。警備員たちがやってきて、ヨッフムが手を離したとき、リルマーセンは気を失っていた。

エーヴェルト・グレーンスは車のドアを閉めた。スヴェンのほうを向いてかぶりを振る。

「いったいいつになったら終わるんだ。この夏ずっと、この事件にかかりっきりだつた。なのにまだ続いてる」

スヴェン・スンドクヴィストは、地面に視線を落としている。蹴るのにちょうどよさそうな石がある。

「ヨーナスに言ったんだ。もう全部解決したよって。あの子のお父さんが、刑務所に入れられた。しばらく刑務所に入ったら、外に出してもらえることになってるんだよ、って。そしたらヨーナスのやつ、こう言ったよ。そりゃよかったねって。あの子のお父さんが刑務所に入るのはいいことだよね、公平だもんね。それにまた外に出られるってのも公平でいいよね、だって初めに殺されたのはあの女の子なんだもんね、だってさ。今度はいったいなんて言ったらいいんだか。いまごろはもう、このことも知ってるにちがいない。テレビでやたらと報道してるから」

二人は塀に向かって歩いていく。正門の脇の、小さな扉。エーヴェルトが呼び鈴を鳴らす。

「はい？」

「ストックホルム市警のグレーンスだ。連れはスンドクヴィスト警部補」

「ああ、あんたらですか。どうぞ」

アスプソース刑務所敷地内の駐車場を横切って歩く。中央警備室。中の看守が手を振って通してくれた。

入口の広間で立ち止まる。今回は、あまり奥まで入らない。面会室を予約してあるのだ。扉が開いていたので入っていく。がらんとした部屋だ。エーヴェルトが、ベッドにかかったビニールカバーと、テーブルの上のキッチンペーパーロールを指差す。囚人たちはここで月に一度、一時間にわたって、塀の外で待っている女と会い、悶々《もんもん》とした欲望と不安を吐き出している。ここは、そういう場所なのだ。そう考えると反吐が出そうだ。二人はテーブルを部屋の中央へ移し、その片側に椅子を二脚置いた。それから広間にふたたび出ていくと、もう一脚椅子を見つけてきて、テーブルの反対側に置いた。録音機をテーブルに置き、両側にマイクを置く。

男は、看守二人に付き添われてやってきた。エーヴェルトは男に挨拶をすると、付き添いたちに向かって指で合図した。

「外で待っていてくれないか」

「いや、ここで待たせてもらいます」

てもらう」

「だめだ。外で待っていてくれ。必要があれば呼ぶ。この事情聴取は、こいつひとりで受け

エーヴェルト・グレーンス（グ）：録音を始めたぞ。
ヨッフム・ラング（ラ）：そうかい。
グ：フルネームを。
ラ：ヨッフム・ハンス・ラング。
グ：よし。なぜ事情聴取をするかは分かってるな？
ラ：いや。

エーヴェルトはスヴェンのほうをちらりと見やった。もううんざりだ。スヴェンに支えてもらわないと、とてもやってられない。こいつには、まったく協力する気がない。知っているのに、協力しようとしないのだ。

グ：いいか、これからこっちの質問に答えてもらう。フレドリック・ステファンソンは、シャワールームの扉を開けて倒れ込んだ。あっという間に、生きた人間から死体に変わってしまった。なぜだ？

数分間の沈黙。エーヴェルトは、ヨッフムをにらみつけている。ヨッフムは、格子窓の外をにらみつけている。

グ：いい景色でも見られるのかい。

ラ：ああ。

グ：ふざけるな、ヨッフム！　リルマーセンだろ、フレドリック・ステファンソンを刺したのは。分かってるんだぞ！

ラ：そりゃよかったな。

グ：分かってるんだぞ！

ラ：だから、よかったなって言ってんだろ。分かってるんなら、どうして俺に質問なんかするんだ？

グ：どういうわけだか知らんが、おまえ、リルマーセンをぶちのめしたらしいじゃないか。どうしてそんなことをしたのか知りたい。

ヨッフムの答えを待つあいだ、その姿をじっと見つめる。野放しにするわけにはいかない、危険な男。がっしりとした、大柄な体軀《たいく》。スキンヘッド。妙に据わった目。何人も手にかけたことのある男だ。

ラ：金貸してんのに、返してくれねえからよ。
グ：嘘をつけ！
ラ：大金なんだぜ。
グ：ふざけるな！　ドラガンがおとりになって警備員たちをひきつけてるあいだに、おまえ、リルマーセンを張り倒したそうじゃないか。あいつがステファンソンを刺した、だから我慢ならなかった。そうだろう？

エーヴェルト・グレーンスは立ち上がった。真っ赤な顔をしている。テーブル越しにヨッフムのほうへ身を乗り出すと、声の調子を落とした。

グ：耳の穴かっぽじってよく聞け。今回ばかりは俺たち、味方どうしじゃないか。やったのはリルマーセンだ。そう証言するだけでいい。そしたら、おまえが言ったことは絶対に秘密にしてやる。約束する。なあ、区画にいるおまえらが誰も証言しなかったら、フレドリック・ステファンソンを殺した犯人は、そのまま野放しになるんだぞ。
ラ：俺は、なにも見てない。
グ：協力しろ！
ラ：なにも見てないって言ってるだろ。

グ：いいかげんにしろ！

ラ：録音、止めてくれないか。

エーヴェルトは録音機をしばらく手で探り、停止ボタンを探し当てて押した。

ヨッフムは身を乗り出し、録音機がほんとうに止まっていることを確かめた。それから、顔を上げた。張りつめた表情だ。

「これで満足か？」

「グレーンス、おまえ、馬鹿じゃねえのか？　ムショのルールも知らねえのかよ？　どんな罪を犯したって、それが塀の中だったら、チクったやつが死ぬんだ。そうだろ？　なあ、よく聞け、グレーンス。たしかに、誰がステファンソンを殺ったのか、俺らには分かってる。そいつには、ここから出ていってもらう。永遠にだ。命はない。俺が言えるのはそれだけだ。独房に戻るぞ」

八時十五分。ヨッフムの事情聴取は、三十分ともたなかったことになる。エーヴェルトはため息をついた。こうなることは分かっていた。刑務所内での事情聴取が成功したことなど、これまでに一度でもあったか？　あのいまいましい、名誉の掟。誰かを刺し殺すのはかまわないが、そのことを話すのは許されない。ちくしょう、なにが名誉だ！

平手でテーブルを叩く。

「どう思う、スヴェン？　俺たちいったいこれからどうしたらいい？」

「そんなに選択肢があるわけでもないだろう」

「そうだな。そのとおりだ」

エーヴェルトは録音機のスイッチを入れると、きちんと動いていたかどうか確かめるために、カセットを少し巻き戻してから再生した。まず、ヨッフムの悠長で無関心な声。それから、必死にいら立ちを抑えている自分の声。自分がどんな声かは分かっているつもりだが、それでも聞くたびにびっくりする。思っているよりもずっと大きく、ずっと攻撃的な声だ。

スヴェンも視線を床から上げて、録音に耳を傾けている。

「今夜はリルマーセンの事情聴取はやめよう。またこんな事情聴取になるのがオチだからな。ラングの話以上のことが聞けるとは思えん。ただ挨拶に行って、軽く話をしてこよう。そうしたって損にはなるまい」

アスプソース刑務所長アルネ・ベルトルソンは夕方のうちに、区画H全体の隔離を決定していた。区画Hの囚人たちは今後しばらくのあいだ、自身の独房から外に出ることを許されない。独房に閉じ込められたまま、食事をし、小便をし、過ぎていく時間をかぞえていくことになる。したがっていま、エーヴェルトとスヴェンは、誰もいない廊下を自由に歩き回っている。ついさきほど、ここでひとりの人間が死んだ。二人が徐々に敬意と好感を抱くようになっていた、ひとりの人間が。めちゃめちゃに壊された警備室へ入っていく。ここでヨッフムが警備隊を突破してリルマーセンに飛びかかり、その頭を壁に打ちつけたのだという。エーヴェルトは壁をさわってみた。どこに打ちつけたのかは一目瞭然だ。すり切れた壁紙。うっすらとついた血の跡。鏡や通信機器の残骸を踏んで歩き、警備室を出る。鋭い破片が、靴底に食い込む。テレビコーナー。ひっくり返されたテーブル。床に散らばったトランプ。少し離れたところに、割れた水槽がある。つやつやと光る魚の死骸。砂。その上に、ガラスの破片が散らばっている。ビニールの床材がまだ濡れており、二人は足を滑らせる。独房に向かって歩いていくとき、濡れた靴跡が廊下に残った。

シャワールームに近づくと、二人は立ち止まった。大きな血のしみがついている。彼はここに倒れていた。まだ時間はあまり経っていない。エーヴェルトがスヴェンに目をやる。スヴェンはかぶりを振っている。血のしみをたどり、シャワールームに入る。シャワーにたどり着く前に、洗面所のあたりですでに何度か刺されたらしい。白いほうろうの洗面台が、鮮やかに赤く、ぬるぬると光っている。

リルマーセンは、ジャージのズボンに上半身裸で独房のベッドに横たわり、手巻きタバコを吸っていた。

挨拶を交わす三人。エーヴェルトやスヴェンと握手を交わすリルマーセンの顔には、笑みが浮かんでいる。すりむき傷だらけの顔。片方のまぶたが腫れている。裸の胸に、金のチェーンが光っている。

「これはこれは、グレーンスと小判鮫のお出ましじゃないか。こりゃあ嬉しいね」

二人はじろじろとあたりを見回した。なんとも住み心地のよさそうな独房だ。長いあいだここにいる人間、ここを自分の家だと感じている人間の部屋。テレビ。コーヒーメーカー。植木鉢がいくつか。赤いチェックのカーテン。壁の一面は、ポスターで覆われている。もう一面は、引き伸ばされた巨大な写真で覆われている。

「俺の娘だよ。こいつもそうだ」

リルマーセンはベッド脇のテーブルに置いてある写真立てを指差した。たしかに、同じ少女だ。まだ幼い。にっこり笑っている。金髪を三つ編みにして、リボンをつけている。

「なんか飲むか？　茶でも淹れようか」

エーヴェルトが答える。

「いや、けっこうだ。たったいま、まずいもん飲んできたところなんでね。ヨッフム・ラングと会ってきたよ」

リルマーセンは最後の部分に反応しなかった。ほかの囚人の事情聴取がすでに始まっているということに驚いたとしても、それを表に出すことはなかった。

「そうかい。じゃあ、ひとりで飲ましてもらうぜ」

質素なテーブルに、水の入ったポットが置いてある。それを手に取ると、コーヒーメーカーに水を注ぎ入れた。プラスチック容器から茶葉を何さじか、山盛りにすくいとる。

「突っ立ってないで座れよな」

エーヴェルトとスヴェンはベッドに腰を下ろした。清潔な部屋だ。清潔なにおいがする。カーテンレールに、よくある芳香剤がぶら下がっている。エーヴェルトはさっと空気を払うように片手を振った。

「ずいぶんきれいにしてあるな」

「しばらくここで暮らすんだから、なるべく居心地よくしようと思ってな。これが精一杯だけどよ」

「花だのカーテンだの飾りやがって」

「おまえんちでは飾ってないのかよ？」

エーヴェルトは押し黙り、歯をぐっと食いしばった。そのほんの一瞬のあいだ、スヴェンは思う。そういえば、エーヴェルトの家に花やカーテンがあるのかどうか、自分も知らない。彼の自宅を訪ねたことがないのだ。なんと奇妙なことだろう。エーヴェルトのことはよく知っているし、会話もさんざん交わしている。エーヴェルトを自宅に招いたことも何度かある。だがこちらからエーヴェルト・グレーンスのアパートを訪れたことは、一度もない。

リルマーセンは自分のために紅茶を注ぎいれると、冷ますことなく飲みはじめた。カップを下ろすのを見て、エーヴェルトが口を開いた。

「スティーグ。俺たちもう、何度も顔を合わせてきたよな」

「まったくだな。どういうわけか」

「いまでも覚えてるよ。おまえがまだ十代だったころ。ブレーキンゲまで迎えに行ったよな。叔父さんのタマに氷釘をぶっ刺したときだ」

また、あの映像。リルマーセンはまた、次々と浮かんでくる映像と格闘する。叔父。噴き出す血。あいつを去勢してやりたかった。あいつの睾丸を切り裂いて、大笑いしてやりたかった。

「またおまえが人を刺した、そう疑われてることは分かってるよな。おまえがつい数時間前、フレドリック・ステファンソンを刺し殺した。俺たちはそう考えているから、ここにいる。分かってるよな？」

リルマーセンはため息をついた。芝居がかった調子で天を仰ぎ、またため息をつく。

「そりゃ、疑われてるってことは分かってるよ。そのぐらい分かるさ。やったのは、この区画の誰かだろうって」

「ほかの連中は関係ない。いまは、おまえと話してるんだ」

リルマーセンは真顔になった。

「だいたいな、言わせてもらえば、あいつはああなって当然だった。言いたいことはそれだけだ。まったく、ろくでなしのワイセツ野郎が。当然の報いだ」

エーヴェルトにはリルマーセンの言葉が聞こえたが、意味が分からない。

「おい、なに言ってるんだ? フレドリック・ステファンソンに対しては、たしかにいろんな呼びかたができるとは思うが、ワイセツ野郎だけはありえない。むしろ正反対じゃないか」

リルマーセンは持ち上げたばかりのカップを下ろした。驚いた表情で刑事たちを見つめ、動揺した声で言う。

「どういうことだ?」

エーヴェルトはリルマーセンの驚きを、リルマーセンの気持ちの変化を目にした。これは、芝居じゃない。この反応はほんものだ。

「どういうこともなにも、だいたいおまえ、テレビってものを見ないのか?」

「そりゃ、ときどきは見るよ。それがなんの関係があるってんだよ?」

「それなら、五歳の女の子がレイプされて殺されて、女の子の父親が犯人を撃ち殺した、あの事件のニュースはひととおり見てるだろうな?」

「そりゃ見たがな。初めのほうだけだ。ああいうのは見たくねえ。娘がいるせいかもしれん、とにかく見てられねえんだ」

リルマーセンはふたたび写真を指差す。ベッド脇のテーブルの上。金髪を三つ編みにした少女の写真。

「だからあんまり見てはいないが、話は知ってるよ。あの父親は、ほんものの英雄だ。ろくでなしのワイセツ野郎どもは、この世からいなくなるべきじゃねえか。死んで当然だ！　だがそれがあのワイセツ野郎とどういう関係があるってんだよ？」

エーヴェルトはスヴェンのほうを見た。同じことを考えているらしい。ふたたび、リルマーセンのほうを向く。その顔を、なにも言わずにじっと見つめる。

「おい、グレーンス。答えろよ。あのワイセツ野郎とどういう関係があるんだよ？」

「フレドリック・ステファンソンは、あの父親だよ」

リルマーセンは椅子から立ち上がった。顔がひきつっている。

「おまえ……でたらめ言うんじゃねえよ」

「でたらめだったらどんなによかったか」

エーヴェルトはふたたびスヴェンのほうを向くと、ブリーフケースを指差した。

「あれをよこせ」

スヴェンはブリーフケースのファスナーを開ける。紙の束やプラスチックのフォルダーをぱらぱらとめくる。やがて見つかった新聞二紙を取り出し、テーブルの上に置く。エーヴェルトがそれらをリルマーセンのほうに向けた。

「こいつを読んでみろ」

夕刊二紙。フレドリック・ステファンソンがベルント・ルンドを射殺した翌日の新聞だ。どちらも見出しは黒々と大きく、同じ内容を伝えている。

娘を殺した犯人を射殺——少女二人の命を救う。

見出しの脇に、二枚の写真が載っている。ベルント・ルンドの司法解剖の際に見つかった写真だ。ルンドの次の犠牲者として選ばれ、エンシェーピンの保育園の園庭で、写真まで撮られていた少女たち。二人とも、にっこり笑っている。そのうちのひとりは、金髪を三つ編みにしている。

リルマーセンは長いあいだ、新聞をじっと見つめていた。

記事を、じっと見つめる。

五歳女児二人の写真を、見つめる。

ベッド脇の写真立てを見つめる。壁に貼ってある、大きく引き伸ばした写真を見つめる。

まるで、新聞に載っているのが、その少女であるかのように。自分の娘であるかのように。

リルマーセンは、その場に立ちつくした。

そして、叫んだ。

著者あとがき

小説を書くという仕事は、ときに奇妙なものだ。コンピューターのキーボードを叩きながら指示を出して、ひとつの世界を作り上げ、操っていくのだから。

その仕事を、われわれは成し遂げた。誰も見たことのない刑務所や森や道を使った。ストレングネースやエンシェーピンの保育園の位置を、いくつも変えた。ストックホルム市警の殺人・暴行課には存在しない部屋を使った。

だがそれ以外の事物については、われわれがでっち上げたものだったらどんなによかったか。ドラマチックな売れる小説になるよう、大げさに語っているにすぎない、そう言えたらどんなによかったか。

残念ながら、そうではない。

ご存じのとおり、自らにつばを吐きかけ、身を滅ぼすことさえある破壊的な人間の存在は、否定のしようがない事実だ。小さな女の子の足の裏を舐め、その膣に金属を突き刺す、ベルント・ルンド。他人の立場に立ってその気持ちを理解するという能力を、完全に欠いた人間。

そういう人間は、現実に存在している。子どものころに性的虐待を受け、その記憶を呼び覚ますあらゆるものを氷釘で刺そうとする、リルマーセン。彼も、現実に存在している。唯一の財産である娘を亡くし、それにもかかわらずなんとかして生きていかなければならない、フレドリック・ステファンソンとアグネス・ステファンソン。彼らも、現実に存在している。性犯罪者を心の底から蔑んでいる、だがその性犯罪者たちこそが出世の踏み台でもある、レナート・オスカーション。彼も、現実に存在している。なにかを感じる力はもう残っておらず、麻薬で心を閉ざし、常に恐怖にかられ、刑務所内で頼れそうな人間に取り入ることで、一瞬でも、少しでもその恐怖を忘れようとする、ヒルディング・オルデウス。彼も、現実に存在している。過去に犯したあやまちのせいで、世間の力で〝無期刑〟に処されている、露出狂ヨーラン。彼も、現実に存在している。美しい一軒家と庭を持ち、かわいい子どもたちもいて、司法の力で市民を守れないのなら、自分なりの解釈で裁きを下すべきだと考える、ベングト・セーデルルンド。彼も、現実に存在している。

彼らは皆、どこかに、われわれのなかに、存在している。あまりにも不合理な彼ら。でっち上げることなど不可能だ。

多くの人々に感謝を捧げます。まず、閉じ込められているときにどんな考えが浮かんでくるものなのか、教えてくれたロッレに。いつも面倒見よく、同時に厳しくもあり、われわれがしっかりと地に足をつけつつ、同時に天高く飛びたてるよう助けてくれた、編集者のソフィア・ブラッツェリウス・トゥーンフォシュに。われわれの原稿を最初に読み、書き直せと言ってくれたフィーアに。必要とあらばいつでも扉を開けてくれたエヴァに。勇気を与えてくれたディックに。そして、この本を読み、最後までついてきてくださった、読者の皆さんに。

ストックホルム　二〇〇四年三月

アンデシュ・ルースルンド　　ベリエ・ヘルストレム

訳者あとがき

それはいかにも北欧らしい曇り空の、ある肌寒い夏の日のことだったという。

アンデシュ・ルースルンド。スウェーデン公営テレビ局に勤務するジャーナリスト。

ベリエ・ヘルストレム。十三歳で酒と麻薬の味を覚え、刑務所での服役経験もある男。

経歴のまったく異なる二人が出会ったのは、ルースルンドが刑務所に関するドキュメンタリーを制作していたときのことだった。彼は取材の過程で、〈KRIS（Kriminellas Revansch I Samhället　犯罪者による社会への返礼）〉という団体が設立されたことを知る。刑務所を出た囚人たちは、塀の外の社会になじむことができず、結局かつての仲間と付き合い、同じ罪を犯してしまうことが多い。こうした元囚人の社会復帰を支えることが犯罪の防止につながる、という考えかたに基づき、かつて自分も囚人であった人々が、出所したばかりの囚人たちをサポートしようと設立したのが、このKRISであった。ルースルンドはさっそく連絡をとることにした。

その電話に出たのが、発起人のひとりである〈ルストレムだった。

この出会いを通じて、ルースルンドはKRISに関するドキュメンタリー番組を制作した。その後も二人の付き合いは続いた。二人とも、刑務所制度の問題や犯罪者の更生に関心を寄せている。議論は尽きなかった。

その夏の日も、二人はカフェで議論を交わしていた。そして席を立ち、肩を並べて歩き出したとき、ふとひらめいたのだという。重ねてきた議論をもとにして、二人で本を書いたらどうだろうか。それも、小説という形で……。

こうして二人のデビュー作となったのが『制裁』だ。二〇〇四年に出版されたこの作品は高い評価を得、翌年の「ガラスの鍵」賞（最優秀北欧犯罪小説賞）を受賞した。二〇一七年一月現在、世界二十ヵ国以上ですでに翻訳出版されているか、または翻訳が進められている状況である。

女児暴行・殺害の罪で服役中の囚人が、護送中に逃走。ふたたび幼い少女が犠牲となる可能性があり、警察が総力を挙げて行方を追う中、五歳の娘を保育園に送り届けた作家のフレドリックは、その門の前のベンチに男がじっと座っているのを目撃していた。一方、囚人が脱走した刑務所では、性犯罪者への強い憎しみが渦巻いている。それぞれが駆り立てられるようにして起こした行動が、思わぬ結果を招き……。異常な暑さに見舞われた夏のスウェーデンで、悪夢のような憎しみの連鎖が展開される物語だ。

著者たちの議論を下敷きとしているだけあって、単なる娯楽小説にとどまらず、司法制度や刑務所の問題点を鋭くえぐり出す社会派小説に仕上がっている。ここでは日本であまりなじみのないスウェーデンの制度や状況について、少々補足しておきたい。

まず、スウェーデンに死刑制度は存在しない。最高刑は無期懲役ということになるが、しばらく服役したのち有期懲役への変更を願い出ることができるため、二十年前後で出所するのが通例になっている。つまり、本作のベルント・ルンドのような犯罪者であっても、刑務所内で更生に向けたじゅうぶんなケアを受けることなく、そのまま二十年ほどでふたたび自由の身となる可能性がある、ということになる。

また、刑務所内の管理の甘さも問題になっている。たとえばこの作品でも、服役中のルンドがインターネットで児童ポルノ画像のやりとりをしていたというくだりがあるが、スウェーデンの多くの刑務所では、主に教育を目的とした囚人のコンピューター使用を認めている。インターネットへの接続は職員の監視のもとで行なうことになっているが、囚人がこっそり携帯電話を持ち込むなどして勝手に接続してしまうこともままある。ルンドの児童ポルノ事件と同様のケースも実際に起こっており、改善策がとられてはいるものの、じゅうぶんとは言えない状況らしい。

『制裁』はたしかにフィクションだが、その描写は現実の世界に深く根差している。ということは、同じような事件が現実に起こってもおかしくない。それが、この小説の怖さだ。

怖いのはそれだけではない。最初の章を一読しただけで、著者の描写力にはっとさせられる。女児暴行殺害犯と少女たちの視点から語られる、卑劣きわまりない犯行。その語り口には、身体感覚に直接訴えかけてくるような力がある。子どもに対する暴力の恐ろしさ、卑劣さは、この小説を貫くテーマのひとつになっている。

さらに、娘を失った親の苦しみ。その絶望、決意、そして帰結を目にしたときの困惑。救いようのない暴力の連鎖を前にして、心にずしりとのしかかる悲しみ。そして、その連鎖はまだ続くにちがいない、と思わせるエンディングの怖さ……。

ルースルンドとヘルストレムはこれらを余すところなく描き出している。

原題の *Odjuret* は、「怪物」「野獣」という意味だ。一見、誰が怪物なのかは明らかである。更生の見込みのない殺人者。目を合わせることさえままならない、「人間ですらない」、ベルント・ルンド。

だがほんとうにそうだろうか？

物語が進むにつれ、怪物は姿を変え、ほかの人々にもとりついているように見える。他人の命を奪うことで、子どもの命を守れるとしたら、大人はそうすべきなのか。そうやって、人の生命の価値を、同じ人間が決めてしまうことは、果たして許されるのか。それが許されるとき、怪物が生まれるのではないか……。

その答えは、この物語を紐解く読者ひとりひとりが、自分なりに出すしかないのだろう。

ルースルンドとヘルストレムは、その後も本書と同じくエーヴェルト・グレーンス警部を主人公とした小説を発表しつづけている。二〇〇五年に『ボックス21』、二〇〇六年に『死刑囚』（邦訳はともに武田ランダムハウスジャパンより刊行）、二〇〇七年『*Flickan under gatan*（通りの下の少女）』と続き、二〇〇九年の『三秒間の死角』（角川文庫）で英国推理作家協会（CWA）インターナショナル・ダガー賞、および日本でも翻訳ミステリー読者賞を受賞するなど、国際的に高い評価を得た。二〇一二年に『*Två soldater*（ふたりの兵士）』を発表後、いったんコンビでの執筆を休止したが、二〇一六年に『三秒間の死角』の続編にあたる『*Tre minuter*（三分間）』で復活した。なお、本書『制裁』を除くすべての作品がスウェーデン推理作家アカデミー最優秀小説賞にノミネートされるという快挙を成し遂げている。

このほか、ルースルンドは二〇一四年、脚本家ステファン・トゥンベリと組んで『熊と踊れ』（早川書房）を発表。英国推理作家協会（CWA）インターナショナル・ダガー賞の候補となったほか、日本でも各社のミステリ・ランキングで上位を獲得した。

本書は二〇〇七年七月にランダムハウス講談社より刊行され、同社の倒産にともない絶版となっていたのを、著者本人による改稿を反映させたうえで、早川書房から復刊したものである。初訳時に大変お世話になった、ランダムハウス講談社（当時）の田坂苑子さん、株式会社リベルの山本知子さんに、あらためてお礼を申し上げるとともに、復刊に向けてご尽力くださった早川書房の山口晶さんと根本佳祐さん、そしてなにより、復刊を望んでくださった読者のみなさんに、この場を借りて心からの感謝を伝えたいと思う。ありがとうございました。

二〇一七年一月

ヘレンハルメ美穂

本書は二〇〇七年七月にランダムハウス講談社より刊行された
作品を、著者による改稿を反映した上で再文庫化したものです。

訳者略歴　国際基督教大学卒，パリ第三大学修士課程修了，スウェーデン語翻訳家　訳書『熊と踊れ』ルースルンド＆トゥンベリ，「ミレニアム」シリーズ（共訳／以上早川書房刊）他

HM=Hayakawa Mystery
SF=Science Fiction
JA=Japanese Author
NV=Novel
NF=Nonfiction
FT=Fantasy

制《せい》裁《さい》

〈HM439-3〉

二〇一七年二月二十五日　発行
二〇一七年四月　十五日　二刷

（定価はカバーに表示してあります）

著者　アンデシュ・ルースルンド
　　　ベリエ・ヘルストレム
訳者　ヘレンハルメ美穂《みほ》
発行者　早川　浩
発行所　株式会社 早川書房

郵便番号　一〇一‐〇〇四六
東京都千代田区神田多町二ノ二
電話　〇三‐三二五二‐三一一一（大代表）
振替　〇〇一六〇‐三‐四七七九九
http://www.hayakawa-online.co.jp

乱丁・落丁本は小社制作部宛お送り下さい。
送料小社負担にてお取りかえいたします。

印刷・三松堂株式会社　製本・株式会社川島製本所
Printed and bound in Japan
ISBN978-4-15-182153-0 C0197

本書は活字が大きく読みやすい〈トールサイズ〉です。